키리냐가

키리냐가
Kirinyaga

마이크 레스닉 장편소설　최용준 옮김

KIRINYAGA : A FABLE OF UTOPIA
by MIKE RESNICK

Copyright (C) 1998 by Mike Resnick
Korean edition is published by arrangement with Spectrum Literacy Agency through BC Agency, Seoul.
Korean Translation Copyright (C) 2000 by The Open Books Co.

이 책은 실로 꿰매어 제본하는 정통적인 사철 방식으로 만들어졌습니다.
사철 방식으로 제본된 책은 오랫동안 보관해도 손상되지 않습니다.

한국어판 서문
단순했던 시대로 돌아가고 싶은 열망

한국과 케냐는 지리적으로나, 문화적으로 무척 동떨어진 지역이지만 키리냐가 이야기를 읽으신 다음 비슷한 점을 발견하시길 빕니다.

이 책에 들어 있는 몇몇 주제는 보편적인 것입니다. 다시 말해 식민 정책에 대한 불신 — 2백 년도 훨씬 더 전에 우리 미국인들도 독립을 선언하고 식민지에서 벗어났다는 사실을 잊지 마십시오 — 과 모든 문제에 대한 해답이 있어 보이던 훨씬 단순했던 시대로 돌아가고 싶은 열망, 친구나 이웃들에게 좋으리라고 생각이 들 때면 위협을 해서라도 그 사람들을 돕고 싶은 욕구, 또는 외부인에 대한 불신 같은 것들입니다. 하지만 이런 모든 일들을 이해하려고 케냐인이나 미국인이 되거나 아니면 저 멀리 떨어져 있는 키리냐가에 살 필요는 없습니다.

이 책을 통해 저는 세계 곳곳에서 많은 친구들을 사귀었습니다. 한국 친구들도 많이 사귀게 되길 바랍니다.

마이크 레스닉

한국어판 서문 5

프롤로그 9
1. 키리냐가 25
2. 나, 하늘 맛을 보았기에 59
3. 브와나 105
4. 마나모우키 183
5. 메마른 강의 노래 241
6. 로터스와 창 277
7. 하찮은 지식 309
8. 늙은 신이 죽을 때 359
에필로그 401

역자 해설 그대, 하늘 맛을 보았지만 날개를 접은 새, 코리바 449
마이크 레스닉 연보 455

프롤로그

재칼과 함께한,
더할 나위 없이 멋졌던 아침

2123년 4월 19일

응가이께서는 만물의 창조주이시다. 당신께서는 사자와 코끼리를, 광막한 사바나와 우뚝 솟은 산을, 키쿠유족과 마사이족과 와캄바족을 만드셨다.

그리하여 내 아버지의 아버지, 〈그〉 아버지의 아버지는 응가이께서 전지전능하다는 사실을 믿어 의심치 않았다. 그러던 어느 날, 유럽인들이 와서 모든 동물을 죽이고 사바나를 공장으로, 산을 도시로 뒤덮었으며 마사이족과 와캄바족을 동화시켜, 응가이의 창조물 가운데 남은 것은 키쿠유족뿐이었다.

그리고 응가이께서 유럽인들의 신에 맞서 최후의 전투를 벌이신 것은 키쿠유족과 함께였다.

예전에 내 아들이던 이는 내 오두막으로 들어오면서 머리를 숙였다.

「〈쟘보〉,[1] 아버지.」

---

[1] 서로 만났을 때 나누는 인사말.

그 아이는 언제나 그렇듯이, 구석이 없는 둥근 벽으로 둘러싸인 좁은 공간을 조금은 불편해하는 모습이었다.

「쟘보, 에드워드.」

에드워드는 내 앞에 서서 자기 손을 어떻게 해야 할지 몰라 했다. 결국 그 아이는 우아하게 맞춘 실크 양복 주머니에 손을 찔러 넣더니 마침내 입을 열었다.

「우주 공항까지 태워다 드리려고 왔어요.」

나는 고개를 끄덕이고는 천천히 일어섰다.

「때가 되었구나.」

「짐은 어디에 있나요?」

「입고 있단다.」

나는 검붉은색의 〈키코이〉[2]를 가리키며 말했다.

「다른 것은 안 가지고 가세요?」

에드워드가 놀라며 말했다.

「가져가고 싶은 것이 없구나.」

에드워드는 나와 함께 있을 때면 언제나 그러하듯, 선 채로 불편하게 무게 중심을 옮겼다. 그리고는 마침내 오두막 문으로 다가가며 말했다.

「나가시죠, 이 안은 너무 덥고, 파리 때문에 죽겠네요.」

「무시하는 법을 배워야지.」

「무시할 〈필요가〉 없다고요. 제가 사는 곳에는 파리가 없어요.」

에드워드는 변명하듯 대답했다.

「안다. 다 죽였으니까.」

「잘된 일이라기보다는 마치 큰 죄라도 저질렀다는 것처럼 말씀하시네요.」

---

2 아프리카인들이 허리에 둘러 입는 간단한 옷.

나는 어깨를 으쓱하고는 그 아이를 따라 바깥으로 나왔다. 기르는 닭 두 마리가 메마른 붉은 흙을 부지런히 쪼고 있었다.

「멋진 아침이죠? 어제처럼 날이 더울까 봐 걱정했어요.」

농장으로 바뀌어 버린 드넓은 사바나를 바라보았다. 밀과 옥수수가 아침 햇살에 반짝거리고 있었다.

「멋진 아침이구나.」

나도 동의했다. 그러고는 돌아서니 30미터쯤 떨어진 곳에 크롬 도금으로 번쩍이는 미끈한 흰색 차가 주차되어 있었다.

「새 차냐?」

차를 가리키며 내가 물었다.

에드워드는 자랑스레 고개를 끄덕였다.

「지난주에 샀어요.」

「독일제?」

「영국 거요.」

「그렇겠지.」

얼굴에 자랑스러워하던 기색은 사라지고, 에드워드는 다시금 무게 중심을 옮겼다.

「준비되셨나요?」

「준비야 오래전에 됐지.」

나는 문을 열고 옆자리에 편히 앉으며 대답했다.

「그거 하시는 걸 처음 보네요.」

에드워드가 차에 들어와 시동을 걸면서 말했다.

「뭐 말이냐?」

「안전띠요.」

「자동차 사고로 죽어서는 안 될 이유가 이렇게 많았던 적이 없었거든.」

에드워드는 입가에 억지로 웃음을 띠며 다시 말을 꺼냈다.

「놀라게 해드릴 게 있어요.」

에드워드가 차를 빼며 말을 하는 동안 나는 내 〈보마〉[3]를 마지막으로 뒤돌아보았다.

「그래?」

에드워드는 고개를 끄덕였다.

「우주 공항으로 가는 길에 보실 수 있을 거예요.」

「뭘 말이냐?」

「지금 말해 버리면, 놀라지 않으실 거잖아요.」

나는 어깨를 으쓱하곤 조용히 있었다.

「그쪽으로 가려면 약간 돌아가야 해요. 하지만 그 사이 마지막으로 아버지의 나라를 둘러보실 수 있을 거예요.」

「이곳은 내 나라가 아니다.」

「또 〈그〉 이야기를 시작하시려는 건 아니겠죠?」

「〈내〉 나라는 생명으로 가득 차 있단다. 하지만 〈이〉 나라는 콘크리트와 강철로 덮여 숨이 막히거나 유럽인들의 작물로 겹겹이 덮여 있지.」

나는 단호하게 말했다.

넓은 밀밭을 지날 때 에드워드가 힘없이 말했다.

「아버지, 아버지가 태어나시기도 전에 마지막 코끼리와 사자가 죽었어요. 아버지는 야생 동물이 가득 차 있는 케냐를 〈단 한 번도〉 보신 적이 없다고요.」

「있다.」

「언제요?」

나는 내 머리를 가리켰다.

「이 안에서.」

「말도 안 돼요.」

에드워드는 화를 참으려 무척이나 노력하고 있었다.

---

3 울타리, 방벽.

「뭐가 말이 안 된다는 거냐?」

「아버지가 케냐를 버리고 지구화한 소행성으로 가신다는 거 말이에요. 단지 아침에 일어나셨을 때 동물 몇 마리가 풀 뜯는 모습을 보고 싶으시다는 이유 하나로 말이에요.」

「내가 케냐를 버린 게 아니란다, 에드워드. 케냐가 〈우리〉를 버린 거야.」

나는 침착하게 말했다.

「천만에요. 대통령과 내각 대부분이 키쿠유예요. 〈아시잖아요.〉」

「그 사람들은 자기들을 키쿠유라고 하지. 하지만 그렇다고 해서 그 사람들이 키쿠유가 되는 것은 아니야.」

「〈키쿠유예요!〉」

「키쿠유족은 유럽인들이 만든 도시에서 살지 않는다. 키쿠유는 유럽인들처럼 입지 않아. 유럽인들의 신을 숭배하지도 않고, 또 유럽인들의 기계를 운전하지도 않지.」

그러고서 분명하게 한마디 더 덧붙였다.

「네 자랑스러운 대통령은 여전히 〈케헤〉야. 할례 의식을 치르지 않은 소년이라고.」

「만약 그 사람이 소년이라면, 쉰다섯이나 먹은 늙은 소년이겠군요.」

「나이는 중요하지 않지.」

「하지만 그 사람이 이룬 업적은 중요하죠. 그 사람은 북부 개척 지구 전체에 물을 댈 수 있게끔 한 투루카나 수로를 만들었다고요.」

「그 사람은 투루카나와 렌딜과 샘부루족에 물을 댄 케헤지. 그게 키쿠유족과 무슨 관계가 있다는 게냐?」

에드워드는 화를 내며 물었다.

「왜 마치 늙고 무식한 원주민처럼 말씀하시는 거죠? 아버지는 유럽과 미국에서 공부하셨잖아요. 대통령이 어떤 업적을 이루었는지도 〈아시잖아요〉.」

「유럽과 미국에서 〈공부했기 때문에〉 그렇게 말하는 거다. 나는 나이로비가 인구 과잉에다 공해로 들끓는 제2의 런던이 된 것을 보았고, 몸바사가 위험과 질병이 우글거리는 마이애미로 바뀐 것을 보았단다. 우리 동포들이 키쿠유라는 것이 어떤 의미를 갖는지 잊은 채 마치 케냐가 유럽인들 지도에 임의로 그려진 선 이상의 그 무엇이라도 되는 양 자랑스레 말하는 것도 보았단다.」

「그 선은 거의 3세기 동안이나 그려져 있었어요.」

에드워드가 꼬집었다.

나는 한숨을 지으며 말했다.

「너는 철이 든 뒤로, 단 한 번도 나를 이해한 적이 없었단다, 에드워드.」

「이해는 쌍방 통행이라고요. 언제 〈저〉를 이해하려고 노력하신 적이 있나요?」

에드워드는 갑자기 씁쓸하게 대꾸했다.

「나는 너를 길렀다.」

「하지만 오늘까지도 아버지께서는 저를 〈모르고 계세요〉.」

에드워드는 험한 길을 난폭하게 운전하며 말했다.

「언제 우리가 아버지와 아들로 대화를 나눠 본 적이 있나요? 키쿠유에 대해서 말고 아버지가 저와 상의하신 게 있어요?」

에드워드는 잠시 말을 멈추었다.

「저는 국제 농구 대회에 출전한 단 한 명의 키쿠유였지만, 아버지는 한 번도 제 경기를 보러 오시지 않았어요.」

「그건 유럽인들의 게임이야.」

「정확히 말하자면, 〈미국인〉의 게임이죠.」

나는 어깨를 으쓱했다.
「그게 그거지.」
「그리고 이제는 아프리카인의 게임이기도 해요. 저는 미국인들을 물리치기 위해서 케냐 팀에서만 경기를 했어요. 저는 아버지께서 저를 자랑스레 여겨 주시길 바랐지만, 아버지는 한마디 말씀도 없으셨어요.」
「에드워드 키만테라는 사람에 대해서는 여러 번 들었다. 유럽인과 미국인에 대항해 농구 경기를 했다지. 그러나 나는 그 사람이 내 아들일 리 없다고 생각했다. 내 아들 이름은 코리바이기 때문이지.」
「하지만 어머니께서 제 중간 이름을 에드워드라고 지어 주셨죠. 어머니는 저와 이야기를 하고 제 고민을 함께해 주셨어요, 아버지는 안 하셨고요. 전 어머니가 주신 이름을 쓴 거라고요.」
「그건 네 권리지.」
「전 지금 빌어먹을 권리에 대해서 말하는 게 아니라고요!」
에드워드는 잠시 숨을 돌렸다.
「이런 식으로 되면 안 되는 건데.」
「난 내 신념에 충실했단다. 키쿠유 대신 케냐인이 되려고 한 것은 너란다.」
「〈저〉는 케냐인이에요. 저는 여기서 살고, 일하고, 제 나라를 사랑해요. 단 하나도 빼지 않고 〈모든 걸요〉.」
나는 길게 한숨을 쉬었다.
「넌 정말 네 어머니를 꼭 닮았구나.」
「아버지는 어머니에 대해서 묻지도 않으셨죠.」
「무슨 일이 있으면 네가 말을 했겠지.」
「17년 동안 같이 산 여자에 대해서 하실 말씀이라는 게 고작 그건가요?」

에드워드가 다그쳐 물었다.

「유럽인들의 도시에서 살기 위해 떠난 쪽은 그 사람이지 내가 아니란다.」

「나쿠루는 유럽인들의 도시가 〈아니죠〉. 그곳에는 2백만 명의 케냐인이 있지만 백인들은 채 2만 명도 되지 않아요.」

에드워드는 비웃으며 말했다.

「정의에 따르자면, 모든 도시는 유럽인들 것이지. 키쿠유족은 도시에서 살지 않아.」

「주위를 둘러보세요. 키쿠유족의 95퍼센트 이상이 도시에 〈살고〉 있다고요.」

에드워드는 화를 터뜨리며 말했다.

「그러면 그 사람들은 더는 키쿠유가 아니지.」

나는 침착하게 말했다.

에드워드는 손마디가 창백해지도록 핸들을 꽉 쥐었다.

「아버지와 다투고 싶지 않아요. 더는 할 수 있는 게 없는 것 같군요. 우리 둘 사이에 무슨 일이 있었던지 간에 결국 아버지는 아버지고, 저는 아버지를 사랑해요. 그리고 오늘은 아버지와 잘 지내고 싶었어요. 이제 다시는 서로를 볼 수가 없으니까요.」

감정을 다스리려 노력하며 에드워드가 말했다.

「나도 마찬가지란다. 나도 다투는 게 싫단다.」

「그러시는 분이 정부랑 12년 동안 싸워서 새로운 세상에 대한 후원을 잘도 얻어 내셨군요.」

「그 과정은 싫었다. 결과는 맘에 들었지만.」

「그곳 이름은 정하셨나요?」

「키리냐가.」

「키리냐가요?」

에드워드가 놀라 되물었다.

나는 고개를 끄덕였다.

「응가이께서 키리냐가 꼭대기에 있는 황금 옥좌에 앉아 계시지 않니?」

「케냐 산 위에는 도시밖에 없어요.」

「그래?」

나는 웃으며 말했다.

「유럽인들은 심지어 성스러운 산의 이름마저 더럽혔단다. 이제 우리가 응가이께 새로운 키리냐가를 드릴 때지. 그곳에서 우주를 다스릴 수 있도록 말이다.」

「그것도 〈괜찮아〉 보이는군요. 이제 케냐에는 응가이를 위한 공간이 없으니까요.」

갑자기 에드워드는 속도를 늦추더니 잠시 뒤 도로를 빠져나와 새 차에 흠집이 나지 않도록 조심하면서 최근에 추수한 들판을 가로질러 갔다.

「어디로 가는 게냐?」

「말씀드렸잖아요. 놀라게 해드릴 게 있다고요.」

「텅 빈 들판 한가운데에 놀랄 만한 게 뭐가 있다는 거냐?」

「곧 아시게 될 거예요.」

갑자기 에드워드는 가시덤불에서 20미터 정도 떨어진 곳에 차를 멈추더니 시동을 껐다.

「잘 보세요.」

에드워드가 속삭였다.

나는 잠시 덤불을 살펴보았지만 아무것도 보이지 않았다. 그때 뭔가가 살짝 움직이더니 갑자기 전체가 시야에 들어왔고, 재칼 두 마리가 덤불 뒤에서 조심스러운 눈초리로 우리 쪽을 바라보고 있었다.

「지난 20년이 넘도록 여기에는 동물이라고는 없었는데.」

내가 속삭였다.

「지난 장마 뒤에 흘러온 듯해요. 설치류나 새를 먹고 살았 겠죠.」

에드워드가 나직이 대답했다.

「어떻게 발견한 거냐?」

「〈제〉가 발견한 것은 아니고요. 수렵국에 있는 제 친구가 말해 줬어요.」

에드워드는 잠시 말을 멈추었다.

「다음 주 중에 잡아서 동물 보호 구역으로 보낼 겁니다. 피해를 입히기 전에요.」

재칼은 엉뚱한 장소에 와 있는 셈이었다. 그놈들은 거대한 탈곡기와 수확기가 만든 자국을 따라 사냥을 하고, 한 세기도 더 전에 사라진 사바나의 안전한 장소를 찾아다니고, 육식 동물 대신 자동차를 피해 다니고 있었다. 나는 놈들에게 어떤 동종 의식을 느꼈다.

우리는 서로 아무 말도 않고 5분쯤 재칼을 바라보았다. 이윽고 에드워드는 시간표를 확인한 뒤 우주 공항으로 가자고 제안했다.

「좋으셨어요?」

다시 도로로 들어서며 에드워드가 물었다.

「아주 좋았다.」

「그러시길 바랐죠.」

「동물 보호 구역으로 옮긴다고?」

에드워드는 고개를 끄덕였다

「제가 알기로는 여기서 북쪽으로 몇백 킬로미터 떨어진 곳에 있어요.」

「농부들이 이 땅에 있기 훨씬 전부터 재칼은 이 땅을 걸어 다녔지.」

내가 지적했다.

「하지만 재칼은 시대에 맞지 않아요. 이제 그놈들은 더는 여기에 속하지 않아요.」

나는 고개를 끄덕였다.

「맞는 말이구나.」

「재칼이 동물 보호 구역으로 가는 것이오?」

「케냐인이 살기 전에 이곳에 있던 키쿠유족이 새로운 세상으로 떠나는 것 말이다. 우리 역시 여기에 속하기에는 시대에 맞지 않거든.」

에드워드는 속도를 높였고 곧 농장 지역을 지나서 나이로비 외곽에 진입했다.

「키리냐가에서는 무엇을 하실 작정이세요?」

오랜 침묵을 깨며 에드워드가 물어 왔다.

「키쿠유족이 살던 방식대로 살아갈 거다.」

「제 말은…… 아버지 말씀이에요.」

나는 그 아이의 반응을 예상하며 싱긋 웃었다.

「나는 〈문두무구〉가 될 거다.」

「주술사요?」

에드워드는 믿을 수 없다는 듯이 되뇌었다.

「바로 그거란다.」

「말도 안 돼요! 아버지는 지식인이에요. 그런데 어떻게 아버지 같으신 분이 맨흙바닥에서 책상다리를 하고 앉아 뼈를 던지고 예언을 해요?」

「문두무구는 스승이기도 하단다. 그리고 부족의 전통을 수호하는 자이기도 하고. 영예로운 자리란다.」

에드워드는 못 믿겠다는 듯 고개를 저었다.

「그러면 저는 사람들에게 제 아버지는 주술사가 되었다고 말해야겠군요.」

「그렇게 당황할 필요는 없다. 너는 단지 사람들에게 〈코리바〉가 키리냐가의 문두무구라고 하면 되는 거야.」

「그건 〈제〉 이름이라고요!」

「새로운 세상에는 새로운 이름이 필요하지. 너는 그 이름을 버리고 유럽인의 이름을 택했단다. 이제 내가 그 이름을 주워서 잘 사용하마.」

「진심이시군요?」

우주 공항으로 들어가며 에드워드가 말했다.

「오늘부터 내 이름은 코리바란다.」

자동차가 정류장에 도착했다.

「제가 했던 것보다 그 이름을 더 명예롭게 해주시길 빌어요, 아버지.」

에드워드가 마지막 화해의 제스처로 말했다.

「너는 네가 고른 이름을 명예롭게 했단다. 그 정도면 충분하지.」

「정말이세요?」

「물론이지.」

「그럼 왜 전에는 그런 말씀을 하시지 않으셨죠?」

「그랬던가?」

내가 놀라며 물었다.

우리는 차에서 내렸고 에드워드는 출국장까지 나와 동행했다. 결국 그 아이는 통제 구역까지 왔다.

「여기까지가 제가 올 수 있는 곳이에요.」

「태워 줘서 고맙구나.」

에드워드는 고개를 끄덕였다.

「그리고 재칼도. 정말 멋진 아침이었단다.」

내가 덧붙였다.

「보고 싶을 거예요, 아버지.」

「안다.」

그 아이는 내가 뭔가 더 말해 주길 바라는 듯했지만, 나는 더는 말할 것이 생각나지 않았다.

잠시 나는 그 아이가 팔로 나를 안으려 한다고 생각했지만, 대신 그 아이는 손을 내밀어 나와 악수를 하고 낮은 목소리로 한 번 더 인사를 한 뒤 발길을 돌려 떠났다.

나는 에드워드가 바로 차로 갔으리라고 생각했지만, 키리냐가로 우리를 데리고 갈 우주선에 탑승하여 밖을 보았을 때, 그 아이는 널찍한 유리창 뒤에 서서 한 손에는 손수건을 들고 다른 한 손을 흔들고 있었다.

그것이 우주선이 이륙하기 전에 내가 본 마지막 장면이었다. 그러나 내 마음속에 남아 있던 장면은 두 마리의 재칼이 이제는 낯설게 되어 버린 땅의 낯선 풍경을 보고 있는 모습이었다. 나는 그놈들이 자신들을 위해 인공으로 만든 동물 보호 구역에서 새로운 삶에 잘 적응하기를 빌었다.

곧 알게 되리라고 무엇인가가 내게 말했다.

1

키리냐가

2129년 8월

태초에, 응가이께서는 키리냐가라는 산의 꼭대기에서 혼자 거처하셨다. 때가 차매 당신께서는 세 명의 아들을 창조하시어 마사이족과 캄바족, 키쿠유족의 조상이 되게 하셨고 각 아들에게 창, 화살, 호미를 주셨다. 마사이족은 창을 골랐고 응가이께서는 이들에게 소 떼가 있는 광활한 사바나로 가라고 말씀하셨다. 캄바족은 활을 골랐고 응가이께서는 이들을 사냥을 하기 좋은 깊은 숲 속으로 보내셨다. 그러나 최초의 키쿠유족인 기쿠유는 응가이께서 땅과 계절을 사랑하신다는 사실을 알고 호미를 골랐다. 이를 기쁘게 여기신 응가이께서는 기쿠유에게 씨를 뿌리고 수확하는 비밀을 가르쳐 주셨을 뿐 아니라 신성한 무화과나무와 비옥한 땅이 있는 키리냐가까지 주셨다.

　기쿠유의 아들딸들은 백인들에게 키리냐가를 빼앗기고 도시로 쫓겨 갔지만, 백인들이 사라진 다음에도 다시 돌아오지 않고 그대로 도시에 남아서 서양인의 옷을 입고 서양인의 기계를 쓰며 서양인의 방식대로 사는 것을 택했다. 문두무구, 즉 주술사인 나조차도 도시에서 태어났다. 나는 사자나 코끼리, 코뿔소를 본 적이 없다. 그것들 모두 내가 태어나기 전에 멸종했기 때문이다. 또한 나는 응가이가 만드셨던 그대로의 키리냐가를 본 적도 없다. 3백만의 인구로 넘쳐나는 도시가 산비탈을 덮고 있었으며 산 정상에 있는 응가이의 옥좌에 해마다 가까워지고 있었기 때문이다. 심지어는 키쿠유족마저 그 산의 진짜 이름을 잊고 현재는 그냥 케냐 산이라고 알고 있을 뿐이다.

기독교에서 말하는 아담과 이브처럼 낙원 바깥으로 내던져지는 운명도 비참하긴 하지만, 날로 망가져 가는 낙원 옆에서 사는 일은 비교도 할 수 없을 만큼 훨씬 더 끔찍한 일이다. 나는 자신들의 근원과 전통을 잊고 이제는 케냐인이 되어 버린 기쿠유의 후손들을 가끔씩 생각한다. 그리고 궁금해한다. 우리가 키리냐가라는 낙원을 만들었을 때 왜 그들 중 더 많은 수가 우리와 함께 하지 않았는지를.

물론 삶은 고달프다. 응가이께서 삶을 쉽게 만들지 않으셨기 때문이다. 하지만 또한 만족스러운 삶이기도 하다. 우리는 주변 환경과 조화를 이루며 살고 있고, 응가이께서 동정의 눈물로 우리 들판을 적셔 곡식들의 생명을 유지시켜 주시면 제물을 바치고, 수확기에는 감사한 마음으로 염소를 제물로 바친다.

우리의 기쁨은 간단하다. 마실 수 있는 〈폼베〉[4] 한 바가지, 해가 졌을 때 머무를 수 있는 따뜻한 보마, 갓 태어난 남자아이나 여자아이의 울음소리, 도보 경주와 창던지기를 비롯한 여러 가지 시합들, 밤에 즐기는 노래와 춤.

유지 위원회는 키리냐가의 열대 기후를 유지하기 위해 필요할 때면 약간씩 궤도를 조종해 주면서 키리냐가를 신중하

---

4 술.

게 지켜보고 있었다. 때때로 유지 위원회는 우리가 자신들의 의학 기술을 쓸 뜻이 있는지, 우리 아이들이 자신들의 교육 시설을 쓰면 어떨지 넌지시 물어 오곤 했지만, 우리의 거절을 정중하게 받아들이고는 다시는 우리들 일에 간섭하려 들지 않았다.

내가 그 갓난아이를 목 졸라 죽였을 때까지는.

대추장인 코인나쥐가 나를 찾아온 것은 1시간도 지나지 않아서였다.

「현명치 못한 일이었소, 코리바.」

코인나쥐가 험악하게 말을 꺼냈다.

「선택의 문제가 아니었소. 알잖소.」

「선택할 수 있었소. 당신은 그 갓난아이가 살게끔 할 수도 있었소.」

코인나쥐는 노여움과 공포를 참으려 노력하며 잠시 말을 멈췄다.

「지금까지 유지 위원회가 키리냐가에 발을 들여놓은 적은 없었지만, 이제 그 사람들이 들어올 거요.」

「그러라 하시오. 깨지지 않는 법이란 없으니까 말이오.」

나는 어깨를 으쓱하며 말했다.

「우리는 갓난아이를 죽였소. 이제 그 사람들이 와서 우리의 허가장을 무효로 만들 거란 말이오!」

코인나쥐가 대꾸했다.

나는 머리를 흔들었다.

「그 누구도 우리의 허가장을 무효로 할 수는 없소.」

「너무 그렇게 자신하지 마시오, 코리바.」

코인나쥐가 내게 경고했다.

「당신은 염소를 산 채로 묻을 수 있소. 그러면 그 사람들은 우리를 지켜보면서 머리를 설레설레 흔들고는 자기들끼리 우리의 종교를 경멸하며 수군댈 거요. 당신은 노약자를 내쫓아 하이에나의 먹이로 만들 수도 있소. 그때마다 그 사람들은 정나미가 떨어진 표정으로 우리를 지켜보며 자비심이 없는 미개인이라 할 거요. 하지만 단언컨대 갓 태어난 아이를 죽이는 것은 다른 문제요. 그 사람들은 지켜보고만 있지 않을 거요. 이제 사람들은 이곳에 몰려올 거요.」

「만약 그 사람들이 몰려온다면, 내가 왜 아이를 죽였는지 설명하겠소.」

나는 차분히 대답했다.

「그 사람들은 당신의 대답을 받아들이지 않을 거요. 그 사람들은 이해하지 못할 거요.」

「그 사람들에게는 내 대답을 받아들이는 것 말고는 다른 선택이 없소. 여기는 키리냐고 그 사람들에게는 간섭할 권한이 없소.」

「방법을 찾을 거요.」

코인나쥐는 확신하며 말했다.

「우리는 사과를 하고 다시는 이런 일이 벌어지지 않을 거라고 그 사람들에게 말해야 하오.」

「우리는 사과하지 않을 거요. 또한 다시는 그러지 않겠다는 약속도 하지 않을 거요.」

나는 정색을 하며 말했다.

「그렇다면, 대추장으로서 〈내〉가 사과하리다.」

나는 그를 한참 노려보다가 어깨를 으쓱했다.

「알아서 하시오.」

갑자기 코인나쥐의 눈이 공포에 질렸다.

「내게 무슨 짓을 할 거요?」

코인나쥐는 걱정스러운 말투로 물었다.

「나 말이오? 아무 짓도 안 할 거요. 당신은 내 추장이 아니오?」

그가 안심을 하자 나는 덧붙였다.

「하지만 만약 내가 당신이라면 벌레를 조심할 거요.」

「벌레? 왜 말이오?」

「왜냐면 거미든 모기든 또는 파리든 간에 다음번에 당신을 무는 벌레가 당신을 죽일 것이기 때문이오. 당신의 피는 몸 안에서 끓어오르고 뼈는 녹아내릴 것이오. 당신은 고통 때문에 비명을 지르고 싶겠지만 신음 소리 한 마디 낼 수 없을 것이오.」

나는 잠시 말을 멈추었다가 심각하게 덧붙였다.

「친구가 그렇게 죽는 것은 원치 않지만.」

「당신은 내 친구가 아니오, 코리바?」

코인나쥐의 검은 얼굴이 잿빛으로 바뀌었다.

「친구인 줄 알았소. 하지만 내 친구들은 우리의 전통을 존경하오. 때문에 내 친구들은 백인에게 사과하지 않소.」

「난 사과하지 않을 거요!」

코인나쥐는 확실하게 약속한 뒤 맹세의 증거로 양손에 침을 뱉었다.

나는 허리에 차고 있던 주머니 하나를 열어 근처 강가에서 주워 온 작고 빛나는 돌멩이 하나를 꺼냈다.

「이것을 목에 두르고 있으시오. 그러면 이 돌이 벌레가 당신을 물지 못하도록 해줄 것이오.」

내가 그에게 돌을 건네주며 말했다.

「고맙소, 코리바!」

코인나쥐는 진심으로 고마워하며 말했고, 이로서 또 다른 고비 하나가 지나갔다.

코인나쥐는 마을에서 벌어지고 있는 일들에 대해 나와 몇 분간 더 이야기를 나누다가 자기 보마로 돌아갔다. 나는 죽은 아기의 어머니인 말리를 데리러 보냈고, 그녀가 다시 아이를 가질 수 있도록 정화 의식을 치렀다. 또한 젖가슴의 고통을 줄일 수 있도록 고약도 주었다. 젖이 불어 아파했기 때문이다. 그러고는 내 보마 앞의 모닥불가에 앉아서 닭과 염소에 대한 소유권 분쟁을 처리하고 마귀에 대항하는 부적을 만들어 주며 옛날 풍습에 대한 교육을 하는 등의 일로 마을 사람들과 시간을 보냈다.

저녁 식사 시간 즈음해서는 아무도 죽은 아이에 대해 생각하지 않았다. 나는 지위에 걸맞게 내 보마에서 혼자 식사를 했다. 문두무구는 언제나 자기 부족들과 떨어져서 먹고살기 때문이다. 식사를 마친 뒤, 나는 추위를 쫓기 위해 담요로 몸을 감싸고 오솔길을 걸어 다른 보마들이 모여 있는 곳으로 갔다. 밤이 되어 소와 염소와 닭들은 우리 안에 있었고, 암소 한 마리를 잡아 저녁 식사를 마친 마을 사람들은 이제 노래하고 춤추며 끝없이 폼베를 마시고 있었다. 그들이 내게 길을 내주자 나는 가마솥으로 걸어가 폼베를 한 모금 마신 다음, 칸자라의 요구에 따라 염소를 갈라 내장이 의미하는 바를 해석하였고, 그의 가장 어린 아내가 곧 아이를 가질 것이라는 예언에 마을 사람들은 더욱 축하하며 즐거워했다. 마침내 아이들은 내게 이야기를 해달라고 졸라댔다.

「하지만 지구 얘기는 말고요. 그 얘기들은 늘 들어요. 키리냐가에 대한 얘기를 해주세요.」

키가 큰 축에 속하는 한 사내아이가 불평을 했다.

「그래, 알았다. 둥그렇게 둘러앉으렴. 그러면 키리냐가에 대한 이야기를 해주지.」

어린아이들이 모두 가까이 다가왔다.

「이것은 사자와 산토끼에 대한 이야기란다.」

나는 모두가, 특히 어른들이 귀를 기울일 때까지 말을 멈추었다.

「산토끼들 중 한 마리가 사자에 바쳐질 제물로 뽑혔단다. 사자가 토끼 마을에 재앙을 가져오지 않도록 하기 위해서 말이야. 그 산토끼는 도망칠 수도 있었지만 그래 봤자 조만간 사자에게 잡히리라는 사실을 알고 있었단다. 그래서 대신 토끼는 사자를 찾아갔고, 사자가 토끼를 삼키기 위해 입을 쩍 벌렸을 때 그 산토끼는 말했단다.

〈용서해 주세요, 위대한 사자님.〉

〈뭘 말이냐?〉

사자는 궁금해서 물었단다.

〈드시기엔 제가 너무 작은 거 말입니다. 그래서 저는 꿀도 가져왔습니다.〉

산토끼가 대답했단다.

〈꿀은 보이지 않는구나.〉

사자가 말했단다.

〈그래서 제가 용서를 비는 거랍니다. 다른 사자가 저한테서 꿀을 빼앗아 갔습니다. 그 사자는 아주 사나웠으며 사자님을 무서워하지 않는다고 말했답니다.〉

산토끼가 말했지.

〈그 다른 사자는 어디 있느냐?〉

사자는 벌떡 일어나 으르렁댔단다.

〈저 아래요. 하지만 그 사자는 꿀을 돌려주지 않을 겁니다.〉

산토끼는 땅에 있는 구멍을 가리켰단다.

〈그건 두고 봐야 알지!〉

사자가 으르렁거렸지.

그 사자는 무섭게 으르렁대며 구멍으로 뛰어 들어갔고, 다시는 볼 수가 없었단다. 왜냐하면 산토끼가 말해 준 구멍은 정말로 깊은 곳이었거든. 그리고 그 산토끼는 다른 토끼들이 있는 마을로 와서 사자가 다시는 자기들을 괴롭히지 않을 거라고 말했단다.」

아이들 대부분은 좋아라 웃으며 손뼉을 쳤지만 아까 그 사내아이가 반대 의견을 냈다.

「그건 키리냐가 이야기가 아니에요. 여기에는 사자가 없어요.」

그 아이는 못마땅하다는 표정으로 말했다.

「키리냐가 이야기란다. 이 이야기에서 중요한 점은 사자와 산토끼가 아니라, 지혜를 쓴다면 약한 자가 강한 자를 물리칠 수 있다는 것이란다.」

「그게 키리냐가와 무슨 상관이죠?」

그 사내아이가 물었다.

「만약 우주선과 무기를 가지고 있는 유지 위원회 사람들이 사자이고 키쿠유족이 산토끼라고 한다면? 사자가 제물을 바치라고 한다면 산토끼는 어떻게 해야 하지?」

갑자기 그 사내아이가 싱긋 웃었다.

「이제 알겠어요! 그 사자를 구멍으로 던져 버려야 해요!」

「하지만 여기에는 구멍이 없단다.」

내가 지적했다.

「그럼 어떻게 하지요?」

「산토끼는 구멍 근처에서 사자를 만날 줄 몰랐단다. 만약 산토끼가 사자를 깊은 호수 근처에서 만났다면 산토끼는 아마도 커다란 물고기가 꿀을 빼앗아 갔다고 말했을 거다.」

「여기에는 깊은 연못이 없어요.」

「하지만 우리는 지혜가 있잖니. 그리고 만약 유지 위원회가 우리를 간섭하려 든다면 우리는 지혜를 써서 유지 위원회를 없애야 한단다. 산토끼가 지혜를 써서 사자를 없앤 이야기에서처럼 말이다.」

「지금 당장 유지 위원회를 어떻게 쳐부술지 생각해 봐요!」
 그 사내아이가 소리쳤다. 그 아이는 막대기를 주워 들고 가상의 사자에게 흔들어 댔다. 마치 막대기가 창이고 자신이 위대한 사냥꾼이라도 되는 양.
 나는 머리를 가로저었다.
「산토끼는 사자를 사냥하지 않고, 키쿠유족은 전쟁을 일으키지 않는단다. 그 산토끼는 단지 자신을 보호할 뿐이고, 키쿠유족도 마찬가지란다.」
「왜 유지 위원회가 우리를 간섭하려 하나요?」
 다른 사내아이가 아이들을 밀고 앞으로 나오며 물었다.
「그 사람들은 우리 친구잖아요.」
「아마 간섭하지 않겠지. 하지만 늘 잊지 말아야 할 것은 키쿠유족은 자기 말고는 진짜 친구가 없다는 점이란다.」
 나는 안심을 시키며 대답했다.
「하나 더 얘기해 주세요, 할아버지!」
 한 여자아이가 소리쳤다.
「나는 늙은이란다. 이제 밤이 되어 추워지니 집에 가서 자야겠구나.」
「내일은요? 내일 다른 얘기를 해주실 거예요?」
 그 여자아이가 물었다.
 나는 웃으며 말했다.
「내일 말하거라. 밭에 씨를 뿌리고 소와 염소를 우리에 가두고 음식을 만들고 옷감을 다 짠 뒤에 말이다.」
「하지만 여자아이는 소나 염소를 몰지 않는 걸요. 만약 남자 형제들이 동물들을 우리 안으로 데려오지 않으면 어떻게 하나요?」
 그 여자아이가 대꾸했다.
「그러면 여자아이들에게만 이야기를 해주마.」

「긴 얘기여야만 해요. 우리가 사내아이들보다 훨씬 열심히 일하잖아요.」

여자아이가 진지한 얼굴로 고집했다.

「널 특히 지켜보고 있으마, 꼬마야. 그리고 그 이야기는 네가 일한 양에 따라 길어지거나 짧아질 거다.」

어른들이 모두 웃는 바람에 갑자기 그 여자아이는 무척 마음이 상한 듯했지만 나는 싱긋 웃으며 그 아이를 껴안고 머리를 쓰다듬어 주었다. 아이들은 문두무구를 두려워하는 동시에 사랑하는 법을 배워야 할 필요가 있기 때문이다. 마침내 그 아이는 다른 여자아이들과 춤추고 놀기 위해 내 품에서 빠져나갔고, 나는 보마로 돌아왔다.

돌아와서 바로 컴퓨터를 켜니, 유지 위원회에서 이튿날 아침에 사람 한 명을 보내겠다는 통보가 와 있었다. 나는 간섭 금지 규정을 뜻하는 〈제2조 5항〉이라는 아주 간단한 답장을 쓴 뒤 담요에 누워 사람들이 규칙적으로 부르는 노랫소리에 실려 잠으로 빠져들었다.

나는 해 뜰 무렵 일어나, 유지 위원회의 우주선이 도착하면 알려 달라고 컴퓨터에게 지시했다. 그런 뒤 내 소와 염소를 살펴보고 — 우리 동족 가운데 나만은 곡식을 심지 않는다. 키쿠유족은 문두무구의 가축을 돌보고, 담요를 만들어 주고, 보마를 깨끗하게 청소해 주며 자신의 문두무구를 먹여 살려야 하기 때문이다 — 시보키의 보마에 가서 그의 관절염을 완화시킬 수 있도록 고약을 전해 주었다. 그리고 태양이 대지를 따뜻하게 비출 때쯤, 젊은이들이 가축을 돌보는 목초지를 돌아서 보마로 돌아왔다. 그때 나는 우주선이 도착한 것을 알았다. 내 오두막 근처에 하이에나 한 마리가 똥을 싸 놓은 것을 발견했기 때문이다. 그것은 저주의 가장 확실한 징표였다.

나는 컴퓨터로부터 방문객에 대해 최대한 알아본 다음 바깥으로 나와 지평선을 훑어보았다. 벌거숭이 아이 둘과 작은 개가 서로 쫓고 쫓기며 놀고 있었다. 아이들과 개가 내 닭을 겁주고 있어서, 아이들을 부드럽게 타일러 그들의 〈샴바〉[5]로 보내고 모닥불가에 앉았다. 드디어, 유지 위원회에서 온 방문객이 헤이븐으로부터 길을 따라 성큼성큼 걸어오는 모습이 보이기 시작했다. 그녀는 더운 날씨에 몹시 불편한 듯 보였고, 손을 휘저어 머리 주위를 맴도는 파리를 쫓으려 했지만 별 효과가 없었다. 여인의 금발은 약간 희끗희끗했으며, 가파른 바위투성이 길을 어색한 자세로 걸어오는 걸 보니 이런 지형에 익숙하지 않은 것이 분명했다. 여인은 수없이 균형을 잃고 넘어질 뻔했으며 이곳으로 다가옴에 따라 수많은 동물들을 보고 겁을 먹은 것이 분명했다. 그러나 여인은 결코 걸음을 늦추지 않았고, 10분도 되지 않아 내 앞에 도착했다.

「안녕하세요?」

여인이 말했다.

「잠보, 〈멤사브〉.[6]」

내가 대답했다.

「당신이 코리바죠?」

나는 내 적의 얼굴을 간단하게 살펴보았다. 중년에 지쳐있는 모습이며, 대단해 보이지는 않았다.

「내가 코리바요.」

「그렇군요, 제 이름은……」

「당신이 누군지 알고 있소.」

내가 말을 끊었다. 왜냐하면 만약 충돌을 피할 수 없다면 공세를 취하는 것이 최상이기 때문이다.

---

5 농원, 농장.
6 결혼한 서양 여성을 부르는 존칭.

「그래요?」
나는 주머니에서 뼈를 꺼내 땅 위로 던졌다.
「바바라 이튼. 지구 태생이군.」
나는 뼈를 주워 들고 다시 던지면서 여인의 반응을 살폈다.
「로버트 이튼과 결혼했고, 유지 위원회에서 9년 동안 일해 왔군그래.」
마지막으로 뼈를 던졌다.
「마흔한 살이고 아이를 가질 수 없고.」
「어떻게 그 모든 것을 다 아시죠?」
이튼이 놀란 말투로 물었다.
「나는 문두무구지 않소?」
이튼은 나를 한참 바라보았다.
「컴퓨터에서 제 정보를 찾아보셨군요.」
마침내 이튼은 결론지었다.
「내가 말한 것이 사실이라면 내가 그것을 뼈에서 읽어 내든 컴퓨터에서 찾아내든 무슨 차이가 있겠소?」
이튼의 말에는 가타부타 대답 없이 내가 대꾸했다.
「앉으시오, 멤사브 이튼.」
이튼은 어색한 몸짓으로 땅바닥에 앉았고 먼지가 피어오르자 얼굴을 찡그렸다.
「키리냐가는 무척 덥네요.」
이튼은 불편한 듯 지적했다.
「키리냐가는 무척 덥소.」
「하지만 당신들은 어떤 날씨라도 원하는 대로 만들 수 있잖아요.」
이튼이 지적했다.
「우리는 우리가 원하는 날씨를 〈만들었소〉.」
「저기에 육식 동물이 사나요?」

이튼은 사바나 저쪽을 바라보며 물었다.

「약간은.」

「어떤 종류요?」

「하이에나요.」

「더 큰 것은요?」

「더 큰 것은 〈없소〉.」

「왜 저놈들이 저를 공격하지 않았죠?」

「아마도 당신이 침입자이기 때문일 거요.」

「헤이븐으로 돌아가는 길에도 저놈들이 절 가만히 놔둘까요?」

이튼은 내 의견을 무시하고 불안한 표정으로 물었다.

「그놈들을 물리칠 부적을 주겠소.」

「경호원이 더 좋겠는데요.」

「알겠소.」

「정말 추하게 생긴 동물이네요.」

진저리를 치며 그녀가 말했다.

「당신네 세상을 지켜보면서 저놈들을 한 번 본 적이 있어요.」

「아주 쓸모 있는 동물이오. 놈들은 여러 가지 길조와 흉조 모두를 가르쳐 주기 때문이오.」

「정말요?」

나는 고개를 끄덕였다.

「하이에나 한 마리가 오늘 아침 내게 흉조를 가져왔소.」

「그리고요?」

이튼은 호기심에 차 물었다.

「그리고 당신이 여기 있소.」

그녀가 웃으며 말했다.

「사람들 말로는, 당신은 날카로운 노인이라더군요.」

「틀렸소. 나는 내 보마 앞에 앉아서 젊은이들이 소와 염소를 돌보는 모습이나 지켜보는 연약한 늙은이요.」

「당신은 케임브리지 대학을 우등으로 졸업하고 예일 대학에서 두 개의 대학원 과정을 마친 연약한 늙은이죠.」

「누가 당신에게 그런 말을 했소?」

이튼은 웃었다.

「당신만 기록을 얻을 수 있는 게 아니랍니다.」

나는 어깨를 으쓱했다.

「내 학위는 내가 더 좋은 문두무구가 되는 데 아무 도움도 주지 못했소. 시간낭비일 뿐이었소.」

「계속 그 단어를 쓰시는군요. 문두무구가 정확히 〈무슨〉 뜻이죠?」

「당신네들은 주술사라고 할 거요. 비록 문두무구가 주술을 걸고 예언을 해석하기도 하지만 사실 문두무구는 자기 종족의 지혜와 전통을 모아 놓은 보물 창고요.」

「괜찮은 직업 같군요.」

「대가가 없는 일이란 없소.」

「〈굉장한〉 대가군요!」

이튼은 마치 감동이라도 받은 척 말했다. 마침 그때 멀리서 염소가 매애거렸고 이에 응답이라도 하듯 한 젊은이가 스와힐리어로 고함을 치고 있었다.

「유토피아에 사는 모든 사람들의 생사를 결정할 수 있다니 말이에요!」

〈이제야 본색을 드러내시는군〉이라고 생각하고선 나는 큰 소리로 말했다.

「멤사브 이튼, 그것은 권력 사용의 문제가 아니라 전통 유지에 관한 문제요.」

「약간 의심스러운걸요.」

이튼이 퉁명스레 말했다.

「왜 내가 한 말을 의심하는 거요?」

「만약 갓난아이를 죽이는 것이 전통이라면 키쿠유족은 한 세대가 지나면 멸망할 테니까요.」

「만약 갓난아이를 죽이는 문제에 당신들이 반대한다면, 노약자들을 하이에나에게 보내는 우리의 전통에 대해 유지 위원회가 그동안 아무 말도 하지 않았다는 사실이 이상하군.」

나는 침착하게 말했다.

「노약자들이 당신들의 처분에 동의했다는 사실을 알고 있어요. 우리는 반대를 하지만요. 또한 갓 태어난 아이는 자신의 죽음에 동의할 수 없다는 것도 알고 있고요.」

이튼은 말을 멈추고 나를 노려보았다.

「그 아기가 왜 죽어야 했는지 말해 주시겠어요?」

「그 문제 때문에 여기에 온 거군그래, 그렇지 않소?」

「저는 그 상황을 알기 위해 여기에 온 겁니다.」

뺨에 붙은 벌레를 쓸어 내고 자세를 고쳐 앉으며 이튼이 대답했다.

「갓난아이가 살해됐어요. 우리는 왜 그런지 알고 싶어요.」

나는 어깨를 으쓱했다.

「그것이 무서운 〈싸후〉와 함께 태어났기 때문에 죽인 거요.」

이튼은 얼굴을 찡그렸다.

「싸후요? 그게 뭐죠?」

「저주요.」

「당신 말은 그 아이가 불구였다는 건가요?」

「불구가 아니었소.」

「그러면 당신이 말하는 저주란 게 뭐죠?」

「그 녀석은 태어날 때 발부터 나왔소.」

「그거예요? 그게 저주인가요?」

이튼이 놀라 물었다.

「그렇소.」

「단지 발부터 나왔기 때문에 죽인 거라고요?」

「마귀를 죽이는 것은 살인이 아니오. 우리 전통에 따르면 그런 식으로 태어난 아이는 마귀요.」

나는 침착하게 설명했다.

「당신은 지식인이에요, 코리바. 그런데 어떻게 건강한 아이를 죽여 놓고 원시적인 전통 탓으로 돌릴 수 있나요?」

「멤사브 이튼, 전통의 힘을 과소평가해서는 안 되오. 키쿠유족은 한때 자신들의 전통에서 등을 돌린 적이 있었소. 그 결과 우리의 원래 고향은 기계화, 황폐화된 인구 과잉의 나라가 되어 케냐인이라고 알려진 새로운 인공 부족을 제외한 키쿠유나 마사이, 루오, 와캄바족이 더는 살 수 없게 되었소. 여기 키리냐가에서 살고 있는 우리들은 진짜 키쿠유족이고, 다시는 그런 실수를 되풀이하지 않을 거요. 만약 장마가 늦으면 숫양을 제물로 바쳐야 하오. 또한 어떤 사내가 자신의 정직을 의심받는다면 그 사람은 〈기싸니〉[7]의 시련을 참아 내야만 하오. 만약 아이가 싸후를 받고 태어난다면 그 아이는 죽어야만 하오.」

「그래서 발부터 태어난 아이를 계속해서 죽일 작정인가요?」

「맞았소.」

내가 대꾸했다.

나를 바라보며 말하는 이튼의 얼굴에서 땀방울이 굴러 떨어졌다.

「유지 위원회가 어떤 반응을 보일지 모르겠군요.」

---

[7] 키쿠유족이 정직을 시험하는 방법. 거짓말을 한다고 생각하는 사람의 혀에 뜨겁게 달군 칼을 대어 그 사람이 혀를 데면 거짓말을 한다고 믿는다. 거짓 말하는 사람은 긴장하기 때문에 침이 말라 혀를 덴다고 생각하는 것이다.

「허가장에 따르자면, 유지 위원회는 우리를 막을 수 없소.」
내가 이튼에게 상기시켰다.

「그렇게 간단하지 않아요, 코리바. 허가장에 따르자면, 당신들 세계를 떠나고 싶어 하는 사람은 누구든지 헤이븐으로 자유롭게 가서 지구로 가는 우주선을 탈 수 있어요.」

이튼은 잠시 말을 멈추었다.

「그 갓난아이에게 그런 기회를 줬나요?」

「나는 갓난아이가 아니라 마귀를 죽인 거요.」

뜨거운 바람이 휘젓는 먼지를 피해 고개를 돌리며 대답했다.

이튼은 바람이 잠잠해질 때까지 기다렸지만, 말하기 전에 잠시 콜록거렸다.

「유지 위원회의 모든 사람들이 그 의견에 공감하지는 않으리라는 것을 아시겠죠?」

「유지 위원회가 어떻게 생각하는지는 우리가 알 바 아니오.」

「죄 없는 어린아이가 살해당했을 때는, 유지 위원회가 어떻게 생각하고 있는가가 당신들에게 제일 중요하죠. 유토피아 법정에서 당신들이 한 행동을 변호하고 싶어 하지는 않는다고 생각하는데요.」

「당신은 여기에 당신 말대로 상황 파악하러 온 거요, 아니면 협박하러 온 거요?」

「상황 파악하러요. 하지만 당신이 설명해 준 사실에서 끄집어 낼 수 있는 결론은 단 하나뿐인 것 같군요.」

「그렇다면 내 말을 제대로 듣지 않은 거요.」

강한 바람이 다시 한 번 불어오자 나는 바람이 지나가길 기다리며 잠시 눈을 감았다.

「코리바, 당신들이 선조의 방식을 그대로 따라 살기 위해 키리냐가를 만들었다는 사실은 저도 잘 알고 있어요. 하지만 당신은 종교 의식을 위해 짐승을 괴롭히는 일과 갓난아이를 죽이는 일은 다르다는 사실을 분명히 알고 있어요.」

나는 머리를 흔들었다.

「그 둘은 같은 거요. 〈당신들〉 맘에 안 든다고 해서 우리가 사는 방식을 바꿀 수는 없소. 우리는 예전에 한 번 그랬지만 불과 몇 년 지나지 않아서 당신들의 문화는 우리 사회를 망쳐 놨소. 우리가 세운 모든 공장과 직장, 우리가 받아들인 사소한 서양 기술 하나하나와 기독교로 개종한 모든 키쿠유 때문에 우리는 되어서는 안 될 상태가 되어 버렸소.」

나는 이튼의 눈을 똑바로 바라보았다.

「나는 우리를 키쿠유로 살게 해주는 모든 것을 지키도록 위임을 받은 문두무구요. 그리고 나는 다시는 앞서의 실수를 되풀이하지 않도록 할 거요.」

「다른 방법이 있어요.」

「키쿠유족에게는 없소.」

나는 단호하게 대답했다.

「〈있어요〉.」

이튼이 주장했다. 그녀는 자신이 하려는 말에 너무 열중한 나머지, 부츠를 기어오르는 흑황색 지네를 미처 눈치채지 못했다.

「예를 들어, 우주 공간에서 몇 년을 보내면 심리 상태나 호르몬에 변화가 오지요. 제가 여기 왔을 때 당신은 제가 마흔 한 살에다 아이를 가질 수 없다는 사실을 알고 있었죠. 맞아요. 사실, 유지 위원회에 있는 많은 여자들은 아이가 없어요. 만약 당신들이 아이를 우리에게 넘겨준다면, 아이에게 부모를 만들어 주겠다고 약속할게요. 그것은 당신들 사회에서 아이를 죽이지 않으면서 효과적으로 없애는 방법이 될 수 있어요. 상관에게 이 일에 대해 이야기해 볼게요. 그들도 쾌히 승낙해 줄 거예요.」

「사려 깊고 혁신적인 생각이오, 멤사브 이튼. 그 제안을 거절하는 게 미안할 지경이라오.」

나는 진심으로 말했다.

「왜 안 되죠?」

이튼이 힐문했다.

「왜냐면, 일단 한 번 우리의 전통을 배반하고 나면 이 세상은 키리냐가가 아니라 단지 또 다른 케냐가 되기 때문이오. 본질이 아닌 다른 무엇인가가 되기 위해 어색한 행동을 하는 사람들의 나라 말이오.」

「코인나쥐나 다른 추장들에게 이 제안에 대해 말할 수도 있어요.」

이튼이 의미심장한 목소리로 제안했다.

「그 사람들은 내 지시를 어기지 않을 거요.」

나는 자신 있게 대답했다.

「그 정도의 권력을 가지고 있나요?」

「그 정도의 존경을 받고 있소. 추장은 법을 집행하지만, 그것을 해석하는 이는 문두무구요.」

「그렇다면 다른 대안을 생각해 봐요.」

「싫소.」

「저는 유지 위원회와 당신들 사이의 분쟁을 피해 보려고 노력하는 거라고요.」

이튼이 당황한 목소리로 말했다.

「최소한 저와 타협해 보려는 노력은 할 수 있잖아요.」

「당신의 동기는 의심할 여지가 없소, 멤사브 이튼. 그러나 당신은 침입자요. 당신네 위원회는 우리 문화를 방해할 만한 법적 권한이 없소. 우리는 유지 위원회에 우리 종교나 도덕을 강요하지 않고, 유지 위원회도 자신의 종교나 도덕을 강요해선 안 되오.」

「그게 그렇게 간단하지 않아요.」

「아주 간단하오.」

「그게 이 문제에 대한 당신의 결론인가요?」

「그렇소.」

이튼은 자리에서 일어났다.

「그렇다면 이제 가서 보고서를 써야겠군요.」

나도 같이 일어났고, 바람결에 마을의 향기가 실려 왔다. 바나나 향, 솥에 담겨 있는 폼베의 신선한 냄새, 그리고 아침에 잡은 황소의 톡 쏘는 냄새까지.

「좋으실 대로, 멤사브 이튼. 당신을 경호할 사람들을 준비하겠소.」

나는 염소 세 마리를 돌보고 있던 사내아이에게 마을에서 젊은이 두 명을 데려오라고 시켰다.

「고마워요. 불편하시겠지만, 저는 단지 하이에나가 묶여 있지 않고 돌아다니는 게 안전하지 않은 것 같아서요.」

「괜찮소. 경호해 줄 사람을 기다리는 동안 하이에나에 대한 이야기를 듣고 싶어 할지도 모르겠소.」

이튼은 자기도 모르게 몸서리를 치더니 역겨워하는 표정으로 말했다.

「그 짐승은 너무나 추악하게 생겼어요! 뒷다리는 거의 불구처럼 보이더군요.」

이튼은 고개를 흔들며 계속 말했다.

「싫어요, 하이에나 얘기에는 관심이 없어요.」

「〈이〉 얘기에는 관심 있을 거요.」

내 말에 이튼은 호기심 어린 눈으로 나를 보더니 이윽고 어깨를 으쓱했다.

「좋아요. 말해 보세요.」

나는 말을 시작했다.

「하이에나가 불구고 추악하게 생긴 동물이라는 말은 사실이오. 하지만 아주 옛날 한때 하이에나는 임팔라처럼 아름답고 우아한 모습이었소. 그러던 어느 날, 키쿠유족의 추장은 하이에나에게 성스러운 산 키리냐가 꼭대기에 사시는 응가이께 드리는 선물로 어린 염소 한 마리를 맡겼소. 하이에나는 그 염소를 강한 입으로 물고 멀리 떨어진 산으로 향했소. 그러던 도중 하이에나는 유럽인과 아랍인들이 살고 있는 한 마을을 지나게 되었소. 마을에는 총과 기계와 그 전까지 하이에나가 보지 못한 여러 가지 신기한 물건들이 많았소. 그리고 하이에나는 그 물건들에 넋을 잃고 길을 멈추었소. 마침내 한 아랍인이 넋을 잃고 바라보는 하이에나를 눈치채고는 그도 문명인이 되고 싶은지 물어보았소. 그리고 하이에나가 입을 열어 그러고 싶다고 대답하는 순간 염소가 땅에 떨어져 도망가 버렸소. 염소가 시야에서 사라져 버리자, 그 아랍인은 껄껄거리며 하이에나는 인간이 될 수 없다며 그냥 농담으로 해본 소리라고 말했소.」

나는 잠시 말을 멈추었다가 계속했다.

「여하튼, 하이에나는 키리냐가로 계속 나아갔고, 정상에 도착했을 때 응가이께서는 염소는 어디에 있냐고 물으셨소. 하이에나가 상황을 말씀드리자 응가이께서는 하이에나를 산 꼭대기에서 집어 던지셨소. 뻔뻔스럽게도 하이에나가 인간이 될 수 있다고 믿었기 때문이오. 땅에 떨어진 하이에나는 죽지는 않았지만 뒷다리를 절게 되었고, 응가이께서 선포하시길, 될 수 없는 무엇인가가 되려고 한 어리석음을 일깨워 줄 수 있도록 앞으로는 모든 하이에나가 그런 모습이 될 거라 하셨소. 또한 응가이께서는 하이에나들에게 바보처럼 웃는 얼굴도 주셨소.」

나는 다시 말을 멈추고는 여인을 바라보았다.

「멤사브 이튼, 당신은 키쿠유족이 바보처럼 웃는 모습을 보지 못할 거고, 나는 키쿠유족이 하이에나처럼 다리를 절름거리지 않게 할 거요. 내가 무슨 말을 하는지 이해하시겠소?」

이튼은 내가 한 말을 잠시 생각하더니 내 눈을 바라보았다.

「우리는 서로를 완전하게 이해하고 있어요, 코리바.」

그때 내가 부른 두 명의 젊은이가 도착했고, 나는 그 아이들에게 이튼을 헤이븐까지 바래다 주고 오라고 지시했다. 잠시 뒤 그들은 메마른 사바나를 가로질러 갔고 나는 일상의 일로 돌아왔다.

나는 허수아비에게 축복을 내리며 들판을 가로질러 걷기 시작했다. 많은 꼬마 아이들이 내 뒤를 따라왔기 때문에 필요 이상으로 자주 나무 아래서 휴식을 취해야 했고, 그때마다 아이들은 이야기를 더 해달라고 졸라 댔다. 나는 아이들에게 코끼리와 물소 이야기를 해주었고, 마사이족의 〈엘모란〉[8]이 무지개가 다시는 땅에 붙어 있지 못하도록 어떻게 창으로 무지개를 잘라 냈으며, 아홉 개의 키쿠유 부족 이름을 왜 기쿠유의 아홉 딸 이름에서 따왔는지 이야기해 준 후 해가 너무 뜨거워지자 아이들을 마을로 돌려보냈다.

그리고 오후가 되자 나는 좀 더 나이 든 아이들을 모아 놓고 다가오는 할례 의식 때 얼굴과 몸에 어떻게 칠을 해야 하는지 한 번 더 설명해 주었다. 전날 밤 키리냐가에 대한 이야기를 해달라고 고집했던 사내아이인 은데미는 자기 창으로는 작은 가젤조차 죽일 수 없었다고 불평하며 창이 더 정확하게 날아가게 하는 부적을 달라고 했다. 나는 그 아이에게 언젠가는 부적 없이 물소나 하이에나와 맞닥뜨리는 날이 올

---

[8] 젊은 전사.

것이며 나에게 다시 오기 전에 더 연습을 해야만 한다고 설명했다. 어린 은데미는 활발하고 겁이라고는 손톱만큼도 없기에 지켜볼 만한 아이였다. 옛날이라면 이 아이는 전사가 되었겠지만, 키리냐가에는 전사가 필요 없었다. 하지만 우리가 아이를 많이 낳는다면 언젠가는 추장, 심지어는 문두무구도 한 명 더 필요하게 될 터이기에 나는 그 아이를 유심히 관찰하기로 마음먹었다.

밤이 되어 혼자 식사를 한 다음, 나는 옆 마을 여자 카미리와 결혼하는 젊은이인 은조구를 위해 마을로 돌아갔다. 신부의 몸값은 이미 정해졌고, 두 가족은 의식을 주재할 나를 기다리고 있었다.

얼굴에 줄무늬를 그려 넣은 은조구는 타조 털로 머리 장식을 했으며, 약혼자와 함께 내 앞에 섰을 때는 무척이나 초조해 보였다. 나는 카미리의 아버지가 이 행사를 위해 가져온 살진 숫양의 목을 딴 다음 은조구에게 돌아서서 물었다.

「할 말이 있는가?」

은조구는 한 발짝 앞으로 나섰다.

「저는 카미리가 제 샴바의 밭을 갈았으면 합니다. 왜냐하면 저는 남자이므로 제 샴바를 돌봐 주고 농작물이 잘 자라서 제가 부자가 될 수 있도록 뿌리 주변까지 땅을 깊이 파줄 여자가 필요하기 때문입니다.」

미리 정해진 말을 하는 그 아이의 목소리가 초조함으로 갈라졌다.

은조구는 진심이라는 뜻을 보이기 위해 양손에 침을 뱉은 다음 안도감에 젖어 길게 숨을 내쉰 뒤 자기 자리로 돌아갔다.

나는 카미리 쪽을 향했다.

「너는 뮤치리의 아들인 은조구의 샴바를 경작하는 데 동의하느냐?」

「네, 동의합니다.」

카미리는 고개를 숙이며 살며시 말했다.

내가 오른손을 들자 신부의 어머니가 폼베가 든 바가지를 그 위에 올려놓았다.

「만약 이 남자가 네 마음에 들지 않는다면 이 폼베를 땅에 쏟아 버리겠다.」

내가 카미리에게 말했다.

「그러지 마세요.」

카미리가 말했다.

「그러면, 마셔라.」

내가 바가지를 그 아이에게 주며 말했다.

카미리는 바가지를 입으로 가져가 한 모금 마신 뒤 은조구에게 전해 주었고, 은조구도 같은 행동을 했다.

바가지가 비자 은조구와 카미리의 부모는 두 집 사이 우정의 뜻으로 바가지에 풀을 채웠다.

그러자 구경꾼들 사이에 환호성이 일어났고, 숫양을 굽기 위해 옮겨 내가자 더 많은 폼베가 마치 마술을 부린 듯 나타났다. 신랑이 신부를 자기 보마로 데려가는 동안 남은 사람들은 밤늦게까지 유쾌하게 놀고 마셨다. 염소 울음소리에 하이에나가 근처에 있음을 알아챈 사람들은 놀기를 멈추었고, 남자들이 하이에나를 겁주어 쫓기 위해 창을 들고 들판으로 나간 사이 여자와 아이들은 자신의 보마로 돌아갔다.

내가 막 떠나려는 참에 코인나쥐가 다가왔다.

「유지 위원회에서 온 여자와 말을 해봤소?」

「했소.」

「뭐랍디까?」

「그 여자가 말하길, 발부터 나온 아이를 죽이는 일을 용납하지 않을 거라 했소.」

「〈당신〉은 뭐라고 했소?」

코인나쥐가 초조하게 물었다.

「우리의 종교를 지키는 데 그 사람들의 승인은 필요 없다고 말했소.」

「유지 위원회가 말을 들을 것 같소?」

「그 사람들에게는 선택권이 없소. 그리고 우리도 선택권이 없소.」

나는 덧붙였다.

「우리가 무엇을 하거나 하지 말아야 할지 그 사람들이 한번 명령하기 시작하면 그 사람들은 곧 모든 일에 대해 명령을 내릴 것이오. 그 사람들에게 양보를 해보시오. 그러면 은조구와 카미리는 성경이나 코란에 나오는 결혼 서약을 암송해야 했을 거요. 우리는 케냐에서 그런 일을 겪었소. 우리는 키리냐가에서 그런 일이 일어나게 할 수는 없소.」

「하지만 그 사람들이 우리를 벌하지는 않겠소?」

코인나쥐는 계속 물었다.

「그 사람들은 우리를 벌하지 않을 거요.」

코인나쥐는 흡족해하며 자신의 보마로 돌아갔고, 나는 좁고 구불거리는 오솔길을 따라 내 보마로 돌아왔다. 가축우리에 멈춰 안을 들여다보니 신랑 신부 쪽에서 내가 해준 일에 대한 감사의 뜻으로 보낸 염소 두 마리가 새로 들어와 있었다. 몇 분 뒤 나는 내 보마 안에서 잠이 들었다.

해가 뜨기 몇 분 전 컴퓨터가 나를 깨웠다. 나는 바가지에 있는 물로 세수를 한 뒤 잠잘 때 쓰던 담요를 어깨에 두르고 컴퓨터로 갔다.

화면에는 바바라 이튼이 보낸 간단명료한 편지가 떠 있었다.

어떠한 이유에서든 유아 살해는 키리냐가의 허가장을 정면으로 위반한다는 것이 유지 위원회의 임시 결론입니다. 과거의 위반에 대해서는 아무런 제재도 가하지 않겠습니다. 우리는 또한 당신이 행한 안락사에 대해서도 상황 파악을 하고 있으며 조만간 당신의 좀 더 자세한 증언을 요구할 것입니다.

바바라 이튼

잠시 뒤 코인나줘가 심부름꾼을 보내 장로 회의에 나와 달라고 했을 때, 나는 그도 같은 소식을 받았다는 사실을 알았다.

나는 담요로 어깨를 휘감고 코인나줘와 세 아들, 며느리들의 보마로 이뤄진 그의 샴바로 걷기 시작했다. 내가 그곳에 도착하자 지역 장로들뿐만 아니라 옆 마을에 있는 두 명의 추장도 같이 와 있었다.

「유지 위원회의 소식은 받았소?」

내가 자리에 앉자 반대편에 있던 코인나줘가 물었다.

「받았소.」

「이런 일이 일어날 거라고 경고했었소! 이제 우리는 어떻게 해야 하는 거요?」

「우리는 늘 해왔던 대로 할 거요.」

내가 침착하게 대답했다.

「그럴 수 없소. 그 사람들이 그렇게 못 하게 할 거요.」

옆 마을에서 온 추장 가운데 하나가 말했다.

「그 사람들은 우리를 막을 권리가 없소.」

내가 대꾸했다.

「우리 마을에 아이를 낳을 때가 다가온 여자가 있소. 그리고 모든 징조와 예시를 볼 때 쌍둥이를 낳을 거요. 우리는 먼저 태어난 아이를 죽이라고 배웠소. 한 어머니가 두개의 영혼을 만들 수 없기 때문이오. 하지만 이제 유지 위원회가 그것을 금지시켰소. 이제 어떻게 해야 하는 거요?」

그 추장이 말했다.

「첫 번째 태어난 아이를 죽여야 하오. 마귀이기 때문이오.」

내가 대답했다.

「그러면 유지 위원회가 우리를 키리냐가에서 내쫓을 거요!」

코인나쥐가 씁쓸한 표정으로 말했다.

「우리는 아이를 살릴 수도 있소. 그러면 그 사람들도 만족할 거고 우리를 내버려 둘 거요.」

그 추장이 말을 했다.

나는 고개를 저었다.

「그런다고 해도 그 사람들은 우리를 내버려 두지 않을 거요. 그 사람들은 이미 노약자들을 하이에나에 보내는 우리 방식에 대해 이야기했소. 마치 그 행동이 자기네 신에 대항하는 엄청난 죄인 것처럼 말이오. 만약 당신이 이 문제를 양보한다면, 다른 것도 양보해야만 하는 날이 언젠가는 꼭 올 거요.」

내가 말했다.

「그게 그렇게 끔찍한 일이오? 그 사람들에겐 우리가 만들지 못하는 약이 있소. 아마도 그 사람들은 노인들을 다시 젊게 만들 수도 있을 거요.」

그 추장이 계속 주장했다.

나는 일어나며 말했다.

「당신은 이해하지 못하오. 우리 사회는 사람과 풍습과 전통 각각의 조각 모음이 아니오. 천만의 말이오. 이 사회는 복잡한 시스템으로 모든 조각들은 동물과 사바나의 식물처럼 서로에게 의존하고 있소. 만약 당신이 풀을 태운다면 당신은 그 풀을 먹는 임팔라를 죽이는 것뿐만 아니라 임팔라를 먹는 육식 동물과 그 육식 동물에 빌붙어 사는 진드기와 파리, 그 놈들이 죽었을 때 잔해를 먹는 독수리와 대머리황새까지 죽이는 셈이 되오. 전체를 파괴하지 않고서는 일부를 파괴할 수 없소.」

나는 그들이 내 말에 대해 생각할 수 있도록 잠시 기다렸다가 계속 말을 이었다.

「키리냐가는 사바나와 같소. 만약 우리가 노약자를 하이에나에게 보내지 않으면 하이에나는 굶주리게 될 것이오. 만약 하이에나가 굶주려 죽게 되면 초식 동물들이 너무 많아져 우리 소나 염소가 풀을 뜯을 만한 땅이 남아나지 않을 거요. 만약 응가이께서 정하신 때에 노약자들이 죽지 않으면 우리 모두가 고루 먹을 만큼의 음식은 생기지 않을 거요.」

나는 막대를 들어 집게손가락 위에 아슬아슬하게 균형을 잡았다.

「이 막대는 키쿠유족 사람들이고 내 손가락은 키리냐가요. 이들은 완벽한 균형을 유지하고 있소.」

나는 이웃 마을에서 온 그 추장을 바라보았다.

「그러나 만약 내가 이 균형을 깨고 손가락을 〈여기에〉 놓는다면 무슨 일이 일어나겠소?」

나는 막대의 다른 끝을 가리키며 물었다.

「막대기는 땅에 떨어질 거요.」

「그럼 여기는?」

나는 막대기 중심에서 1, 2센티미터쯤 벗어난 곳을 가리키며 물었다.

「떨어질 거요.」

「우리도 그렇소. 우리가 하나를 양보하든 모두를 양보하든 그 결과는 같소. 키쿠유족은 막대가 떨어지는 것처럼 확실하게 몰락할 거요. 우리의 과거에서 아무것도 배우지 못했소?

우리는 우리의 전통을 〈지켜야만〉 하오. 전통만이 우리가 가지고 있는 모든 것이기 때문이오!」

「하지만 유지 위원회는 우리가 그렇게 하는 것을 허락지 않을 거요!」

코인나쥐가 이의를 제기했다.

「그 사람들은 전사가 아니라 문명인이오.」

나는 목소리에 경멸감을 담아 말했다.

「그 사람들의 추장과 문두무구는 총이나 창을 든 사람들을 키리냐가로 보내지 않을 거요. 그 사람들은 경고와 판결문과 성명서를 계속 내고는 이 모든 것이 소용없을 때 마지막으로 유토피아 법정으로 가서 자기들이 건 소송에 대한 변론을 하고 재판은 몇 번씩이나 연기되고 몇 번씩 재심이 열릴 것이오.」

마침내 그들은 안심하는 모습이었고 나는 자신만만하게 웃으며 말했다.

「당신들은 유지 위원회가 말 이외에 다른 행동을 취하기도 전에 나이 들어 죽게 될 거요. 나는 당신들의 문두무구요. 나는 문명인들 사이에서 살아 봤고 내가 말하는 것은 진실이오.」

이웃 마을의 추장은 똑바로 서서 나를 정면으로 바라봤다.

「쌍둥이가 태어나면 당신을 부르겠소.」

그가 맹세했다.

「꼭 가리다.」

내가 대답했다.

우리는 좀 더 이야기를 나눴고 회의가 끝난 뒤 코인나쥐와 다른 장로들은 각자 자신들의 보마로 흩어졌다. 나는 그들이 제대로 보지 못한 미래에 대해 고민하다가 용감한 소년 은데미를 찾아 마을을 돌아다녔다. 그 아이는 창을 휘두르다가 마른 풀로 만들어 놓은 물소에게 던지고 있었다.

「쟘보, 코리바 할아버지!」
「쟘보, 용감한 꼬마 전사.」
「연습하고 있었어요, 말씀하신 대로요.」
「가젤을 사냥하고 싶어 하는 줄 알았는데.」
내가 지적했다.
「가젤은 어린아이가 잡는 거죠. 저는 〈음보고〉[9]를 잡을 거예요.」
「음보고는 가젤과는 많이 다를 거다.」
「그럴수록 좋아요. 저는 도망치는 동물은 잡고 싶지 않아요.」
은데미는 자신 있게 말했다.
「언제 그 난폭한 음보고를 잡으러 떠날 거냐?」
은데미는 어깨를 으쓱했다.
「더 정확하게 던지게 되면요. 내일쯤요.」
은데미는 나를 보고 씩 웃었다.
나는 잠시 생각에 잠긴 채 그 아이를 바라보다 말을 꺼냈다.
「내일까지는 아직 시간이 있구나. 우리는 오늘 저녁에 할 일이 있단다.」
「어떤 일인데요?」
「친구 열 명을 모으거라. 아직 할례 받을 나이가 되지 않은 아이들로 말이다. 남쪽 숲에 있는 연못으로 아이들을 데려오너라. 해가 진 다음에 와야 하고 문두무구인 코리바가 명령했다면서 아무에게도, 부모에게조차 거기에 오는 것을 말하지 말라고 해라.」
나는 말을 잠시 멈추었다.
「알겠냐, 은데미?」

---

9 물소.

「알겠어요.」

「그럼 가거라. 아이들에게 내 말을 꼭 전하거라.」

은데미는 지푸라기로 만든 물소에서 창을 빼낸 다음 빠른 걸음으로 출발했다. 발랄하고 으쓱대며 힘차고 대담하게.

〈너희들은 미래란다.〉 마을로 달려가는 아이를 보면서 나는 생각했다.

〈코인나쥐나 나나 심지어는 신랑인 은조구도 아니란다. 그들의 시대는 전쟁이 일어나기 전에 왔다 가기 때문이란다. 키리냐가가 살아남으려면 의지해야 할 사람은 바로 너 은데미란다.

한때 키쿠유족은 자신의 자유를 위해서 싸웠단다. 지금은 너희 부모 대부분이 그 이름을 잊었지만 죠모 켄야타[10]의 지도 아래 우리는 마우 마우[11]의 굳은 맹세를 했고, 사람들을 불구로 만들거나 죽이는 잔인한 짓을 저질러 마침내 우후루[12]를 획득했단다. 그런 살육에는 백인들이 떠나는 수밖에 다른 방도가 없었기 때문이란다.

그리고 오늘 밤, 어린 은데미야, 너의 부모가 잠든 사이, 너와 네 동료들은 숲 속 깊은 곳에서 나를 만나 각자 차례대로 키쿠유족의 마지막 전통을 배울 거란다. 왜냐하면 나는 응가이의 힘뿐만 아니라 죠모 켄야타의 불굴의 정신을 불러올 것이기 때문이란다. 나는 굳은 맹세를 받아 내고 너희들의 성실을 증명케 하기 위해 말할 수 없을 정도로 힘든 일을 시킬 거란다. 그러고는 차례로 너희들 각자에게 너희 뒤를 잇는 아이들에게 어떻게 그 맹세를 시키는지 가르쳐 줄 거란다.

모든 일에는 때가 있는 법이란다. 삶에도, 성장에도, 죽음

---

10 아프리카의 정치가이자 민족주의자. 케냐 정부의 대통령을 지냈다.
11 1950년대 케냐에서 결성된 반(反)백인 비밀 결사단.
12 민족 독립. 아프리카 민족주의자의 구호.

에도.

 분명 유토피아를 위한 때가 있으며, 우린 기다려야만 한단다.

 왜냐하면 우후루의 계절이 다가왔기 때문이란다.〉

2
나, 하늘 맛을 보았기에

2131년 1월

사람에게 날개가 달려 있던 시절이 있었다.

키리냐가 꼭대기의 황금 옥좌에 홀로 앉아 계신 응가이께서는 사람들에게 하늘을 날 수 있는 능력을 부여하셨고, 그리하여 사람들은 제일 높은 나뭇가지에 달린 달콤한 과일을 쉽사리 맛볼 수 있었다. 그러나 한 사람, 최초의 사람이었던 기쿠유의 아들은 바람을 타고 높이 날아오르는 수리와 독수리를 보고 자신의 날개를 펼쳐 그 새들에게로 날아갔다. 그는 점점 더 높이 원을 그리며 날아올랐고 마침내 그 어떤 날짐승보다도 하늘 높이 치솟아 올랐다.

그런데 갑자기 응가이께서 손을 뻗으셔서 기쿠유의 아들을 움켜잡으셨다.

「제가 도대체 무슨 짓을 했다고 이렇게 절 잡으시나이까?」

기쿠유의 아들이 여쭈었다.

「내가 키리냐가의 꼭대기에 있는 까닭은 이곳이 세상에서 가장 높기 때문이니라. 그리고 그 누구도 나보다 머리를 높은 곳에 둘 수 없느니라.」

응가이께서 대답하셨다.

그러시며 당신께서는 기쿠유의 아들에게서 날개를 잡아 뜯어내시고 다시 〈모든〉 사람에게서도 날개를 앗아 가시어 누구도 다시는 당신의 머리보다 높이 날 수 없게 하셨다.

 이것이 왜 기쿠유의 후손들이 그렇게 상실감과 질투 어린 눈으로 새들을 바라보는지, 왜 그들이 가장 높은 나뭇가지의 달콤한 과일들을 먹지 않는지의 이유이다.

 응가이께서 계시는 성스러운 산의 이름을 딴 우리의 키리냐가에는 많은 새들이 살고 있다. 우리는 유토피아 평의회 Eutopian Council[13]에게 허가장을 받아 내어, 진정한 키쿠유 부족에게는 더는 아무런 의미도 갖지 못하는 케냐로부터 떨어져 나오면서 다른 동물들과 함께 새들을 데려왔다. 우리의 새로운 세계는 대머리황새와 독수리, 타조와 물수리, 산까치와 왜가리 그리고 기타 여러 종(種)들에게는 고향이라 할 수 있다. 심지어는 문두무구인 나조차도 새들의 다양한 빛깔에서 기쁨을 얻고 새들의 노랫소리에서 위안을 찾는다. 오후가 되면 보마 앞 아카시아 고목에 등을 기대고 앉아, 갈증을 풀기 위해 마을을 지나는 강으로 날아드는 새들의 현란한 빛깔과 아름다운 노랫소리에 빠져드는 것이다.

 카마리가 찾아온 것도 그러한 오후였다. 아직 할례받을 나이도 안 된 계집아이가 손에 뭔가 작은 회색 덩어리를 들고 마을에서 떨어져 있는 내 보마까지 길고 구불구불한 오솔길을 걸어온 것이었다.

「잠보, 코리바 할아버지.」

 아이가 인사했다.

「잠보, 카마리. 무엇을 가져왔니, 애야?」

---

13 유토피아 *Utopia*라는 단어 앞에 E를 붙여 유럽인으로 구성된 기구라는 뜻을 담고 있다.

「이거요.」

카마리가 내민 손에서는 새끼 난쟁이새매 한 마리가 손아귀에서 벗어나기 위해 힘없이 몸부림치고 있었다.

「저희 샴바에서 이놈을 발견했는데 날질 못해요.」

「충분히 날 만큼 큰 놈 같은데.」

이렇게 말하며 일어나는 순간 나는 새끼 매의 날개 한쪽이 부자연스럽게 접혀 있는 것을 볼 수 있었다.

「이런! 날개가 부러졌구나.」

「낫게 해주실 수 있나요, 문두무구?」

카마리가 어린 매의 머리를 내게서 멀리 돌려 놓고 있는 동안 나는 날개를 잠시 살펴보고는 물러났다.

「낫게 할 수 있단다, 카마리. 하지만 날게 할 수는 없을 게다. 날개가 낫기는 하겠지만 다시 자신의 몸무게를 견딜 만큼 강해질 순 없을 거다. 내 생각엔 우리가 이놈을 죽여야 할 것 같구나.」

「안 돼요! 할아버지가 이 새를 낫게 해주시면 제가 돌봐 줄 거예요!」

카마리가 매를 끌어당기며 외쳤다.

나는 새를 잠시 바라보고는 다시 머리를 흔들었다.

「살고 싶어 하지 않을 거다.」

나는 마침내 입을 열었다.

「왜죠?」

「이 녀석은 따뜻한 바람에 몸을 높이 실어 본 적이 있기 때문이지.」

「이해할 수 없어요.」

카마리가 얼굴을 찡그리며 말했다.

「일단 새가 하늘 맛을 보게 되면 말이지, 그 새는 땅에서 시간을 보내는 데에 절대로 만족할 수 없게 된단다.」

「만족하게 〈만들겠어요〉. 할아버지가 고쳐 주시면 제가 돌보는 거예요. 그럼 살려고 할 거예요.」

아이의 목소리는 확고했다.

「내가 고치고 네가 돌보아 주겠지. 하지만 말이다.」

내가 덧붙였다.

「하지만 살려고 하지 않을 거다.」

「얼마나 드리면 되죠, 코리바 할아버지?」

갑자기 사무적인 말투로 카마리가 물었다.

「아이들에게는 받지 않는다. 내일 내가 네 아버지를 찾아가면 아버지가 지불하실 거다.」

카마리는 단호하게 머리를 흔들었다.

「이건 〈제〉 새예요. 〈제〉가 낼래요.」

「그럼, 좋다.」

나는 아이의 정신을 높이 사 허락했다. 대개의 아이들은 — 그리고 〈모든〉 어른들이 — 자신들의 문두무구를 두려워하여 절대로 대놓고 반박하거나 반대하지 않기 때문이다.

「한 달 동안 너는 매일 아침저녁으로 내 보마를 청소해야 한다. 너는 내 잠자리를 정돈하고 물통을 채워 두어야 하며 땔감이 떨어지지 않게 해야 한다.」

「그러면 공정하겠네요.」

카마리가 잠시 심사숙고한 후 말했다. 그러고는 덧붙였다.

「만일 새가 한 달이 차기 전에 죽으면요?」

「그럼 너는 문두무구가 어린 키쿠유 계집애보다 많이 안다는 걸 배우게 되겠지.」

카마리가 턱을 높이 들었다.

「얘는 죽지 않아요.」

잠시 침묵이 흘렀다.

「지금 날개를 치료하실 건가요?」

「그래.」
「제가 도울게요.」
나는 머리를 흔들었다.
「너는 이놈을 가둘 새장을 만들어라. 너무 빨리 날개를 움직이려 들면 다시 날개가 부러질 테고 그럼 난 분명 이놈을 죽여야 할 테니 말이야.」
카마리는 새를 내게 건네주었다.
「곧 돌아오겠어요.」
카마리가 약속을 하고는 자신의 샴바로 쏜살같이 달려갔다.
나는 매를 오두막으로 가져갔다. 놈이 너무 쇠약해져 있어 크게 저항하지 못했기 때문에 쉽게 부리를 싸맬 수 있었다. 나는 조심조심 놈의 부러진 날개에 부목을 댄 후 움직이지 못하도록 몸에 동여맸다. 놈은 뼈를 동여맬 때는 고통으로 움츠렸지만, 그렇지 않을 때는 그저 나를 가만히 쳐다보고 있었다. 이 일에 대략 10분이 걸렸다.
카마리는 1시간 후 손에 작은 나무 새장을 들고 돌아왔다.
「이 정도면 충분히 크겠죠, 코리바 할아버지?」
나는 새장을 들고 살펴보았다.
「이건 너무 크구나. 완전히 낫기까지는 놈이 날개를 못 움직이게 해야 한단다.」
「그러지 못하게 할게요. 제가 날마다 하루 종일 지켜보겠어요.」
카마리가 약속했다.
「매일같이 하루 종일 지켜보겠다고?」
나는 놀라 되물었다.
「네.」
「그럼 누가 내 오두막과 보마를 청소하고 누가 내 물통을 채우지?」

「제가 올 때 이 새장도 같이 가져올 거예요.」
「새가 이 안에 들어가면 새장은 훨씬 무거워질 거다.」
「제가 커서 여자가 되면, 전 등에 훨씬 무거운 짐을 져 날라야 하는걸요. 밭도 갈아야 하고 남편의 보마에 땔감도 모아야 할 테니까요. 이 일은 좋은 연습이 될 거예요.」
카마리는 잠시 후 다시 입을 열었다.
「왜 절 보고 웃으시는 거죠, 할아버지?」
「할례도 안 받은 아이에게 가르침을 받는 데 익숙하지 않아서 그렇단다.」
나는 웃으며 답했다.
「전 가르치려 든 거 아니에요. 전 〈설명〉하고 있던 거예요.」
카마리가 위엄 있게 대답했다.
나는 손을 들어 눈에 쏟아지는 오후 햇빛을 가렸다.
「넌 내가 무섭지 않니, 꼬마야?」
「왜 제가 그래야 하죠?」
「왜냐하면 나는 문두무구니까.」
「그건 단지 할아버지가 다른 사람들보다 훨씬 똑똑하단 뜻일 뿐이잖아요.」
카마리는 어깨를 으쓱하며 말했다. 닭 한 마리가 새장에 다가오는 것을 보고 카마리가 돌을 던지자 닭은 꽥꽥 성을 내며 멀리 도망쳤다.
「언젠가 저도 할아버지만큼 똑똑해질 거예요.」
「그래?」
카마리는 자신 있게 고개를 끄덕였다.
「전 이미 아버지보다 수도 더 많이 셀 수 있고, 여러 가지를 많이 외울 수도 있어요.」
「어떤 것들을 말이지?」
뜨거운 산들바람이 일으킨 먼지를 피해 몸을 살짝 돌리며 내가 물었다.

「긴 우기가 닥치기 전에 마을 아이들에게 꿀새 얘기 해주신 거 기억하세요?」

나는 고개를 끄덕였다.

「저 그거 그대로 되풀이할 수 있어요.」

「그걸 기억할 수 있단 말이지.」

카마리가 고개를 세차게 내저었다.

「할아버지가 하신 대로 한 마디 한 마디 다 되풀이할 수 있다고요.」

나는 책상다리를 하고 앉았다.

「해보렴.」

눈길을 먼 곳에 던지고는 가축을 치는 두 젊은이를 물끄러미 바라보며 내가 말했다.

카마리는 어깨를 늘어뜨려 꼭 내 나이만큼 굽어 보이게 한 뒤 내 목소리를 젊게 모사(模寫)하고 몸짓을 흉내 내며 이야기하기 시작했다.

「조그만 갈색 꿀새가 있었단다.」

카마리가 말을 시작했다.

「참새와 굉장히 비슷하고 또 친숙한 새지. 이 새는 네 보마에 와서 너를 불러내서는 네가 가까이 오면 휙 날아가 너를 벌집으로 안내하고, 네가 풀을 모아 불을 피우고 연기를 내서 벌을 쫓을 동안 기다리고 있지. 하지만 〈항상〉 기억하고 있어야 할 게 있단다.」

카마리는 내가 했던 것과 똑같이 이 단어를 강조했다.

「새를 위해 꿀을 좀 남겨 줘야 한단다. 만일 모두 가져가 버리면 그 새는 다음번엔 너를 〈피시〉[14]의 턱 속으로 이끌거나

---

14 하이에나.

널 갈증 나 죽게 할, 물 없는 사막으로 데려가기 때문이란다.」

아이는 이야기를 마치자 똑바로 일어나 나를 보며 살며시 웃었다.

「제 말이 맞죠?」

아이가 자랑스레 말했다.

「그렇구나.」

나는 때마침 뺨에 앉은 커다란 파리를 털어 내며 말했다.

「제가 제대로 했나요?」

「제대로 했단다.」

카마리는 생각에 잠긴 눈으로 나를 바라보았다.

「아마 할아버지가 돌아가시면, 제가 문두무구가 될 거예요.」

「내가 그렇게 죽을 날이 가까워 보이니?」

「글쎄요. 할아버진 무척 나이가 많고 등도 굽었고 주름살도 많잖아요. 잠도 너무 많이 주무시고요. 하지만 전 문두무구가 되는 것만큼 할아버지가 오래 사시는 것도 좋아요.」

「그럼 오래 살아서 널 기쁘게 하는 쪽으로 하마.」

나는 비꼬며 말했다.

「이제 매를 집에 데려가렴.」

내가 새에게 필요한 것에 대해 일러 주려는데 아이가 먼저 말을 꺼냈다.

「오늘은 먹고 싶어 하지 않을 거예요. 하지만 내일부터는 매일 얘한테 커다란 곤충과 적어도 도마뱀을 한 마리씩 주겠어요. 그리고 늘 곁에 물을 마련해 주고요.」

「넌 무척 세심한 아이로구나.」

카마리가 다시금 살며시 웃고는 자신의 보마로 뛰어갔다.

이튿날 동이 트자 카마리가 새장을 가지고 다시 나타났다. 그 아이는 그늘에 새장을 둔 다음 내 물통의 물을 작은 그릇에 따라 새장에 넣어 주었다.
「오늘 아침엔 새가 좀 어떠냐?」
나는 모닥불가에 다가앉으며 말을 걸었다. 비록 유토피아 평의회의 행성 공학자들이 키리냐가의 기후를 케냐와 같게 유지시켜 주었지만 태양이 아직 아침 공기를 따뜻하게 데우지 못했기 때문이었다.
카마리가 얼굴을 찡그렸다.
「아직 아무것도 안 먹어요.」
「배가 많이 고파지면 먹을 게다.」
나는 어깨 주위로 담요를 좀 더 단단히 끌어당기며 말했다.
「하늘에서 먹잇감을 덮치는 데 익숙해져 있어서 그렇단다.」
「그래도 물은 마셔요.」
「좋은 징조구나.」
「당장 새를 고칠 수 있는 주문을 걸어 주시면 안 되나요?」
「가격이 너무 비싸단다.」
나는 아이의 질문을 미리 예측하고 있던 차였다.
「이쪽이 훨씬 나아.」
「얼마나 비싼데요?」
「〈너무〉 비싸단다.」
나는 말을 되풀이하며 이 대화를 끝맺었다.
「자, 넌 할 일이 있지 않았니?」
「알았어요, 할아버지.」
카마리가 땔감을 모으고 강에서 물을 길어 물통을 채우는 데 다시 몇 분이 걸렸다. 그러고는 오두막에 들어와 청소를 한 다음 잘 때 덮는 담요를 정리했다. 잠시 후 아이가 손에 책을 한 권 들고 나타났다.
「이게 뭐죠, 할아버지?」
카마리가 질문했다.

「누가 너에게 문두무구의 물건을 건드려도 좋다고 허락했지?」
　내가 엄한 어조로 되물었다.
「어떻게 손을 안 대고 청소할 수 있겠어요?」
　카마리는 무서워하는 기색도 없이 대답했다.
「이게 뭐죠?」
「그건 책이다.」
「책이 뭔데요, 할아버지?」
「넌 몰라도 된다. 제자리에 돌려놓거라.」
「제가 이걸 뭐라고 생각하는지 말씀드려도 되나요?」
「말해 보렴.」
　아이의 대답이 호기심을 일으켰다.
「비를 부르기 위해 땅에 뼈를 던진 다음 그 기호를 해석할 줄 아시죠? 전 책이 그런 기호들을 모아 놓은 거라고 생각해요.」
「무척 똑똑한 아이로구나, 카마리.」
「제가 똑똑한 건 〈이미〉 말씀드렸잖아요.」
　카마리는 내가 자신의 말을 자명한 사실로 받아들여 주지 않았던 것에 대해 화를 냈다. 그리고 잠시 책을 바라보다가는 위로 들어 보였다.
「이 기호들은 뭘 뜻하는 거죠?」
「서로 다른 거.」
「〈어떤〉 거요?」
「키쿠유족은 알 필요 없다.」
「하지만 〈할아버지〉는 아시잖아요.」
「난 문두무구니까.」
「키리냐가에서 누구 또 기호를 읽을 수 있는 사람이 또 있나요?」

「너희 추장 코인나쥐와 다른 추장 두 명이 기호를 읽을 수 있단다.」

나는 대답하면서 아이의 대화에 말려든 것을 후회하기 시작했다. 이야기가 어떻게 전개될지 짐작할 수 있었기 때문이다.

「하지만 모두 나이 드신 분들이잖아요. 저에게 가르쳐 주셔야 모두 돌아가셔도 누군가가 기호를 읽을 수 있을 거예요.」

「이 기호들은 중요하지 않단다. 이건 유럽인들이 만든 거란다. 유럽인들이 케냐에 오기 전에는 키쿠유족에게 책은 필요 없었단다. 우리들이 사는 키리냐가에서도 책은 필요치 않아. 코인나쥐와 다른 추장들이 죽으면 모든 게 옛날과 똑같아질 거다.」

「그럼, 사악한 기호들인가요?」

「아니다. 사악하지 않아. 그저 키쿠유족에겐 의미가 없을 뿐이지. 백인들의 기호니까.」

카마리가 책을 내게 건네주었다.

「기호 중에 하나만 읽어 주실래요?」

「왜 그러는 거냐?」

「백인들이 어떤 종류의 기호를 만든 건지 궁금해서요.」

나는 마음을 정하려 애쓰며 오랫동안 아이를 바라보다가 마침내 허락의 의미로 고개를 끄덕였다.

「이번 한 번뿐이다. 다시는 안 되는 거다.」

「이번 한 번만요.」

나는 책을 대충 넘겨보았다. 엘리자베스 시대 시들의 스와힐리어 번역판이었다. 아무렇게나 한 편을 골라 읽어 주었다.

나에게로 와 나의 사랑이 되어 주오
그러면 모든 기쁨은 우리의 것

저 계곡이, 저 작은 숲이, 저 언덕이, 저 평야가
저 수림이 그리고 저 가파른 산맥조차 기쁨이 될 텐데.

그러면 우리, 바위에 앉아
목동들이 가축 모는 것을 지켜보겠지
어딘가 폭포로 나아가는 조그만 강가에서
새들이 아름답게 연가를 부르네.

그곳에 장미로 그대의 침대를 만들리
그리고 수없이 향기로운 꽃다발을,
꽃으로 된 모자를,
은매화 잎으로 치장한 옷을

지푸라기와 담쟁이 싹으로 된 침대
산호 걸쇠와 호박(琥珀) 장식이 달려 있지
그리고 만일 이것들이 당신 맘에 든다면
나에게로 와 나의 사랑이 되어 주오.

카마리가 시무룩해졌다.
「이해가 안 돼요.」
「그럴 거라고 이미 너에게 이야기했잖느냐. 이제 책을 치우고 오두막 청소를 끝내거라. 여기서 할 일 말고도 아버지의 샴바에도 일하러 가야 하지 않느냐?」
카마리가 고개를 끄덕이고는 오두막 안으로 사라졌다가 불과 몇 분 후 다시 흥분해 뛰쳐나왔다.
「그건 〈이야기〉예요!」
「뭐가?」
「할아버지가 읽어 준 기호요! 많은 단어들이 이해가 안 가긴 해도, 그건 어떤 처녀에게 결혼해 달라고 부탁하는 한 전사에 관한 이야기예요!」

카마리는 잠시 숨을 골랐다.

「더 자세히 말해 주실 수도 있었어요, 코리바 할아버지. 그 기호는 피시도, 강가에 살면서 전사와 그의 아내를 잡아먹는 〈맘바〉[15]도 아니에요. 더군다나 그건 이야기라고요! 그건 문두무구를 위한 주문일 거라고 생각했었는데!」

「그게 이야기인 것을 알아내다니 정말 영리하구나.」

「또 다른 걸 읽어 주세요!」

카마리가 흥분하여 말했다.

나는 고개를 흔들었다.

「우리가 약속한 것을 기억하지 못하느냐? 단지 한 번뿐, 그리고 다시는 안 된다고 했지.」

카마리는 고개를 떨구고 생각에 잠겼다가 환한 얼굴로 올려다보았다.

「그럼 기호 읽는 법을 〈제게〉 가르쳐 주세요.」

「그건 키쿠유족 법에 어긋난다. 여자는 읽는 것이 금지되어 있단다.」

「왜요?」

「여자의 의무는 밭을 갈고, 곡식을 빻고, 불을 피우고, 천을 짜고, 남편의 아이들을 기르는 것이니까.」

「하지만 저는 여자가 아니에요. 전 그저 어린 계집아이일 뿐이라고요.」

카마리가 지적했다.

「하지만 너는 여자가 될 거란다. 그리고 여자는 읽을 줄 알면 안 되는 거고.」

---

15 남아프리카에 사는 코브라과의 큰 독사나 악어. 여기서는 악어를 뜻한다.

「지금 가르쳐 주세요. 그럼 여자가 된 후엔 어떻게 읽는지를 잊어버릴게요.」

「수리가 어떻게 나는지, 하이에나가 어떻게 죽이는지 잊는 것을 보았더냐?」

「이건 공평하지 않아요.」

「공평하지 않지. 하지만 이게 옳단다.」

「이해가 안 돼요.」

「그럼 내가 설명해 주지. 앉아라, 카마리.」

카마리가 내 맞은편 흙먼지 위에 앉아 내게로 가까이 몸을 기울였다.

「아주 오래전에, 키쿠유족은 키리냐가의 그늘에서 살았단다. 응가이께서 사시는 산 말이다.」

「알아요. 그리고 유럽인들이 와서 자기네 도시들을 세웠죠.」

「어른이 말씀하시는 데 가로막는 게 아니다.」

「죄송해요, 코리바 할아버지. 하지만 전 이미 이 얘기를 아는 걸요.」

「네가 아직 모르는 부분도 있단다. 유럽인들이 오기 전에 우리는 땅과 조화를 이루며 살았단다. 가축을 치고 밭을 갈며 살았고, 아이를 낳을 때는 늙거나 병들어 죽은 사람들 그리고 마사이족이나 와캄바족, 난디족과 싸우다 죽은 사람들 수만큼 씩만 낳았지. 우리의 삶은 단순했지만 만족스러웠단다.」

「그리고 〈마침내〉 유럽인들이 왔지요!」

「마침내 유럽인들이 왔지.」

나는 동의했다.

「그리고 그들은 자신들의 새로운 생활 방식도 가져왔고 말이다.」

「사악한 방식이죠.」

나는 고개를 저으며 대답했다.

「유럽인들에게는 사악한 방식이 아니었다. 난 유럽의 학교에서 공부해 본 적이 있어서 안단다. 하지만 키쿠유족과 마사이족, 와캄바족과 엠부족, 키시족, 그리고 다른 모든 부족들에게는 좋은 방식이 아니었지. 우리는 그 사람들이 걸친 옷, 그 사람들이 세운 건물, 그 사람들이 쓰는 기계를 보고는 유럽인들처럼 되려고 노력했지. 하지만 우린 유럽인이 아니고 그 사람들의 생활 방식도 우리와 다르며 무엇보다 유럽인들은 우리를 위해 일하지 않는단다. 우리의 도시들은 인구 과잉과 환경 오염에 시달리게 되었고, 토지는 황폐화되었으며, 동물들은 죽어 나갔고, 물은 독성을 띠게 됐지. 그래서 결국 유토피아 평의회가 이 키리냐가로 이주할 수 있도록 우리에게 허가를 내주었을 때, 우리는 케냐를 떠나 여기로 와 옛날 방식대로, 키쿠유족에게 이상적이던 방식대로 살게 되었단다.」

나는 잠시 말을 멈췄다.

「오래전 키쿠유족에게는 글자란 게 없었고 어떻게 읽는지도 몰랐지. 그리고 우리는 여기 키리냐가에 키쿠유 세상을 만들려고 노력하고 있기 때문에 여기 사람들은 읽거나 쓰는 법을 배우지 않는 게 좋단다.」

「하지만 읽는 법을 모르는 게 뭐에 좋죠? 단지 유럽인들이 오기 전에는 해보지 않았다는 이유로 읽는 법을 나쁘다고 할 수는 없어요.」

「읽기는 너로 하여금 다른 식의 생각과 삶을 알게 할 거고 그다음에 넌 키리냐가에서의 네 삶에 만족하지 못하게 될 거다.」

「하지만 〈할아버지〉께서는 읽을 줄 아시잖아요. 그래도 만족하며 사시고요.」

「난 문두무구다. 난 현명하기 때문에 내가 읽는 것들이 거짓말이란 걸 잘 알고 있단다.」

「하지만 거짓말이 늘 나쁜 건 아니에요.」

카마리는 끝까지 주장했다.

「할아버진 우리에게 항상 거짓말을 하시잖아요.」

「문두무구는 자기 사람들에게 거짓말하지 않는다.」

나는 엄하게 대꾸했다.

「할아버지는 이야기라 부르죠. 사자와 산토끼의 이야기나 무지개는 어떻게 생겨났는지 하는 거요. 하지만 역시 거짓말이에요.」

「그건 우화란다.」

「우화가 뭔데요?」

「이야기의 한 종류이지.」

「진짜 이야기인가요?」

「어떤 면에서는.」

「만일 우화가 어떤 면에선 진짜라면 그럼 어떤 면에선 거짓말이기도 해요, 안 그런가요?」

카마리가 대꾸하고는 내가 미처 대답하기 전에 계속 말을 이어 갔다.

「그리고 만일 제가 거짓말을 들어도 된다면 거짓말 하나쯤 읽는 건 왜 안 되는 거죠?」

「난 이미 너에게 설명했다.」

「공정하지 않아요.」

카마리가 되풀이했다.

「공정하지 않지.」

내가 동의했다.

「하지만 이게 진리란다. 그리고 멀리 내다볼 때 이쪽이 키쿠유족에게 좋단다.」

「그게 왜 좋은지 아직도 이해할 수 없어요.」

카마리가 투덜거렸다.

「왜냐하면 우리가 남아 있는 전부이기 때문이란다. 한때 키쿠유족은 자신이 아닌 무언가가 되려고 애썼고, 우리는 도시에 사는 키쿠유도, 나쁜 키쿠유도, 불행한 키쿠유도 아닌 케냐인이라 불리는, 완전히 새로운 부족이 되었단다. 키리냐가에 온 사람들은 옛 방식을 지키기 위해 여기에 온 거란다. 그리고 만일 여자가 읽는 법을 알게 되면, 어떤 여자들은 만족하지 못해서 여길 떠날 거고 그럼 어느 날 키쿠유라고는 하나도 남지 않게 되겠지.」

「하지만 전 키리냐가를 떠나고 싶지 않아요! 전 할례받고 싶고, 남편을 위해 아이를 많이 낳고 싶고, 남편 샴바의 밭을 갈아 주고 싶고, 나중에는 손주들에게 보살핌받고 싶단 말이에요.」

카마리가 항의했다.

「그게 바로 네가 느끼도록 되어 있는 식이지.」

「하지만 전 또 다른 세계와 다른 시대에 대해서도 읽고 싶어요.」

나는 고개를 흔들었다.

「안 돼.」

「하지만······」

「오늘은 네 말을 더는 듣고 싶지 않다. 해가 중천에 떴는데 넌 아직 여기 일도 다 못 마쳤구나. 아버지 샴바에서 할 일을 한 후 오늘 오후에 다시 돌아와야 한다.」

카마리는 아무 말 없이 일어나 맡은 일을 해나갔다. 일을 마치자 새장을 들고는 자신의 보마로 돌아갔다.

나는 아이가 멀리 사라지는 것을 지켜보다가 오두막으로 돌아와 컴퓨터를 켠 뒤, 거의 한 달이나 지속된 덥고 마른 날씨 문제로 유지 위원회와 약간의 궤도 수정 문제를 논의했다. 그들이 승낙하고 몇 분 뒤 나는 길고 구불구불한 오솔길을 따라 마을의 중심으로 내려갔다. 나는 천천히 몸을 낮추며 주머니 안에 가득한 뼈와 부적들을 꺼내 앞쪽에 늘어놓고는 응가이께 단비로 키리냐가를 서늘하게 식혀 달라고 빌었다. 유지 위원회가 오후 늦게 내려 주기로 이미 합의했던 비였다.

그리고 언덕 위의 내 보마에서 내려와 마을로 들어올 때면 언제나 그랬던 것처럼 아이들이 내 주위로 몰려들었다.

「잠보, 코리바 할아버지!」

아이들이 외쳤다.

「잠보, 용감한 어린 전사들.」

내가 여전히 땅에 앉아 대답했다.

「오늘 아침엔 무슨 일로 마을에 오셨어요, 코리바 할아버지?」

사내아이들 가운데 가장 용감한 아이인 은데미가 물었다.

「응가이께 동정의 눈물로 우리의 밭을 적셔 주십사 부탁하러 왔단다. 이번 달엔 비가 없어 작물들이 목말라하지 않니.」

「그럼 이제 응가이께 말씀드리는 게 끝났으니 우리에게 얘기 하나 해주실 거죠?」

은데미가 물었다.

나는 시간을 추측하려 태양을 올려다보았다.

「딱 하나 해줄 만큼은 시간이 되겠구나. 그 뒤에 나는 밭으로 가서 허수아비들에게 새로운 주문을 걸어 주어야 한단다. 그래야 허수아비들이 계속해서 우리 작물을 지켜주지.」

「어떤 얘기를 해주실 건가요, 코리바 할아버지?」

다른 사내아이가 물었다.

주위를 돌아보니 카마리가 계집애들 사이에 서 있었다.

「표범과 때까치 이야기를 해주려고 하는데.」

「들어본 적이 없는 이야기예요.」

은데미가 말했다.

「새로운 얘기도 더 없을 만큼 그렇게 늙은이란 말이냐?」

내가 정색을 하고 다그치자 은데미는 시선을 땅에 떨구었다. 나는 모두가 내게 집중할 때까지 기다렸다가 이야기를 시작했다.

「옛날에 아주 똑똑하고 어린 때까치가 있었단다. 때까치는 굉장히 똑똑해서 언제나 아빠 때까치에게 질문을 던져 대곤 했단다.

〈왜 우리는 곤충을 먹나요?〉

어느 날 때까치가 물었단다.

〈우리는 때까치이기 때문이란다. 그리고 그게 때까치들이 하는 일이니까.〉

아빠 때까치가 대답했지.

〈하지만 우린 역시 새이기도 하잖아요. 그리고 수리 같은 새들은 물고기를 먹잖아요?〉

때까치가 물었단다.

〈응가이께선 때까치들이 물고기를 먹지 못하게 만드셨다. 그리고 만일 네가 물고기를 잡아 죽일 수 있을 만큼 힘이 세어진다 해도 물고기를 먹으면 병이 날 게다.〉

아빠 때까치가 말했단다.

〈아빤 물고기를 드셔 보셨어요?〉

어린 때까치가 물었단다.

〈아니.〉

아빠 때까치가 말했지.

〈그럼 아픈지 어떻게 알죠?〉

어린 때까치는 이렇게 말하고는 그날 오후 강으로 날아가 작은 물고기를 찾아 잡아먹고는 한 주 내내 병으로 아파했단다.

〈몸으로 부딪쳐 보니 이제 알겠니?〉

아빠 때까치는 어린 때까치가 낫길 기다려 물었지.

〈물고기를 먹으면 안 된다는 걸 배웠어요. 하지만 또 다른 질문이 있어요.〉

어린 때까치가 말했단다.

〈질문이 뭐지?〉

아빠 때까치가 물었어.

〈왜 새 중에서 때까치가 제일 겁이 많은 거죠? 사자나 표범이 나타날 때마다 우린 제일 높은 나뭇가지로 달아나 그놈들이 가버릴 때까지 기다리잖아요.〉

아기 때까치가 말했단다.

〈사자와 표범은 우릴 잡기만 하면 먹어 버리거든. 그래서 그놈들이 나타나면 도망가야 하는 거란다.〉

아빠 때까치가 대답했지.

〈하지만 사자나 표범도 타조는 먹지 않아요. 타조도 새인데 말이에요. 그들이 타조를 공격하면 타조는 발차기로 그놈들을 죽이잖아요.〉

똑똑한 어린 때까치가 말했지.

〈넌 타조가 아니란다.〉

아빠 때까치는 아기 때까치 말을 듣는 데 지쳐 가고 있었지.

〈하지만 저도 새고 타조도 새니까 전 타조의 발차기를 배울 거예요.〉

어린 때까치는 이렇게 말하고는, 눈에 띄는 벌레나 작은 가지를 차는 연습을 하며 한 주를 보냈단다.

그러던 어느 날 어린 때까치는 〈츄이〉, 즉 표범과 우연히 마주쳤단다. 그리고 표범이 다가오자 똑똑한 어린 때까치는 가장 높은 가지로 날아가는 대신 용감히 맞섰단다.

〈나에게 맞서다니 용기가 가상하구나.〉

표범이 말했지.

〈난 굉장히 똑똑한 새야. 그리고 난 널 두려워하지 않아. 난 타조의 발차기를 연습했어. 그러니 네가 조금만 더 가까이 오면 널 차 죽여 버리겠어.〉

어린 때까치가 말했단다.

〈난 늙은 표범이라 더는 사냥을 할 수가 없단다. 난 죽을 준비가 되어 있지. 이리와 날 차렴. 그리고 날 이 고통에서 벗어나게 해주렴.〉

늙은 표범이 말했지.

어린 때까치는 표범에게 걸어가 온 힘을 다해 얼굴을 걷어 찼단다. 하지만 표범은 피식 웃고는 입을 벌려 똑똑한 어린 때까치를 꿀꺽 삼켜 버렸단다.

〈정말 멍청한 새로군. 자신이 아닌 다른 것이 되려 하다니! 보통 때까치처럼 날아가 버렸다면 난 오늘 배를 곯았겠지. 하지만 절대로 될 수 없는 것이 되어 보려 한 덕에 나만 배를 채웠군. 결국 그놈 그렇게 똑똑한 새는 아니었던 모양이야.〉

표범이 웃으며 말했단다.」

나는 이야기를 멈추고 카마리를 똑바로 바라보았다.

「그게 끝이에요?」

다른 여자아이가 물었다.

「이게 끝이란다.」

내가 대답했다.

「그 때까치는 왜 자기가 타조가 될 수 있다고 생각한 건가요?」

어린 사내아이 하나가 물었다.

「카마리가 대답해 줄 거다.」

내가 말했다.

모든 아이들이 카마리에게 돌아서자 카마리는 잠시 생각하다가 대답했다.

「타조가 되는 것과 타조가 아는 것에 대해 알고 싶어 하는 것 사이엔 차이가 있어요. 때까치가 자신이 모르는 걸 알고 싶어 한 건 잘못된 게 아니에요. 타조가 될 수 있다고 생각한 게 잘못된 거죠.」

카마리가 내 눈을 똑바로 쳐다보며 대답했다.

아이들이 카마리의 대답을 받아들이는 동안 잠시 침묵이 흘렀다.

「맞나요, 코리바 할아버지?」

마침내 은데미가 입을 열었다.

「틀렸단다. 그 때까치는 타조가 아는 것을 일단 알게 되었기 때문에 자신이 때까치란 걸 잊은 거란다. 넌 항상 네가 누구인지 기억해야 한단다. 너무 많은 것을 알게 되면 너의 본질을 잊을 수 있지.」

「다른 이야기도 해주실 건가요?」

어린 계집아이 하나가 물었다.

「오늘 아침엔 안 되겠구나.」

내가 일어나며 말했다.

「하지만 오늘 저녁 폼베 마시고 춤 구경하러 마을에 올 때 수코끼리와 슬기로운 어린 키쿠유 사내아이에 대한 이야기를 해줄 수 있을 것 같구나. 자아, 너희들도 할 일이 있지 않니?」

내가 덧붙였다.

아이들이 각자의 샴바로, 목초지로 돌아가자 나는 시보키의 오두막에 들러 항상 비오기 전이면 욱신거리는 그의 관절에 바를 고약을 전해 주었다. 그리고 코인나줘를 방문해 그와 폼베를 마시고는 장로회와 함께 마을 일에 대해 논의했다. 그리고 난 뒤, 나는 언제나처럼 한낮의 낮잠을 즐기기 위해 보마로 돌아왔다. 비가 오려면 아직 몇 시간은 더 기다려야만 했기 때문이다.

보마에 들어가자 카마리가 와 있었다. 나무와 물을 좀 더 모아 둔 다음 염소를 위해 곡물 통을 채우고 있었다.

「지금은 새가 어떠냐?」

나는 새끼 난쟁이새매를 바라보며 물었다. 새장은 오두막 그늘에 조심스럽게 놓여져 있었다.

「물을 좀 마셔요. 하지만 다른 건 먹지 않아요. 그리고 하루 종일 하늘만 쳐다보고 있어요.」

걱정스러운 목소리였다.

「이놈에겐 먹는 일보다 더 중요한 것이 있는 거란다.」

「이제 일은 다 끝났어요. 가도 되죠, 코리바 할아버지?」

내가 고개를 끄덕인 후 오두막 안에 담요를 깔고 잘 준비를 하는 사이 아이는 떠나 버렸다.

카마리는 한 주 더 아침과 오후, 하루 두 번씩 찾아왔고 여드레째 되던 날 눈에 눈물을 글썽이며 그 매가 죽었다고 알려 왔다.

「이런 일이 일어날 거라고 말했잖느냐? 일단 바람에 몸을 실어 본 적이 있는 새는 땅 위에선 살 수 없단다.」

내가 부드럽게 타일렀다.

「더 이상 날 수 없는 새는 모두 죽나요?」

「대개는 그렇단다. 몇몇은 안전한 새장을 좋아하지만 대개는 실망해 죽고 만단다. 하늘 맛을 보게 되면 날 수 없다는 사실을 참아 내지 못하지.」

「그럼 우린 왜 새장을 만드는 거죠? 새장 때문에 새들의 기분이 좋아지지 못한다면요.」

「왜냐하면 〈우리들〉 기분이 좋아지거든.」

카마리가 잠시 생각에 잠겼다가 다시 입을 열었다.

「약속은 지킬 거예요. 할아버지의 오두막과 보마를 청소하고 물과 땔감을 준비해 두겠어요. 비록 새는 죽었지만요.」
　내가 고개를 끄덕이며 말했다.
「그래. 약속은 약속이니까.」
　카마리는 정말 약속대로 다음 3주간 하루에 두 번씩 찾아왔다. 그러고는 스무아흐레가 되던 날 오후, 카마리가 아침일을 마치고 자신의 샴바로 돌아간 후 아이의 아버지 은조로가 오솔길을 걸어 내 보마로 찾아왔다.
「쟘보, 코리바 할아버지.」
　은조로가 근심이 가득한 표정으로 내게 인사했다.
「쟘보, 은조로.」
　나는 일어나지 않고 인사했다.
「무슨 일로 내 보마에 찾아왔소?」
「전 가난한 사람입니다, 코리바 할아버지.」
　은조로가 내 옆에 쪼그리고 앉으며 말했다.
「전 아내가 하나뿐인데 아내는 아들도 없이 딸만 둘을 낳았죠. 전 다른 마을 사람들처럼 큰 샴바도 없는 데다 작년엔 하이에나 떼가 제 소를 세 마리나 죽였죠.」
　난 그가 하는 말의 요지를 파악할 수가 없어서 그저 그를 보며 이야기가 계속되길 기다렸다.
　은조로가 말을 이었다.
「비록 제가 가난하긴 해도, 적어도 늘그막엔 두 딸년에게서 신붓값을 받을 수 있을 거란 생각에서 위안을 찾았답니다.」
　은조로는 잠시 말을 멈췄다.
「전 착하게 살아왔습니다, 코리바 할아버지. 정녕코 그 정도는 받을 자격이 있다고요.」
「난 안 그렇다고 한 적 없네.」
「그런데 왜 카마리가 문두무구가 되도록 훈련을 시키는 겁니까? 문두무구가 결혼하지 않는다는 건 저도 압니다.」
「카마리가 자네에게 자기가 문두무구가 될 거라고 말했나?」
은조로가 고개를 흔들었다.
「아닙니다. 여기에 보마를 청소하러 오기 시작한 이후론 제게건 지 어미에게도 한마디도 안 해요.」
「그럼 자네 오해군. 여자는 문두무구가 될 수 없네. 왜 내가 그 아일 훈련시키고 있다고 생각한 건가?」
은조로는 키코이 자락을 뒤지더니 돌돌 말린 야생 짐승의 생가죽 한 조각을 끄집어 냈다. 거기에는 다음과 같은 글이 숯으로 아무렇게나 휘갈겨져 있었다.

　　나는 카마리입니다
　　나는 열두 살입니다
　　나는 여자아이입니다

「이건 글입니다.」
은조로가 책망하는 말투로 말했다.
「여자는 글을 쓸 수 없습니다. 오직 문두무구 그리고 코인나쥐 같은 대추장만이 쓸 수 있습니다.」
「여기 두고 가게나, 은조로.」
내가 가죽을 받아 들며 말했다.
「그리고 카마리를 내 보마로 보내게.」
「그 아인 오늘 오후까지 제 샴바에서 할 일이 있는데요.」
「지금 보내게.」
은조로가 한숨을 쉬고는 고개를 끄덕였다.
「그러지요, 코리바 할아버지.」
은조로는 잠시 머뭇거리더니 말을 이었다.
「카마리는 문두무구가 될 수 없는 게 확실하지요?」

「믿어도 좋네.」

나는 확실함을 보여 주기 위해 손에 침을 뱉었다.

은조로는 안심한 표정으로 자신의 보마로 돌아갔다. 카마리가 몇 분 뒤 나타났다.

「쟘보, 할아버지.」

「쟘보, 카마리. 네게 무척 실망했다.」

「오늘 아침 땔감 부족했나요?」

「네가 모은 땔감은 충분했단다.」

「물통에 물이 없었나요?」

「물통엔 물이 채워져 있었다.」

「그럼 제가 뭘 잘못했죠?」

다가오던 염소를 무심결에 옆으로 밀어 제치며 카마리가 물었다.

「넌 나와의 약속을 깼다.」

「그렇지 않아요. 전 매일 오전 오후에 왔었잖아요. 새가 죽었는데도요.」

「넌 다른 책을 보지 않겠다고 약속했다.」

「전 그날 할아버지가 제게 책 보는 게 금지되어 있다고 한 이후로는 다른 책 본 적이 없어요.」

「그럼 〈이걸〉 설명해 봐라.」

나는 카마리가 글 쓴 가죽을 들어 보였다.

「설명할 것도 없어요. 제가 쓴 거예요.」

카마리가 어깨를 으쓱하며 말했다.

「책을 본 적이 없다면 그럼 어디서 글 쓰는 법을 배웠지?」

내가 따져 물었다.

「할아버지의 마술 상자에서요. 〈그걸〉 보지 말라고 하신 적은 없잖아요.」

「내 마술 상자?」

난 얼굴을 찡그렸다.

「살아 있는 것처럼 소리를 내고 여러 색깔이 나오는 상자요.」

「내 컴퓨터를 말하는 거냐?」

내가 놀라 물었다.

「할아버지의 마술 상자요.」

카마리가 다시 말했다.

「그래서 그게 너에게 읽고 쓰는 법을 가르쳐 주었다고?」

「〈제가〉 절 가르쳤어요. 하지만 아주 조금요. 전 할아버지 얘기 속의 때까치 같아요. 전 제 생각만큼 똑똑하지 못해요. 읽고 쓰는 건 굉장히 어려워요.」

불행한 듯한 목소리였다.

「난 네게 읽는 걸 배우면 안 된다고 분명히 말했다.」

아이가 이룬 놀라운 성과에 대해 얘기해 주고 싶은 마음은 가득했지만, 이 아이는 분명히 법을 깼기 때문에 난 그 마음을 억눌렀다.

카마리가 고개를 흔들었다.

「할아버지는 제게 할아버지 책을 보면 안 된다고 말씀하셨어요.」

카마리가 완강하게 대답했다.

「난 네게 여자들은 읽는 법을 배우면 안 된다고 말했다. 넌 나를 거역했다. 그러니 벌을 받아야 한다.」

난 잠시 말을 멈췄다.

「너는 석 달 더 여기서 일해야 한다. 그리고 내게 네 산으로 직접 잡은 산토끼 두 마리와 들쥐 두 마리를 가져와야 한다. 알겠느냐?」

「알았어요.」

「그럼 이제 같이 오두막에 들어가자. 알아야 할 게 한 가지

더 있다.」

카마리는 날 따라 오두막에 들어갔다.

「컴퓨터, 켜져라.」

「켜졌습니다.」

컴퓨터의 기계음이 대답했다.

「컴퓨터, 오두막을 훑어보고 여기 나와 같이 있는 사람이 누구인지 말해라.」

컴퓨터 센서의 렌즈가 깜박하고 빛났다.

「여자아이, 〈카마리 와 은조로〉가 여기 당신 옆에 있습니다.」

컴퓨터가 대답했다.

「이 아이를 다시 보면 알아볼 수 있겠나?」

「네.」

「이건 최우선 명령이다. 너는 다시는 〈카마리 와 은조로〉와 말로 혹은 어떤 알려진 언어로도 대화해서는 안 된다.」

「인식하고 입력했습니다.」

컴퓨터가 말했다.

「꺼져라.」

난 카마리에게 돌아섰다.

「내가 방금 한 일을 이해하겠느냐, 카마리?」

「네. 그리고 공정치 못해요. 전 할아버질 거역한 적 없어요.」

「여자는 읽으면 안 된다는 게 법이란다. 그리고 넌 그걸 어겼단다. 다시는 어기지 말거라. 이제 네 샴바로 돌아가라.」

카마리는 머리를 높이 들고는 내 판정이 못마땅하다는 듯 등을 꼿꼿이 세우고 돌아갔다. 그리고 나는 내 할 일을 계속해 나갔다. 다가오는 할례 의식 때 몸에 그림 그리는 법을 어린 사내아이들에게 가르쳐 주었고, 늙은 시보키에게 역주문을 걸어 주었으며 — 왜냐하면 시보키는 자기 샴바 안에다 하이에나가 똥 싼 것을 발견했는데 이것은 싸후, 즉 저주의 가장 확실한 징표 가운데 하나이기 때문이다 — 서쪽 평야에 좀 더 시원한 날씨가 되도록 유지 위원회에 다시 약간의 궤도 수정을 해달라고 지시했다.

오후 낮잠을 자러 오두막에 돌아왔을 때엔 이미 카마리가 다시 왔다 간 뒤였고 모든 것이 정돈되어 있었다.

다음 두 달간 마을의 삶은 평화로웠다. 농작물은 풍년이었고 나이 많은 코인나쥐가 아내를 한 명 더 얻어 이틀간 끊임없이 춤추고 마시며 이를 기념하는 축제를 열었다. 짧은 우기가 제때에 찾아왔고 마을에 아기가 셋이나 태어났다. 노약자를 하이에나의 먹이로 내보내는 우리의 풍습에 불평해 오던 유토피아 평의회조차 아무 간섭 없이 가만히 있었다. 우리는 하이에나 굴을 발견해 새끼 세 마리를 죽인 다음 굴로 돌아온 어미도 마저 죽였다. 보름달이 뜰 때마다 나는 응가이의 관대함에 감사를 표하며 암소를 한 마리씩 잡았다. 염소만이 아니라 크고 살진 암소도. 응가이께서는 진실로 키리냐가를 풍요로 축복해 주셨기 때문이다.

그동안 나는 카마리를 거의 볼 수 없었다. 아침에 아이가 올 때면 나는 마을에서 날씨를 조절하기 위해 뼈를 던지고 있었고, 오후엔 아픈 이들에게 주문을 걸어 주거나 늙은이들에게는 반대로 주문을 풀어 주고 있었다. 하지만 언제나 아이가 와 있다는 건 확실했다. 늘 오두막과 보마가 정돈되어 있었고 물이나 땔감 따위가 떨어져 본 적이 한 번도 없었기 때문이다.

두 번째 보름달이 뜬 이튿날 오후, 나는 작은 땅뙈기에 대한 논쟁을 어떻게 조정해 줄 것인지 코인나쥐에게 충고해 준 뒤 보마로 돌아왔다. 오두막에 들어선 나는 컴퓨터 화면이 켜진 채 이상한 기호들로 가득 차 빛나고 있는 것을 보았다.

나는 영국과 미국에서 학위 과정을 밟으면서 영어와 프랑스어 그리고 스페인어를 배웠으며 당연히 키쿠유어와 스와힐리어도 알고 있었지만, 이 기호들은 어떤 알려진 언어와도 다를뿐더러, 문자와 구두점 외에 숫자도 포함하고 있었지만 수학식도 아니었다.

나는 얼굴을 찌푸리며 말했다.

「컴퓨터, 나는 분명히 오늘 아침 너를 끈 걸로 기억하는데 왜 화면이 켜져서 반짝이고 있는 거지?」

「카마리가 저를 켰습니다.」

「그리고 떠나면서 너를 끄는 걸 잊었군?」

「그렇습니다.」

「그러리라고 생각했다.」

나는 엄한 말투로 이야기했다.

「카마리가 너를 매일 켰나?」

「네.」

「내가 어떤 알려진 언어로도 그 아이와 대화하지 말라는 최우선 명령을 내리지 않았었나?」

일이 어떻게 돌아갔는지 알 수가 없었다.

「그랬습니다, 코리바.」

「그럼 왜 나의 명령에 따르지 않았는지 설명해 보겠나?」

「저는 당신의 명령을 어긴 것이 아닙니다. 코리바. 저는 최우선 명령을 어길 수 없도록 프로그래밍되어 있습니다.」

「그럼 지금 내가 화면에서 보고 있는 건 뭐지?」

「이것은 〈카마리의 언어〉입니다. 이것은 제 메모리 뱅크 안에 저장되어 있는 1천7백32개의 언어와 방언 가운데 그 어떤 것에도 속하지 않습니다. 따라서 당신의 명령 범위에 속하지 않습니다.」

「네가 이 언어를 만들었는가?」

「아닙니다. 코리바. 카마리가 만들었습니다.」
「어떤 식으로든 그 아이를 도와주었나?」
「아닙니다. 코리바. 저는 돕지 않았습니다.」
「이것은 진짜 언어인가? 너는 이것을 이해할 수 있나?」
「이것은 진짜 언어입니다. 저는 이것을 이해할 수 있습니다.」
「만일 그 아이가 네게 카마리의 언어를 써서 질문을 한다면 너는 그에 대답할 수 있나?」
「있습니다. 질문이 어느 정도 단순하기만 하다면 가능합니다. 이것은 무척 제한된 언어입니다.」
「만일 네가 어떤 알려진 언어를 카마리의 언어로 번역해 대답한다면, 그렇게 하는 것이 내 명령에 어긋나지 않는가?」
「네, 코리바. 어긋나지 않습니다.」
「실제로 카마리가 한 질문에 답한 적이 있나?」
「예, 있습니다, 코리바.」
「알았다. 새로운 명령에 대기하라.」
「대기합니다······.」

나는 고개를 떨구고 이 문제를 심사숙고했다. 카마리가 재기 넘치고 축복받은 아이라는 점은 확실했다. 그 아이는 스스로 읽고 쓰는 법을 터득했을 뿐 아니라 실제로 컴퓨터가 이해하고 응답할 만큼 조리 있고 논리적인 언어를 만들어 냈다. 나는 명령을 내렸지만 그 아이는 이에 직접적으로 반하는 일 없이 교묘하게 그 명령을 피해 갔다. 카마리는 나쁜 뜻 없이 그저 배우고 싶어 했으며 이는 그 자체로서 존중될 만한 목표였다. 한 면을 보자면 그러했다.

하지만 또 다른 면을 보면 이는 우리가 키리냐가에 정립하기 위해 그토록 애썼던 사회 조직에 대한 위협이었다. 남자와 여자는 스스로의 의무를 알고 이를 행복하게 받아들였다.

응가이께서는 마사이족에게는 창을 주셨고, 와캄바족에게는 화살을 주셨으며, 유럽인들에게는 기계와 인쇄기를 주셨고, 키쿠유족에게는 키리냐가 비탈의 성스러운 무화과나무로 둘러싸인 비옥한 땅과 호미를 주셨다.

아주 오래전 우리는 땅과 조화를 이루며 살던 적이 있었다. 그러나 글자가 들어왔다. 글자는 우리를 먼저 노예로 만들었고 다음엔 기독교인으로, 그러고는 병사와 공장 노동자와 기계공과 정치가로 만들었으며, 키쿠유족으로선 될 수 없던 다른 모든 것으로 만들어 놓았다. 이런 일이 다시 일어날 수 있었다.

우리가 키리냐가에 온 것은 완벽한 키쿠유 사회를, 키쿠유의 유토피아를 만들기 위함이었다. 재능 있는 어린 계집아이 하나가 우리를 파멸시킬 씨앗을 품고 있는 게 아닐까?

딱 잘라 자신 있게 말할 순 없지만, 재능 있는 아이들이 자라난 것은 사실이다. 그 아이들은 자라서 예수가, 모하메드가, 죠모 켄야타가 되기도 했지만, 한편으로는 역사상 가장 지독한 노예 상인 티푸 팁이나, 제 민족을 학살한 이디 아민이 되기도 했다. 또한 프리드리히 니체나 칼 마르크스처럼 스스로는 무척 똑똑했지만 자신들보다 덜 똑똑하고 덜 유능한 사람들에게 나쁜 영향을 준 사람이 된 적도 많았다. 그런데도 내가 한쪽으로 비켜서서 이 아이가 우리 사회에 좋은 영향을 끼치리라 생각할 수 있겠는가? 이렇게 모든 역사가 그 반대의 가능성이 더 크다는 것을 시사하는 데도 말이다.

결론을 내리는 것은 고통스러웠지만 그리 어렵지 않았다.

「컴퓨터.」

내가 마침내 입을 열었다.

「종전의 명령을 앞서는 새로운 최우선 명령을 내린다. 너는 이제부터 어떠한 상황에서라도 카마리와 대화를 나누면 안 된다. 카마리가 만일 너를 켜면, 코리바가 카마리와의 어떠한 접촉도 금지했음을 알리고 즉시 꺼지도록 하라. 이해했는가?」
「인식하고 입력했습니다.」
「좋아, 이제 꺼져라.」

이튿날 아침 마을에서 돌아오자 물통은 비어 있었고 담요도 개어져 있지 않았으며 보마는 염소 똥으로 가득했다.
아무리 키쿠유족의 전지전능한 문두무구라 해도 동정심이 아예 없는 것은 아니었다. 나는 이 유치한 화풀이를 용서하기로 마음먹고선 카마리의 아버지를 찾아가지도 않고, 다른 아이들에게 카마리와 노는 것을 금지하지도 않았다.
나는 내 결심을 설명하기 위해 오두막 옆에서 카마리를 기다렸지만 아이는 오후에도 오지 않았다. 마침내 황혼이 깔리자 나는 은데미를 불러 물통을 채우고 내 보마를 청소하게 했다. 비록 이러한 일들이 여자들의 일이긴 했지만 은데미는 감히 문두무구에게 거역하지 못했다. 하지만 은데미의 모든 행동에서 내가 시킨 일에 대한 수치감을 읽을 수 있었다.
이틀이 더 지나도 카마리가 오려는 기색이 없어 나는 아이의 아버지인 은조로를 호출했다.
「카마리가 나와의 약속을 깼네. 만일 그 아이가 오늘 오후에 내 보마를 청소하러 오지 않으면 그 아이에게 싸후를 걸 수밖에 없네.」
카마리의 아버지가 도착하자 내가 말했다.
은조로는 어리둥절해 했다.
「그 아이 말로는 할아버지께서 이미 저주를 내렸다고 하던걸요. 아이를 저희 보마에서 쫓아내야만 하는지 물어보려던 참이었습니다.」

난 고개를 흔들었다.

「아니. 보마에서 쫓아내지 말게. 아직 아이에게 싸후를 건 적이 없으니까. 하지만 오늘 오후에 반드시 일하러 와야 하네.」

「개 몸이 받쳐 줄지 모르겠습니다. 지난 사흘간 물 한 모금 입에 대지 않았으니까요. 그리고 제 아내 오두막에서 꼼짝도 않고 앉아만 있습니다.」

은조로는 잠시 말을 끊었다.

「〈누군가가〉 그 아이에게 싸후를 건 겁니다. 그게 할아버지가 아니시라면, 할아버지께서 그 싸후가 제거되도록 주문을 걸어 주실 수 있을 겁니다.」

「먹지도 마시지도 않은 게 사흘이나 됐다고?」

내가 다시 물었다.

은조로가 고개를 끄덕였다.

「내가 그 아일 만나겠네.」

나는 그와 함께 오솔길을 따라 마을로 내려갔다. 자신의 보마에 도착하자 은조로는 자기 아내의 오두막으로 나를 안내하고는 근심으로 가득한 카마리의 어머니를 불러내 밖에서 함께 기다렸다. 카마리는 문에서 가장 먼 벽에 등을 기대고 무릎을 턱까지 끌어 올려 팔로 가는 다리를 감싼 채 앉아 있었다.

「쟘보, 카마리.」

내가 인사했다.

카마리는 나를 바라보았지만 아무 말도 없었다.

「어머니가 널 걱정하신다. 그리고 아버지 말로는 네가 물 한 모금 입에 대지 않는다고 하시더구나.」

대답이 없었다.

「넌 또한 내 보마를 돌보겠다는 약속을 지키지 않았다.」

침묵.
「말하는 법을 잊은 게냐?」
「키쿠유 여자는 말하지 않아요.」
마침내 카마리가 입을 열었다.
「여자는 생각하지 않아요. 여자들이 하는 일은 오로지 아기를 돌보고 음식을 만들고 땔나무를 모으고 밭을 가는 일이죠. 여자들은 그런 일을 하면서 말하거나 생각할 필요가 없어요.」
고통스러운 목소리였다.
「그래서 불행하니?」
대답이 돌아오지 않았다.
「좀 들어 보렴, 카마리.」
나는 천천히 말했다.
「나는 키리냐가 전체의 선(善)을 위해 결정을 내린 거고 결심을 바꾸지 않을 거다. 키쿠유족 여자로서 너는 네게 마련된 삶을 살아야 한다.」
나는 잠시 말을 멈췄다.
「하지만, 키쿠유족도 유토피아 위원회도 개개인의 감정을 무시하지 않는단다. 우리 사회의 어떤 이라도 원한다면 여길 떠날 수 있다. 우리가 이 세계를 요구하면서 서명했던 허가장에 따르면, 넌 단지 헤이븐이라는 지역까지 걸어가기만 하면 된단다. 그러면 유지 위원회가 우주선을 보내 네가 원하는 곳까지 실어다 줄 게다.」
「제가 아는 모든 것은 키리냐가뿐이에요. 다른 곳에 대해 배우는 게 금지되어 있는데 어떻게 제가 새로운 고향을 선택할 수 있죠?」
「모르겠구나.」
내가 시인했다.

「전 키리냐가를 떠나고 〈싶지 않아요〉!」
아이의 말이 이어졌다.
「여기가 제 고향이에요. 이 사람들이 제 동족이고요. 전 키쿠유족 여자아이지 마사이족 여자아이도, 유럽 여자아이도 아니에요. 전 제 남편의 아이들을 기를 거예요 남편의 샴바를 갈 거예요. 남편을 위해 땔나무를 모아 주고, 음식을 만들어 주고, 옷을 짜줄 거예요. 전 부모님의 샴바를 떠나 남편의 가족과 살 거라고요. 전 불만 없이 이 모든 일을 해낼 거예요, 코리바 할아버지. 제게 단지 읽고 쓰는 걸 배우도록 허락만 해주신다면요!」
「그렇게 해줄 수 없단다.」
내 목소리가 슬퍼졌다.
「하지만 〈왜요〉?」
「네가 아는 중에 가장 현명한 사람이 누구지, 카마리?」
「문두무구가 언제나 마을에서 가장 현명한 사람이지요.」
「그럼 넌 내 지혜를 믿어야 한단다.」
「하지만 꼭 제가 그 난쟁이새매 같다는 기분이 들어요. 그 매는 바람에 높이 몸을 싣는 걸 꿈꾸며 일생을 보냈어요. 전 컴퓨터 화면에서 글자를 보는 걸 꿈꾸고요.」
아이의 목소리에는 비참함이 깔려 있었다.
「넌 그 매와 조금도 같지 않단다. 그놈은 원래 자신이 되려던 것을 금지당하고 있었지만, 넌 네가 원래 될 수 없던 것을 금지당하고 있는 거란다.」
「할아버지는 나쁜 사람은 아니에요, 코리바 할아버지. 하지만 할아버지는 틀렸어요.」
카마리는 진지한 목소리로 말했다.
「만일 그렇더라도 난 그렇게 살아야만 한단다.」
「하지만 할아버지는 〈저더러〉 그렇게 살라고 하고 있잖아요. 그게 할아버지가 저지른 범죄예요.」

「다시 한 번만 날 범죄자라고 부르면…….」

난 엄격한 말투로 이야기했다. 아무도 문두무구에게 그런 식으로 이야기하면 안 되기 때문이었다.

「난 반드시 너에게 싸후를 걸겠다.」

「더 뭘 어떻게요?」

카마리가 고통스럽게 말했다.

「난 너를 하이에나로 바꿔 놓을 수 있지. 어둠 속에서만 먹이를 찾아 어슬렁거리며 사람의 살점을 뜯어먹는 더러운 탐욕자로. 네 배 속을 가시로 가득 채워 네가 움직일 때마다 고통에 소리 지르게 할 수도 있고. 또 난……」

「할아버진 그저 사람일 뿐이에요. 그리고 할아버지는 이미 가장 지독한 일을 하셨어요.」

「더는 참고 들어 줄 수가 없구나. 어머니가 가지고 오는 것을 먹고 마시도록 네게 명한다. 그리고 오늘 오후에 내 보마에 나타날 것을 기대하고 있겠다.」

나는 오두막을 나와 카마리의 어머니더러 아이에게 으깬 바나나와 물을 가져다주라고 이른 뒤 베니마 노인의 샴바에 들렀다. 물소가 그의 밭을 짓밟고 지나가는 바람에 작물이 모두 망가져, 나는 그의 땅에 가해진 싸후를 제거하기 위해 염소를 제물로 바쳤다.

일을 마치고 코인나쥐의 보마에 들르자 그가 내게 갓 담근 폼베를 좀 내오더니 새로 맞은 아내 키보에 대해 불평하기 시작했다. 키보가 두 번째 아내 슈미와 편을 짜고는 첫 번째 아내 왐부에게 대항한다는 것이었다.

「당신은 언제라도 그 여자와 이혼하고 자기 가족의 샴바로 돌려보낼 수 있잖소.」

내가 제안했.

「키보를 사기 위해 소를 스무 마리, 염소를 다섯 마리나 지불했단 말이오.」

코인나쥐가 불평했다.

「그 여자의 가족이 가축을 돌려주리라 보오?」

「아니. 그러지 않을 거요.」

「그럼 키보를 돌려보낼 수 없소.」

「원하시는 대로.」

나는 어깨를 으쓱했다.

「게다가 키보는 무척 힘이 세고 또 굉장히 사랑스럽소.」

코인나쥐가 말을 이었다.

「난 그저 그 여자가 왐부와 싸우는 걸 그만뒀으면 좋겠는데.」

「무엇 때문에 그 둘이 싸우는 거요?」

「누가 물을 가져올 것이냐, 누가 내 옷을 고칠 것이냐, 또 누가 내 오두막의 지붕을 고칠 것이냐 이런 걸로 싸운다오.」

코인나쥐가 잠시 생각하다 다시 입을 열었다.

「심지어는 내가 밤에 누구와 자야 하는가 이런 걸로까지 싸운다오. 마치 그 문제에 있어 내게는 선택권이 없는 것처럼 말이오.」

「생각 차이로 싸우기도 하오?」

「생각?」

코인나쥐가 멍하니 되풀이했다.

「책에 나오는 그런 거 있잖소.」

코인나쥐가 웃으며 대답했다.

「그들은 〈여자〉요, 코리바. 그들에게 생각하는 것 따위가 무슨 소용이 있겠소?」

코인나쥐는 잠시 뜸을 들이다 다시 말했다.

「사실, 우리 가운데서도 그런 걸 필요로 하는 사람이 어디 있겠소?」
「난 모르겠소. 그저 궁금했을 뿐이오.」
「뭔가 혼란스러워 보이는구려.」
「아마 폼베 때문일 거요. 난 늙었잖소. 그래서 아마 폼베의 강도를 몸이 못 이기나 보오.」
「그건 왐부가 폼베 양조법을 가르쳐 줄 때 키보가 제대로 귀 기울이지 않아서 그럴 거요. 정말 키보를 멀리 보내 버려야 할까 보오.」
그때 마침 키보가 젊고 튼튼한 등에 나무를 한 짐 지고 지나가고 있었다. 코인나쥐는 키보를 바라보다가 다시 입을 열었다.
「하지만 키보는 너무나 젊고 사랑스럽다오.」
갑자기 그의 시선이 젊은 아내의 등을 넘어 마을로 향했다.
「아! 시보키 노인이 마침내 죽었구려.」
「어떻게 아시오?」
코인나쥐가 한 줄기의 가느다란 연기 기둥을 가리켰다.
「사람들이 그 노인의 오두막을 태우고 있소.」
나는 그가 가리키는 방향을 주목했다.
「저건 시보키의 오두막이 아니오. 그 노인의 보마는 좀 더 서쪽이오.」
「그 노인 말고 죽을 나이가 된 사람이 또 있소?」
코인나쥐가 물었다.
그리고 나는 갑자기 깨달았다. 응가이가 성스러운 산꼭대기의 옥좌에 앉아 계신 것만큼이나 분명히 알 수 있었다. 카마리가 죽은 것이었다.
나는 최대한 빠르게 은조로의 샴바로 걸어갔다. 도착했을 때 이미 카마리의 어머니와 언니, 할머니가 온 얼굴이 눈물로 범벅 되어 장송가를 목 놓아 부르고 있었다.

「무슨 일이오?」
은조로에게 다가가 물었다.
「제 아일 죽인 게 할아버지시면서 또 뭘 물으십니까?」
은조로가 쓰디쓴 말투로 대꾸했다.
「난 걜 죽이지 않았네.」
「바로 오늘 아침 제 아이에게 싸후를 내리겠다고 위협하지 않으셨습니까?」
은조로가 계속 주장했다.
「할아버지께서 싸후를 내렸고 그래서 이 아이가 죽었으니 카마리의 오두막은 태울 수밖에요. 이제 전 신붓값 받을 딸이 하나밖에 안 남았습니다.」
「신붓값과 오두막에 관한 걱정은 그만하게. 그리고 무슨 일이 일어났는지 말해 보게. 안 그러면 정말로 문두무구의 저주가 어떤 건지 보여 주겠네!」
내가 날카롭게 쏘아붙였다.
「아이가 물소 가죽으로 지 오두막에서 목을 맸습니다.」
이웃 샴바의 여자 다섯 명이 와서 장송가를 같이 부르기 시작했다.
「오두막에서 스스로 목을 맸다고?」
내가 되풀이했다.
은조로가 고개를 끄덕였다.
「최소한 나무에서 목을 맬 수도 있었는데 말입니다. 그럼 오두막이 이렇게 더러워지지도 않았을 거고 제가 태울 필요도 없었을 텐데 말입니다.」
「조용히 하게!」
난 생각을 정리하려 애썼다.
「나쁜 년은 아니었습니다. 왜 이 아이에게 저주를 내리신 겁니까, 할아버지?」

「난 이 아이에게 싸후를 내리지 않았네. 난 그저 이 아일 구할 수 있길 바랐을 뿐이네.」

난 내가 진실을 말하고 있는 것인지 의심스러워졌다.

「누가 할아버지보다 강한 주문을 가질 수 있죠?」

은조로가 공포에 떨며 말했다.

「이 아이는 응가이의 법을 어겼네.」

「그래서 응가이께서 복수하신 것이군요! 그다음으로 저희 중 누가 응가이의 천벌을 받게 될까요?」

은조로가 공포에 떨며 신음 소리를 냈다.

「아무도 천벌받지 않을 걸세. 법을 어긴 건 단지 카마리뿐이니까.」

「전 가난한 사람입니다. 이젠 이전보다도 더 가난합니다. 응가이께서 동정하시어 관대하게 카마리의 영혼을 받아 달라고 부탁드리려면 얼마나 드려야 하나요?」

은조로가 조심스레 말했다.

「자네가 지불하든 말든 응가이께 부탁드리겠네.」

「보수를 받지 않으시겠다고요?」

「보수를 받지 않겠네.」

「감사합니다, 할아버지!」

은조로가 열렬히 감사를 표했다.

나는 가만히 서서 불타는 오두막을 바라보며 저 안에서 작은 소녀의 몸이 타들어 가는 것을 생각지 않으려 애썼다.

「코리바 할아버지?」

꽤 긴 침묵이 지난 후 은조로가 말했다.

「이번엔 뭔가?」

난 성을 내며 말했다.

「저희는 저 물소 가죽을 어찌해야 할지 몰랐습니다. 할아버지께서 내리신 싸후의 흔적이라 생각했으니까요. 태우기도 겁이 났고요. 이제 할아버지가 아니라 응가이께서 만드신 흔적인 걸 알았으니 심지어 손대기도 겁납니다. 부디 저걸 좀 치워 주시겠습니까?」

「흔적이라니? 무슨 얘기하는 건가?」

은조로는 내 팔을 잡고 날 불타는 오두막의 앞으로 이끌었다. 입구에서 열 발자국쯤 되는 곳에 카마리가 목을 맨 기다란 가죽이 불에 그을린 채 놓여 있었다. 그리고 가죽에는 내가 며칠 전 컴퓨터 화면에서 봤던 이상한 기호들이 써 있었다.

나는 손을 뻗어 가죽을 집어 올린 뒤 은조로에게 돌아섰다.

「만일 정말로 자네 샴바에 저주가 내려져 있다면 내가 응가이의 흔적을 가지고 가서 저주를 제거하고 책임도 지겠네.」

「감사합니다. 할아버지!」

은조로의 얼굴에는 안심한 표정이 역력했다.

「주술을 준비하러 이만 가봐야겠네.」

난 퉁명스럽게 내뱉고는 오랫동안을 걸어 내 보마로 돌아왔다. 그러고는 오두막 안으로 물소 가죽을 가지고 들어왔다.

「컴퓨터. 켜져라.」

「켜졌습니다.」

나는 컴퓨터의 스캐닝 렌즈에 가죽을 들어 보였다.

「이 언어를 알아보겠는가?」

렌즈가 잠시 밝게 빛났다.

「예, 코리바. 이것은 카마리의 언어입니다.」

「무엇이라고 쓰여 있지?」

「이것은 2행 연구(聯句)입니다.

〈나는 왜 새장에 갇힌 새가 죽는지 아네 ㅡ
왜냐하면 그 새들처럼 나, 하늘 맛을 보았기에.〉

오후가 되자 온 마을 사람들이 은조로의 샴바로 몰려갔고 여자들은 밤새워, 그리고 이튿날까지도 내내 장송가를 목 놓아 불렀다. 그러나 오래지 않아 카마리는 잊혔다. 시간은 계속 흘러갔지만 카마리는 결국 조그만 키쿠유 계집아이에 불과했기 때문이다.

그날 이후로 나는 날개가 부러진 새를 발견할 때마다 새를 낫게 하려고 애썼다. 하지만 그때마다 새는 언제나 죽었고 나는 늘 새들을 카마리의 오두막이 있던 곳의 흙무더기 옆에 묻어 주었다. 그리고 새를 땅에 묻을 때마다 나는 그 아이를 떠올리며 내가 자신의 지혜의 결과를 껴안고 살아가야 하는 문두무구가 아닌 단지 소박한 사람이었으면, 소 떼를 돌보고 곡식을 걱정하며 평범한 사람들처럼 단순하게 생각하며 살아가는 소박한 사람이었으면 하는 생각을 하곤 한다.

3

브와나[16]

2131년 12월~2132년 2월

16 주인님.

응가이께서는 우주를 다스리시며, 들짐승은 당신께서 선택하신 종족과 함께 성스러운 산을 자유로이 거닐며 기름진 푸른 산비탈을 함께 향유하도록 하셨다.

당신께서는 최초의 마사이족에게 창을 주셨고 최초의 캄바족에게는 활을 주셨지만, 최초의 키쿠유족이었던 기쿠유에게는 호미를 주시며 키리냐가의 비탈에서 거하라 말씀하셨다. 응가이께서 말씀하시길, 키쿠유족은 그 내장이 뜻하는 바를 해석하기 위해 염소를 제물로 바치거나, 비를 내려 주시는 당신께 감사를 드리기 위해 황소를 제물로 바쳐도 좋지만 성스러운 산에 사는 당신의 동물만은 괴롭혀서는 안 된다고 하셨다.

그러던 어느 날 기쿠유가 응가이께 와서 여쭈었다.

「사악한 사람의 나쁜 영혼이 깃든 피시, 즉 하이에나를 죽일 수 있도록 저희들에게 활과 화살을 허락해 주시면 안 되겠나이까?」

그러자 응가이께서 말씀하시길, 하이에나의 목적은 청소에 있으니 키쿠유족은 하이에나를 괴롭혀서는 안 된다 하셨다. 당신께서 하이에나를 만드신 뜻은 사자가 먹고 남긴 찌 꺼기를 치우고 키쿠유족의 샴바에서 늙고 병든 자들을 없애 기 위해서였다.

시간이 흘러 기쿠유는 다시금 성스러운 산에 올라갔다.

「저희 가축들을 잡아먹는 사자나 표범을 죽일 수 있도록 창을 허락해 주시면 안 되나이까?」

응가이께서 말씀하시길, 당신께서 사자와 표범을 만드신 까닭은 초식 동물의 수가 넘쳐 키쿠유족의 들판을 망치지 않 게 하려 함이니 이들을 죽여서는 안 된다고 하셨다.

마침내 최후로 기쿠유가 산으로 올라와 말씀드렸다.

「1년 농사를 한순간에 짓밟아 버리는 코끼리라도 최소한 죽일 수 있어야 하옵니다. 하지만 무기를 허락받지 못하니 어찌해야 하오리까?」

응가이께서는 오랜 시간 골똘히 생각하시더니 마침내 말 씀하셨다.

「내 선언하길, 키쿠유족은 땅을 경작하라 하였으니 너희들 의 손이 내 다른 창조물의 피로 물들지 않게 할 것이다. 그러 나 너희들은 선택받은 부족이고 내 산의 다른 짐승들보다 더 소중하니 내 다른 이가 그 짐승들을 죽이도록 하리라.」

「그 사냥꾼은 어느 부족이오니까? 우리가 그 이름을 알고 있나이까?」

기쿠유가 여쭈었다.

「한 마디만 들으면 그들이 누군지 알리라.」

응가이께서 그에게 사냥꾼이 누군지 알려 줄 그 한 마디를 하셨을 때 기쿠유는 당신께서 농담을 하신다고 생각하고 크 게 웃은 뒤 당신께서 말씀하신 바를 곧 잊었다.

하지만 응가이께서 키쿠유족에게 농담을 하신 적은 단 한 번도 없었다.

유토피아인 키리냐가에는 코끼리도 사자도 표범도 없다. 우리가 이곳으로 이주해 오기 아주 오래전, 이제는 너무나 낯선 땅이 되어 버린 케냐에서 세 종이 모두 멸종했기 때문이다. 하지만 우리는 늘씬한 임팔라, 당당한 얼룩 영양, 힘센 물소, 재빠른 가젤을 데려왔으며 응가이의 명을 받들어 하이에나와 재칼, 독수리도 함께 데려왔다.

그리고 키리냐가는 사회 구성과 마찬가지로 기후 역시 유토피아에 맞게 설계되었으며 땅은 케냐보다 기름지고 유지 위원회가 정해 놓은 시간에 맞춰 비가 오도록 궤도 조종을 하기 때문에 가축과 사람은 물론 야생 동물도 번성했다.

그 결과, 동물과 사람의 충돌은 단지 시간 문제였다. 처음에는 가끔씩 하이에나가 가축들을 공격했으며, 언젠가 한번은 성나 날뛰는 물소 떼가 베니마 노인의 모든 작물을 완전히 짓밟기도 했다. 하지만 우리는 그런 고난을 너그러이 받아들였다. 왜냐하면 응가이께서 우리를 충분한 보살펴 주셨고 아무도 굶주리지 않았기 때문이다.

그러나, 우리가 지구화된 초원을 점차 농토로 바꾸어 나가자, 키리냐가의 야생 동물들은 땅 욕심에 정신이 팔린 사람들에게 위협을 느끼게 되었고 충돌은 더 잦아지고 심각해져 갔다.

어느 날 나는 보마 안의 모닥불가에 앉아서 여기저기 아카시아가 있는 평원을 바라보며 빨리 태양이 떠올라 쌀쌀한 아침 공기를 데워 주길 기다리고 있었다. 그때, 어린 은데미가 구불구불한 오솔길을 따라 마을에서부터 달려왔다.

「코리바 할아버지! 빨리 좀 와보세요!」

아이가 소리쳤다.

「무슨 일이냐?」

아픈 다리로 일어나며 내가 물었다.

「피시가 주마를 공격했어요!」

은데미는 숨을 고르려고 헐떡거리며 말했다.

「한 마리냐 아니면 여러 마리냐?」

「제 생각엔 한 마린데요, 잘 모르겠어요.」

「아직 살아 있느냐?」

「누구요? 주마요, 하이에나요?」

「주마 말이다.」

「죽은 듯해요.」

은데미는 잠시 말을 멈추었다.

「하지만 할아버지는 문두무구니까 그 아일 다시 살릴 수 있잖아요.」

나는 은데미가 자신의 문두무구를 그토록이나 믿고 있다는 사실에 기뻤지만 만약 그 아이의 친구가 정말로 죽었다면 내가 할 수 있는 일이란 아무것도 없었다. 나는 오두막으로 들어가서 싸우다 난 상처에 잘 듣는 약초 몇 종류와 주마에게 줄 〈캣〉 잎을 몇 장 찾아 이것들을 목에 거는 가죽 주머니에 챙겼다(키리냐가에는 마취제가 없으며 캣 잎이 일으키는 환각 상태는 적어도 고통을 잊게 해주기 때문이다). 그런 다음 오두막을 나와 은데미에게 고개를 끄덕이자 아이는 나를 주마네 아버지의 샴바로 안내했다.

우리가 도착했을 때 이미 여인네들은 장송곡을 목 놓아 부르고 있었다. 나는 불쌍히 죽은 어린 주마의 시체를 살펴보았다. 하이에나의 첫 번째 공격에 아이의 얼굴은 거의 날아가 버렸고 두 번째 공격에는 왼팔이 완전히 잘려 나갔다. 마을 사람들이 도착했을 때는 이미 하이에나가 주마의 몸통 대부분을 게걸스레 먹어 치운 뒤였다.

얼마 지나지 않아 마을의 대추장인 코인나줘가 도착했다.

「잠보, 코리바.」

「쟘보, 코인나쥐.」
「무엇인가 조치를 취해야 하오.」
파리로 뒤덮인 주마의 시체를 보면서 코인나쥐가 말했다.
「하이에나에게 저주를 내리겠소. 그리고 응가이께서 주마의 영혼을 기쁘게 맞으시도록 오늘 밤 염소를 제물로 바치겠소.」
내가 말했다.
코인나쥐는 나를 무척이나 두려워했기에 머뭇거리다 마침내 말을 꺼냈다.
「그것으로는 충분치 않소. 이 달 들어 하이에나가 건강한 아이를 잡아먹은 게 벌써 두 번째란 말이오.」
「이 땅에 있는 하이에나는 사람 맛에 익숙해졌소. 우리가 그놈들에게 노약자들을 보냈기 때문이오.」
「그렇다면 이제부터 노인이나 병든 자를 더는 하이에나에게 보내지 말아야 할 것이오.」
코인나쥐가 말했다.
「우리에게는 선택권이 없소. 유럽인들은 우리의 이런 행동을 야만인의 증거로 여겼으며 유지 위원회조차 우리를 말리려 했소. 하지만 우리에겐 노약자들을 치료할 수 있는 약이 없소. 외부인에게는 야만스레 보이는 행동이 사실은 자비에서 비롯된 거요. 우리는 전통적으로 죽을 때가 된 노약자들을 하이에나에게 보내 왔소.」
「유지 위원회는 약을 가지고 있소. 그 사람들에게 도와 달라고 할 수 있을 거요.」
코인나쥐가 제안했을 때 젊은이 두 명이 슬며시 다가와 우리 이야기에 귀를 기울였다.
「그렇게 해서 그 사람들이 일주일 또는 한 달 더 살게 한 다음 기독교식으로 파묻자? 사람이 일부분은 키쿠유고 일부분은 유럽인일 수 없소. 그것이 애당초 우리가 키리냐가로 온 이유요.」

「하지만 노인들을 위해서 약만 좀 달라고 하는 데 뭐가 잘못된다는 거죠?」

이야기를 듣고 있던 젊은이 가운데 한 명이 묻자 코인나쥐는 자신이 계속 주장을 펴지 않아도 되기에 안심이라는 표정이었다.

「자네가 오늘 약을 받으면 내일은, 그 사람들의 옷과 기계와 신을 받아들여야만 하는 거라네. 역사가 우리에게 가르쳐 준 것이 있다면 바로 그 점이지.」

아직도 못 믿겠다는 그들의 표정에 나는 계속 말을 이었다.

「대부분의 부족은 자신들의 유토피아를 앞날에서 찾지. 하지만, 키쿠유족은 우리가 결코 익숙해질 수 없는 다른 사회의 풍습에 오염되지 않은 채 땅과 조화를 이루며 단순하게 살았던 〈과거〉에서 유토피아를 찾아야만 하네. 나는 유럽인들 사이에서 살았고 그 사람들의 대학에서 공부했기에 유럽인의 기술이 부르는 요상스러운 노래를 듣지 말아야 한다고 말할 수 있는 거라네. 유럽인에게는 도움이 되는 것이 케냐에 사는 키쿠유족에게는 아무런 도움이 되지 않았고 키리냐가에 사는 우리에게도 도움이 되지 않을 거라 보이네.」

내 말을 강조라도 하듯 저 멀리 초원에서 하이에나의 기분 나쁜 울음소리가 들려 왔다. 여인네들은 겁에 질려 통곡을 멈춘 채 서로 가까이 모여들었다.

「하지만 뭔가를 해야만 하오!」

잠시나마 문두무구보다 하이에나가 더 두려워진 코인나쥐가 이의를 제기했다.

「더는 들판의 짐승들이 우리 곡식을 짓밟고 아이를 죽이게 할 수는 없소.」

물론 목초지가 줄어들었기 때문에 이에 맞춰 초식 동물의 출산율이 잠시 낮아졌고 하이에나의 출생률 역시 분명 1년 내에 적절히 조절될 것이라고 이 사람들에게 설명해 줄 수는 있었지만, 이들은 내 말을 이해하거나 믿으려 하지 않을 터였다. 이 사람들은 설명이 아닌 해결책을 원했다.

마침내 내가 입을 열었다.

「응가이께서는 우리가 키리냐가에서 진정으로 살 만한 가치가 있는지 우리의 용기를 시험하고 계시오. 시험 기간이 끝날 때까지 우리는 아이들을 창으로 무장시켜 둘씩 짝이 되어 소 떼를 지키게 해야 하오.」

코인나줘는 고개를 저었다.

「하이에나는 사람 맛에 익숙해졌소. 그리고 아무리 창으로 무장하고 있다 해도 두 명의 키쿠유 소년은 하이에나 떼의 상대가 되지 않소. 분명 응가이께서는 당신의 선택된 부족이 피시의 밥이 되는 것을 원치 않으실 거요.」

「그렇소, 원하지 않으시오. 우리의 본성이 밭을 가는 것이듯 하이에나의 본성은 초식 동물을 죽이는 것이오. 난 당신들의 문두무구요. 내가 시련의 시간이 곧 지나갈 것이라고 말하면 당신들은 믿어야만 하는 거요.」

「곧 언제요?」

다른 사내가 물어 왔다.

나는 어깨를 으쓱했다.

「아마도 우기가 두 번쯤 지나면. 아니 어쩌면 세 번쯤.」

우기는 1년에 두 번 찾아온다.

「할아버지께선 연세가 드셨어요. 게다가 아이가 없으니 참으실 수 있습니다. 하지만 아들이 있는 저희로서는 애들이 들판에서 언제 돌아올지 날마다 걱정하며 우기가 두세 번씩이나 지나길 기다릴 수만은 없습니다. 우리는 〈지금〉 당장 어떤 수를 내야만 합니다.」

사내는 문두무구에 반대하기 위해서 힘껏 용기를 내 말했다.

「나이를 먹었지. 하지만 나이는 인내심과 지혜도 주었다네.」

내가 대답했다.

「당신은 문두무구요. 그리고 당신은 당신 방식대로 문제에 부닥쳐야 하오. 그러나 나는 대추장이고 내 방식대로 일을 처리해야겠소. 사냥대를 조직해서 이 지역에 있는 모든 하이에나를 죽이겠소.」

마침내 코인나쥐가 말했다.

「그러시오. 사냥대를 조직하시오.」

이미 이런 식의 해결법이 나오리라 예상했기 때문에 나는 침착하게 말했다.

「우리가 성공할지 뼈를 던져서 점쳐 볼 거요?」

「사냥 결과를 점치려고 뼈를 던질 필요도 없소. 당신들은 농부이지 사냥꾼이 아니오. 당신들은 성공하지 못할 거요.」

내가 대꾸했다.

「저희를 도와주지 않으실 건가요?」

다른 사내가 물었다.

「내 도움은 필요 없을 게다. 할 수 있다면 내 인내심을 주겠지만 말이야. 자네들이 필요한 건 그것이거든.」

내가 말했다.

「우리는 이 세상을 유토피아로 바꿔야 하오.」

참뜻도 모르는 채 단지 그 단어가 풍성한 수확과 적이 없는 세상을 뜻하는 줄로만 알고 있는 코인나쥐가 대꾸했다.

「세상에 어떤 유토피아에서 아이들이 야생 동물에게 죽어 나간단 말이오?」

「굶주려 보기 전에는 배부르다는 것이 무슨 뜻인지 알지 못하오. 춥고 비에 젖어 보지 않고는 따뜻하고 보송보송한 상태가 무엇인지 모르오. 그리고 비록 사람들은 모를지라도 응가이께서는 알고 계시오. 죽음 없이는 삶에 대해 사람들이 감사할 줄 모른다는 사실을 말이오. 이것이 응가이께서 우리에게 내리는 가르침이오. 곧 끝날 거요.」

「〈지금〉 끝나야만 하오.」

내가 자신의 사냥을 막지 않으리라는 사실을 알아챈 코인나줘가 힘주어 말했다.

어떤 말로도 그를 설득할 수 없다는 사실을 알았기 때문에 나는 더는 아무 말도 하지 않았다. 잠시 동안 나는 주마를 죽인 하이에나에게 저주를 걸었고, 그날 저녁에 나는 마을 한가운데에서 염소를 제물로 바치고 배를 갈라 그 내장이 뜻하는 바를 해석한 후 응가이께서 제물을 받아들이시고 주마의 영혼을 환영하셨다고 사람들에게 말해줬다.

이틀 뒤 코인나줘는 열 명의 마을 사람들을 이끌고 하이에나를 사냥하기 위해 초원으로 나갔고 나는 내 보마에 머무르면서 앞으로 닥쳐올 일에 대비했다.

은데미가 길고 구불구불한 오솔길을 달려 내게 온 때는 아침 늦게였다. 은데미는 마을에서 가장 용감한 소년으로 나는 그 용감함 때문에 이 아이를 가장 좋아했다.

「잠보, 코리바 할아버지.」

인사를 하는 아이의 표정이 뭔가 이상했다.

「잠보, 은데미. 무슨 일이냐?」

「제가 피시를 사냥하기에는 너무 어리대요.」

내 옆에 쭈그리고 앉으며 은데미가 말했다.

「맞는 말이야.」

「하지만 전 날마다 짚으로 만든 물소를 상대로 연습을 했고 할아버지는 제 창에 축복을 내려 주셨잖아요.」

「알고 있단다.」
「그런데 왜 사냥에 낄 수 없나요?」
「그건 별로 중요치 않다. 어차피 그 사람들은 피시를 죽이지 못할 테니까. 사실 다치지 않고 돌아오는 것만으로도 무척이나 다행스러운 일이지.」
나는 잠시 말을 멈추었다.
「〈그렇게 되면〉 문제가 생기기 시작하는 거지.」
「제가 보기엔 벌써 생겼는걸요.」
악의 없는 말투로 은데미가 말했다.
나는 머리를 저었다.
「지금까지 일어난 일은 자연의 이치 중 하나로서 키리냐가의 한 부분이라 할 수 있지. 그러나 코인나쥐가 하이에나를 죽이지 못하면 키리냐가로 사냥꾼을 불러올 텐데 그것은 자연의 이치에 〈어긋나는〉 일이거든.」
「대추장님이 그러리라는 것을 어떻게 알고 계세요?」
은데미가 감명받은 표정으로 물어 왔다.
「나는 코인나쥐를 잘 알고 있단다.」
「그러면 그렇게 하지 말라고 말씀하세요.」
「말할 거란다.」
「그러면 말을 들을 거예요.」
「아니란다. 그 사람은 내 말을 안 들을 거다.」
「하지만 할아버지는 문두무구시잖아요.」
「하지만 마을에는 나를 미워하는 사람들이 많단다. 그 사람들은 매끈한 우주선이 때때로 키리냐가에 착륙하는 모습을 보거나, 나이로비와 몸바사에서 일어난 기적에 대한 이야기를 듣고는 우리가 왜 이곳에 왔는지를 잊었단다. 그 사람들은 호미만으로는 행복해하지 않고 마사이족의 창이나 캄바족의 활, 유럽인의 기계를 원하고 있단다.」

은데미는 잠시 동안 조용히 쪼그리고 앉아 있었다.
「질문이 있어요. 할아버지는 사람을 벌레로 만드실 수 있고, 어둠 속에서도 보실 수 있고, 공중을 걸어다니실 수도 있잖아요.」
「그렇지.」
「그렇다면 왜 모든 하이에나를 꿀벌로 바꾼 다음 벌집을 불에 던져 넣지 않으시는 거죠?」
「피시는 마귀가 아니기 때문이란다. 고기를 먹는 것은 놈들의 본성일 뿐이지. 놈들이 없으면 들판의 짐승들이 너무 많아져서 우리들을 황폐하게 만들 거란다.」
「그러면 우리를 죽이는 피시들은 왜 안 죽이세요?」
「네 할머니를 기억 못 하겠느냐? 네 할머니가 돌아가실 때 즈음해서 고통스러워하시던 모습 말이다.」
「기억나요.」
「우리는 사람을 죽이지 않는단다. 만약 하이에나가 없었다면 네 할머니는 훨씬 오랫동안 고통스러워했을 거란다. 피시는 단지 창조주 옹가이께서 시키신 일을 하는 거란다.」
「옹가이께서는 사냥꾼도 만드셨어요.」
눈가에 장난기를 띠고 은데미가 말했다.
「물론이지.」
「그런데 왜 사냥꾼이 피시를 죽이러 오길 바라면 안 되나요?」
「염소와 사자 이야기를 해주마. 그러면 알게 될 거다.」
「염소와 사자가 하이에나와 무슨 관계가 있는데요?」
「들어 보렴. 알게 될 테니. 옛날에 흑염소 한 떼가 살고 있었지. 그 염소 떼는 아주 행복했단다. 옹가이께서 푸른 풀밭과 싱싱한 초목과 가까이서 마실 수 있는 냇물을 주셨고 비를 피할 커다란 나무도 주셨거든. 그러던 어느 날 표범이 마을로 내려왔단다. 이놈은 늙고 약해져서 임팔라나 워터벅을 사냥할 수가 없었거든. 그래서 이놈은 염소를 잡아먹기 시작했단다.

〈큰일났소! 뭔가 방법을 생각해야 하오.〉

염소들이 말했단다.

〈그 표범은 나이가 들었소. 만약 놈이 우리를 잡아먹고 다시 힘이 생긴다면 놈은 임팔라를 잡아먹으러 갈 거요. 그놈에게는 임팔라가 우리보다 더 맛있을 테니 말이오. 그리고 만일 녀석이 원기를 되찾지 못한다면 놈은 곧 죽어 버릴 거요. 우리가 할 수 있는 일이란 녀석이 우리 주변에 있는 동안 특별히 조심하는 것뿐이오.〉

마을에서 가장 슬기로운 염소가 말했단다.

하지만 다른 염소들은 너무나 겁에 질려 있어서 그 슬기로운 염소가 한 말이 귀에 들어오지 않았단다. 그래서 염소들은 다른 데에 도움을 요청하기로 결정했지.

〈염소가 아닌 누군가가 도와준다고 하면 조심해야 하오.〉

마을에서 가장 슬기로운 염소가 말했지만, 다른 염소들은 그 슬기로운 염소의 말을 듣지 않고 결국엔 검은 갈기가 있는 거대한 사자를 찾아갔단다.

〈우리 마을에 친구들을 잡아먹는 표범이 있습니다. 하지만 우리에겐 놈을 몰아낼 힘이 없습니다. 도와주십시오.〉

염소들이 말했지.

〈친구를 돕는 일이라면 기꺼이 나서지.〉

사자가 대답했단다.

〈우리는 가난합니다. 도와주는 대가로 바라시는 게 무엇인지요?〉

염소들이 말했단다.

〈없다. 난 단지 친구인 자네들을 위해서 하는 일이야.〉

사자가 말했단다.

그리고 약속한 대로 사자는 마을로 들어가 표범이 염소를 잡아먹으러 나타날 때까지 기다렸다가 와락 달려들어 표범을 죽였단다.

〈감사합니다, 위대한 구원자여!〉

염소들은 너무나 기쁘고 즐거워 사자 주위를 춤추고 돌며 큰 소리로 외쳤단다.

〈내 일인걸. 표범은 내 적이기도 하니까 말이야.〉

사자가 말했단다.

〈사자님이 떠나신 뒤에도 우리는 오랫동안 사자님에 대한 노래를 부르고 이야기를 할 겁니다.〉

염소들은 계속 즐거워하며 말했단다.

〈떠난다고? 누가?〉

눈으로는 가장 살진 염소를 찾으며 사자가 대답했단다.」

은데미는 내가 말한 내용을 한참 동안 생각하더니 나를 쳐다보았다.

「사냥꾼이 피시처럼 우리를 잡아먹을 거란 말씀은 아니시죠?」

「그런 뜻이 아니란다.」

은데미는 이야기에 들어 있는 뜻을 좀 더 생각했다.

「아!」

마침내 은데미가 웃으며 말했다.

「만약 곧 죽거나 떠나버릴 피시를 죽일 수 없다 해도 피시보다 더 강한 누군가를 데려오지 말아야 한다는 말씀이군요. 그 사람은 죽거나 떠나지 않을 테니까요.」

「맞았다.」

「하지만 왜 동물 사냥꾼이 키리냐가를 위협해요?」

은데미는 열심히 생각하며 계속 물어 왔다.

「우리는 염소들과 같지. 적을 죽일 만한 힘도 없이 땅에 의지해 사니 말이다. 하지만 사냥꾼은 사자와 같은 거란다. 생명을 빼앗는 일은 그의 본성이고, 키리냐가에서는 오직 그 사람만이 생명을 빼앗는 기술을 터득하고 있을 거란다.」

「그 사람이 우리를 죽일 거라고 생각하세요?」

나는 어깨를 으쓱했다.

「처음에는 아니지. 사자도 표범을 죽인 다음에야 염소를 잡아먹었잖니. 사냥꾼도 피시를 먼저 죽인 뒤에 자기 권력을 부릴 거다.」

「하지만 할아버지는 문두무구잖아요. 그런 일이 안 일어나게 하실 수 있잖아요!」

은데미가 이의를 제기했다.

「막으려고 노력할 거란다.」

「할아버지가 노력하시면 성공하실 거고, 그럼 사람들은 사냥꾼을 데려오려 하지 않을 거예요.」

「그럴 수도 있겠지.」

「할아버진 뭐든지 다 하실 수 있잖아요.」

「할 수 있지.」

「그런데 왜 그렇게 미심쩍은 투로 말씀하세요?」

「내가 사냥꾼이 아니기 때문이란다. 키쿠유족은 내 힘 때문에 나를 무서워하지만 나는 일부러 내 동족들을 다치게 한 적은 한 번도 없단다. 나는 지금도 그 사람들을 다치게 하지 않을 거란다. 나는 키쿠유족에게 최선의 일을 하려고 하지만, 만약 그 사람들이 나보다도 피시를 더 무서워한다면 내가 지겠지.」

은데미는 바닥에 조그맣게 낙서를 한 뒤 이를 내려다보고 있었다.

「만약 사냥꾼이 온다면 아마도 착한 사람이겠죠.」

마침내 은데미가 말했다.
「그럴 수도 있겠지. 하지만 그래도 그 사람은 여전히 사냥꾼이란다.」
나는 잠시 말을 멈추었다.
「배가 부른 사자는 얼룩말과 함께 잠을 자지. 하지만 배가 고파지면 사자는 결코 굶지 않는단다.」

열 명이 사냥을 하러 마을을 떠났지만 단지 여덟 명만이 돌아왔다. 다른 두 명은 아카시아 나무 그늘 아래서 앉아 쉬고 있을 때 하이에나 떼의 공격을 받아 죽었다. 하루 종일 여인네들은 장송곡을 구슬프게 불렀고 하늘은 연기로 검게 물들었다. 죽은 사람의 오두막을 태우는 것이 우리의 전통이기 때문이었다.

바로 그날 저녁 코인나쥐는 장로 회의를 소집했다. 나는 마지막 햇살이 사라질 때까지 기다렸다가 얼굴에 칠을 하고 의식 때 입는 표범 가죽 망토로 몸을 감싼 뒤 코인나쥐의 보마로 향했다.

마을 노인들은 완전히 침묵에 잠겨 있었다. 심지어는 밤새들마저 날아가 버렸고, 나는 그 누구도 바라보지 않은 채 장로들 사이를 지나 코인나쥐의 오두막 왼편의 내가 늘 앉는 걸상에 가 앉았다. 그의 세 아내가 첫 번째 아내의 오두막 문가에 바짝 붙어 앉아서 어떤 일이 벌어질지 귀 기울이고 있는 모습이 보였다.

깜박이는 모닥불 빛이 장로들의 얼굴을 비췄다. 그들 대부분은 공포에 질려 굳은 표정이었다. 전례에 따르자면 문두무 구조차도 대추장이 말하기 전에는 입을 열 수 없었으며, 코인나쥐가 아직 자기 오두막에서 나오지 않았기 때문에 나는 기분 전환으로 목에 걸고 다니는 주머니에서 뼈를 꺼내 땅

위에 던졌다. 세 번을 던져 세 번 모두 그 내용에 얼굴을 찌푸렸다. 그러고는 자신들의 문두무구를 따르지 않을 작정인 장로들이 내가 무엇을 보았는지 궁금하게끔 하기 위해 아무 말도 않고 뼈를 주머니에 집어넣었다.

마침내 코인나쥐가 길고 가느다란 막대를 들고 오두막에서 나왔다. 장로 회의에서 말할 때 그 막대를 흔드는 것은 지휘자가 지휘봉을 흔드는 것과 마찬가지로 그의 습관이었다.

「사냥은 실패했소.」

코인나쥐는 마치 마을 사람 아무도 그 사실을 모르고 있다는 듯 극적으로 말을 꺼냈다.

「피시 때문에 두 명의 사내가 더 죽었소.」

코인나쥐는 극적 효과를 위해 잠시 말을 멈추었다가 소리쳤다.

「다시는 이런 일이 일어나서는 안 되오!」

「사냥을 하지 않는다면 다시는 이런 일이 일어나지 않을 거요.」

일단 코인나쥐가 말을 시작했기에 내가 말했다.

「당신은 문두무구요. 주술을 걸어 그 사람들을 보호했어야만 했소!」

장로 중 하나가 말했다.

「나는 그 사람들에게 떠나지 말라고 말했소. 내 충고를 거부하는 사람들을 보호할 수는 없소.」

내가 대답했다.

「피시는 죽어야만 하오!」

코인나쥐가 소리 지르며 내 얼굴을 향해 돌아섰을 때 그의 입에서는 폼베 냄새가 코를 찔렀고, 나는 왜 그가 자기 오두막에 그토록 오래 머물러 있었는지를 알게 됐다. 그는 자신의 문두무구에 대항할 용기가 날 때까지 폼베를 들이켠 것이다.

「이후로 피시는 결코 키쿠유족을 잡아먹을 수 없을 거요. 그리고 코리바가 나와도 좋다고 말하기 전까지 보마에 숨어 있는 그런 일도 없을 거요! 피시를 죽여야만 하오!」

장로들은 〈피시를 죽여야만 하오!〉 하고 따라 했고 코인나쥐는 자기 막대를 창처럼 들고선 하이에나를 찔러 죽이는 시늉을 했다.

코인나쥐가 외쳤다.

「사나이들은 별까지 갔소! 바다 아래 거대한 도시를 세웠소, 마지막 코끼리와 사자를 죽였소. 우리는 사내가 아니오? 우리가 썩은 고기나 먹는 불결한 짐승에 겁을 먹는 늙은 아낙이란 말이오?」

나는 일어섰다.

「다른 종족의 사내들이 무슨 일을 했느냐는 키쿠유족과 아무 관계 없소. 다른 사내들이 피시 문제를 일으킨 게 아니오. 그들은 이 문제를 풀 수가 없소.」

내가 말했다.

「그들 가운데 한 명은 할 수가 있소. 사냥꾼 말이오.」

코인나쥐가 불빛에 일그러진 걱정스러운 얼굴들을 보며 말했다.

장로들이 중얼거리며 찬성을 표했다.

「우리는 사냥꾼을 데려와야 하오.」

막대를 마구 흔들며 코인나쥐가 말했다.

「유럽인이어서는 안 되오.」

한 장로가 말했다.

「와캄바족이어서도 안 되오.」

다른 장로가 말했다.

「루오족이어서도 안 되오.」

또 다른 장로가 말했다.

「룸부와족과 난디족은 우리 부족의 적이오.」
네 번째 장로가 덧붙였다.
「피시를 죽일 수 있다면 누구든 괜찮소.」
코인나줘가 말했다.
「그런 사내를 어떻게 찾을 작정이오?」
한 장로가 말했다.
「지구에는 아직 하이에나가 살고 있소. 수렵국의 사냥꾼이나 감독관처럼 하이에나를 많이 사냥해 본 경험자를 찾아볼 거요.」
「당신들은 실수하는 거요.」
내가 결연히 말하자 갑자기 그들 모두가 조용해졌다.
「우리는 사냥꾼이 있어야 하오.」
아무도 입을 열지 않으려 하자 코인나줘가 단호히 말했다.
「당신들은 조그만 살육자를 없애기 위해 더 위험한 살육자를 키리냐가로 데려오려 하고 있소.」
내가 대꾸했다.
「나는 대추장이오.」
코인나줘가 말했다.
나와 눈을 마주치지 않으려고 하는 것으로 보아 장로들 앞에서 내게 대항할 수 있도록 미리 마서 두었던 폼베에서 이제 막 깨어난 것이 틀림없었다.
「피시가 계속 내 동족들을 죽이게 내버려 둔다면 내가 무슨 추장이란 말이오?」
「덫을 놓을 수도 있소. 응가이께서 하이에나가 초식 동물을 먹도록 그 식성을 바꾸실 때까지 말이오.」
내가 말했다.
「덫이 완성될 때까지 얼마나 많은 이들이 죽어야 한단 말이오? 이런 일은 응가이의 계획이 아니며 자신이 틀렸다는 사실을 문두무구가 알기까지 얼마나 많은 사람들이 죽어야 한단 말이오?」

다시금 흥분하며 코인나쥐가 다그쳤다.

「그만하시오!」

내가 손을 머리 위로 들어올리며 소리치자 코인나쥐조차 자기 자리에서 얼어붙은 채 아무 말도 하지 않았다.

「나는 당신들의 문두무구요. 나는 선조들이 쌓아 온 지혜의 책이오. 내가 말하는 한 마디는 책의 한 장이오. 나는 때맞춰 비를 내리게 했으며 수확물에 축복을 내렸소. 당신들을 잘못 이끈 적은 한 번도 없소. 이제 내 말하노니, 당신들은 키리냐가에 사냥꾼을 데려와서는 안 되오.」

그러자 겁에 질려 몸을 떨던 코인나쥐가 내 눈을 바라보려고 애를 쓰더니 태연한 척 말했다.

「나는 대추장이오. 그리고 내 말하노니 피시가 다시 배고파지기 전에 행동을 취해야 하오. 피시를 죽여야만 하오! 내 말했소.」

장로들은 다시금 〈피시를 죽여야만 하오!〉하고 따라 하기 시작했고 자신만이 문두무구의 지시에 공개적으로 반대하는 것이 아니라는 사실을 알게 된 코인나쥐는 용기를 냈다. 그는 장로들을 차례로 지나 내게 오면서 〈피시를 죽여야만 하오!〉라는 구호를 목청껏 선창하며 자기 막대로 피시를 찌르는 시늉을 했다.

나는 처음으로 장로 회의에서 권위를 잃었다는 사실을 깨달았지만 그들에게 아무런 위협도 하지 않았다. 문두무구의 지시를 따르지 않은 데 따른 벌은 내가 아닌 응가이께서 주신다는 사실이 중요했기 때문이었다. 나는 둥그렇게 모여 있는 장로들을 무시한 채 조용히 일어나 내 보마로 돌아왔다.

이튿날 아침, 코인나쥐의 가축 두 마리가 아무런 상처 없이 죽은 채로 발견되었고, 그 뒤로도 각 장로들의 가축들이 두 마리씩 죽어 나갔다. 나는 이것이 분명 응가이께서 하신 일이며, 그 시체들은 반드시 태워야만 하고, 그것을 먹는 사람은 누구든지 끔찍한 싸후, 즉 저주에 걸려 죽으리라 말했다. 사람들은 의심 없이 내 말에 복종했다.

이제는 코인나쥐가 청한 사냥꾼이 도착하기만을 기다리면 됐다.

그 사내는 평원을 가로질러 내 보마로 왔고 그 모습은 마치 응가이께서 걸어오시는 듯했다. 그 사내는 키가 거의 2미터나 되어 보였고 호리호리한 몸집은 가젤처럼 우아했으며 피부는 칠흑 같은 밤보다도 더 까맸다. 그는 키코이나 카키색 군복 대신 가벼운 바지와 반팔 셔츠를 입고 있었다. 발에는 샌들을 신고 있었지만 발에 못이 박여 있었고 발가락이 곧은 걸로 미루어 대부분의 시간을 신발 없이 지낸 게 분명했다. 한쪽 어깨에는 작은 가방을 메고 있었고 왼손에는 기다란 라이플을 넣은, 모노그램이 새겨진 가방을 들고 있었다.

그 사내는 내가 앉은 자리로 다가와 여유 있게 발걸음을 멈추더니 눈도 깜박이지 않고 나를 바라보았다. 그의 건방진 태도에서 나는 그 사내가 마사이족이라는 사실을 알았다.

「코인나쥐의 마을은 어디요?」

그가 스와힐리어로 물었다.

나는 왼쪽을 가리키며 말했다.

「계곡 안쪽이네.」

「왜 혼자 사는 거요, 노인?」

그는 정확히 이렇게 말했다. 나이 든 사람에게 수십 년 동안 축적해 온 지혜를 인정하고 공경을 표할 때 쓰는 단어인 〈음제〉 대신 〈노인〉이라는 단어를.

〈맞아, 자네가 마사이라는 데는 의심할 여지가 없군.〉 나는 속으로 조용히 결론을 내렸다.

「문두무구는 언제나 다른 사람들과 떨어져 산다네.」

내가 큰 소리로 대답했다.

「그럼 당신은 주술사로군. 난 당신네 부족이 그 이상한 풍습에서 벗어난 지 꽤 된 줄 알았는데.」

「자네 부족이 예의범절을 집어던진 것처럼 말인가?」

그는 재미있다는 듯 킬킬거렸다.

「당신은 내가 싫은 모양이군그래, 안 그렇소, 노인?」

「그래, 싫다네.」

「흠, 만일 당신의 주술이 하이에나를 죽일 만큼 강력했다면 난 여기에 오지 않았을 거요. 난 아무 잘못이 없소.」

「자네는 아무 일도 잘못한 것이 없네. 아직은 말일세.」

「이름이 뭐요, 노인?」

「코리바.」

그는 엄지로 가슴을 찌르며 말했다.

「나는 윌리엄이오.」

「그건 마사이족 이름이 아닐세.」

내가 꼬집었다.

「다 말하자면, 윌리엄 샘베케요.」

「그럼 샘베케라 부르지.」

그는 어깨를 으쓱하며 말했다.

「맘대로 하시오.」

샘베케는 손으로 햇빛을 가리고 마을 쪽을 물끄러미 바라보았다.

「기대와는 좀 다른걸.」

「무엇을 기대했나, 샘베케?」

「난 당신들이 여기에 유토피아를 만들려는 줄 알았소.」

「만들고 있지.」

샘베케가 경멸조로 코웃음을 쳤다.

「당신은 오두막에 살며, 기계도 없고, 심지어는 하이에나를 죽이기 위해 지구에서 사람을 불러야만 했소. 이곳은 〈내가〉 생각하는 유토피아가 아니오.」

「그렇다면 집으로 돌아가고 싶겠군그래.」

「여기서 먼저 해야 할 일이 있소. 〈당신〉이 실패한 그 일 말이오.」

나는 대답을 하지 않았고 그는 오랫동안 나를 바라보았다.

「그런데……」

샘베케가 마침내 입을 열었다.

「그런데 뭐 말인가?」

「무슨 시시껄렁한 주문을 외워 나를 연기로 사라지게 할 작정 아니오, 문두무구?」

「내 적이 되기로 결정하기 전에 우선 자네는 내가 자네 생각만큼 그렇게 무기력하지도 않고 마사이의 거만함에 감동을 받지도 않는다는 사실을 알아야 하네.」

나는 완벽한 영어로 말했다.

샘베케는 놀라서 나를 바라보더니 머리를 젖히고 껄껄댔다.

「당신, 보기보다 대단한 늙은이군그래! 우리는 좋은 친구가 될 것 같소!」

샘베케가 영어로 말했다.

「그럴 것 같지는 않군그래.」

내가 스와힐리어로 대답했다.

「지구에 있을 때 어느 학교를 다녔소?」

내가 다시금 언어를 바꿔 말하자 그도 언어를 바꿔 물었다.

「케임브리지와 예일이지. 하지만 무척 오래전이라네.」

「왜 지식인이 짚으로 만든 오두막 옆 맨흙바닥에 앉아 있으려고 하오?」

「왜 마사이가 키쿠유의 명령을 받으려 하는 건가?」
내가 받아쳤다.
「나는 사냥을 좋아하오. 그리고 당신들이 만든 유토피아를 보고 싶었소.」
「이제 보았네.」
「나는 키리냐가를 보았을 뿐이오. 아직 유토피아를 보지는 못했소.」
「어떻게 해야 그것을 찾을 수 있는지 모르기 때문이지.」
「당신은 영리한 노인이오, 코리바. 대답에 영리함이 가득하오.」
샘베케가 아무런 적의 없이 말했다.
「왜 당신 스스로가 이 행성의 주인이 되지 않은 거요?」
「문두무구는 우리 전통의 보고라네. 그것이 문두무구가 원하는 전부지.」
「적어도 이런 집에 사는 대신 사람들에게 당신의 집을 짓게 할 수는 있을 것이오. 마사이는 이제 〈만야타〉[17]에서 살지 않소.」
「그럼, 집 다음에는 자동차가 되겠군?」
「일단 도로를 닦은 다음에.」
샘베케가 동의했다.
「그러고는 더 많은 자동차와 집을 짓기 위해 공장을 만들고 의회를 위해 건물을 세우며 철도까지 건설하겠다는 그 말 아닌가?」
나는 머리를 저었다.
「그건 케냐지 키리냐가가 아니라네.」
「당신은 실수를 저지르고 있소. 착륙장에서 여기로 오는

---

17 농가, 농장에 딸린 집.

동안, 아, 그런데 거기 이름은 뭐요?」

「헤이븐.」

「헤이븐에서 여기에 오면서 물소와 쿠두, 임팔라를 보았소. 강가에다 평원이 바라다보이는 사냥용 오두막을 만들어 둔다면 많은 관광 수입을 올릴 수 있을 거요.」

「우리는 초식 동물을 사냥하지 않는다네.」

「당신들은 할 필요가 없소. 하지만 관광객들의 돈이 당신들에게 얼마나 많은 도움이 될지 생각해 보시오.」

샘베케가 의미심장한 투로 말했다.

「우리를 도우려는 자들로부터 응가이께서 우리를 보호하시길.」

나는 진심으로 말했다.

「고집불통 늙은이 같으니! 코인나쥐와 말하는 게 낫겠소. 그 사람 샴바는 어느 거요?」

「가장 큰 것일세. 그는 대추장이라네.」

샘베케는 고개를 끄덕였다.

「그렇군. 다음에 봅시다, 노인.」

나도 고개를 끄덕였다.

「그러세나.」

「하이에나를 죽인 다음 함께 폼베나 한 바가지 마시며 이 세계를 유토피아로 바꾸는 방법에 대해 토론해 봅시다. 여태까지 상황은 무척이나 실망이오.」

말을 마치고 샘베케는 코인나쥐의 보마가 있는 마을을 향해 길고 구불구불한 길을 걸어갔다.

내 생각대로, 샘베케의 출현에 코인나쥐는 우쭐해져 있었다. 내가 식사를 마친 뒤 마을로 들어가 보니, 사람들은 대추장의 보마 앞에 모닥불을 피워 놓고 앉아 샘베케가 강가에 짓고 싶다는 사냥꾼용 오두막에 대해 설명 듣고 있었다.
「쟘보, 코리바.」
내가 그들에게 다가가자 코인나쥐가 쳐다보며 말했다.
「쟘보, 코인나쥐.」
내가 대답하며 그의 옆에 쭈그리고 앉았다.
「윌리엄 샘베케를 만난 적이 있소?」
「샘베케를 만난 적이 있소.」
내가 그의 유럽식 이름 대신 마사이 이름으로 대답하자 그 마사이는 나를 보며 씩 웃었다.
「저 사람은 키리냐가를 위해 많은 계획을 세워 놓았소.」
마을 사람 몇이 오락가락하고 있을 때 코인나쥐가 계속 말을 했다.
「거참 재미있군. 당신은 사냥꾼을 원했는데, 대신 계획을 짜는 사람이 오다니 말이오.」
「우리 가운데 어떤 사람은 한 가지 이상의 재능을 가지고 있소.」
샘베케가 재미있다는 표정으로 끼어들었다.
「우리 가운데 어떤 사람은 온 지 반나절이 되도록 아직 사냥을 시작도 않고 있지.」
「나는 내일 하이에나를 죽일 거요. 놈들 배가 충분히 차서 내가 가도 도망가지 않을 때 말이오.」
「놈들을 어떻게 죽일 작정인가?」
내가 물었다.
샘베케는 조심스레 총이 든 상자를 열더니 조준경이 달린 라이플을 꺼냈다. 마을 사람 대부분은 이런 무기를 본적이 한 번도 없었기 때문에 그 주위에 둘러서서 서로들 소곤거렸다.
「살펴보겠소?」
나는 머리를 흔들었다.

「유럽인의 무기에는 관심이 없네.」
「이 라이플은 짐바브웨에서 쇼나족이 만든 거요.」
샘베케가 지적했다.
나는 어깨를 으쓱했다.
「그렇다면 그건 검은 유럽인이 만든 거군.」
「만든 사람들이 누구이든 간에 그들은 멋진 무기를 만들었소.」
샘베케가 말했다.
「그 사람들은 전통적인 방식으로 사냥하는 게 겁나기 때문이지.」
내가 말했다.
「비꼬지 마시오, 노인.」
샘베케가 말하자 구경꾼들 사이에 적막이 감돌았다. 마을 사람 그 누구도 문두무구에게 그런 식으로 말하지 않기 때문이다.
「자네를 비꼬는 게 아니라네, 마사이. 나는 단지 왜 자네가 무기를 가져왔는지를 지적했을 뿐이네. 피시를 무서워하는 것은 부끄러운 일이 아니네.」
「나는 아무것도 무서워하지 않소.」
샘베케가 성을 내며 말했다.
「그건 사실이 아니야. 우리와 마찬가지로, 자네는 실패를 겁내고 있네.」
「〈이게〉 있으면 실패하지 않을 거요.」
샘베케는 라이플을 두드리며 말했다.
「그런데 한때 마사이족은 자신이 성인이 되었다는 증거로 창 하나만 들고 사자와 정면 대결을 하지 않았던가?」
내가 물었다.
「그랬소. 그리고 갓난아이 대부분이 태어나자마자 죽고,

마을을 지나가는 모든 질병에 고통을 당했으며, 초원의 육식 동물은 물론 비나 추위조차 피할 수 없는 집에 살던 것이 마사이와 〈키쿠유〉족이었소. 유럽인에게 여러 가질 배운 것도, 백인들로부터 자신들의 땅을 되찾은 것도, 먼지와 늪만 있던 곳에 거대한 도시를 세운 것도 마사이와 키쿠유족이었소. 아니…….」

샘베케가 덧붙여 말했다.

「차라리 마사이족과 〈대부분〉의 키쿠유족이라고 하는 게 좋겠군.」

「어렸을 때 영국에서 서커스를 본 기억이 나는군.」

비록 샘베케에게 하는 말이었지만, 모두가 들을 수 있도록 목소리를 높여 내가 말했다.

「그곳에는 침팬지가 한 마리 있었지. 그 녀석은 아주 똑똑한 놈이었다네. 사람들은 녀석에게 사람 옷을 입혀서 자전거를 타고 플루트를 불곤 했지. 하지만 그 모든 행동도 녀석을 사람으로 만들지는 못했다네. 사실 놈은 사람들을 재밌게 했지. 너무나 우스꽝스럽게 사람들을 흉내 냈기 때문이야. 마치 양복을 입고 차를 몰며 커다란 건물에서 일을 하는 마사이와 키쿠유족이 유럽인이 아니면서 그들을 흉내 내는 것과 마찬가지로 말이지.」

「그것은 단지 당신의 의견일 따름이오, 노인. 그리고 그것은 틀렸소.」

마사이가 말했다.

「그런가? 그 침팬지는 사람과 함께 훈련을 받았기 때문에 야생 상태에서는 살아남을 수가 없었다네. 그리고 자네 조상들은 칼이나 창 한 자루만으로 동물들을 사냥했지만 〈자네〉는 유럽인의 무기가 있어야만 사냥을 할 수 있잖은가.」

「지금 내게 시비 거는 거요, 노인?」

다시 한 번 재미있다는 듯이 샘베케가 물었다.

「난 단지 왜 자네가 라이플을 가져왔는지를 지적했을 뿐이네.」

내가 대답했다.

「아니오. 당신은 권력을 되찾으려 하고 있소. 당신 동족들이 나를 부르러 보냈을 때 잃어버린 권력을 말이오. 하지만 당신은 실수를 저질렀소.」

「어떤 식으로?」

「당신은 나를 적으로 삼았소.」

「그래서 자네 라이플로 날 쏠 참인가?」

그가 그러지 않으리라는 것을 알았기에 나는 침착하게 말했다.

샘베케가 허리를 구부리고는 내게 속삭였기 때문에 오직 나만이 그의 말을 들을 수 있었다.

「우리는 함께 부자가 될 수도 있었소, 노인. 당신과 부를 함께 나눴더라면 정말 좋았을 거요. 당신이 저 치들을 잘 구슬린다는 조건으로 말이오. 사파리 회사는 많은 일꾼들이 필요하기 때문이오. 하지만 당신은 공개적으로 내게 반대했고, 나는 그것을 용납할 수 없소.」

「사람은 실망하면서 사는 법을 배워야만 한다네.」

「당신이 그렇게 생각하니 기쁘오. 난 이 세상을 몇몇 키쿠유의 꿈나라가 아닌 모두의 유토피아로 바꿀 계획이니 말이오.」

그는 갑자기 일어섰다.

「꼬마야, 내 창을 가져오너라.」

샘베케는 사람들 가장자리에 서있던 은데미에게 말했다.

은데미는 나를 바라보았고, 나는 고개를 끄덕였다. 이 마사이가 〈어떤〉 무기를 쓴다 할지라도 나를 죽일 수 없으리라는 사실을 알고 있었기 때문이었다.

은데미가 창을 가져오자 샘베케는 그것을 받아 코인나쥐의 오두막에 기대어 두었다. 그러고는 모닥불 앞에 서서 천천히 옷을 벗기 시작했다. 샘베케가 발가벗은 채 창을 머리 위로 추켜올리자 마치 아프리카의 신처럼 단단하고 군살 없는 그의 몸에 불빛이 어른거렸다.

「나는 옛날 방식대로 밤에 피시를 사냥하러 가겠다.」

샘베케는 모여 있는 마을 사람들에게 선언했다.

「너희들의 문두무구는 내게 도전해 왔다. 만일 너희가 내가 바라는 대로 미래에 내 충고를 듣고자 한다면, 저 노인이 어떤 도전을 해와도 내겐 문제가 안 된다는 사실을 알아야 할 것이다.」

샘베케는 말을 마치고는 누군가 말을 꺼내거나 말리기도 전에 어둠을 향해 용감히 성큼성큼 걸어갔다.

「이제 저 사람이 죽으면 유지 위원회는 우리의 허가장을 취소할 거요.」

코인나쥐가 투덜거렸다.

「만약 저 사람이 죽는다 해도 그건 스스로가 결정한 일이므로 유지 위원회는 아무런 처벌도 하지 않을 거요.」

내가 대답했다. 나는 코인나쥐를 한참 동안 노려보다 말을 이었다.

「난 당신이 걱정이나 하는지가 의심스럽소.」

「저 사람이 죽을까 봐 말이오?」

「유지 위원회가 허가장을 취소할까 하는 거 말이오. 만약 당신이 저자의 말을 듣는다면 키리냐가를 또 다른 케냐로 바꾸게 되는 셈이오. 그렇다면 왜 아예 원래 케냐로 돌아가지 않는 거요?」

「그 사람은 이곳을 케냐가 아닌 유토피아로 바꾸려는 거요.」

코인나쥐가 뚱하니 대답했다.

「이미 우리는 그렇게 하고 있소. 〈그 사람〉이 생각하는 유토피아에는 대추장을 위한 유럽인의 으리으리한 집이 포함되어 있지 않았소?」

「아직 전부 다 논의하지는 못했소.」

코인나쥐는 거북하다는 듯 말했다.

「그리고 가축도 몇 마리 받기로 하지 않았소? 그 사람에게 짐꾼과 총을 나를 사람을 붙여 주는 조건으로 말이오.」

「그 마사이에게는 여러 가지 계획이 있소. 그 사람이 펌프와 파이프를 만들어 물을 댈 수 있는데 왜 우리가 직접 강까지 물을 뜨러 가야 한단 말이오?」

코인나쥐는 내 질문을 무시하며 말했다.

「만약 우리가 물을 쉽게 얻는다면 낭비하기도 쉽고 샘베케같이 잘난 사람 덕에 모든 호수가 말라버린 케냐처럼 이곳도 물이 부족하기 때문이오.」

「당신은 모르는 게 없구려.」

코인나쥐가 씁쓸하게 말했다.

「그건 아니오. 하지만 이 마사이에 대해서는 답을 알고 있소. 그 사람이 한 질문은 전에도 여러 번 나왔고 과거 키쿠유족은 언제나 잘못된 답을 따랐기 때문이오.」

갑자기 5백 미터쯤 떨어진 곳에서 소름 끼칠 듯한 비명 소리가 들려왔다.

「이젠 끝장이오. 마사이는 죽었고 우리는 유지 위원회에 대답을 해야만 하오.」

코인나쥐가 우울하게 말했다.

「사람 소리 같진 않아요.」

은데미가 말했다.

「새파란 〈음토토〉 주제에 무엇을 안다고 끼어드는 거냐?」

코인나쥐가 말했다.

「주마가 하이에나에게 살해됐을 때 어떤 소리를 냈는지 알아요. 새파란 어린아이라도 그건 알고 있어요.」

은데미가 반항하는 투로 대답했다.

우리는 또 다른 소리가 들려오는지 조용히 기다렸지만 더는 아무 소리도 들려오지 않았다.

「피시가 그 마사이를 죽인 것은 잘된 일인지도 모르오. 나는 그 사람이 땅에다 그린 집을 보았소. 방문객을 위해 만드려는 것이었는데 불길한 집이었소. 그 집은 오두막과는 달리 벽이 둥글지 않아 마귀에게서 우리를 보호해 줄 수 없었소. 집 안 각진 곳에 귀신이 산다는 건 다 알지 않소.」

마침내 나이 든 은조베가 입을 열었다.

「그렇소, 저주가 깃들 거요.」

또 다른 장로가 말했다.

「한밤중에 피시를 잡으러 가는 자에게 기대할 게 뭐가 있단 말이오?」

또 한 명이 덧붙였다.

「죽은 피시를 기대할 수 있겠지!」

샘베케가 어둠을 뚫고 나와, 피투성이가 된 커다란 덩치의 숫놈 하이에나를 땅으로 던지며 의기양양하게 말했다. 모두들 겁에 질려 그에게서 한 발씩 물러났으며, 불빛이 그의 날씬한 검은 몸을 비추며 어른거렸다. 그가 내게 돌아서 물었다.

「이제 뭐라 말할 테요, 노인?」

「피시보다 더한 살육자라 하겠네.」

샘베케는 만족스러운 웃음을 띠었다.

「이제 이 피시에서 무엇을 알아낼 수 있는지 봅시다.」

샘베케는 몸을 돌려 한 젊은이에게 말했다.

「꼬마야, 칼을 가져오너라.」

「그 청년의 이름은 카마비네.」

내가 말했다.
「이름 같은 것을 외울 시간이 없었소.」
샘베케가 대답하더니 다시 카마비에게 말했다.
「시킨 대로 해, 꼬마야.」
「그는 어른이네.」
「어둠 속에서 분간하기란 쉬운 일이 아니오.」
샘베케는 어깨를 으쓱하며 말했다.
카마비는 잠시 뒤 오래된 사냥칼을 가지고 왔다. 그러나 너무나 낡고 녹이 슨 칼을 보고 샘베케는 만지려고도 하지 않고 단지 하이에나를 가리키며 배를 가르라고 말했다.
「〈카타 히 야 툼보.〉」
카마비는 무릎을 꿇고 그의 말대로 하이에나의 복부를 갈랐다. 고약한 냄새가 났지만 마사이는 막대를 들고 내용물을 쿡쿡 쑤셔 대기 시작했다. 마침내 그가 일어나 말했다.
「난 팔찌나 귀고리를 찾으리라 생각했다. 하지만 아이가 죽은 지 너무 오래돼서 그런 물건들은 이미 며칠 전에 피시의 몸 밖으로 빠져나간 것 같다.」
「코리바가 뼈를 던져 어느 녀석이 주마를 죽였는지 말해 줄 수 있을 거요.」
코인나쥐가 말했다.
샘베케는 경멸하며 코웃음을 쳤다.
「코리바가 지금부터 다음 우기 때까지 계속 뼈를 던질 수는 있겠지만 아무것도 알아내지 못할 거다.」
샘베케는 모여 있는 마을 사람들을 둘러보았다.
「나는 옛날 방식으로 피시를 죽여 내가 낮에 총으로만 사냥하는 겁쟁이나 유럽인이 아니라는 사실을 증명했으니 이제 내일은 내 방식대로 하면 얼마나 많은 피시를 죽일 수 있는지 보일 작정이다. 그러면 너희들은 코리바와 〈내〉 방식 가운데 어느 것이 더 나은지 알 수 있을 것이다.」

그는 잠시 말을 멈추었다.

「이제 나는 잘 만한 오두막이 필요하다. 해가 떴을 때 내가 더 강하고 민첩해질 수 있도록 말이다.」

코인나쥐를 뺀 모두는 서로가 자기 오두막을 제공하려 했다.

마사이는 사람들을 차례로 보더니 대추장을 향해 돌아섰다.

「네 집에서 자겠다.」

「하지만…….」

코인나쥐가 머뭇거렸다.

「그리고 네 아내 가운데 한 명이 밤에 내 시중을 들게 하라. 내 너를 위해 피시를 죽였는데 그 정도의 편의도 제공치 않을 작정인가?」

샘베케가 코인나쥐의 눈을 똑바로 노려보며 말했다.

「아니오. 거절하지 않겠소.」

마침내 코인나쥐가 말했다.

마사이는 얼굴 가득 의기양양한 웃음을 띠고 나를 보며 말했다.

「아직은 유토피아가 아니오. 하지만 가까워졌소.」

이튿날 샘베케는 라이플을 들고 떠났다.

아침 무렵 나는 진두에게 젖이 멈추는 고약을 주러 마을로 내려갔다. 그녀가 아이를 사산했기 때문이었다. 볼일을 마친 뒤 샴바를 돌며 허수아비들에게 축복을 내렸고 얼마 지나지 않아 언제나처럼 한 무리의 아이들이 나를 둘러싸고 이야기를 해달라고 졸라 댔다.

마침내 해가 중천에 떠서 걸어다니기에는 너무 뜨거워졌을 때 나는 아카시아 나무 그늘에 앉았다.

「좋아, 이제 이야기를 해주마.」
「오늘은 어떤 이야기를 해주실 건가요, 코리바 할아버지?」
여자아이 한 명이 물었다.
「어리석은 코끼리 이야기를 해주려고 한단다.」
「왜 어리석은데요?」
한 소년이 물었다.
「들어 보렴. 그럼 알게 될 테니.」
내가 말을 하자 아이들은 모두가 조용해졌다.
「옛날에 어린 코끼리 한 마리가 살고 있었는데 아직 어렸기 때문에 사리 분별을 제대로 하지 못했단다. 그러던 어느 날 이 코끼리는 사바나 중앙에 있는 도시에 우연히 가게 되었는데 그 도시의 경이로움에 사로잡혀서 자기가 지금까지 보아 온 것 가운데 제일로 신기한 것이라고 생각했단다. 지금까지 그 코끼리의 삶이란 아침부터 저녁까지 배를 채우기 위해서 열심히 일을 해야만 하는 것이었는데, 그 도시에서는 편하게 살 수 있게 해주는 신기한 기계들이 있었기 때문에 그 코끼리는 그 기계를 갖기로 마음먹었단다.

하지만 그 코끼리가 아카시아 열매를 파낼 수 있는 호미를 얻기 위해 호미 주인에게 갔더니 그가 이렇게 말했단다.

〈나는 가난한 사람이어서 이 호미를 그냥 줄 수 없단다. 하지만 네가 이 호미를 너무나 간절히 원하니 네가 가진 다른 물건과 바꿀 수는 있을 거야.〉

〈하지만 난 바꿀 만한 것이 아무것도 없는걸요.〉

코끼리가 낙담해 말했단다.

그 사람은 말했단다.

〈있고말고. 내가 무늬를 새겨 넣을 상아를 준다면 호미를 주지.〉

그 코끼리는 이 제안을 곰곰이 생각하더니 결국 승낙을 했단다. 호미가 있으면 엄니로 땅을 팔 필요가 없었기 때문이란다. 그리고 그 코끼리는 조금 더 가다가 베틀을 돌리고 있는 할머니를 만났는데 그 베틀이 너무나 탐이 났단다. 그 베틀이 있으면 긴긴 밤을 따뜻하게 보낼 수 있는 담요를 짤 수 있었거든. 코끼리는 그 할머니에게 베틀을 달라고 했더니 그 할머니가 대답하길 거저 줄 수는 없지만 다른 물건과 바꿨으면 좋겠다고 했단다.

〈제가 가지고 있는 건 호미뿐인데요.〉

코끼리가 말했단다.

〈하지만 난 호미는 필요 없는걸. 걸상으로 쓰게 다리나 하나 잘라 주렴.〉

할머니가 말했단다.

코끼리는 한참을 생각하다 전날 저녁이 얼마나 추웠는지 떠올리고는 마침내 동의했단다. 그다음에 코끼리는 그물을 가지고 있는 사람을 만났는데 그 그물도 가지고 싶었단다. 땅바닥에 떨어져 있는 과일을 찾지 않고도 나무를 흔들어 그물로 떨어지는 걸 받으면 되니까 말이다.

〈난 그물을 줄 수 없어. 이 그물을 만드는 데 무척 오래 걸렸거든. 하지만 네 귀랑 바꾸고 싶어. 잠자는 요로 쓰면 딱 좋겠는걸.〉

그 사람이 말했단다.

또다시 코끼리는 찬성을 했단다. 그러고는 도시에서 구한 여러 신기한 물건들을 가지고 자기 동료들에게 돌아왔단다.

〈그 호미가 뭐에 필요한데? 우리 엄니〔齒牙〕보다 강한 호미는 없다고.〉

형 코끼리가 말했단다.

〈담요가 있으면 좋기는 하겠구나. 하지만 베틀로 담요를

만들려면 손가락이 있어야 하는데 우린 그게 없구나.〉

엄마 코끼리가 말했단다.

〈난 그물로 어떻게 과일을 딸 수 있다는 건지 모르겠구나. 네 코로 그물을 잡고 있으면 뭐로 나무를 흔들어 과일을 떨어뜨릴 작정이며 나무를 흔든다면 그물은 뭘로 잡을래?〉

아빠 코끼리가 물었단다.

〈사람들이 쓰는 도구가 코끼리에겐 아무런 소용이 없다는 것을 이제야 알겠어요. 전 결코 사람이 될 수 없어요. 그러니 다시 코끼리로 돌아갈래요.〉

아기 코끼리가 말했지.

하지만 아빠 코끼리는 슬픈 표정으로 머리를 설레설레 흔들며 말했단다.

〈네가 사람이 아닌 것은 맞지만 사람과 거래를 했기 때문에 코끼리도 아니란다. 넌 다리가 없으니 무리를 쫓아다닐 수가 없단다. 상아가 없으니 물을 찾아 땅을 파지도 못하고 아카시아 열매를 찾아서 땅을 파헤칠 수도 없고 말이다. 귀도 잘랐으니 이제 해가 중천에 떴을 때 더위를 식히기 위해 부채질도 할 수 없잖니.〉

그 뒤 그 코끼리는 도시와 자기 동료들 중간에서 불행하게 살았단다. 그 코끼리는 이쪽도 저쪽도 될 수가 없었으니까 말이다.」

나는 말을 마치고 저 멀리 우리가 경작하는 밭 바로 너머에서 풀을 뜯고 있는 작은 임팔라 무리를 바라보았다.

「그게 다예요?」

처음에 이야기를 해달라고 말했던 여자아이가 물었다.

「다란다.」

「좋은 이야기가 아니네요.」

그 여자아이가 계속 말했다.

「그래? 왜?」
팔에 기어오르는 벌레를 찰싹 때리며 내가 물었다.
「행복하게 끝나지 않잖아요.」
「모든 이야기가 행복하게 끝나는 것은 아니란다.」
「전 행복하게 끝나는 이야기가 좋아요.」
「나도 그렇단다.」
나는 잠시 말을 멈추고 그 여자아이를 바라보았다.
「그 이야기가 어떻게 끝났으면 좋겠니?」
「그 코끼리는 자기가 코끼리가 되게 하는 물건들을 팔아서는 안 됐어요. 코끼리는 절대로 사람이 될 수 없으니까요.」
「잘 아는구나. 너라면 절대 될 수 없는 무엇인가가 되기 위해 널 키쿠유족으로 만들어 주는 것을 팔겠니?」
「안 해요!」
「너희들은?」
내가 아이들 모두에게 물었다.
「싫어요!」
아이들이 외쳤다.
「코끼리가 엄니를 준다거나 하이에나가 송곳니를 준다고 하면?」
「안 해요!」
나는 마지막 질문을 하기 전에 잠시 뜸을 들였다.
「마사이가 총을 준다고 하면?」
아이들 대부분은 〈안 해요!〉 하고 소리쳤지만 나이 든 사내아이 두 명은 대답하지 않았다. 나는 그 아이들에게 이유를 물었다.
「총은 엄니나 송곳니가 아니에요. 총은 사람에게 쓸모가 많은 무기예요.」
두 아이 가운데 키가 큰 쪽이 대답했다.

「맞아요. 그 마사이는 동물이 아니에요. 그 사람은 우리랑 같아요.」

맨발로 흙 위에 먼지를 일으키며 키 작은 아이가 말했다.

「그 사람은 동물이 아니지. 하지만 우리랑 같지도 않단다. 키쿠유족이 총을 쓰고 벽돌집에서 살고 유럽인들 옷을 입더냐?」

「아니요.」

그 두 아이가 한 목소리로 말했다.

「그렇다면 만약 너희들이 총을 쓰거나 벽돌집에서 살거나 유럽인들 옷을 입으면 진짜 키쿠유라 할 수 있겠니?」

「아니요.」

「그렇다면 총을 쓰거나 벽돌집에서 살거나 유럽인들 옷을 입는다고 너희들이 마사이나 유럽인이 될 수 있겠느냐?」

「아니요.」

「그렇다면 왜 우리가 이방인의 도구와 선물을 거절해야만 하는지 알겠느냐? 우리는 결코 그 사람들처럼 될 수 없지만 키쿠유가 안 될 수는 있단다. 다른 것이 될 수 없으면서 키쿠유 되기를 그만둔다면 우리는 아무것도 아닌 거란다.」

「알겠어요, 코리바 할아버지.」

키 큰 사내아이가 말했다.

「정말이냐?」

그 아이는 고개를 끄덕였다.

「정말이에요.」

「왜 할아버지가 해주시는 이야기는 늘 이래요?」

한 여자아이가 물었다.

「이렇다니?」

「어리석은 코끼리, 재칼과 꿀새, 표범과 때까치 같은 제목이지만 언제나 키쿠유족에 대해서 이야기하시는 거잖아요.」

「그건 나도 키쿠유고 너도 키쿠유이기 때문이란다. 만약 우리가 표범이었다면 내가 하는 모든 이야기는 표범에 대한 이야기였을 거란다.」

나는 웃으며 대답했다.

잠시 더 그늘 아래서 쉬고 있을 때 키 큰 풀숲 사이로 은데미가 오는 것이 보였다. 은데미의 얼굴에는 흥분한 기색이 뚜렷했다.

「웬일이냐?」

은데미가 도착했을 때 내가 물었다.

「마사이가 돌아왔어요.」

은데미가 큰 소리로 말했다.

「피시를 죽였다던?」

내가 물었다.

「〈밍기 사나.〉」

아주 많이 죽였다고 은데미가 대답했다.

「그 사람은 지금 어디 있느냐?」

「강가에요. 총 나르는 형과 가죽 벗기는 젊은 형들 몇 하고요.」

「거기로 가봐야겠구나.」

너무 오랫동안 같은 자세로 앉아 있어 다리가 뻣뻣해졌기 때문에 나는 조심스레 일어나며 말했다.

「은데미, 같이 가자꾸나. 다른 아이들은 자기 샴바로 돌아가서 어리석은 코끼리 이야기에 대해 생각해 보려무나.」

내가 같이 가자고 말하자 은데미는 자랑스러움에 겨워 마치 내가 기르는 수탉처럼 가슴을 불쑥 내밀었다. 잠시 뒤 우리는 사방으로 펼쳐진 사바나를 걷고 있었다.

「강에서 마사이가 뭘 하는 게냐?」

「〈팡가〉[18]로 어린 나무를 자르고 있어요. 그러곤 사람들에게 뭔가를 만들라고 하는데 그게 뭔지는 모르겠어요.」

내가 먼지 낀 아지랑이를 뚫고 열심히 살피고 있을 때 사내 몇 명이 우리 쪽으로 다가오는 모습이 보였다.

「그게 뭔지 알겠구나.」

나는 살며시 말했다. 왜냐하면 내가 비록 의자 가마를 본 적은 없지만 그 물건이 어떻게 생겼는지는 알고 있었고, 키쿠유족 네 명에서 마사이가 앉아 있는 의자 가마를 땀으로 번들거리는 어깨에 메고 우리에게 다가오고 있었기 때문이었다. 나는 은데미에게 멈추라고 하고는 같이 서서 그들이 가까이 오길 기다렸다.

「쟘보, 노인! 오늘 아침에 하이에나 일곱 마리를 더 죽였소.」

소리가 들릴 만한 거리에 이르자 그가 말했다.

「쟘보, 샘베케. 아주 편안해 보이는군그래.」

「쿠션이 있어야 하는 건데. 더구나 이 가마꾼들은 이걸 수평으로 옮기지도 못하고 있소. 하지만 어떤 방법이 있을 거요.」

「불쌍한 사람 같으니. 쿠션도, 제대로 된 가마도 없다니. 어떻게 이런 실수가 일어났을까?」

「그건 아직 여기가 유토피아가 아니기 때문이오. 하지만 아주 가까워지고 있소.」

샘베케가 웃으며 말했다.

「유토피아가 되면 꼭 말해 주게나.」

「알게 될 거요, 노인.」

말을 마치자 그는 가마꾼들에게 마을로 향하라고 명령했다. 은데미와 나는 그 자리에 남아서 그들이 멀리 사라지는 모습을 지켜봤다.

18 긴 칼.

그날 저녁, 마을에서는 여덟 마리의 하이에나를 죽인 것을 축하하는 잔치가 벌어졌다. 내가 도착했을 때 코인나쥐는 직접 황소를 잡았고 엄청난 양의 폼베를 들이켰고, 사람들은 노래하고 춤추며 새로운 구세주가 하이에나에 살금살금 다가가서 놈들을 죽이는 장면을 재연하고 있었다.

마사이는 코인나쥐의 것보다도 높은 의자에 앉아 있었다. 그는 한 손에는 폼베가 담긴 바가지를 들고 있었으며 무릎 위에는 라이플이 담긴 가죽 가방을 조심스레 얹어 놓고 있었다. 그는 자기 부족을 뜻하는 붉은색 겉옷을 입고 있었으며 마사이족의 방식대로 깔끔하게 머리를 땋았고 군살 없는 몸에는 기름을 발라 번쩍이게 했다. 그리고 그 뒤에는 이제 겨우 할례받을 나이를 갓 넘긴 젊은 계집아이 둘이 그의 말 한 마디 한 마디에 복종하며 서 있었다.

「잠보, 노인!」

내가 다가가자 그가 인사를 건네 왔다.

「잠보, 샘베케」

「이제 그것은 내 이름이 아니오.」

「뭐? 그럼 키쿠유 이름으로 바꿨나?」

「키쿠유족이 이해할 수 있는 이름으로 바꿨소. 앞으로 마을 사람들은 그 이름으로 나를 부를 것이오.」

「떠나지 않는 건가, 사냥이 끝났는데도?」

그는 고개를 저었다.

「떠나지 않을 거요.」

「실수하는 걸세.」

「당신이 나랑 합치기를 거부한 것만큼 큰 실수는 아니오.」

그가 대답했다. 그리고 잠시 말을 멈추더니 웃으며 덧붙였다.

「내 새 이름이 뭔지 궁금하지 않소?」

「알아야 할 것 같군. 당신이 여기 계속 머무를 작정이라면 말이네.」

그는 허리를 구부리고 응가이께서 먼 옛날 성산에서 기쿠유에게 속삭이셨던 단어를 내게 속삭였다.

「브와나?」

내가 되물었다.

그는 시치미를 떼고는 나를 바라보더니 다시금 웃으며 말했다.

「〈이제는〉 유토피아요.」

브와나는 키리냐가를 유토피아로 바꾸기 위해 몇 주를 보냈다. 브와나만을 위한 유토피아로 바꾸기 위해.

브와나는 세 명의 어린 부인을 맞이했으며 마을 사람들을 시켜 2세기 전 케냐를 식민지로 삼았던 유럽인들이 살았던 집을 본 따 각이 진 벽에 창문과 베란다가 딸린 커다란 집을 강가에 짓게 했다.

브와나는 날마다 사냥을 나가서 짐승들을 잡아 왔고 마을 사람들에게는 그 어느 때보다도 더 많은 고기를 나눠 주었다. 그리고 밤이 되면 마을로 가서 먹고 마시고 춤추며 즐기다가 라이플로 무장한 채 어둠을 뚫고 자기 집으로 돌아갔다.

얼마 지나지 않아 코인나쥐는 브와나의 집과 비슷한 것을 마을 오른쪽에 지을 계획을 세웠고 많은 젊은이들은 마사이에게 라이플을 구해 달라고 했다. 하지만 그가 키리냐가에는 오직 한 명의 브와나만 있을 수 있다면서 이 청을 거절했고 젊은이들은 사냥감을 몰거나 가죽 벗기는 일 따위만 할 수 있었다.

브와나는 이제 유럽인의 옷 대신 전통적인 마사이 복장을 하고 나타났으며 머리카락은 꼼꼼한 장식과 함께 땋여 있었고 그의 몸은 밤마다 부인들이 발라 준 기름으로 번쩍이고 있었다.

나는 아픈 사람을 돌보고 비를 기원하고 염소의 창자를 해석하며 허수아비에게 축복을 내리고 저주를 약하게 하는 등 내 의무와 조언을 계속했다. 하지만 브와나에게는 아무 말도 하지 않았고 그 역시도 나를 모른 척했다.

은데미는 점점 더 많은 시간을 나와 함께 보내며 내 염소와 닭을 돌봤고 심지어는 내 보마까지 청소했다. 청소는 여자들이 하는 일이지만 그 아이는 자진해서 그 일을 했다.

마침내 어느 날 내가 그늘에 앉아서 근처 들판에 있는 가축들을 바라보고 있을 때 은데미가 내게 다가왔다.

「이야기 좀 할 수 있나요, 문두무구?」

은데미가 내 옆에 쪼그리고 앉으면서 물었다.

「그러자꾸나.」

「마사이가 부인을 또 한 명 맞이했어요. 그리고 카란자 아저씨의 개를 죽였어요. 자기에게 짖어서 성가시다면서요.」

은데미는 잠시 말을 멈추었다.

「그리고 모든 사람들에게 〈꼬마〉라고 불러요. 심지어는 장로들에게도요. 제가 보기에는 무례한 말인데도요.」

「다 알고 있단다.」

「그런데 왜 아무 일도 안 하세요? 할아버진 뭐든지 하실 수 있지 않나요?」

「그런 능력은 응가이께서만 가지고 계시단다. 난 단지 문두무구란다.」

「문두무구가 마사이보다 더 힘세지 않아요?」

「대부분의 마을 사람들은 그렇게 생각하지 않는단다.」

「아! 사람들이 할아버지를 믿지 않으니까 화가 나신 거군요. 〈그래서〉 그 사람을 벌레로 만들어 밟아 죽이지 않는 거군요.」

「난 화가 난 게 아니라 단지 실망했을 뿐이란다.」

「그 사람을 언제 죽일 건가요?」

「그 사람을 죽여 봤자 아무 소용이 없을 거다.」

「왜요?」

「사람들이 그의 힘을 믿고 있어서, 그 사람이 죽는다 해도 다른 사냥꾼을 데려올 테고 그러면 새로 온 사냥꾼은 다시 브와나가 될 테니 말이다.」

「그럼 가만히 보고만 계실 건가요?」

「뭔가를 해야지. 하지만 브와나를 죽이는 것은 답이 안 된단다. 그자가 사람들 앞에서 망신을 당해 그가 우리가 믿고 따라야 하는 문두무구가 아니라는 사실을 사람들이 스스로 알아야만 한단다.」

「어떻게 그렇게 하실 건데요?」

은데미가 걱정스레 물었다.

「아직은 모르겠구나. 그 사람에 대해 더 연구를 해봐야지.」

「할아버지는 이미 모든 것을 다 알고 계신 줄 알았는데요.」

나는 빙긋 웃었다.

「문두무구는 모든 것을 다 알지도 못하고 알 필요도 없단다.」

「그래요?」

「문두무구는 단지 자기 동족들보다만 많이 알면 된단다.」

「하지만 할아버지는 이미 대추장님이나 다른 사람들보다 많이 아시잖아요.」

「내가 움직이기 전에 마사이에 대해 더 많은 걸 알고 있어야만 한단다. 너는 표범이 얼마나 크고 힘이 세며 얼마나 잽싸고 영리한지 알고 있겠지. 하지만 녀석을 더 연구하지 않아서 놈이 적을 어떻게 공격하고 좋아하는 방향은 어느 쪽이며 바람에 실린 냄새를 어떻게 맡고 공격할 때 꼬리는 어떤 모양인지 따위를 모른다면 녀석을 사냥할 때 위험에 빠질 수도 있을 거란다. 나는 늙은이고 그 마사이를 일대일 대결로는 이길 수 없으니까 연구를 해서 그 사람의 약점을 알아내야만 한단다.」

「만약 약점이 없으면요?」

「세상에 약점이 없는 것은 없단다.」

「할아버지보다 그가 힘이 더 세도요?」

「코끼리는 가장 힘센 동물이지만 몸 안으로 들어간 개미 몇 마리는 거의 죽고 싶을 정도로 코끼리를 고통스럽게 만든단다.」

나는 잠시 말을 멈추었다.

「적보다 더 강할 필요는 없단다. 개미가 코끼리보다 힘이 세지 않은 것처럼 말이다. 하지만 개미가 코끼리의 약점을 알고 있듯이 나는 그 마사이의 약점이 무엇인지를 알아야만 한단다.」

은데미는 손을 가슴에 얹었다.

「할아버지를 믿어요.」

「기쁘구나. 내가 결국 그 마사이에 맞서 대항할 때 너만이 실망하지 않을 테니 말이다.」

뜨거운 바람이 내가 사는 언덕을 가로질러 넘어오면서 먼지구름을 일으켰고 나는 눈을 가리며 말했다.

「마을 사람들을 용서하실 건가요?」

나는 대답을 하기 전에 잠시 뜸을 들였다.

「만약 그 사람들이 우리가 왜 키리냐가에 왔는지를 다시 기억해 낸다면 용서할 거란다.」

마침내 내가 말했다.

「만약 기억하지 못하면요?」

「기억하게 만들어야겠지.」
강과 숲 앞에 펼쳐진 사바나를 바라보며 내가 말했다.
「응가이께서는 키리냐가를 유토피아에 살 수 있는 두 번째 기회로 주신 거니 우리도 이곳을 함부로 다루면 안 된단다.」
「할아버지와 코인나쥐 아저씨랑 마사이까지도 그 단어를 쓰지만 전 무슨 뜻인지 모르겠어요.」
「유토피아 말이냐?」
은데미가 고개를 끄덕였다.
「그게 무슨 뜻인가요?」
「사람마다 여러 가지 뜻으로 해석한단다. 진정한 키쿠유에게 유토피아란 땅과 함께 살며 전해 내려오는 법과 의식을 존중하고 응가이를 기쁘게 해드리는 삶이란다.」
「무척 간단하네요.」
「그렇지? 하지만 넌 아마 상상도 못 할 거다. 유토피아의 정의가 다르다는 이유로 얼마나 많은 사람들이 죽었는지 말이다.」
은데미는 나를 빤히 바라보았다.
「정말요?」
「정말이란다. 마사이를 예로 들어 보자꾸나. 그 사람의 유토피아는 의자 가마를 타고 동물을 쏴 죽이고 여러 명의 부인을 맞이하고 강가에 큰 집을 짓고 사는 거란다.」
「나빠 보이지 않는걸요.」
은데미가 진지하게 말했다.
「나쁘지 않지, 그 마사이에겐 말이다.」
나는 잠깐 말을 멈추었다.
「하지만 의자 가마를 지고 다니는 사람이나, 마사이가 죽이는 동물, 마사이 때문에 결혼을 못 하는 젊은이들, 강가에 그 사람의 집을 지어야 하는 사람들에게도 유토피아라고 생각하느냐?」
「알겠어요.」
은데미가 눈을 동그랗게 뜨고 대답했다.
「키리냐가는 모두를 위한 유토피아여야 하지, 안 그러면 그 누구의 유토피아도 될 수가 없는 거군요.」
은데미가 뺨에서 벌레를 쓸어 내며 나를 바라보았다.
「맞죠, 코리바 할아버지?」
「넌 말귀를 잘 알아듣는구나, 은데미야.」
나는 은데미의 머리를 쓰다듬으며 말했다.
「아마 언젠가는 너 자신이 문두무구가 되는 날이 올 거다.」
「그러면 주술을 배우나요?」
「문두무구가 되려면 여러 가지를 배워야 한단다. 그 가운데서 주술은 하찮은 거란다.」
「하지만 가장 멋지잖아요. 그것 때문에 사람들이 할아버지를 무서워하고 할아버지의 지혜를 따르려 하는 거잖아요.」
나는 은데미의 말을 곱씹으며 드디어 어떻게 해야 브와나를 물리치고 키리냐가를 세웠을 때 계획했던 유토피아의 삶으로 동족들을 돌아오게 할 수 있는지 어렴풋한 감을 잡았다.

「비겁한 놈들!」
브와나가 투덜거렸다.
「모두가 겁쟁이야! 옛날에 마사이가 키쿠유를 착취했던 건 하나도 이상할 게 없어.」
나는 한밤중에 마을로 들어갔다. 내 적을 자세히 관찰하기 위해서였다.
브와나는 폼베를 많이 마셔 취해 있었으며 마침내는 붉은 망토를 벗어젖히고 맨몸으로 코인나쥐의 보마 앞에 서서 마을의 젊은이들에게 레슬링을 하자고 요구하고 있었다. 젊은

이들은 그의 힘에 겁을 먹고 여자처럼 몸을 떨면서 어둠 속으로 물러나 있었다.

「너희들 세 명과 한꺼번에 싸우겠다!」

지원자가 없는지 살펴보며 브와나가 말했다. 하지만 아무도 나서는 사람이 없자 그는 고개를 뒤로 젖히고 실컷 웃어 댔다.

「이제 왜 내가 브와나이고 너희들이 꼬마인지 알겠지!」

갑자기 그는 내게 시선을 돌렸다.

「〈저기〉 나를 무서워하지 않는 사람이 있군.」

브와나가 큰소리로 말했다.

「사실이네.」

내가 말했다.

「〈당신〉 나랑 한판 붙어 볼 테요, 노인?」

나는 머리를 저었다.

「싫네.」

「내가 보기엔 당신 역시 겁쟁이에 불과하오.」

「나는 물소나 하이에나를 무서워하지 않지만 〈놈들〉과 싸우지 않네. 용기와 어리석음에는 차이가 있네. 자네는 젊은이고 나는 노인일세.」

「웬일로 이 밤에 마을까지 오셨나? 당신 신들께 말은 했소? 나를 죽여 달라고 말이오.」

「우리 신은 단 한 분이네. 그리고 그분께서는 살생을 싫어하시네.」

브와나는 재미있다는 듯한 웃음을 머금고 고개를 끄덕였다.

「겁쟁이의 신이 살생을 싫어하는 것은 당연해 보이는군.」

브와나는 갑자기 웃음을 거두더니 경멸하는 눈초리로 나를 보았다.

「엔 카이께서는 당신이 믿는 신을 경멸하고 계시오, 노인.」

「자네 부족은 그분을 엔 카이라 하고 우리는 응가이라 하네. 하지만 두 분은 같은 신이고 우리 모두가 그분 앞에서 대답을 해야 할 날이 올 걸세. 그때도 자네가 지금처럼 용감하고 겁이 없었으면 좋겠군그래.」

내가 침착하게 말했다.

「응가이가 〈내〉 앞에서 벌벌 떨지나 않았으면 좋겠소.」

브와나는 자신의 거만함에 낄낄거리고 있는 부인들 앞에서 허풍스러운 자세를 취하며 쏘아붙였다.

「한밤에 벌거벗은 채 단지 창 하나만 들고 가서 피시를 죽인 게 바로 나요. 또 30일도 채 되지 않아 1백 마리도 넘는 짐승을 죽인 게 바로 나요. 당신의 응가이는 내 성질을 시험하지 않는 게 좋을 거요.」

「응가이께서는 자네의 성질 그 이상을 시험하실 거라네.」

「〈그게〉 무슨 뜻이오?」

「자네가 생각하는 바로 그 뜻이지. 나는 늙고 지쳤으니 모닥불 옆에 앉아 폼베나 마시며 쉬고 싶군그래.」

나는 그렇게 말하고 등을 돌려 코인나줘의 보마 바로 바깥쪽 작은 모닥불 가에 앉아 늙은 몸을 덥히고 있는 은조베에게 걸어갔다.

함께 레슬링을 할 상대를 찾지 못하자 브와나는 폼베를 더 마시더니 마침내 아내들에게 돌아섰다.

「아무도 나와 붙어 보려 하지 않는군. 하지만 아직도 내 혈관에서는 피가 끓고 있다. 내게 힘든 일을 시켜 봐라, 아무 일이나. 그 일을 해서 너희들을 기쁘게 해주겠다.」

세 명의 여자아이는 함께 속삭이며 다시금 낄낄거리더니 드디어 그 가운데 하나가 다른 두 명에게 밀려 앞으로 나왔다.

「저희는 코리바 할아버지가 불에 손을 넣었다 뺐는 데도 데지 않은 걸 봤어요. 할 수 있으세요?」

그 여자가 말했다.

브와나는 하찮다는 듯이 코웃음을 쳤다.

「주술사의 장난일 뿐, 아무것도 아니다. 진짜 힘든 일을 말하라.」

「〈더 쉬운〉 일을 시키거라. 확실히, 불은 너무나 고통스럽거든.」

내가 말했다.

브와나는 몸을 돌려 눈을 부릅뜨고 나를 노려보았다.

「불에 손을 넣기 전에 어떤 로션을 바른 거요, 노인?」

브와나가 영어로 물었다.

「〈환각술사〉나 그런 식으로 하지 주술사는 그렇게 하지 않네.」

나는 웃으며 대답했다.

「내 부하들 앞에서 나를 욕보일 작정이오? 다시 한 번 잘 생각해 보시오, 노인.」

브와나는 은조베와 나 사이에 있는 모닥불로 걸어오더니 그 안으로 손을 집어넣었다. 그는 아무렇지도 않은 얼굴로 있었지만 살 타는 냄새를 맡을 수 있었다. 마침내 그는 손을 꺼내 치켜들었다.

「나는 주술 없이 해냈다!」

그가 스와힐리어로 외쳤다.

「하지만 당신은 화상을 입으셨어요, 남편이시여.」

그에게 과제를 주었던 아내가 말했다.

「내가 울던가? 내가 아프다고 울던가?」

「아니요, 안 그러셨어요.」

「울지 않고 불 안에 손을 넣을 수 있는 사람이 있는가?」

「아니요, 남편이시여.」

「그러면 주술로 자신을 보호하는 코리바와 주술 없이 불

속에 손을 넣는 나 가운데 누가 더 위대한 사람인가?」

「브와나입니다.」

그의 아내들이 합창하듯 대답했다.

브와나는 내게 몸을 돌리더니 의기양양하게 씩 웃었다.

「또 한 번 졌소, 노인.」

하지만 나는 지지 않았다.

나는 적을 연구하기 위해 마을로 간 것이었고 그 방문을 통해 꽤 많은 성과를 거두었다. 키쿠유가 마사이가 될 수 없듯이 이 마사이는 키쿠유가 될 수 없었다. 그는 어렸을 때부터 거만함이 몸에 배도록 커왔고, 그 거만함이 너무 크기 때문에 현재의 높은 지위에 오를 수 있었지만 동시에 그 거만함 때문에 몰락할 운명이었다.

이튿날 아침 코인나쥐가 내 보마로 찾아왔다.

「쟘보.」

내가 인사했다.

「쟘보, 코리바. 이야기 좀 합시다.」

「무엇을 말이오?」

「브와나 말이오.」

「그 사람에 대해 뭘 말이오?」

「그 사람은 한도를 넘고 있소. 어제저녁 당신이 떠난 다음 그 사람은 자신이 너무나 많은 폼베를 마셔 집에 갈 수 없다며 내 오두막에서 나를 내쫓았소, 바로 〈나〉, 대추장을 말이오!」

코인나쥐는 말을 멈추고 발치로 다가오는 도마뱀을 차버린 뒤 말을 이었다.

「그것뿐만 아니오, 오늘 아침에는 내 가장 어린 아내 키보를 자기가 취하겠다고 선언했소!」

「재미있군.」

나는 발길에 놀라 덤불 쪽으로 도망가 우리를 쳐다보고 있는 작은 도마뱀을 지켜보며 말했다.

「그게 당신이 할 말이오? 키보를 위해 암소 스무 마리와 염소 다섯 마리를 지불했소. 내가 그 말을 했더니 그 사람이 뭐라고 했는지 아시오?」

「뭐라고 했소?」

코인나쥐는 자그마한 은화를 들어 보였다.

「케냐에서 가져온 〈1실링〉짜리 은화 한 닢을 던져 줬단 말이오!」

코인나쥐는 은화에 침을 뱉더니 보마 뒤쪽의 메마르고 바위투성이인 비탈로 던져 버렸다.

「그러더니 이제 마을에 있을 때는 언제나 내 오두막에 머물 거고 나는 다른 곳에서 자야만 한다는 거요.」

「거참 안됐구려. 하지만 난 당신들에게 사냥꾼을 데려오지 말라고 경고했소. 모든 것을 먹이로 삼는 것은 그들의 본성이오. 하이에나, 얼룩 영양 심지어는 키쿠유까지도.」

나는 잠시 말을 멈추고 코인나쥐가 안절부절못하는 모습을 즐겼다.

「그 사람에게 떠나라고 말해야겠구려.」

「듣지 않을 거요.」

나는 고개를 끄덕였다.

「사자는 염소와 함께 잠을 자고 먹이도 줄 수는 있지만 염소 말을 듣는 경우란 무척 드무오.」

「코리바, 우리가 잘못 생각했소. 이 침입자를 몰아내 줄 수 없겠소?」

코인나쥐가 자포자기하는 표정으로 말했다.

「내가 왜?」

「이미 말했잖소.」

나는 천천히 머리를 가로저었다.

「당신은 왜 그 사람에게 화가 났는지를 말했소. 그것으로는 충분치 않소.」

「뭘 더 말해야 한단 말이오?」

나는 잠시 숨을 돌리고 그를 바라보았다.

「때가 차면 알게 될 거요.」

「유지 위원회에 말해 볼 수도 있을 거요. 〈그들〉은 분명히 그 사람을 내쫓을 힘이 있소.」

코인나줘가 제안했다.

나는 깊게 한숨을 내쉬었다.

「대체 뭘 배운 거요?」

「무슨 말인지 모르겠구려.」

「당신은 마사이를 데려왔소. 피시보다 세다는 이유로 말이오. 이제 당신은 유지 위원회를 데려올 생각을 하고 있소. 그들이 마사이보다 강하다는 이유로 말이오. 한 사람이 이토록 우리 사회를 바꿀 수 있다면 여러 명을 데려왔을 때는 어떤 일이 일어날지 생각이나 해봤소? 이미 젊은이들은 농사 대신 사냥 다닐 궁리나 하고 있고, 구석진 벽이 있어 마귀들이 숨어 있는 유럽식 집을 지으려 하며 그 마사이에게 총을 구해 달라고 애걸하고 있소. 그런 아이들이 유지 위원회의 신기한 소유물들을 보면 또 어떻게 할 것 같소?」

「그러면 어떻게 해야 그 마사이를 내쫓을 수 있소?」

「때가 되면 그자는 떠날 거요.」

「정말이오?」

「난 문두무구요.」

「그때가 언제요?」

「그 마사이가 〈왜〉 떠나야만 하는지 당신들이 알게 될 때요. 이제 마을로 돌아가 봐야 할 거요. 그 사람이 당신 아내를 또 한 명 취하겠다고 하기 전에 말이오.」

코인나쥐의 얼굴에 공포감이 번졌고 한마디 말도 없이 구불구불한 길을 따라 마을로 돌아갔다.

나는 다음 며칠 동안 사바나 주변에 있는 나무에서 껍질을 충분히 긁어모은 뒤 늙은 거북이 껍질에 약초와 나무뿌리 몇 가지를 함께 넣고 걸쭉하게 갈았다. 그리고 거기다 물을 조금 붓고 요리용 바가지에 옮겨 담은 다음 약한 불에 뭉근하게 끓였다.

준비를 마친 뒤 나는 은데미를 불렀고 반시간쯤 지나 아이가 왔다.

「잠보, 할아버지.」

「잠보, 은데미.」

아이는 요리용 바가지를 보더니 코를 찡긋거렸다.

「그게 뭔가요? 냄새가 지독한걸요.」

「못 먹는 거란다.」

「다행이네요.」

은데미는 진심으로 말했다.

「닿지 않도록 조심해라.」

내가 보마 안에서 기르는 나무로 다가가 그 그늘에 앉으며 말했다. 은데미도 독이 든 바가지를 멀찌감치 돌아서 나를 따라왔다.

「부르셨더군요.」

「그랬지.」

「기분이 좋았어요. 마을은 있을 만한 곳이 아니거든요.」

「그래?」

은데미는 고개를 끄덕였다.

「형들 여럿이 브와나를 졸졸 따라다녀요, 어디든지요. 그

패거리는 샴바에서 염소를, 보마에서는 옷을 빼앗고 다니지만 아무도 감히 그 형들을 막지 못해요. 어제는 칸자라 아저씨가 해보려 했지만 그 형들이 그 아저씨를 마구 때려서 입에서 피가 났는데 브와나는 그 장면을 보고는 마구 웃었어요.」

나는 고개를 끄덕였다. 전혀 놀라운 일이 아니었기 때문이었다.

「이제 거의 때가 된 듯하구나.」

나는 나무 그늘까지 따라와 얼굴 앞에서 윙윙거리는 파리를 쫓기 위해 손을 휘휘 저으며 내가 말했다.

「무슨 때요?」

「브와나가 키리냐가를 떠나게 할 때 말이다.」

나는 잠시 말을 멈추었다.

「그것 때문에 너를 부른 거란다.」

「문두무구께서 제 도움을 원한다고요?」

말을 하는 아이의 얼굴이 자부심으로 빛났다.

나는 고개를 끄덕였다.

「시키시는 일은 뭐든지 할게요.」

은데미가 맹세했다.

「좋아. 브와나가 바르는 기름을 누가 만드는지 알고 있느냐?」

「왐부 할아버지가 만들어요.」

「그 기름을 두 바가지만 내게 가져오너라.」

「마사이만 기름을 바르는 줄 알았어요.」

「내가 말한 대로만 하거라. 활을 가지고 있느냐?」

「아니요. 하지만 아버지가 가지고 계세요. 그렇지만 아버지는 몇 년째 그걸 쓰지 않으셨으니까 제가 써도 괜찮을 거예요.」

「네가 활을 가지고 있는 것을 다른 사람이 몰랐으면 좋겠구나.」

은데미는 어깨를 으쓱하더니 집게손가락으로 멍하니 땅바닥에 낙서를 했다.

「아버지는 브와나를 따라다니는 젊은이들을 욕할 거예요.」
「네 아버지에게 날카로운 촉이 달린 화살도 있느냐?」
「아니요. 하지만 제가 만들 수 있어요.」
「오늘 오후에 만들었으면 좋겠구나. 열 개 정도면 될 게다.」
은데미는 땅바닥에 화살을 그리고 물었다.
「이런 거요?」
「좀 더 짧은 걸로.」
「저희 보마에서 화살에 쓸 닭 털을 구할 수 있어요.」
「잘됐구나.」
「제가 화살로 브와나를 쏘길 원하세요?」
「네게 한 번 말한 적이 있다. 키쿠유족은 사람을 죽이지 않는다고.」
「그럼 저는 화살로 뭘 하나요?」
「다 준비가 되거든 내 보마로 가지고 오너라. 그리고 그것들을 감쌀 수 있는 천도 열 장 가져오너라.」
「그러고요?」
「그런 다음에는 화살에 내가 만든 독을 바를 거다.」
그는 얼굴을 찡그렸다.
「하지만 제가 브와나에게 화살을 날리길 원치 않으신다면서요?」
은데미는 잠시 말을 멈추었다.
「그럼 뭘 쏘나요?」
「때가 되면 말해 주마. 이제 마을로 돌아가서 내가 시킨 일을 하거라.」
「알았어요, 코리바 할아버지.」

마치 뿔닭 떼가 꺽꺽, 꽥꽥 소리를 지르며 길을 가듯 은데미는 말을 마치고 내 보마를 힘차게 뛰쳐나가 언덕을 내려갔다.

코인나쥐가 다시 찾아온 것은 은데미가 가고 한 시간도 채 지나지 않아서였다. 이번엔 은조베와 다른 장로 두 명과 함께였고 모두가 전통 의상을 입고 있었다.

「잠보, 코리바.」

코인나쥐가 우울한 얼굴로 말했다.

「잠보.」

내가 대답했다.

「당신은 내게 왜 브와나가 떠나야 하는지 이해하게 되면 오라고 말했소. 이제 내가 왔소.」

코인나쥐는 땅에 침을 뱉고는 작은 거미를 털어 냈다.

「뭘 배웠소?」

손으로 눈부신 햇살을 가리며 내가 물었다.

코인나쥐는 마치 아버지 앞에서 대답을 해야 하는 아이처럼 땅으로 눈을 깔며 거북해 했다.

「유토피아란 깨지기 쉬운 거라서 자기 뜻을 강요하는 사람들로부터 보호해야만 한다는 사실을 배웠소.」

「은조베 당신은? 당신은 뭘 배웠소?」

「이곳에서 우리의 삶은 무척 선했소. 그래서 그런 선량함은 보호될 수 있으리라 믿었소. 하지만 아니었소.」

은조베는 깊게 한숨을 쉬었다.

「키리냐가는 지킬 만한 가치가 있소?」

내가 물었다.

「다른 사람도 아니고 어떻게 당신이 그런 말을 할 수가 있소?」

두 명의 장로 가운데 한 명이 힐문했다.

「그 마사이는 키리냐가에 많은 기계와 돈을 들여올 수 있을 거요. 그 사람은 우리 사회를 개선하려는 것이지 파괴하려는 게 아니오.」

내가 말했다.

「그러면 더는 키리냐가가 아니오. 다시 한 번 케냐가 될 뿐이오.」

은조베가 말했다.

「그 사람은 모든 것을 부패하게 만들었소.」

코인나쥐가 말했다. 그의 얼굴은 분노와 굴욕으로 일그러져 있었다.

「내 아들도 그의 추종자가 되었소. 이제 그 녀석은 아버지인 나나 마을 여자들, 우리의 전통을 존중하지 않소. 이제 그 놈은 총과 돈 이야기만 하고 브와나를 마치 응가이나 되듯 섬기고 있소.」

코인나쥐는 잠시 말을 멈추었다가 계속했다.

「당신은 우리를 도와야 하오, 코리바.」

「맞소. 당신 말을 듣지 않은 것은 잘못이었소.」

은조베가 덧붙였다.

나는 걱정이 서린 그들의 얼굴을 차례로 돌아보고는 마침내 고개를 끄덕였다.

「돕겠소.」

「언제?」

「빨리.」

「〈얼마나〉 빨리 말이오? 우리는 오래 기다릴 수가 없소.」

코인나쥐가 계속 물고 늘어졌다. 불어닥친 먼지바람에 그가 콜록거렸다.

「일주일 안에 그 마사이는 떠날 거요.」

내가 말했다.

「일주일 안에?」
코인나쥐가 되뇌었다.
「약속하리다.」
나는 잠시 말을 멈추었다.
「하지만 우리 사회를 깨끗하게 정화하려면 그 마사이를 따르던 사람들도 함께 떠나야만 할 것이오.」
「내 아들을 쫓아낼 순 없소!」
코인나쥐가 말했다.
「그 마사이가 이미 당신 아들을 빼앗아 갔소.」
내가 지적했다.
「당신 아들이 돌아와도 될지 안 될지는 내가 결정하오.」
「하지만 그 아이는 내가 죽은 다음에 대추장이 되어야 하오.」
「모든 일에는 대가가 있는 법이오, 코인나쥐.」
나는 확실하게 말했다.
「마사이를 추종한 사람들을 내 방식대로 처리해야겠소.」
나는 한 손을 가슴에 댔다.
「공정한 결정을 내리겠소.」
「모르겠소.」
코인나쥐가 우물거렸다.
나는 어깨를 으쓱했다.
「그럼 그 마사이와 함께 사시오.」
코인나쥐는 골똘히 땅을 바라보았다. 마치 개미와 흰개미가 뭔가 말해 주기라도 할 것처럼. 마침내 코인나쥐가 한숨을 쉬었다.
「뜻대로 하시오.」
코인나쥐가 마지못해 동의했다.
「어떻게 마사이를 몰아낼 작정이오?」

은조베가 물어 왔다.
「나는 문두무구요.」
나는 애매하게 답을 했다. 브와나의 귀에 내 계획이 흘러 들어가게 하고 싶지 않았기 때문이었다.
「강력한 주술이 필요하오.」
은조베가 말했다.
「내 힘을 못 믿는 거요?」
은조베는 내 시선을 피하려 했다.
「그게 아니라, 하지만……」
「하지만 뭐요?」
「하지만 그 사람은 신과 같은 존재요. 그 사람을 물리치기는 쉽지 않을 거요.」
「우리는 오직 한 분의 신만을 섬기오. 그리고 그분의 이름은 응가이시오.」
그들은 마을로 돌아갔고 나는 독약을 만들러 갔다.

은데미가 돌아오길 기다리는 동안, 나는 가느다란 나무 조각 하나를 구해 조그마한 구멍을 냈다. 그러고는 기다란 바늘로 나무 조각에 세로로 관통하는 구멍을 냈다. 그런 뒤 나무 구멍에 입술을 대고 훅 하고 불어 보았다. 아무 소리도 들리지 않았지만 목초지에 있던 소들은 갑자기 머리를 번쩍 들었고 염소 두 마리는 미친 듯이 원을 그리며 돌아다녔다. 나는 대충 만든 이 호루라기를 두 번 더 실험해서 같은 반응이 일어나는 것을 본 뒤 잘 치워 두었다.

은데미는 기름이 담긴 바가지와 아버지가 쓰던 오래된 활, 정교하게 만든 화살 열 개를 가지고 오후 느지막이 돌아왔다. 아이는 금속 촉을 달 수는 없었지만 화살 끝을 날카롭게 갈아 왔다. 나는 활시위를 살펴보고 탄력성을 확인한 후 마음에 든다는 표시로 고개를 끄덕였다.

  그러고는 독약이 살갗에 닿지 않도록 아주 조심하면서 화살 끝을 독약에 담갔다가 은데미가 가져온 열 장의 천 조각으로 화살을 쌌다.

「자, 이제 준비가 다 됐구나.」

「전 뭘 해야 하나요, 코리바 할아버지?」

「옛날 우리가 케냐에 살던 때에는 오직 유럽인들만이 사냥을 할 수 있었단다. 그리고 그 사람들은 수렵 여행을 오는 다른 유럽인들에게 고용되어 돈을 받았지. 자신을 고용한 사람이 동물을 많이 죽이는 것은 이 백인 사냥꾼들에게 무척이나 중요했단다. 만약 손님이 실망을 하게 되면 그 사람들을 다시는 찾지 않을 것이고 다음번 수렵 여행 때에는 다른 백인 사냥꾼에게 돈을 줄 테니까 말이다.」

나는 잠시 말을 멈추었다.

「그래서 때때로 그 사냥꾼들은 사자를 길들인 다음 죽이게도 했단다.」

「어떻게 그럴 수가 있어요, 코리바 할아버지?」

은데미는 놀라움에 눈을 동그랗게 뜨고 물었다.

「백인 사냥꾼은 수렵대에 앞서서 선발대를 보냈단다.」

자그마한 여섯 개의 바가지에 기름을 따르며 내가 말했다.

「선발대는 사자가 사는 초원에 가서 야생 동물이나 얼룩말을 죽인 다음 배를 갈라서 바람에 그 냄새가 퍼지게 했단다. 그러고는 휘파람을 불었지. 그러면 사자들이 나타났단다. 냄새 때문에 또는 처음 들어 보는 이상한 소리가 궁금해서 말이다.

  이튿날 선발대는 얼룩말을 또 한 마리 죽인 다음 휘파람을 불고, 그러면 사자가 다시 나타난단다. 선발대는 휘파람 소리가 나면 죽은 동물이 있다는 사실을 사자가 깨닫게 될 때까지 이 일을 계속한단다. 그래서 사자가 휘파람 소리에 나올 정도로 길이 들면 선발대는 수렵대로 돌아가서 사냥꾼과 손님들을 사자가 있는 초원으로 데려가 휘파람을 분단다. 그 소리에 사자가 뛰쳐나오면 사냥꾼의 손님들은 기념물을 얻는 거고 말이다.」

아이의 즐거워하는 반응에 나는 웃음을 지었고, 키쿠유족이 파블로프보다 한 세기도 더 전에 그 결과를 알고 있었다는 사실을 과연 지구에 남아 있는 그 누가 알까 하는 생각이 들었다.

그리고 나는 은데미에게 내가 만든 호루라기를 건네주었다.
「이것은 네 거다. 잃어버리면 안 된다.」
「가죽끈으로 묶어 목에 메고 다닐게요. 안 잃어버릴게요.」
「만약 잃어버리면 넌 끔찍하게 죽을게다.」
「믿으셔도 돼요, 문두무구.」
「믿으마.」
나는 화살을 들어 조심스레 건네줬다.
「이것들도 네 것이다. 아주 조심스레 다뤄야 한다. 만약 살짝 스치거나 상처에 닿기만 해도 너는 틀림없이 죽게 될 거고 내가 온 힘을 다해 아무리 노력해도 널 살릴 수는 없을 거다.」
「알겠어요.」
아이는 대답을 하고 조심스레 화살을 받아 들어 활 옆에 가지런히 놓았다.
「좋다. 브와나가 강가에 지은 집에서 5백 미터쯤 떨어진 숲을 알고 있느냐?」
「네, 코리바 할아버지.」
「이제부터 날마다 그 숲으로 가서 독화살로 초식 동물 한 마리씩을 죽이거라. 물소를 잡으려고는 하지 말아라. 너무 위험하니까 말이다. 하지만 다른 초식 동물은 네가 잡을 수 있을 게다. 그런 다음에 여기 여섯 개 바가지에 있는 기름 중 하나를 놈에게 붓거라.」

「그리고 이 호루라기로 하이에나를 부르나요?」

「그런 다음 가까이에 있는 나무에 올라가서 확실히 안전하다고 생각이 들면 호루라기를 불거라. 놈들이 올 거다. 첫날에는 천천히 둘째, 셋째 날은 더 빨리, 넷째 날은 번개같이 나타날 거다. 놈들이 다 먹고 사라질 때까지 나무에서 기다리고 있다가 네 보마로 돌아가거라.」

「시키신 대로 할게요, 코리바 할아버지. 하지만 그렇게 한다고 해서 왜 브와나가 키리냐가를 떠날 거리고 하시는지 모르겠어요.」

「아직 네가 문두무구가 아니기 때문이란다.」

나는 웃으며 대답했다.

「그리고 네가 할 일이 더 있단다.」

「또 뭘 해야 하나요?」

「네가 마지막으로 해야 할 일이 있다. 7일째 되는 날 해가 뜨기 직전, 너는 네 보마를 떠나 일곱 번째로 동물을 죽이거라.」

「기름 바가지는 여섯 개밖에 없어요.」

「7일 째 되는 날에는 필요 없을 거다. 놈들은 네가 호루라기를 불기만 하면 나타날 거란다.」

나는 잠시 말을 멈추고 아이가 내 말을 이해하는지 살펴봤다.

「내가 말한 대로 해가 뜨기 전에 초식 동물을 죽여야 한다. 하지만 이번에는 죽은 시체에 기름을 뿌리지 말고 즉시 호루라기를 불어야 한다. 그런 다음에 숲과 강 사이 평원이 잘 보이는 나무로 올라가거라. 어느 순간 내가 손을 흔드는 모습을 볼 수 있을 거다. 〈이렇게〉 말이다.」

나는 오른팔을 아주 확실하게 흔들어 보였다.
「그러면 넌 〈바로〉 호루라기를 불어야만 한다. 알겠느냐?」
「알겠어요.」
「됐다.」
「지금 말씀하신 게 브와나를 키리냐가에서 영원히 내쫓는 방법인가요?」
「그래.」
「어떻게 해서 그런지 알고 싶어요.」
은데미가 고집했다.
「이것만큼은 말해 주마. 그 마사이는 문명인이기 때문에 두 가지를 예상하고 있단다. 내가 자신에게 대항할 때는 내 지식을 쓰리라는 것과 나 역시도 유럽인들에게서 배웠기 때문에 자기를 물리치기 위해서 유럽인들의 기술을 쓰리라는 것 말이다.」
「하지만 그 마사이의 기대대로 하지 않으실 거죠?」
「그래. 그 사람은 우리의 전통이 키리냐가에서 살아가는 데 필요한 모든 것을 마련해 준다는 사실을 아직도 이해 못하고 있단다. 나는 그의 전장(戰場)에서 유럽인의 무기가 아닌 키쿠유족의 무기로 그 사람을 물리칠 거다.」
나는 잠시 말을 멈췄다.
「그리고 은데미야, 지금 초식 동물을 잡으러 가야 안 그러면 집에 돌아가기 전에 어두워질 거다. 난 네가 밤에 사바나를 돌아다니지 않았으면 좋겠구나.」
은데미는 고개를 끄덕이고 호루라기와 무기를 집어 들고는 강가에 있는 숲 속으로 성큼성큼 걸어갔다.

엿새째 되는 날 저녁, 나는 어두워지기 직전 마을에 도착했다.

어른들 대부분은 이미 모여 있었지만, 아직 춤판은 벌어지지 않았다. 코인나쥐의 아들을 포함한 네 명의 젊은이가 내 길을 막으려 했지만 브와나는 기분이 좋은지 그들에게 사라지라고 손을 흔들었다.

「어서 오시게, 노인. 당신을 본 지 꽤 여러 날이 지났군그래.」

브와나는 높다란 걸상 위에 앉아 말했다.

「바빴네.」

「날 몰락시킬 계략을 짜느라?」

브와나는 재미있다는 듯한 웃음을 머금고 물었다.

「자네의 몰락은 이미 응가이께서 준비해 놓으셨네.」

「그래 어떤 것이 나를 몰락시키겠는가?」

브와나는 아내 가운데 한 명 — 그는 이미 다섯 명의 아내를 거느렸다 — 에게 손짓해 갓 만든 폼베 한 바가지를 가져오라고 시켰다.

「자네가 키쿠유가 아니라는 사실일세.」

「키쿠유가 뭐가 그리 특별한가? 키쿠유는 와캄바족한테서 여자를, 루오족에게서 소와 염소를 훔쳐 온 겁쟁이 부족이다. 이 땅의 이름이 유래한 성스러운 산도 사실은 마사이족에게서 훔쳐온 거다. 키리냐가란 마사이족의 말이니 말이다.」

「사실인가요, 코리바 할아버지?」

젊은이 가운데 한 명이 물었다.

나는 고개를 끄덕였다.

「맞다. 사실이지. 마사이 말로 〈키리〉는 〈산〉을 뜻하고 〈냐가〉는 〈빛〉을 뜻한단다. 비록 말은 마사이의 것이지만 산은 응가이께서 우리에게 내리신 키쿠유족의 빛의 산이란다.」

「마사이의 산이다. 봉우리 이름조차 마사이 족장 이름을 따서 지었다.」

「그 신성한 산에는 단 한 명의 마사이도 없었소.」
늙은 은조베가 말했다.
「우리가 맨 처음 그 산을 소유했다. 아니면 그 산은 키쿠유 이름을 땄을 거다.」
브와나가 받아쳤다.
「그렇다면 키쿠유족이 마사이를 다 죽여 버렸을 거요. 아니면 몰아냈거나.」
은조베가 음흉하게 웃으며 말했다.
이 말을 들은 브와나는 화를 내며 폼베 바가지를 지나가는 염소에게 집어 던졌고, 된통 옆구리를 맞은 염소는 넘어져 버렸다. 염소는 잽싸게 일어나서 겁에 질려 매애거리며 마을을 빠져나갔다.
「너희들은 바보다! 그리고 만약 정말로 키쿠유족이 마사이족을 그 산에서 몰아냈다면 내가 시정하겠다. 나는 이제 내 자신을 키리냐가의 라이본으로 선언하며 이제부터 키리냐가가 키쿠유의 세계가 아니라는 것을 선포한다.」
「라이본이 뭐지요?」
사내 한 명이 물었다.
「마사이 말로 왕이라는 뜻이지.」
내가 대답했다.
「당신말고는 모두가 키쿠유족인데 어떻게 이 땅이 키쿠유 소유가 아닐 수 있겠소?」
은조베가 브와나에게 다그쳐 물었다.
브와나는 자신의 심복 다섯을 가리키며 말했다.
「이로써 이들을 마사이로 선언하노라.」
「자네가 마사이라 부른다고 해서 저 아이들이 마사이가 되지는 않네.」
브와나는 씩 웃었고 날씬하고 번쩍이는 그의 몸에 깜박이는 불빛이 비쳐 이상한 무늬가 어른거렸다.
「나는 원하는 것은 무엇이든 할 수 있다. 나는 라이본이다.」
「코리바가 거기에 대해 말할 게 있을 게요.」
코인나쥐가 말했다. 내가 말한 일주일이 거의 지났다는 것을 알았기 때문이다.

브와나는 금방 덤빌 듯한 눈으로 나를 보았다.
「그래, 노인. 당신은 왕이 되겠다는 내 정당한 요구에 반대할 텐가?」
「아니, 반대하지 않네.」
「코리바!」
코인나쥐가 소리 질렀다.
「당신이 어떻게!」
은조베가 말했다.
「우리는 현실을 바로 봐야 하오. 저 사람은 우리 마을에서 가장 훌륭한 사냥꾼 아니오?」
브와나는 코웃음을 쳤다.
「나는 〈단 한 명〉뿐인 사냥꾼이다.」
나는 코인나쥐에게 돌아섰다.
「벌거벗은 채 창 하나만 들고 초원으로 달려가 피시를 잡은 게 브와나 말고 누가 있소?」
브와나는 고개를 끄덕였다.
「사실이지.」
「물론 저 사람이 한 일을 본 사람은 아무도 없지만 그가 거짓말을 하지 않았으리라고 나는 확신하오.」
「내가 창으로 피시를 죽였다는 사실을 의심하는 건가?」
브와나는 열을 내며 다그쳤다.
「의심하지 않네. 자네가 원할 때라면 언제라도 다시 그 일을 할 수 있다는 사실을 믿어 의심치 않아.」

나는 진심으로 말했다.
「그것은 사실이야, 노인.」
브와나가 다소 화를 누그러뜨리며 말했다.
「한 번 더 사냥을 해 자네가 라이본이 된 것을 축하해야 할 것 같군. 하지만 이번에는 낮이 좋겠네. 부하들이 자기들 왕의 용맹과 용기를 목격할 수 있도록 말일세.」
브와나는 가장 어린 아내에게 폼베 한 바가지를 더 받고는 나를 유심히 바라보았다.
「왜 그런 말을 하는 거지, 노인? 정말 원하는 게 뭔가?」
「속뜻은 없네.」
진심이라는 표시로 손에 침을 뱉으며 내가 말했다.
브와나는 머리를 흔들며 말했다.
「아니, 뭔가 못된 짓을 꾸미고 있어.」
나는 어깨를 으쓱했다.
「자, 그럼 자네가 하고 싶지 않다면……」
「겁내는 모양이오.」
은조베가 말했다.
「난 어떤 것도 겁내지 않아!」
브와나가 고함쳤다.
「분명 저 사람은 피시를 겁내지 않소. 지금까지 그것만은 확실했소.」
「맞다.」
여전히 나를 노려보며 브와나가 말했다.
「피시를 겁내지 않는다면 왜 사냥하기를 〈꺼리는〉 거요?」
은조베가 물었다.
「내가 제안했기 때문이오. 저 사람은 여전히 나를 믿지 못하고 있고, 난 뭐 그럴 수도 있다고 생각하오.」
「뭐가 그럴 수 있다는 거지? 다른 겁쟁이들처럼 나도 당신이 중얼거리는 이상한 말을 겁내리라고 생각하나?」

「그렇게 말하지 않았네.」

「당신은 주술을 부리지 못해, 노인.」

브와나가 일어서며 말했다.

「당신은 단지 속임수와 협박만 할 줄 알지만 그런 것은 마사이에게 안 통한단 말이다.」

브와나는 잠시 말을 멈추더니 모두가 들을 수 있게 큰 목소리로 외쳤다.

「나는 이 밤을 코인나쥐의 오두막에서 보낸 후 내일 아침 옛날 방식으로 피시를 사냥해 내 모든 부하가 용감히 싸우고 있는 자신들의 라이본을 볼 수 있도록 하겠다.」

「내일 아침?」

내가 되물었다.

눈을 부릅뜨고 나를 노려보며 말하는 그의 야위고 잘생긴 얼굴에는 마사이족의 거만함이 구석구석까지 배어 있었다.

「해뜰 때.」

이튿날 아침 언제나 그렇듯이 일찍 일어나긴 했지만 평상시처럼 불을 피우고 내 늙은 뼈 구석구석에 스며 있는 한기가 가시도록 불 옆에 앉아 있는 대신, 키코이를 입고 즉시 마을로 향했다. 코인나쥐의 보마 주변에는 마을의 모든 사내들이 몰려들어 브와나가 나오기를 기다리고 있었다.

드디어 브와나는 붉은색 망토를 걸치고 온몸에는 기름을 바른 채 보마에서 나왔다. 전날 엄청난 양의 폼베를 마셨음에도 정신은 멀쩡해 보였고, 오른손에는 키리냐가에서 처음 사냥을 했을 때 썼던 바로 그 창을 쥐고 있었다.

우리 모두를 무시한 채 브와나는 좌우 어느 쪽도 바라보지 않고 마을을 관통해 강이 있는 사바나 쪽으로 걸어가기 시작했다. 우리는 그와 보조를 맞춰 그의 집에서 5백 미터쯤 떨어진 곳까지 행진해 갔다.

「더는 오지 마라. 너희들 때문에 피시가 겁을 먹고 도망칠 거다.」

브와나는 붉은색 망토를 벗어 던지고 벌거벗은 채 아침 햇살에 반짝이고 있었다.

「이제 보거라, 겁쟁이들아. 진짜 왕이 어떻게 사냥을 하는지.」

브와나는 창을 한 번 들어 무게를 대중해 감을 잡아 보더니 허리께까지 자란 풀숲으로 성큼성큼 걸어가 사라져 버렸다.

코인나쥐가 내 옆으로 살그머니 다가와 속삭였다.

「당신은 오늘 저 사람이 이곳을 떠날 거라고 약속했소.」

「그랬소.」

「그런데 저 사람은 아직 여기 있소.」

「아직 오늘은 지나지 않았소.」

「저 사람이 오늘 떠나는 것이 〈확실〉하오?」

코인나쥐가 계속 물고 늘어졌다.

「내가 동족들에게 거짓말한 적 있소?」

「아니, 아니요. 없었소.」

코인나쥐가 뒷걸음질 치며 대답했다.

우리는 다시금 침묵에 잠겨 평원을 주의깊게 바라다보았다. 한참 동안 우리는 아무것도 볼 수 없었다. 그때 브와나가 수풀 사이에서 나타나 50미터쯤 앞에 있는 장소를 향해 용감하게 걸어갔다.

그때 바람의 방향이 바뀌었고, 그의 몸에 바른 기름 냄새를 맡은 하이에나들이 귀를 찢는 듯한 울음소리로 공기를 갈라놓았다. 놈들이 으르렁, 컹컹대며 브와나에게 떼거리로 몰려가자 풀이 마구 흔들렸다.

잠시 동안 브와나는 가만히 서 있었다. 정말로 용감한 사람이기 때문이었다. 하지만 놈들의 숫자를 보고는 창으로는 한 마리 이상 죽일 수 없다는 사실을 깨닫고, 가장 가까이에 있는 하이에나에게 창을 던진 다음 근처에 있는 아카시아 나무까지 열심히 뛰어가서 가장 날쌘 하이에나 여섯 마리가 나무 밑동에 닿기 바로 직전 나무에 기어올라 갔다.

얼마 지나지 않아 열다섯 마리의 다 자란 하이에나가 나무를 둘러싸고서는 으르렁거리며 짖어 댔고 브와나는 꼼짝 않고 있는 수밖에 다른 수가 없었다.

「실망이군. 저 사람이 강력한 사냥꾼이라고 말했을 때 난 믿었는데 말이야.」

마침내 내가 말했다.

「저분은 당신보다 강하오, 노인.」

코인나쥐의 아들이 말했다.

「말도 안 되는 소리. 나무 주위에 있는 것은 하이에나지 마귀가 아니다. 난 너희들이 저 사람 친구라고 생각했는데 왜 가서 돕지 않는 게냐?」

나는 코인나쥐의 아들과 그 친구들에게 돌아서 말했다.

그 아이들은 마지못해 움직이다가 코인나쥐의 아들이 말했다.

「보다시피 우리는 무기가 없소.」

「그게 무슨 상관이 있는가? 너희는 마사이라 할 수 있고 저것들은 단지 하이에나인데 말이다.」

「만약 저놈들이 해가 없다면 왜 〈당신〉이 놈들을 쫓아버리지 않는 거요?」

코인나쥐의 아들이 다그치며 물었다.

「내가 사냥하러 온 게 아니다.」

「당신은 저놈들을 쫓아 버릴 수 없소. 그러니 우리를 여기에 세워 놓고 잔소리하지 마시오.」
「쫓을 수 있다. 나는 문두무구 아니냐?」
「그럼 그렇게 하시오!」
그 아이가 도전하듯 내뱉었다.
나는 마을 사람들에게 돌아서 말했다.
「코인나쥐의 아들은 내게 도전을 했소. 당신들은 내가 저 마사이를 구해 주길 바라오?」
「아니요!」
그들은 거의 한 목소리로 대답했다.
나는 코인나쥐의 아들에게 돌아서 말했다.
「들었냐?」
「운이 좋군요, 노인. 할 수도 없었을 테니.」
그 아이는 부루퉁한 표정으로 말했다.
「〈너〉야말로 운이 좋은 거다.」
내가 말했다.
「왜 그렇소?」
그 아이가 물었다.
「나를 문두무구나 음제라고 하는 대신 노인이라고 불렀지만 널 벌하지 않았으니 말이다.」
나는 눈도 깜박이지 않고 그를 노려봤다.
「하지만 만약 네가 다시 한 번 나를 노인이라고 부르면 너를 들판에 사는 가장 작은 쥐새끼로 만들어 재칼 먹이가 되게 할 테다.」
내가 확신에 찬 목소리로 선언했기 때문에 그 아이는 갑자기 다소 자신감을 잃은 듯했다.
「허풍치지 마시오, 문두무구. 당신은 주술을 부릴 줄 모르오.」
마침내 그 아이가 말했다.

「자네는 멍청한 젊은이군. 과거에 내가 주술 부리는 걸 보았고 미래에도 그럴 수 있으리라는 것을 알고 있으면서도 그런 말을 하다니.」

「그러면 저 하이에나를 쫓아 버리시오.」

「만약 내가 그렇게 한다면 너와 네 동료들은 내게 충성을 맹세하고 키쿠유족의 법과 전통을 존중하겠느냐?」

그 아이는 내 제안을 한참 생각해 보더니 고개를 끄덕였다.

「너희들도?」

내가 그 아이의 친구들을 향해 물었다.

우물쭈물하는 찬성의 소리가 들려왔다.

「알았다. 여기 네 아버지와 마을 장로들이 너희들이 찬성했다는 증인이 될 거다.」

나는 하이에나 떼를 노려보며 브와나가 올라간 나무가 있는 들판으로 걸어갔다. 내가 3백 미터쯤 되는 거리까지 다가가자 놈들은 나를 알아차리고 바람에 실려 오는 냄새를 끊임없이 맡으며 배고픈 울음소리를 냈다.

「응가이의 이름으로 문두무구가 명하니 물러가거라!」

선언을 한 뒤, 나는 은데미에게 보여 주었던 그대로 손을 흔들었다.

사람의 가청 영역을 넘어섰기 때문에 호루라기 소리는 안 들렸지만 갑자기 놈들 전부는 몸을 돌려 숲 쪽으로 달려갔다.

나는 잠시 놈들을 지켜보다가 내 동족들에게 몸을 돌렸다.

「이제 마을로 돌아가시오. 나는 브와나에게 가보겠소.」

나는 엄숙하게 말했다.

그들은 한마디 말도 없이 물러갔고, 나는 나무 위에서 이 모든 장면을 지켜보고 있던 브와나에게 다가갔다. 내가 도착했을 때 그는 나무에서 내려와 나를 지켜보고 있었다.

「내 주술로 자네를 구했네. 하지만 이제 자네는 키리냐가를 떠날 때가 됐네.」

「속임수요! 주술이 아니오!」

브와나가 소리쳤다.

「속임수든 주술이든 그게 무슨 상관인가? 하지만 다시 한 번 같은 일이 벌어진다면 그때는 자네를 구해 주지 않을 걸세.」

「왜 내가 당신을 믿어야만 하오?」

그는 부루퉁해 물었다.

「자네에게 거짓말할 이유가 없네. 하지만 다음번에 자네가 사냥을 가면 자네가 가지고 있는 유럽인의 총으로도 다 죽일 수 없을 만큼 많은 피시가 다시금 덤벼들 테고, 내가 그 자리에 없을 테니 자네를 구할 순 없을 거네.」

나는 잠시 말을 멈추었다.

「떠날 수 있을 때 떠나게, 마사이. 놈들은 30분 뒤에야 돌아올 걸세. 헤이븐으로 걸어갈 시간은 충분하이. 그러면 내가 컴퓨터로 유지 위원회에게 알리겠네. 자네가 지구로 돌아가고 싶어 한다고 말일세.」

브와나는 내 눈을 자세히 살펴보더니 마침내 말했다.

「진심으로 하는 말이군.」

「진심이네.」

「어떻게 그렇게 할 수 있었소, 노인? 당신이 어떻게 했는지 내게도 알 권리가 있다고 생각하오.」

나는 그에게 대답하기 전에 한참 뜸을 들였다.

「나는 문두무구라네.」

나는 마침내 대답을 하고는 등을 돌려 마을로 돌아갔다.

그날 오후 우리들은 브와나의 집을 헐어 냈고, 저녁에 나는 우리들 한가운데서 만연했던 타락의 흔적을 키리냐가에서 깨끗하게 씻어 낼 수 있는 비를 기원했다.

 이튿날 아침 허수아비에게 축복을 내리기 위해 길고 구불구불한 길을 따라 마을에 도착하자 아이들이 나를 둘러싸고 이야기를 해달라고 졸라 댔다.

「그래, 오늘은 거만한 사냥꾼에 대한 이야기해 주마.」

 아이들을 아카시아 나무 그늘 아래 모아 놓고 말했다.

「행복하게 끝나는 이야기인가요?」

 한 여자아이가 물었다.

 나는 마을을 둘러보고 동족들이 힘들지만 보람찬 하루 일과를 위해 부지런히 돌아다니는 모습을 지켜본 후 조용한 푸른 들판을 바라보았다.

「그렇단다. 이번에는 행복하게 끝난단다.」

4

마나모우키

2133년 3~7월

영겁의 세월 전, 기쿠유의 자손들은 성스러운 산 키리냐가의 비탈에서 살고 있었다.

산에는 뱀이 많았는데 어느 날 기쿠유의 아들, 손자들은 뱀이 싫어져 한 마리만 빼고 나머지를 모두 죽였다.

그러던 어느 날, 마지막으로 남은 뱀이 마을로 들어와서 어린아이를 잡아먹었다. 이에 기쿠유의 자손들은 자신들의 문두무구를 찾아가 이 뱀을 제거해 달라고 요청했다.

문두무구는 뼈를 던지고 염소를 제물로 바쳐 마침내 그 뱀을 죽일 수 있는 독을 만들었다. 그가 또 다른 염소의 배를 갈라 독을 집어넣고 나무 밑에 그 염소를 놓아두자 이튿날 뱀이 그 염소를 삼키고 죽었다.

「이제 당신들은 이 뱀을 백 토막을 낸 다음 성스러운 산에 뿌려서 마귀가 다시는 그 몸으로 돌아와 숨 쉬지 못하게 하시오.」

키쿠유의 자손들은 문두무구의 지시에 따라 뱀을 백 토막으로 낸 뒤 키리냐가의 비탈에 뿌렸다. 그러나 밤이 되자 각 토막들이 되살아나 뱀이 되었고 곧 키쿠유족은 보마를 나서

기가 겁날 지경에 이르렀다.

문두무구는 성산에 올라가 꼭대기에 가까워졌을 때 응가이께 여쭈었다.

「저희는 뱀에 포위되었나이다. 만약 놈들을 없애 주시지 않으면 키쿠유족은 분명 몰살당할 것이옵니다.」

키리냐가 꼭대기의 황금 옥좌에 앉아 계신 응가이께서 말씀하셨다.

「나는 키쿠유족이나 다른 것들을 만들었듯이 뱀도 만들었느니라. 그리고 내가 만든 것은 사람이든 뱀이든 나무든 심지어 생각조차도 그 무엇 하나 내 눈에 예쁘지 않은 것이 없느니라. 너희들이 아직 어리고 어리석으니 내 이번에는 너희를 구해 주겠지만, 앞으로는 너희가 싫다고 해서 무언가를 완전히 없애는 일은 불가능함을 절대로 잊지 말라. 만약 너희가 그것을 파괴하려 하면 항상 그 전보다 백 배가 되어 돌아올 것이기 때문이니라.」

이것이 왜 키쿠유족이 와캄바족처럼 밀림에서 사냥을 하거나 마사이족처럼 주위 부족과 전쟁을 하는 대신 땅을 갈기로 했는지의 이유 가운데 하나이다. 키쿠유족은 자신이 파괴한 것이 다시금 되돌아와 자신들을 괴롭히는 것이 싫었기 때문이다. 이 이야기는 모든 문두무구가 부족에게 가르쳐 온 교훈이며, 심지어 우리가 케냐를 떠나 지구화된 행성 키리냐가로 온 다음에도 그 교훈은 우리에게 생생히 남아 있다.

우리 부족 전 역사를 통틀어, 오직 한 명의 문두무구만이 응가이께서 그 옛날 성스러운 산에서 가르쳐 주셨던 교훈을 잊었다.

그 문두무구는 바로 나 자신이었다.

아침에 일어나자 내 보마를 둘러싼 가시 울타리 안에 하이에나가 똥을 싸놓은 것을 발견했다. 그것만으로도 오늘 하루에 저주가 걸려 있다는 증거가 됐다. 이보다 더 나쁜 징조란 없기 때문이다. 또한 뜨겁고 메마르고 먼지가 가득한 바람이 서쪽에서 불어왔다. 좋은 바람은 늘 동쪽에서 불어온다.

이날은 첫 번째 이주자가 도착하기로 한 날이었다. 우리는 새로 오는 사람이 키리냐가에 정착해 살 수 있도록 허가해 주어야 하는가에 대해 길고도 격렬한 토론을 했다. 우리는 조상들이 살던 방식대로 살려고 노력하고 있었으며 우리가 만든 사회를 타락시키는 외부 세력을 원치 않았기 때문이었다. 하지만 허가장에는 우리의 법을 따르기로 맹세하고 유토피아 위원회에 적절한 돈을 치른 키쿠유면 누구나 케냐에서 이곳으로 이주해 올 수 있다고 명확하게 표기되어 있었기에, 우리는 미룰 수 있을 때까지 미루다가 결국 토머스 은코베와 그의 아내를 받아들이는 데 동의했다.

은코베는 이민을 원하던 모든 후보자 가운데 제일 적격이었다. 그는 케냐에서 태어나서 성스러운 산의 그늘에서 자라났으며, 외국에서 공부를 마친 뒤 돌아와, 케냐에서 살다 죽은 유럽인에게서 커다란 농장을 인수해 가족과 함께 경영했다. 무엇보다도 중요한 점은, 그가 우리의 독립을 이끈 케냐의 위대한 불타는 창*the great Burning Spear of Kenya*, 죠모 켄야타의 직계 후손이라는 사실이었다.

나는 어린 조수 은데미만 거느린 채 새로운 이주자를 맞이하기 위해 뜨겁고 메마른 사바나를 지나 헤이븐에 있는 자그마한 발착장으로 터벅터벅 걸어갔다. 물소가 두 번 우리를 막아섰으며 한 번은 은데미가 하이에나를 쫓기 위해 돌을 던져야만 했다. 우리가 목적지에 도착했을 때 은코베와 그의 아내를 태우고 와야 할 유지 위원회의 우주선이 아직 도착해 있지 않았다. 나는 아카시아 나무 그늘에 쪼그리고 앉았고 잠시 뒤 은데미도 내 옆에 웅크리고 앉았다.

「늦네요. 어쩌면 안 올지도 모르겠군요.」

구름 한 점 없는 하늘을 쳐다보며 은데미가 말했다.

「올 게다. 모든 징조가 그럴 거라 말하고 있단다.」

「하지만 그것들은 모두 나쁜 징조였는데 은코베 아저씨는 좋은 사람이잖아요.」

「세상에는 좋은 사람이 많이 있지만, 그 사람들 모두가 키리냐가에 사는 건 아니란다.」

「뭔가 마음에 안 드시는군요, 코리바 할아버지?」

은데미가 물었다. 왕관두루미 한 쌍이 마르고 퍼석퍼석한 풀을 헤치며 나아가고 있었고 독수리 한 마리가 상승 기류를 타고 있었다.

「그래.」

「왜요?」

「그 사람들이 왜 여기 살고 싶어 하는지 이해할 수가 없기 때문이란다.」

「그 아저씨가 왜 여기 살면 안 돼요? 여기는 유토피아가 아닌가요?」

「유토피아에는 여러 가지 다른 정의가 있단다. 키리냐가는 키쿠유족의 유토피아지.」

「그리고 은코베 아저씨는 키쿠유족이니까 여기가 그 아저씨가 살아야 할 곳이잖아요.」

확신에 찬 목소리였다.

「난 잘 모르겠구나.」

「왜요?」

「그 사람은 거의 마흔 살이나 되었기 때문이지. 왜 여기 오는 데 그토록 오래 걸렸을까?」

「더 일찍 올 만큼 여유롭지 않았나 보죠.」

나는 고개를 저었다.
「그 사람은 아주 부유한 가정에서 태어났단다.」
「소를 많이 가지고 있나요?」
「많단다.」
「염소도요?」
나는 고개를 끄덕였다.
「그 아저씨가 가축들도 데려올까요?」
「아니다. 빈손으로 올 게다. 우리가 그랬듯이 말이다.」
나는 얼굴을 찌푸린 채 잠시 말을 멈추었다.
「왜 커다란 농장과 수많은 트랙터와 일꾼을 소유한 사람이 자기가 가진 모든 것을 버리려는 걸까? 바로 그 점이 이상한 거란다.」
「그 아저씨는 지구에서 사는 게 더 낫다는 식으로 말씀하시네요.」
얼굴을 찌푸리며 은데미가 말했다.
「더 나은 게 아니라 단지 다른 거다.」
은데미는 잠시 생각하더니 물었다.
「코리바 할아버지, 트랙터가 〈뭔가요〉?」
「밭에서 여러 명이 해야 하는 일을 대신해 주는 기계란다.」
「정말 좋겠는걸.」
「기계는 땅에 깊은 상처를 내며 역겨운 기름 냄새가 난단다.」
나는 혐오감을 드러내며 말했다.
우리는 다시 아무 말 없이 앉아 있었다. 이윽고 유지 위원회의 우주선이 나타났고, 그것이 착륙하는 동안 거대한 먼지 구름이 일어나 근처 나무에 있던 새와 원숭이들은 겁에 질려 꺽꺽거렸다.
「자, 이제 곧 답이 뭔지 알게 되겠지.」

나는 나무 그늘에 앉아 우주선이 완전히 착륙하길 기다렸고, 마침내 토머스 은코베와 그의 아내가 우주선 밖으로 나왔다. 은코베는 큰 키에 건장한 체격으로 간편한 서양식 옷차림이었다. 그의 아내는 호리호리하고 우아한 여자로 머리를 기품 있게 땋았고 카키색 바지와 사냥용 상의가 더할 나위 없이 몸에 잘 맞았다.

「안녕하세요! 우리끼리 마을까지 어떻게 찾아가야 하나 걱정하던 참이었습니다.」

내가 다가가자 은코베가 영어로 인사를 해왔다.

「잠보, 키리냐가에 잘 오셨소.」

스와힐리어로 내가 대답했다.

「잠보, 코인나쥐신가요?」

은코베도 스와힐리어로 물어 왔다.

「아니요, 코인나쥐는 대추장이오. 당신들은 그 사람의 마을에서 살 거요.」

「성함이?」

「코리바요.」

「이 분은 문두무구세요. 저는 은데미라고 하고요.」

은데미는 자랑스레 덧붙이더니 잠시 뜸을 들이다 다시 입을 열었다.

「언젠가 저도 문두무구가 될 거예요.」

은코베는 웃으며 아이를 내려다보았다.

「분명히 그럴 수 있을 거다.」

갑자기 은코베는 자기 옆에 아내가 서 있다는 사실을 깨달았다.

「이쪽은 제 아내 완다입니다.」

완다는 웃으며 한 발 앞으로 나와 손을 내밀었다.

「진짜 문두무구라니! 정말 놀랍군요!」

완다는 강한 억양이 담긴 스와힐리어로 말했다.

「키리냐가에서 새로운 삶을 즐기길 비오.」

내가 그녀와 악수하며 말했다.

「오, 물론 그래야죠.」

완다가 열정적으로 대답하는 사이 짐을 다 내린 우주선은 저 멀리 날아가고 있었다. 완다는 메마른 사바나를 둘러보았다. 대머리황새 세 마리가 있었고, 아침 일찍 사냥한 어린 윌더비스트[19]를 게걸스럽게 먹고 있는 하이에나, 그리고 그놈의 배가 차길 끈기 있게 기다리고 있는 재칼 한 마리가 보였다.

「벌써 여기가 좋아졌어요!」

완다는 잠시 말을 멈추더니 이윽고 확신에 찬 어투로 말을 계속했다.

「실은 여기오자고 남편을 설득한 게 저랍니다.」

「그렇소?」

완다는 고개를 끄덕였다.

「저는 케냐가 망가지는 꼴을 더는 참을 수가 없었어요. 그 공장과 공해라니! 키리냐가에 대해 안 이후 줄곧 저는 여기로 와서 자연으로 돌아가 우리가 살기로 되어 있던 방식대로 살고 싶었어요.」

완다는 깊게 숨을 들이켰다.

「여보, 이 공기 좀 들이켜 보세요! 10년은 더 오래 사실 거예요.」

「그렇게 열심히 말하지 않아도 돼요. 이미 여기 있지 않소?」

은코베가 웃으며 말했다.

나는 완다에게 돌아서서 말했다.

「당신은 키쿠유가 아니군그래?」

---

19 남아프리카에 사는 암소 비슷한 영양.

「이제는 키쿠유죠. 남편과 결혼한 이후로는요. 하지만 할아버지 질문에 답하자면, 맞아요. 저는 오리건 토박이랍니다.」
「오리건요?」
손으로 얼굴에 있는 파리 몇 마리를 쫓으며 은데미가 되물었다.
「미국에 있단다.」
완다는 은데미에게 설명한 뒤 잠시 말을 멈추었다.
「그런데, 왜 키쿠유어 대신 스와힐리어를 쓰는 거죠?」
「키쿠유어는 죽은 언어요. 우리 종족 대부분은 이제 그 언어를 알지 못하오.」
「여기서는 키쿠유어를 쓸 거라고 약간 기대했었는데. 지난 몇 달간 공부를 했답니다.」
완다는 크게 실망한 기색으로 말했다.
「만약 당신이 이탈리아로 간다고 해도, 라틴어를 쓸 수는 없을 거요. 우리는 아직 키쿠유 단어 몇 개를 쓰고 있소. 이탈리아 사람이 라틴어 단어를 쓰듯이 말이오.」
완다는 잠시 조용히 있더니 이윽고 어깨를 으쓱했다.
「적어도 스와힐리어 실력은 늘릴 수 있겠죠 뭐.」
「미국의 편리함을 버리고 기꺼이 키리냐가로 온 당신에게 놀랐소.」
나는 그녀를 자세히 관찰하며 말했다.
「저는 벌써 몇 년 전에 결심했어요. 마음을 굳히는 데 시간이 걸린 사람은 제가 아닌 남편이랍니다.」
완다는 잠시 말을 멈추었다.
「게다가 미국을 떠나 케냐로 왔을 때 이미 저는 미국의 편리함 대부분을 포기했답니다.」
「케냐에도 그러한 편리함이 있소. 하지만 여기에는 전기도 수도도 없고…….」

「저희는 할 수만 있으면 언제나 야영을 하며 살았어요.」

완다가 내 말을 끊고 들어오자, 문두무구의 말을 막은 데 대해 은데미가 뭐라고 꾸짖을 태세였고 나는 그 전에 아이의 어깨에 손을 올려놓았다.

「저는 원시적인 삶에 익숙해져 있답니다.」

「하지만 그때는 언제나 돌아갈 집이 있었소.」

완다는 나를 빤히 바라보더니 입가에 재미있어하는 웃음을 띠었다.

「저희를 여기서 쫓아내실 건가요?」

「아니오. 하지만 변하지 않는 것은 없다는 사실을 지적하고 싶구려. 이곳 삶에 만족하지 못해서 떠나고 싶은 사람은 언제든지 유지 위원회에 알리기만 하면 되오. 그러면 한 시간 내에 헤이븐으로 우주선이 도착할 것이오.」

「우리는 아니에요. 우리는 꽤 오래 여기에 있을 거예요.」

「꽤 오래?」

「아내 말은 여기서 살기 위해 왔다는 뜻입니다.」

아내의 어깨에 팔을 두르며 은코베가 설명했다.

뜨거운 바람이 우리 주변으로 먼지를 몰고 왔다.

「당신들을 마을로 데려가야겠소. 피곤하니 분명 쉬고 싶을 게요.」

「천만에요. 이곳은 새 세상이랍니다. 우선 전 이곳을 둘러보고 싶군요.」

완다는 말을 마치고는 은데미가 자신을 뚫어져라 쳐다보고 있다는 사실을 알아챘다.

「뭐가 잘못됐니?」

「아주머니는 무척 기운차고 튼튼하시네요. 그건 좋은 거예요. 아마 아이를 많이 낳으실 거예요.」

은데미가 만족해하는 목소리로 말했다.

「그러고 싶은 마음이 없구나. 케냐에서 남아도는 한 가지가 있다면, 그건 아이란다.」
「여기는 케냐가 아닌걸요.」
「이 사회에 봉사할 수 있는 다른 방법을 찾을 거란다.」
은데미는 완다를 잠시 살펴봤다.
「좋아요. 아주머니는 땔감을 나를 수 있으실 거예요.」
「네가 찬성해 준다니 기쁘구나.」
「하지만 아주머니는 새 이름이 필요해요. 완다는 유럽인의 이름이라고요.」
「그건 단지 이름일 뿐이다. 이름을 바꾼다고 이 아줌마가 더 키쿠유답게 되는 것은 아니란다.」
내가 말했다.
「괜찮아요. 저는 새로운 삶을 시작했어요. 그러니 새로운 이름을 〈가져야죠〉.」
내 말을 가로채 완다가 말했다.
나는 어깨를 으쓱했다.
「어떤 이름을 가지고 싶으시오?」
완다는 은데미에게 웃으며 말했다.
「네가 하나 골라 주렴.」
은데미는 한참 동안 눈살을 찌푸리며 고민하더니 이윽고 완다를 쳐다보았다.
「우리 이모 이름이 므왕게인데 작년에 아이를 낳다가 돌아가셨어요. 그래서 이제 우리 마을에는 그 이름이 없어요.」
「그럼 므왕게로 하련다. 므왕게 와 은데미」
「하지만 전 아주머니의 아버지가 아닌걸요.」
므왕게는 웃으며 말했다.
「넌 내 새 이름의 아버지란다.」
은데미는 자랑스러운 듯 가슴을 앞으로 불쑥 내밀었다.

「자, 〈그건〉 됐고, 우리 짐은 어떻게 해야 하죠?」
「짐은 필요 없소.」
「필요해요.」
므왕게가 말했다.
「케냐에서 아무것도 가져오지 말라는 말을 들었을 텐데.」
「제 손으로 만든 키코이 몇 벌을 가져왔어요. 그건 분명 괜찮잖아요. 키리냐가에서는 제가 베틀로 천을 짜서 옷을 만들어야 하니까요.」
나는 그녀의 설명에 대해 잠시 고민하다가 이윽고 동의하는 뜻으로 고개를 끄덕였다.
「마을에서 가방을 들고 갈 아이를 하나 불러 주겠소.」
「무겁지 않습니다. 제가 들고 갈 수 있답니다.」
은코베가 말했다.
「키쿠유 남자는 심부름이나 물건 나르는 일 따위는 하지 않아요.」
은데미가 말했다.
「키쿠유 여자는?」
짐을 두고 떠나는 게 마음 내키지 않은 듯 므왕게가 물었다.
「땔감과 곡식을 나르지요. 하지만 옷 가방은 아니에요.」
아이는 경멸하는 눈초리로 가죽 가방 둘을 가리키며 말했다.
「〈저런 것〉은 아이들이나 옮겨요.」
「그럼 그냥 출발해야겠구나. 여기는 아이가 없으니 말이야.」
므왕게가 말하자 은데미는 밝게 웃으며 으스대며 앞장을 섰다.
「은데미가 앞서 가게 하시오. 이 아이는 눈이 좋소. 큰 풀숲 안에 숨어 있는 뱀이나 하이에나를 미리 발견할 수 있을 거요.」

「여기에 독사가 있나요?」

은코베가 물었다.

「약간.」

「왜 그놈들을 죽이지 않나요?」

「여기는 케냐가 아니기 때문이오.」

나는 은데미 바로 뒤를 따랐고, 은코베와 므왕게는 우리를 따라오면서 경치와 동물에 대해서 이야기했다. 5백 미터쯤 가자 우리 길을 정면으로 막고 있는 수컷 임팔라의 모습을 발견할 수 있었다.

「아름답지 않아요? 저 뿔 좀 보세요!」

므왕게가 속삭였다.

「사진기가 있었으면 좋았을 텐데!」

은코베가 말했다.

「키리냐가에는 사진기를 가져올 수 없소.」

내가 말했다.

「저도 압니다. 하지만 탁 터놓고 말하자면, 사진기처럼 간단한 물건이 어떻게 이 사회를 타락시킬 수 있다는 건지 이해할 수가 없군요.」

「사진기를 쓰려면, 필름이 필요하고 따라서 사진기와 필름 둘 다 만드는 공장이 있어야만 하오. 필름을 현상하려면 화공 약품이 필요하고 아직 쓰지 않은 화공 약품을 쌓아 놓을 공간이 필요하오. 인화를 하려면 인화지가 있어야 하는데 우리는 땔감으로 쓸 나무도 겨우 구할 수 있소.」

나는 잠시 말을 멈추었다.

「키리냐가는 우리가 원하는 모든 것을 제공해 주오. 그것이 우리가 여기에 온 까닭이오.」

「키리냐가는 이곳 사람들이 〈필요한〉 모든 것을 제공해 주죠. 그 둘이 똑같다고 할 수는 없죠.」

갑자기 은데미가 걸음을 멈추더니 므왕게에게 돌아서며 말했다.
「오늘은 여기에 오신 첫날이니까 아주머니의 무지를 용서해 드릴게요. 하지만 그 어떤 〈마나모우키〉도 문두무구와 논쟁을 벌여서는 안 돼요.」
「마나모우키?」
므왕게가 되물었다.
「마나모우키가 뭐니?」
「아줌마요.」
「그 단어를 예전에 들어 본 적이 있습니다. 〈아내〉라는 뜻인 듯하군요.」
은코베가 말했다.
「틀렸소. 마나모우키는 〈암컷〉이라는 뜻이오.」
「여자를 말씀하시는 건가요?」
므왕게가 물었다.
나는 머리를 설레설레 흔들었다.
「소유할 수 있는 〈모든〉 암컷을 말하오. 여자, 암소, 암돼지, 암캐, 암양.」
「그러면 은데미는 내가 소유물이라고 생각하는 거니?」
「아주머니는 은코베 아저씨의 마나모우키예요.」
므왕게는 잠시 생각에 잠기더니 이윽고는 재미있다는 듯 어깨를 으쓱하곤 영어로 말했다.
「아무렴 어때, 완다가 이름이듯이 마나모우키는 단어에 지나지 않아. 견딜 수 있어.」
「그러길 바라오. 그래야만 하기 때문이오.」
내가 스와힐리어로 말했다.
므왕게가 내게 돌아섰다.
「저희가 키리냐가로 온 첫 번째 이주자이고 할아버지께서 저희를 못 믿으신다는 사실을 알고 있지만 저는 늘 이런 삶을 꿈꾸어 왔어요. 저는 지금까지 할아버지께서 보신 마나모우키 가운데 최고가 되겠어요.」

「그러길 비오.」

나는 이렇게 대답했지만 바람은 여전히 서쪽에서 불어오고 있었다.

나는 은코베와 므왕게를 같이 살 이웃들에게 소개했고 곡식을 경작할 샴바를 보여 주었으며 물을 길러 강에 가려면 어떻게 해야 하는지 등을 말해 주었다. 또한 소 여섯 마리와 염소 열 마리를 정해 주었고 밤에는 놈들을 우리에 가둬 하이에나가 잡아먹지 못하게 해야 한다고 일러 준 다음 부부를 오두막 입구에 남겨 둔 채 자리를 떴다. 므왕게는 모든 것에 열광했으며 자신의 이상한 옷차림을 보러 온 여자들과 발랄하게 대화에 빠져들었다.

「무척 괜찮은 아주머니네요. 할아버지가 보신 징조는 틀렸나 봐요.」

내가 들판을 가로지르며 허수아비에게 축복을 내리고 있을 때 은데미가 말했다.

「어쩌면.」

「하지만 그렇게 생각하지 않으시죠?」

「그렇단다.」

「저어, 〈저〉는 그 아주머니가 좋아요.」

「그건 네 마음이지.」

「그러면 할아버지는 그 아주머니가 싫으세요?」

나는 대답을 생각해 내느라 잠시 아무 말도 하지 않았다.

「그게 아니란다. 나는 그 아주머니가 무서운 거란다.」

마침내 내가 대답했다.

「하지만 그 아주머니는 단지 마나모우키인걸요! 아무런 해도 입힐 수 없어요.」

「환경만 맞으면 무엇이든 해를 끼칠 수 있단다.」

「못 믿겠는걸요.」

「문두무구가 하는 말을 의심하는 거냐?」

「아니요. 만약 할아버지가 뭔가 말씀하시면 그건 사실이죠. 하지만 왜 그런지 이해할 수가 없어요.」

은데미는 마뜩잖은 표정으로 말했다.

나는 쓴 웃음을 지으며 말했다.

「그건 네가 아직 문두무구가 아니기 때문이란다.」

은데미는 걸음을 멈추더니 3백 미터쯤 떨어진 곳에서 풀을 뜯고 있는 임팔라 떼를 가리켰다.

「〈저놈들도〉 위험해질 수 있나요?」

「물론이란다.」

「어떻게요? 저놈들은 위험이 나타나면 맞서는 대신 도망치잖아요. 응가이께서는 저놈들에게 뿔을 내려 주시지 않으셨기 때문에 스스로를 지킬 수가 없어요. 또 우리 작물을 망칠 만큼 덩치가 크지도 않고요. 또 얼룩말이 하듯이 적을 발로 차버릴 수도 없고요. 이해가 안 되네요.」

은데미가 얼굴을 찌푸리며 말했다.

「못난이 물소에 대해 얘기해 주마. 그럼 이해할 게다.」

은데미는 행복하게 웃었다. 무엇보다도 이야기를 제일 좋아하기 때문이었다. 그래서 나는 은데미를 가시나무 그늘로 데리고 가서 쪼그린 채 마주앉았다.

「어느 날, 암컷 물소 한 마리가 사바나를 헤매고 있었단다. 그런데 얼마 전에 하이에나 떼가 이 물소의 첫 번째 송아지를 잡아먹어서 이 물소는 무척이나 슬펐단다. 그러던 중 우연히 갓 태어난 임팔라를 만나게 됐는데, 마침 이 임팔라의 엄마는 그날 아침에 하이에나에게 잡혀 먹혔던 거야.

〈너를 우리 집으로 데려가고 싶구나. 나는 너무나 쓸쓸하고 누군가를 사랑해 주고 싶은 마음이 가득하거든. 하지만 넌 물소가 아니구나.〉

물소가 말했단다.

〈저도 너무나 쓸쓸해요. 만약 저를 여기에 혼자 내버려 두고 그냥 가시면 전 오늘 밤도 되기 전에 잡혀 먹힐 거예요.〉

임팔라가 말했단다.

〈문제가 있단다. 너는 임팔란데 나는 물소거든. 너랑 나랑은 서로 다르단다.〉

물소가 말했단다.

〈제일가는 물소가 될게요. 아주머니가 먹는 것을 먹고, 아주머니가 마시는 것을 마시고, 가시는 곳은 어디든지 따라갈게요.〉

임팔라가 약속했단다.

〈어떻게 물소가 될 수 있겠니? 넌 뿔도 없잖니.〉

〈그럼 나뭇가지를 머리 위에 얹고 다닐게요.〉

〈넌 기생충을 쫓으려고 진흙 위에서 뒹굴지도 않고.〉

물소가 말했단다.

〈절 데리고 가주시면 어떤 물소보다도 진흙을 많이 바를게요.〉

임팔라가 말했단다.

물소가 여러 가지로 반대할 때마다 임팔라는 대답을 했고, 결국 물소는 임팔라를 데려가기로 했단다. 물소 떼 대부분은 이 임팔라를 지금까지 보아 온 물소 중에서 가장 못난 놈이라고 생각했단다.」

이 대목에서 은데미가 킥킥거렸다.

「하지만 이 임팔라는 물소처럼 행동하기 위해서 무척이나 열심이었고 결국 무리들은 새끼 임팔라를 무리에 끼워 주기로 했단다.

그러던 어느 날 젊은 물소 몇 마리가 무리에서 좀 떨어져 풀을 뜯으며 움직이고 있었는데, 깊은 진흙 수렁이 이들의 길을 막았단다.

〈우리는 무리에게 돌아가야만 해.〉

젊은 물소 한 마리가 말했단다.

〈수렁 저쪽에는 신선한 풀이 많이 있어.〉

못난이 물소가 말했단다.

〈이렇게 깊은 수렁을 건너다가는 빠져 죽을 테니까 건너지 말라고 하셨어.〉

〈못 믿겠는걸.〉

못난이 물소는 이렇게 말하고선 동료를 남겨 두고 용감하게 진흙 수렁 중심으로 걸어가기 시작했단다.

〈보이니? 수렁 밑으로 빠지지 않잖니. 안전하다고.〉

못난이 물소가 말했단다.

곧 젊은 물소 세 마리가 위험을 무릅쓰고 진흙 수렁을 건너갔고, 놈들은 모두 다 수렁에 빠져 죽고 말았단다.

〈이것은 저 못난이 물소의 잘못이오. 진흙 수렁을 건너자고 말한 건 저놈이오.〉

물소 떼의 우두머리가 말했단다.

〈하지만 우리 아이가 일부러 그런 것은 아니에요. 그리고 우리 아이가 한 말은 사실이고요. 우리 아이에게 그 진흙 수렁은 안전했어요. 아이가 원하는 것은 오로지 무리와 같이 살면서 물소가 되는 거랍니다. 그러니 제발 벌하지 마세요.〉

엄마 물소가 말했단다.

이 물소 떼의 우두머리는 어리석었지만 자비심이 많았고 그래서 못난이 물소를 용서했단다.

그리고 일주일이 지난단다. 높이뛰기를 잘하는 이 못난이 물소는 펄쩍펄쩍 뛰어 놀다가, 우연히 하이에나 떼가 풀 속에 숨어 있는 것을 보았단다. 못난이 물소는 하이에나 떼가 다가올 때까지 가만히 있다가 거의 자기를 잡을 수 있을 정도가 돼서야 도망치라고 마구 소리를 쳤단다. 다행히 모든 물소가 도망칠 수 있었지만 못난이 물소의 엄마가 그만 잡아먹히고 말았단다.

다른 물소 대부분은 이 못난이 물소에게 살려 줘서 고맙다고 했지. 하지만 그 주에 새로운 우두머리가 뽑혔는데, 이 우두머리는 예전 우두머리보다 더 현명했단다.

〈이것은 저 못난이 물소의 잘못이오.〉

새로운 우두머리가 말했단다.

〈어째서 그렇습니까? 저 아이는 하이에나 떼에게서 우리를 살려 줬습니다.〉

다른 물소들이 말했단다.

〈하지만 저 아이는 너무 늦게 경고를 했소. 만약 하이에나를 처음 보았을 때 경고를 했다면 저 아이의 엄마는 죽지 않고 여기에 있었을 거요. 하지만 저 아이는 우리가 자기처럼 빨리 달릴 수 없다는 사실을 잊었고 덕분에 자기 엄마가 죽은 거요.〉

우두머리가 말했단다.

그러고는 비록 마음은 아프지만 못난이 물소에게 무리를 떠나라고 명령했단다. 물소로 살아가는 것하고 물소로 살아가기 〈원하는 것〉 사이에는 커다란 차이가 있기 때문이란다.」

나는 이야기를 끝내고 나무에 등을 기대고 있었다.

「못난이 물소가 안 죽고 살아남았나요?」

「그것은 또 다른 이야기란다.」

나는 어깨를 으쓱하곤 팔뚝을 기어오르고 있는 벌레를 쓸

어내렸다.

「해를 끼치려고 그랬던 건 아니잖아요.」

「그래도 해를 끼쳤단다.」

은데미는 내 대답을 생각하면서 땅에 낙서를 하더니 이윽고 나를 쳐다보았다.

「하지만 못난이 물소가 무리와 살지 않았다고 해도 하이에나 떼가 그 엄마 물소를 잡아먹었을 거예요.」

「아마 그랬겠지.」

「그러니 못난이 물소의 잘못이 아니죠.」

「만약 내가 이 나무에 기대어 잠이 들었는데 검은 맘바가 풀 속에서 스르르 미끄러져 내게 다가온다고 생각해 보거라. 네가 나를 안 깨워서 맘바가 나를 물어 죽였다면, 네게도 책임이 있겠느냐?」

「있어요.」

「네가 없었어도 나는 분명히 죽었을 텐데?」

은데미는 얼굴을 찌푸렸다.

「어려운 문제네요.」

「그렇지.」

「진흙 수렁의 경우는 훨씬 쉬웠어요. 그때는 못난이 물소의 잘못이 확실했어요. 그 물소가 없었다면 다른 물소들은 수렁에 들어가지 않았을 테니까요.」

「그렇지.」

은데미는 잠시 꼼짝 않고 앉아서 이야기가 풍기는 뉘앙스와 씨름을 했다.

「할아버지께선 세상에는 해를 입히는 여러 가지 다른 방법이 있다고 말씀하셨어요.」

「그랬지.」

「그리고 누가 잘못했는지를 알려면 지혜가 필요해요. 어리석은 우두머리는 못난이 물소의 행동이 해를 끼쳤다는 사실을 몰랐지만, 현명한 우두머리는 못난이 물소가 아무 행동도 하지 않은 데에 책임이 있다는 사실을 알았으니까요.」

나는 고개를 끄덕였다.

「알겠어요.」

「그럼 이게 그 마나모우키와는 무슨 관계가 있느냐?」

은데미는 다시금 말을 멈추었다.

「만약 마을이 해를 입게 된다면 할아버지는 키쿠유가 되기만을 원하는 므왕게 아줌마가 그 일에 책임이 있는지 없는지를 지혜롭게 판단하셔야 해요.」

「맞았단다.」

나는 일어나며 말했다.

「하지만 아직도 그 아주머니가 무슨 해를 끼칠 수 있는지는 모르겠어요.」

「나도 모른단다.」

「그럼 보면 알 수 있으세요? 그리고, 그게 선한 행동처럼 보일까요? 하이에나 떼가 가까이 왔다고 경고를 했듯이 말이에요.」

나는 아무 말도 하지 않았다.

「왜 아무 말도 않고 계세요, 코리바 할아버지?」

마침내 답을 기다리던 은데미가 물었다.

나는 깊은 한숨을 쉬었다.

「세상에는 문두무구조차도 답을 할 수 없는 질문들이 있기 때문이란다.」

닷새 후, 내가 오두막을 나섰을 때 은데미는 언제나처럼 나를 기다리고 있었다.

「쟘보, 코리바 할아버지.」

나는 인사를 내뱉고 은데미가 지펴 놓은 모닥불 옆으로 걸어가 내 늙은 뼛속 깊이 스며든 한기가 가실 때까지 불 옆에서 책상다리를 하고 앉았다.

「오늘은 뭘 배우나요?」

마침내 은데미가 물었다.

「오늘은 응가이께 어떻게 풍년을 기원하는지를 가르쳐 주마.」

「하지만 지난주에 배웠잖아요.」

「하지만 다음 주에도, 그다음 주에도, 여러 주 동안 할 거란다.」

「다친 데를 치료하는 고약 만드는 법이나 나쁜 놈들을 벌레로 만들어 죽일 수 있으려면 얼마나 더 배워야 되나요?」

「더 나이가 들어야 한단다.」

「전 이미 어린애가 아닌걸요.」

「그리고 더 의젓해지면.」

「제가 더 의젓해졌는지 아닌지 할아버지는 어떻게 아세요?」

은데미는 포기하지 않고 계속 물었다.

「네가 한 달 내내 꾹 참고 고약이나 주술에 대해 묻지 않으면 〈아, 이 아이가 의젓해졌구나〉 하고 내가 아는 거란다. 인내심은 문두무구가 가져야 할 제일 중요한 덕목이거든.」

나는 일어났다.

「자, 이제 강에 가서 물통을 채워 오너라.」

빈 물통 둘을 가리키며 내가 말했다.

「네, 할아버지.」

은데미는 풀이 죽어 대답했다.

은데미를 기다리는 동안, 나는 오두막으로 들어가 컴퓨터를 켠 뒤 유지 위원회에 약간의 궤도 조정을 지시했다. 서부 평원에 비를 내려 시원해지게끔 하기 위해서였다. 그리고 나서, 가죽 주머니를 목에 걸고 보마 밖으로 나가 은데미가 오는지를 살펴보았지만, 내 어린 제자 대신 코인나쥐의 첫 번째 아내 왐부가 머리털을 곤두세운 채 화를 꾹꾹 눌러 담은 표정으로 나를 기다리고 있었다.

「쟘보, 왐부.」

「쟘보, 코리바 할아버지.」

「내게 할 말이 있는 거요?」

왐부가 고개를 끄덕였다.

「케냐 여자 때문에 왔어요.」

「이런.」

「그 여자를 내쫓아야 해요.」

「므왕게가 뭘 했는데 그러는 거요?」

「전 대추장의 첫 번째 아내잖아요.」

「그렇소.」

「그런데 그 여자는 저를 존경하지 않아요. 전 그럴 자격이 있는데도요.」

「어떤 식으로 그랬소?」

「〈전부〉 다요!」

「예를 들면?」

「그 여자의 〈크항가〉는 제 것보다 훨씬 아름다워요. 색깔도 더 밝고, 무늬도 더 정교하고, 천도 더 부드럽고요.」

「그 여자는 자기 크항가를 베틀로 직접 짰소. 옛날 방식으로 말이오.」

「〈그게〉 어쨌다고요?」

왐부가 투덜거렸다.

나는 얼굴을 찌푸렸다.

「그 여자에게 당신 크항가를 만들라고 명령했으면 싶소?」

왐부가 왜 화를 내는지 이해하려고 노력하면서 내가 말

했다.

「아니요!」

「그렇다면 이해할 수가 없구려.」

「코인나쥐랑 똑같은 말씀만 하시네요! 문두무구도 어쩔 수 없는 남자라니깐!」

자기의 불만을 이해하지 못하자 왐부는 당황하는 기색이 역력했다.

「좀 더 자세히 말해 주면 좋겠소만.」

「키보는 어린애처럼 멍청했죠.」

왐부는 코인나쥐의 가장 젊은 아내를 들먹였다.

「하지만 저는 좋은 아내가 되는 교육을 받았어요. 이제 키보는 그 케냐 여자처럼 되고 싶어 한다고요.」

「하지만 그 케냐 여자는 당신처럼 되고 싶어 하던데.」

왐부가 쓴 단어를 그대로 써 내가 말했다.

「그 여자는 저처럼 될 수 없어요! 저는 코인나쥐의 첫 번째 아내라고요!」

왐부는 거의 고함치듯 말했다.

「내 말은, 그 여자는 마을 주민이 되고 싶어 한다는 뜻이오.」

「말도 안 돼요! 그 여자는 여러 가지 이상한 물건에 대해서 말하고 있다고요.」

왐부는 비웃으며 말했다.

「어떤 것들 말이오?」

「그게 문제가 아니라고요! 할아버지께서는 그 여자를 내쫓아야만 해요!」

「예쁜 크항가를 입고, 키보에게 좋은 인상을 줬기 때문에?」

「흥! 코인나쥐랑 똑같군요! 못 알아듣는 척하시지만, 그 여자가 떠나야 하는 걸 알고 계시잖아요!」

왐부가 투덜거렸다.

「난 정말로 무슨 소린지 못 알아듣겠소.」
「할아버지는 그 여자가 아닌 제 문두무구라고요. 그 여자에게 싸후를 거는 대가로 살진 염소 두 마리를 낼게요.」
「당신이 말한 이유만으로 므왕게한테 저주를 걸 수는 없소.」
나는 단호히 말했다.

왐부는 한참 동안 나를 노려보더니, 땅에 침을 뱉고 휙 돌아서서 뭐라고 중얼중얼 욕을 해댔다. 그러고는 마을로 통하는 구불구불한 오솔길을 따라 내려가다가 물통을 들고 돌아오는 은데미와 거의 부딪칠 뻔했다.

나는 이후 두 시간 동안 은데미에게 풍년을 기원하는 기도를 가르쳐 준 뒤, 마을로 가서 므왕게를 데려오라고 일렀다. 한 시간 뒤 므왕게는 아름다운 크항가를 차려입고 은데미와 함께 언덕을 올라와 내 보마로 들어왔다.

「쟘보.」
「쟘보, 코리바 할아버지. 은데미가 그러는데, 하실 말씀이 있으시다고요?」

나는 고개를 끄덕였다.

「그렇소.」
「다른 여자들은 제가 겁을 먹어야 한다고 생각하나 봐요.」
「난 왜 그래야 하는지 모르겠구려.」
「아마 할아버지께서는 벼락을 내리고 하이에나를 벌레로 만들어 버리고 멀리 떨어진 데서도 적을 죽일 수 있고 하니까 그러는 모양이에요.」

은데미가 한마디 거들었다.

「그럴 수도 있지.」
내가 말했다.
「왜 부르셨어요?」
므왕게가 물었다.

나는 잠시 아무 말 없이 어떤 식으로 말을 꺼내야 할지 생각했다.

「당신 옷 문제요.」

마침내 내가 말했다.

「하지만 전 제 베틀로 직접 짠 크항가를 입고 있는걸요.」

므왕게는 어리둥절한 표정이었다.

「알고 있소. 하지만 천의 질이나 색의 화려함 따위가 뭐랄까…….」

나는 적절한 단어를 찾으려 했다.

「분노를 일으켜요?」

「맞았소.」

나는 므왕게가 이토록 빠르게 상황을 이해하는 데 대해 고마워하며 대답했다.

「내 생각에는 당신이 좀 색깔이 덜 화려한 천을 짜는 게 제일 좋은 방법인 것 같소.」

나는 므왕게가 반대할지도 모른다고 생각했지만, 놀랍게도 그녀는 금세 내 말에 찬성을 했다.

「그러죠. 전 이웃들을 화나게 할 맘은 없어요. 누가 제 크항가를 싫어하는지 알 수 있을까요?」

「왜 그러오?」

「하나 만들어서 선물해 주고 싶어서요.」

「왐부요.」

「제 옷이 어떤 파장을 몰고 올지 미리 깨달았어야만 했는데. 정말 죄송해요, 코리바 할아버지.」

「누구든 실수는 있는 법이오. 실수를 고치는 한, 해 끼치는 일이 더는 안 생길 거요.」

「할아버지 말씀이 맞았으면 좋겠네요.」

므왕게는 진지하게 말했다.

「할아버지는 문두무구세요. 언제나 옳으시다고요.」

「여자들이 제게 화를 내는 것을 원치 않아요. 아마 제 뜻을 알릴 어떤 방법을 찾을 수 있겠죠.」

므왕게는 잠시 말을 멈췄다.

「제가 그 여자들에게 키쿠유어를 가르치면 어떨까요?」

「마나모우키는 스승이 될 수 없소. 오직 추장과 문두무구만이 사람들을 가르칠 수 있다오.」

「별로 능률적이지 못하네요. 문두무구나 추장 말고 다른 사람이 뭔가를 제공할 수 있으면 아주 좋을 텐데요.」

「가능하오. 그런데, 내가 질문을 하나 하리다.」

「뭔데요?」

「당신은 능률적으로 살려고 키리냐가에 온 거요?」

므왕게는 한숨을 쉬었다.

「아니요.」

므왕게는 내 말을 인정하더니 잠시 침묵을 지켰다.

「또 다른 건요?」

「없소.」

「그럼 돌아가서 새 천을 짜야겠네요.」

그러라고 고개를 끄덕이자 므왕게는 마을로 통하는 길고 구불구불한 오솔길을 따라 내려갔다.

「제가 문두무구가 되면 어떤 마나모우키도 〈저〉와 논쟁하지 못하게 할 거예요.」

므왕게가 내려가는 모습을 보며 은데미가 말했다.

「문두무구는 이해심도 있어야만 한단다. 므왕게는 여기에 새로 왔기 때문에 아직 배울 게 많은 거야.」

「키리냐가에 대해서요?」

나는 고개를 저었다.

「마나모우키에 대해서 말이다.」

짧은 우기가 지나가기까지 거의 6주 동안 마을은 평화로웠고 아무런 문제도 일어나지 않았다. 그러던 어느 날 아침 마을로 내려가 허수아비들에게 축복을 내릴 준비를 하고 있을 때 세 여자가 오솔길을 따라 내 보마로 올라왔다.

그들은 카다무 노인의 미망인인 사보와 사바나의 둘째 부인인 보리, 그리고 왐부였다.

「이야기 좀 해요, 문두무구.」

왐부가 말했다.

「나는 오두막 앞에서 책상다리를 하고 앉아 그들이 내 맞은편에 앉기를 기다렸다.

「말해 보시오.」

「그 케냐 여자에 대한 거예요.」

왐부가 말했다.

「어? 난 그 문제가 끝난 줄 알았는데?」

「아니에요.」

「그 여자가 당신에게 크항가를 선물하지 않았소?」

「했어요.」

「입지 않고 있구려.」

「안 맞아요.」

「그냥 한 장으로 된 천인데 안 맞는다는 게 말이 되오?」

「안 맞아요.」

왐부는 꿈쩍도 않고 되풀이했다.

나는 어깨를 으쓱했다.

「새로운 문제는 뭐요?」

「그 여자는 키쿠유 전통을 우습게 보고 있어요.」

왐부가 말했다.

나는 다른 여자들을 보며 물었다.

「정말이오?」

사보가 고개를 끄덕였다.
「그 여자는 결혼했는데도 머리를 밀지 않았어요.」
「그리고 오두막에다 꽃을 장식하고요.」
보리가 덧붙였다.
「케냐 여자들에게는 머리를 미는 전통이 없소. 하지만 이젠 내가 그렇게 하라고 시키겠소. 하지만 꽃 문제는 우리 법에 어긋나지 않소?」
「하지만 〈왜〉 꽃을 꽂는 거죠?」
보리가 계속 걸고 넘어졌다.
「꽃을 보는 게 좋은 모양이오.」
내가 말했다.
「하지만 이제는 제 딸년도 꽃을 기르고 싶어 해서 먹을 걸 키우는 게 더 중요하다고 말하면, 무례한 소리를 해대요.」
「그리고 그 케냐 여자는 자기 남편 은코베한테 옥좌를 만들어 줬어요.」
「옥좌?」
내가 되물었다.
「그 여자는 남편이 앉는 걸상에 등받이와 팔걸이를 달았어요. 추장 말고 옥좌에 앉는 남자가 또 있나요? 그 여자는 은코베가 코인나줘를 대신하리라 생각하는 건가요?」
사보가 말했다.
「〈말도 안 돼〉!」
왐부가 호통쳤다.
사보가 계속 말을 이었다.
「그리고 그 여자는 자기가 앉을 옥좌도 만들었어요. 왐부조차도 그런데는 못 앉는데 말이에요.」
「그건 옥좌가 아니라 의자요.」
내가 말했다.

「왜 그 여자는 다른 마을 사람들처럼 걸상에 앉지 않는 거죠?」

사보가 물었다.

「마녀 같아요.」

왐부가 말했다.

「왜 그렇게 생각하는 거요?」

내가 물었다.

「그 여자를 한번 보세요. 그 여자는 긴 우기를 서른다섯 번이나 겪었는데도 등이 곧고 주름살도 없는 데다 이빨도 다 있다고요.」

왐부가 말했다.

「그 여자네 채소는 우리 것보다 더 잘 자라요. 우리가 훨씬 더 열심히 가꾸고 돌보는데도요.」

사보가 덧붙여 말하더니 잠시 말을 멈추었다.

「마녀가 틀림없어요.」

「그리고 그 여자는 아이를 못 낳는 가장 무서운 싸후를 받았는데도 아무렇지도 않은 표정이라고요.」

보리가 말했다.

「그리고 그 여자의 새로운 옷은 여전히 우리들 것보다 아름다워요.」

사보가 뚱하니 불평을 해댔다.

「맞아요. 이제 제 남편 사바나는 자기 키코이가 은코베 것처럼 산뜻하고 부드럽지 않다고 제게 불평을 늘어놓는다고요.」

보리가 동의했다.

「그리고 제 딸년들은 모두 걸상보다는 옥좌에 앉고 싶어해요. 제가 그년들에게 땔감도 겨우 구하고 있다고 했더니 옥좌가 더 중요하다고 말하더군요. 고개를 빳빳이 들고 말이에요. 제 딸년들은 이제 어른을 존경하지 않아요.」

사보가 덧붙여 말했다.
「젊은 여자들은 모두가 그 여자 말을 들어요. 〈그 여자〉가 마치 추장의 아내인 것처럼요. 실은 아이도 못 낳는 마나모우키인데 말이에요. 할아버지께서는 그 여자를 쫓아 버려야 한다고요.」
왐부가 불평을 해댔다.
「왐부 당신, 지금 내게 명령하는 거요?」
나는 부드럽게 물었지만, 다른 두 여자는 그 즉시 조용해졌다.
「그 여자는 사악한 마녀라고요. 그러니 내쫓아야 해요.」
너무나 격분한 나머지 문두무구를 거역하는 두려움을 잊은 왐부가 계속 주장했다.
「그 여자는 마녀가 아니오. 만약 마녀라면 당신들의 문두무구인 내가 분명히 알아차렸을 것이기 때문이오. 그 여자는 단지 우리 방식을 배우려고 노력하는, 당신이 말한 대로 아이를 못 낳는 무서운 싸후를 받은 마나모우키에 불과하오.」
「마녀보다는 못할지 몰라도 그냥 마나모우키는 넘어요.」
사보가 말했다.
「어떤 식으로 말이오?」
「여하튼 그래요.」
사보는 언짢은 표정으로 대답했다.
그 표정이 모든 것을 다 말해 주었다.
「그 여자한테 다시 한 번 말해 보겠소.」
「머리를 밀라고 할 건가요?」
왐부가 따지듯 물었다.
「그렇소.」
「오두막에서 꽃을 없애라고도요?」
「상의해 보리다.」

「은코베에게 그 여자를 가끔씩 때리라고 말해 주세요. 그래야 그 여자가 추장의 아내처럼 행동하지 않을 거예요.」

사보가 덧붙였다.

「그 남자가 정말 안됐어요.」

보리가 말했다.

「은코베 말이오?」

보리는 고개를 끄덕였다.

「그런 여자와 함께 살아야 하는 저주를 받은 데다가 아이도 없으니까요.」

「그 남자는 좋은 사람이에요. 그런 케냐 여자보다 훨씬 더 좋은 여자랑 살 자격이 있어요.」

사보가 동의했다.

「내가 알기론 그 사람은 므왕게와 사는 것을 무척 행복해하고 있소.」

「그게 그 사람이 불쌍한 가장 큰 이유예요. 그렇게나 멍청하다니.」

왐부가 말했다.

「여기 찾아온 게 므왕게 때문이요, 아니면 은코베 때문이오?」

「하려던 말은 다 했어요.」

왐부가 일어나며 말했다.

「뭔가 조치를 취하셔야만 해요, 문두무구.」

「그 문제에 대해 연구해 보리다.」

시보는 왐부를 따라 마을로 통하는 오솔길을 내려갔다. 그러곤 보리만이 남았다. 평생 땔감을 나르느라 등이 굽고, 세 명의 아들과 다섯 명의 딸을 낳느라 배는 축 늘어졌으며, 치아는 아홉 개밖에 남지 않은 데다가 어릴 때 앓았던 병 때문에 다리가 굽은, 이제 겨우 서른네 번의 긴 우기를 지낸 보리는 잠시 내 앞에 서 있었다.

「그 여자는 정말로 〈마녀〉예요, 코리바 할아버지. 한눈에 아실 거예요.」

그 말을 남기고, 보리도 언덕을 내려가 마을로 돌아갔다.

나는 한 번 더 므왕게를 내 보마로 불렀다.

므왕게는 나긋나긋하고 날씬하고 활력이 넘치는, 처녀같이 우아한 걸음걸이로 오솔길을 올라왔다.

「몇 살이시오, 므왕게?」

그녀가 다가오자 내가 물었다.

「서른여덟이오.」

「하지만 사람들한테는 서른다섯이라고 말해요.」

므왕게는 살짝 웃으며 덧붙였다. 그녀는 잠시 그대로 서 있었다.

「그 때문에 절 부르신 건가요? 제 나이 이야기를 하시려고요?」

「아니오, 앉으시오, 므왕게.」

므왕게는 내가 아침에 피웠던 모닥불의 재 옆에 앉았고 나는 그녀 맞은편에 쪼그리고 앉았다.

「키리냐가에서 지내는 새 삶은 어떠시오?」

내가 먼저 말을 꺼냈다.

「아주 좋아요. 친구도 많이 생겼고 케냐에서 누렸던 편의 시설이 조금도 그립지 않아요.」

「그럼 여기서 행복한 거요?」

「아주요.」

「당신 친구에 대해서 말해 보시오.」

「음, 제 가장 친한 친구는 키보인데, 코인나쥐 추장님의 가장 어린 아내죠. 그리고 수미와 칼레나랑 같이 채소밭을 손질하고, 그리고…….」
「더 나이 많은 여자 가운데는 친구가 없소?」
므왕게의 말을 끊고 물었다.
「없어요.」
「왜 그런 거요? 당신 또래의 여자들이 있잖소?」
「서로 이야기할 주제가 없는 듯해요.」
「그 사람들이 당신한테 불친절하게 대하는 거요?」
므왕게는 내 질문을 곰곰이 생각했다.
「은데미의 어머니는 제게 늘 잘해 주세요. 다른 분들도 좀 더 잘해 주실 수도 있겠지만, 제 생각에는 그분들 대부분이 첫 번째 아내여서 집안일에 바빠서 그러지 못하시는 것 같아요.」
「그 사람들이 당신을 멀리할 만한 무슨 다른 이유가 있지는 않았소?」
「무슨 말씀이세요?」
므왕게는 갑자기 경계하며 물었다.
「문제가 생겼소.」
「네?」
「나이 든 여자 중 몇 명이 당신에게 화가 나 있소.」
「제가 이주자라서요?」
나는 고개를 흔들었다.
「그래서가 아니오.」
「그럼 왜요?」
므왕게는 계속 물어 왔다. 정말 궁금해하며.
「이곳에는 무척 엄격한 사회 질서가 있는데 당신이 아직 적응하지 못했기 때문이라오.」
「전 아주 잘 적응했다고 생각했는데요.」
므왕게는 변명하듯 말했다.
「빼먹은 게 있소.」

「예를 들어 주세요.」

나는 그녀를 바라보았다.

「키쿠유의 아내는 머리를 밀어야 한다는 사실을 알 거요. 하지만 당신은 그렇게 하지 않았소.」

므왕게는 한숨을 쉬더니 자신의 머리카락을 만졌다.

「알아요. 그렇게 할 작정이었어요. 하지만 전 제 머리카락을 너무 좋아하거든요. 오늘 저녁에 밀어 버리겠어요.」

므왕게는 안심했다는 표정이었다.

「그게 단가요?」

「아니오. 그건 단지 문제의 표면에 불과하오.」

「그럼 이해가 안 돼요.」

「설명하기가 어렵소. 당신이 만든 크항가는 다른 사람들 것보다 훨씬 예쁘오. 당신 채소밭은 더 결실이 좋소. 당신은 왐부와 비슷한 나이이지만 그 여자의 딸보다도 더 젊어 보이오. 이런 모든 것 때문에 그 사람들은 마음속으로 당신을 멀리하고 당신이 마나모우키 이상의 무엇이라고 생각하는 거요. 그 사람들도 무엇 때문인지 딱 꼬집어 말하지는 못하지만 분명히 감은 잡고 있을 거요. 결론을 내리자면, 만약 당신이 뭔가를 더 〈잘해 내면〉 그 때문에 그 사람들은 자신들이 더 〈못하다〉고 느낀다는 거요.」

「제가 뭘 어떻게 해야 하나요? 누더기를 입고 제 채소밭이 시들도록 놔둬야 하나요?」

「그게 아니오. 그런 뜻이 아니오.」

「그럼 어떻게 해야 하나요? 제가 유능하기 때문에 그 사람들이 제게서 위협을 느낀다고 하셨잖아요.」

므왕게는 잠시 말을 멈추었다.

「〈할아버지〉는 유능하신 분이세요. 할아버지는 유럽과 미국에서 공부를 했고 읽고 쓸 줄 알며 컴퓨터를 다룰 줄도 알죠. 하지만 할아버지는 자기 재능을 숨길 필요가 없다는 것을 전 알고 있어요.」

「나는 문두무구요. 나는 내 언덕에서 혼자 살고 있소. 마을에서 떨어져서 말이오. 그리고 마을 사람들은 경외심과 공포심을 느끼며 나를 보고 있소. 이것은 문두무구의 역할이지, 마을에서 살면서 부족의 사회 질서를 따라 자기 자리를 발견해야만 하는 마나모우키의 역할이 아니란 말이오.」

「전 지금 말씀하신 대로 하려고 노력하고 있어요.」

므왕게는 당황하며 말했다.

「너무 열심히 노력하지는 마시오.」

「저보고 무능해지라고 말씀하시는 게 아니라면, 전 무슨 말인지 아직도 모르겠어요.」

「다른 사람들과 달라서는 조화를 이룰 수가 없소. 예를 들어, 당신이 집에 꽃을 가지고 오는 걸 알고 있소. 물론 꽃은 향기도 좋고 보기에도 좋지만 마을에 있는 다른 여자들은 꽃으로 자기 오두막을 장식하지 않소.」

「그렇지 않아요. 수미는 하는걸요.」

「만약 그렇다면, 수미는 〈당신〉을 따라 하는 거요.」

내가 지적했다.

「당신 혼자 그러는 것보다 다른 여자들이 따라 하기 때문에 나이 든 여자들이 더욱 위협을 느낀다는 사실을 알고 있소? 그런 행동은 그 여자들의 권위에 대한 도전이라오.」

므왕게는 내 말을 이해하려고 노력하며 나를 빤히 바라봤다.

「그 여자들은 현재 부족에서 차지하고 있는 위치를 얻기 위해 온 생애를 바쳤소. 그리고 이젠 당신이 여기에 와서 그 사람들의 권위를 무시하며 살고 있소. 우리는 사람이 많이 필요한 새 세상에 와 있소. 하지만 당신은 아이를 낳지 못하는 데 대해 부끄러워하거나 슬퍼하지 않고 있소. 그것이 무시무시한 싸후가 아니라는 듯이 행동하고 있소. 그러한 행동은 우리의 관습과 어긋나는 거요. 마치 당신 집을 꽃으로 치장하고 크항가에 복잡한 무늬를 넣는 것이 우리의 관습에 어긋나듯 말이오. 그래서 그 여자들이 위협을 느끼는 거요!」

「아직도 어떻게 해야 할지를 모르겠군요. 저는 제 원래 크항가를 왐부에게 주었지만 그 여자는 그것을 입지 않았어요. 그리고 보리에게는 어떻게 해야 채소밭에서 많은 수확을 얻을 수 있는지 가르쳐 주었지만, 그 여자는 들으려 하지 않았어요.」

「당연히 그랬을 거요. 첫 번째 아내는 마나모우키의 충고를 들으려 하지 않소. 추장이 이제 갓 할례를 받은 젊은이의 충고를 받아들이지 않는 것 이상으로 말이오. 당신은 단지,」

여기서 나는 영어로 바꿔 말했다. 스와힐리어에는 적당한 단어가 없었기 때문이다.

「저자세를 유지하시오. 그렇게 하면 조만간 모든 문제가 해결될 거요.」

므왕게는 내가 말한 것을 생각하며 잠시 동안 아무 말 없이 가만히 있더니 마침내 입을 열었다.

「노력할게요.」

「그리고 만약 뭔가 다른 사람의 눈길을 끌 만한 일을 〈해야만 한다면〉 다른 사람 감정을 상하지 않게끔 하시오.」

「저는 감정을 〈상하게 하고〉 있는 줄조차 몰랐는걸요. 눈길을 끄는 일을 하면서도 다른 사람 감정을 상하지 않게 하려면 어떻게 해야 하나요?」

「방법이 있소. 예를 들어, 당신이 만든 의자를 봅시다.」

「그이는 오랫동안 등에 경련이 있었어요. 제가 의자를 만든 건 남편이 걸상에 오래 못 앉아 있기 때문이에요. 의자를 싫어하는 여자들이 있다고 해서 제 남편이 아프도록 내버려 둬야 하는 건가요?」

「아니오. 젊은 여자들에게는 당신 남편이 의자를 만들라고 명령했다고 말할 수 있소. 그러면 당신은 욕을 먹지 않을 거요.」

「그러면 남편이 욕을 먹겠죠.」

나는 머리를 설레설레 흔들었다.

「그런 면에서, 이곳 남자는 여자보다 훨씬 더 자유롭소. 자기의 편의를 위해 자기 마나모우키에게 명령한 남자를 욕하지는 않소.」

내가 한 말을 므왕게가 이해할 때까지 충분히 기다린 다음 나는 다시 말을 이었다.

「이해하시겠소?」

므왕게는 한숨을 쉬며 대답했다.

「네.」

「그럼 내가 말한 대로 할 거요?」

「이웃들과 평화롭게 살려면 그래야만 하겠군요.」

「언제나 대안이라는 것은 있소.」

므왕게는 세차게 머리를 가로저었다.

「저는 평생을 이런 곳을 꿈꾸며 살았어요. 이제 그 누구도 저를 여기서 쫓아낼 수는 없어요. 제가 해야 하는 일은 뭐든지 다 할 겁니다.」

「좋소.」

나는 면담이 끝났다는 신호로 일어나며 말했다.

「그러면 문제는 곧 해결될 거요.」

하지만, 물론, 그렇게 되지 않았다.

나는 다음 2주 동안을 이웃 마을에서 보냈다. 그곳의 추장이 갑자기 죽었기 때문이었다. 죽은 추장에게는 아들이나 형제가 없어서 후계자가 불확실했다. 나는 추장이 되려는 모든 후보자를 면담하고 장로회와 함께 만장일치에 이를 때까지 토론하고 새로운 추장에게 의식용 예복과 머리 장식을 해주는 의식을 주재한 다음, 마을로 돌아왔다.

내 보마로 올라왔을 때 오두막 바로 바깥쪽엔 여자 한 명이 앉아 있었다. 좀 더 다가가 보니, 은데미의 어머니인 시마였다.

「잠보, 코리바 할아버지.」

「잠보, 시마.」

「정정하시네요. 제 생각대로네요.」

「온종일 걸어다닌 늙은이가 정정할 리가 있겠소?」

나는 시마 맞은편에 앉으며 대답했다. 그리고 내 보마 주위를 둘러보았다.

「은데미가 안 보이는군.」

「오후 동안 마을에 있도록 했어요. 둘이서만 이야기를 하고 싶어서요.」

「은데미에 관한 일이오?」

시마는 고개를 가로저었다.

「므왕게에 관한 거예요.」

나는 지쳐서 한숨이 절로 나왔다.

「계속하시오.」

「저는 다른 여자들과 달라요, 코리바 할아버지. 저는 늘 므왕게한테 잘해 주었어요.」

「그렇다는 이야기를 들었소.」

「저한테는 그 여자가 사는 방법이 아무렇지도 않았어요. 어쨌든, 저는 문두무구의 어머니가 될 터이고, 첫 번째 아내는 여러 명이 있겠지만, 문두무구와 문두무구의 어머니는 단

한 명뿐이잖아요.」

「사실이오.」

시마가 찾아온 진짜 용건이 나오길 기다리며 말했다.

「그래서 저는 므왕게 편이었고, 저는 그 여자에게 친절을 베풀었고, 그 여자도 제게 친절로 보답했죠.」

「그런 말을 들으니 기쁘오.」

「그리고 전 그 여자 편이기 때문에 저는 그 여자에게 무척 동정이 갔어요. 아시다시피 그 여자는 아이를 못 낳는 싸후를 받았잖아요. 그리고 제가 보기에 은코베는 꽤 잘사는 남자였기 때문에 새로운 아내를 얻어서 므왕게가 샴바에서 하는 일을 돕고 아들딸을 낳아야 한다고 생각했어요.」

시마는 잠시 말을 멈추었다.

「아시다시피, 제 딸 슈니는 짧은 우기가 오기 전에 할례를 치르잖아요. 그래서 친구로서 그리고 미래의 문두무구의 어머니로서, 은코베가 슈니의 신붓값을 치르는 게 어떻겠냐고 므왕게한테 제안했어요.」

여기서 시마는 또 한 번 말을 멈추고 얼굴을 찡그렸다.

「그랬더니 그 여자는 노발대발하며 제게 소리를 지르더군요. 할아버지께서 그 여자에게 말해야 해요. 은코베처럼 부자인 남자는 아이를 못 낳는 여자 하나와만 살면 안 된다고요.」

「왜 은코베가 부자라는 거요? 그 사람의 샴바는 작고 소도 여섯 마리밖에 없소.」

「엄밀히 말하면 그 사람 가족이 부자죠. 은데미가 말하길 그 사람 가족에게는 씨를 뿌리고 추수를 해주는 하인과 기계가 많이 있다더군요.」

〈눈물나게 고맙군, 은데미 이놈.〉 나는 화가 치밀어 올라 큰 소리로 말했다.

「그런 모든 것들은 지구에 남겨 두고 왔소. 여기 있는 은코베는 가난뱅이오.」

「그 사람이 가난하다고 해도, 계속 가난하지는 않을 거예요. 므왕게는 다른 사람들보다 곡식과 채소를 더 잘 기르니까요. 그건 마치 응가이께서 아이를 못 낳는 싸후에 대한 보상을 주신 것 같아요.」

시마는 나를 빤히 바라보았다.

「그 여자에게 말하셔야 해요. 좋은 일이라고요. 슈니는 아주 온순하고 일도 잘하고 진작부터 므왕게를 무척이나 좋아했던 걸요. 우리는 신붓값을 많이 요구하지도 않을 거예요. 문두무구의 가족은 절대 굶주리지 않는다는 걸 알거든요.」

「왜 은코베가 당신한테 청할 때까지 기다리지 않은 거요? 관습대로 말이오.」

「만약 제가 므왕게한테 제 생각을 말해 주면 그 여자가 그 안에 담긴 지혜를 알아채고는 은코베에게 직접 말해 줄 줄 알았어요. 은코베는 다른 남자들과 달리 자기 아내 말을 잘 들으니까요. 그리고 아이도 낳아 주고 허드렛일을 도와줄 여자를 반겨줄 줄 알았거든요.」

「자, 이제 그 여자에게 당신 생각을 이야기했으니, 그 제안을 받아들이느냐 마느냐는 은코베에게 달린 거요.」

「하지만 그 여자는 말하길, 자기 남편이 다른 여자와 결혼하지 못하게 할 거랬어요.」

시마는 자신의 제안이 거절당했다는 데 대해 격분했다기보다는 어리둥절한 표정으로 말했다.

「마치 남편이 다른 아내를 사는 걸 마나모우키가 막을 수 있는 것처럼 말이에요. 그러니 할아버지께서 그 여자에게 말씀하셔야 해요. 할아버지께서 지적하셔야 해요. 같이 이야기하고 일을 할 여자가 생기는 것에 감사해야 하고, 은코베 단지 그 여자가 받은 저주 때문에 아버지도 되어 보지 못하고 죽길 바라서는 안 된다고요.」

시마는 잠시 머뭇거리더니, 결론을 내렸다.

「그리고 시간이 지나면 슈니가 문두무구의 누나가 된다는 사실도 상기시켜야 해요.」

「므왕게의 장래를 그토록 걱정해 주니 정말 기쁘오.」

마침내 내가 말했다.

시마는 내 목소리에 담긴 빈정거림을 눈치챘다.

「제 귀여운 딸 슈니를 걱정하는 게 그토록 잘못된 일인가요?」

「아니오. 잘못된 게 아니오.」

「아!」

마치 뭔가 중요한 걸 깨달았다는 듯이 시마가 말했다.

「므왕게한테 말할 때 그녀의 이름이 제 여동생 이름과 똑같다는 걸 상기시켜 주세요.」

「나는 므왕게한테 아무 말도 안 할 거요.」

「네?」

「당신이 지적한 대로, 이건 그 여자 일이 아니오. 은코베와 이야길 하겠소.」

「슈니 이야기를 하시겠죠?」

시마는 계속 물고 늘어졌다.

「은코베와 이야길 하겠소.」

나는 애매하게 대답했다.

시마는 일어나 떠날 채비를 했다.

「부탁 하나 들어주시오, 시마.」

「네?」

나는 고개를 끄덕였다.

「은데미를 즉시 내 보마로 보내 주시오. 그 아이가 해야 할 일이 많소.」

「방금 돌아왔는데 어떻게 아세요?」
「나는 아오.」
나는 단호하게 대답했다.
시마는 아이가 걱정스러운지 내 보마를 둘러보았다.
「자질구레한 일들은 다 되어 있는걸요.」
「그럼 내가 뭔가를 만들겠소.」

오후에 나는 마을로 내려갔다. 시보키 노인이 관절 통증을 완화시킬 고약을 달라고 했고, 은조로와 상고라의 공동 소유인 암소가 최근에 송아지를 낳았는데 그 녀석이 누구 것인지 다툼이 일어났다며 이를 해결해 달라고 코인나쥐가 요청했기 때문이었다.

그곳에서 볼일을 마친 다음, 나는 허수아비에게 주문을 걸었고, 오후 중반쯤 되어 은코베의 샴바로 걸어가 소를 치고 있는 은코베를 만났다.
「쟘보, 코리바 할아버지!」
은코베는 손을 흔들며 인사했다.
「쟘보, 은코베.」
은코베에게 다가가며 내가 대답했다.
「들어가서 폼베 좀 드시겠습니까? 아내가 바로 어제 만든 게 있어요.」
「말은 고맙지만, 오늘같이 더운 오후에는 따뜻한 폼베가 별로라오.」
「아주 차가워요. 아내는 통을 서늘하게 하려고 땅에 묻어 두었답니다.」
「그렇다면 한 잔 주시오.」
나는 그에게 동의한 뒤 보마로 소를 몰고 가는 그와 보조를 맞춰 걸었다.

므왕게는 우리를 기다리고 있었고, 우리를 시원한 오두막 안으로 안내하여 폼베를 따라 주고는 자리를 비키려 했다. 마나모우키는 남자들 이야기를 들어서는 안 되기 때문이었다.

「같이 앉으시오, 므왕게.」

내가 말했다.

「정말이세요?」

므왕게가 말했다.

「그렇소.」

므왕게는 어깨를 으쓱하곤 벽에 등을 기대고 바닥에 앉았다.

「어쩐 일로 오셨습니까?」

조심스레 의자에 앉으며 은코베가 물어 왔고, 그 모습에서 그가 등이 아프다는 사실을 알 수 있었다.

「한 번도 찾아오신 적이 없잖아요.」

「문두무구는 문제없이 잘 살고 있는 사람을 찾아오지는 않소.」

「그럼 이건 특별한 경우군요.」

은코베가 말했다.

「그렇소.」

나는 대답을 하고 폼베를 한 모금 마셨다.

「이건 특별한 경우요.」

「이번에는 뭔가요?」

므왕게가 조심스레 물었다.

「〈이번에는〉이라니 그게 무슨 말이오?」

은코베가 날카롭게 지적했다.

「몇 가지 사소한 문제가 있었소. 당신은 알 필요가 없는 거였소.」

「므왕게와 관계가 있는 거라면 저도 알 필요 있는 겁니다.

저는 장님도 귀머거리도 아니랍니다. 할아버지. 나이 든 여자들이 아내를 싫어하는 건 압니다. 그래서 화가 많이 나 있고요. 아내는 여기에 적응하기 위해 무척 노력했고, 그 여자들과 잘 지내기 위해 타협 이상의 것을 했습니다.」
「당신과 므왕게에 대해 이야기하러 온 게 아니오.」
「네?」
은코베가 의심쩍게 물었다.
「〈남편〉과 관련 있는 문제란 말인가요?」
므왕게가 물었다.
「당신네 둘 다와 관련이 있소. 그것 때문에 내가 여기에 온 거요.」
「좋아요, 코리바 할아버지. 뭐죠?」
은코베가 말했다.
「당신들은 이 사회에 적응해 키쿠유로 살기 위해 열심히 노력했소. 그리고 은코베, 당신이 해야 할 일이 하나 더 남아 있기 때문에 그것을 당신과 의논하려고 여기에 찾아온 거요.」
「뭔가요?」
「마을 사람들은 조만간 당신이 다른 아내를 맞아들이길 요구하고 있소.」
「또 그 말이군요!」
므왕게가 말했다.
「전 제 아내와 이곳에서 아주 행복합니다.」
은코베가 적의를 드러내며 말했다.
「그럴 거요. 하지만 당신은 아이가 없고 므왕게가 나이가 들어가면 그녀가 해야 할 일을 도와줄 누군가가 필요할 거요.」
나는 마지막 폼베를 마시고 말했다.
「그럼 제 말을 좀 들어 보시죠!」
은코베가 말을 가로챘다.

「제가 이곳에 온 이유는 므왕게를 행복하게 해주기 위해섭니다. 하지만 지금까지 마을 사람들은 아내를 따돌리고 멀리하며 뒤에서 쑥덕거렸습니다. 그리고 이제 할아버지께서는 제게 새로운 아내를 맞이하라고 말하고 계십니다. 다른 여자들이 제 아내를 욕하지 않도록요. 하지만 우리는 그럴 필요가 없어요! 저는 케냐에 있는 농장에서도 행복했습니다. 제가 원하면 언제든지 그곳으로 돌아갈 수 있다고요.」

「만약 그래야겠다고 생각한다면, 케냐로 돌아갈 수 있을 거요.」

내가 말했다.

「〈여보〉!」

므왕게가 은코베를 노려보며 말하자 그는 조용해졌다.

「당신들이 여기 머물 필요가 없다는 것은 사실이오. 하지만 당신들은 키쿠유의 세상에서 살고 있는 키쿠유고, 만약 여기에 머물겠다면 키쿠유처럼 행동해야만 하오.」

「키쿠유가 두 번째 아내를 꼭 맞이해야만 한다는 법은 없습니다.」

은코베가 뚱하니 한마디 던졌다.

「그렇소, 그런 법은 없소. 또한 키쿠유 남자가 꼭 아버지가 되어야 한다는 법도 없소. 하지만 이런 것들은 우리의 전통이고 당신은 이 전통을 지켜야만 하는 거요.」

「집어치워요!」

은코베가 영어로 반발을 했다.

므왕게는 손으로 그를 막으며 말했다.

「친구 중에 숲 저편에 살고 있는 젊은 전사가 있어요. 왜 〈그 사람들〉은 젊은 여자와 결혼하지 않는 거죠? 왜 마을에 있는 남자들만 여자들을 독점하는 거죠?」

「그 사람들은 부인을 살 만한 여유가 없소. 그래서 혼자 사는 거요.」
「그건 〈그 사람들〉 문제죠.」
은코베가 말했다.
「저는 공동의 조화라는 이름 아래 여러 가지를 희생해 왔어요. 하지만 이번에는 너무하시는군요, 코리바 할아버지. 저희는 이제까지 살아온 방식으로도 행복했고 계속 그렇게 살며 이곳에 머물러 있고 싶어요.」
므왕게가 말했다.
「계속 행복할 순 없을 거요.」
내가 말했다.
「무슨 뜻이죠?」
므왕게가 물었다.
「다음 달엔 할례 의식이 있는데 그것이 끝나면 많은 여자 아이들이 결혼할 자격을 갖게 되오. 그리고 당신은 아이를 낳을 수 없기 때문에, 분명히 많은 사람들이 당신 남편에게 신붓값을 내고 자기 딸을 사가라고 제의해 올 거요. 물론 한두 번쯤은 거절할 수 있을 거요. 하지만 남편이 계속 거절을 한다면 마을 사람 대부분이 적이 될 것이오. 사람들은 당신 남편이 케냐에서 왔기 때문에 이곳 여자는 자기에게 모자라게 여긴다고 생각할 거요. 그리고 우리가 살고 있는 이 행성에서 남편이 아이를 번성케 하길 거부하는 데 더욱 적의를 느낄 거요.」
「그러면 제가 마을 사람들에게 이유를 설명하겠어요.」
은코베가 말했다.
「마을 사람들은 이해를 못 할 거요.」
내가 대답했다.
「맞아요, 이해 못 할 거예요.」
므왕게가 처량한 표정으로 동의했다.

「그렇다면 저 같은 사람도 있다는 걸 배워야만 합니다.」

은코베가 단호히 말했다.

「그리고 당신은 침묵과 증오에 둘러싸여 사는 법을 배워야만 할 거요. 케냐에서 이곳으로 올 때 그런 삶을 원했소?」

「천만에요! 하지만 그 무엇도 저를······.」

「생각해 볼게요.」

므왕게가 말을 가로챘다.

은코베는 깜짝 놀라 자기 아내 쪽으로 고개를 돌렸다.

「무슨 말을 하는 거요?」

「생각해 보겠다고 말했어요.」

므왕게가 다시 말했다.

「그것이 내가 원하는 거요.」

나는 말을 마치고 일어나 오두막 문 쪽으로 걸어 나왔다.

「할아버진 너무나도 많은 걸 바라세요.」

므왕게가 씁쓸하게 말했다.

「나는 아무것도 바라지 않소. 단지 제안할 뿐이오.」

「문두무구 입에서 나오는 말이면, 그 둘 사이에 무슨 차이가 있겠어요?」

나는 대답하지 않았다. 사실, 전혀 차이가 없었기 때문이었다.

「기분이 안 좋아 보이시네요, 코리바 할아버지.」

은데미가 말했다.

은데미는 방금 전에 내 닭과 염소에게 먹이 주는 일을 끝내고 와 아카시아 나무 그늘 아래 내 옆에 앉아 있었다.

「그렇단다.」

「므왕게 아주머니 때문이군요.」

은데미는 고개를 끄덕이며 말했다.

231

「그렇단다.」
내가 동의했다.
그녀와 은코베를 방문한 지 2주가 지났다.
「오늘 아침에 할아버지 물통을 채우러 강에 갔다가 그 아주머니를 만났어요. 그 아주머니도 기분이 안 좋아 보였어요.」
「그렇단다. 하지만 내가 해줄 수 있는 일은 아무것도 없구나.」
「하지만 할아버지는 문두무구시잖아요.」
「그렇지.」
「할아버지는 가장 힘센 사람이잖아요. 분명히 그 아주머니가 더는 슬프지 않게 하실 수 있을 거예요.」
나는 한숨을 쉬었다.
「문두무구는 사람들 가운데 가장 강력하면서도 가장 나약한 존재란다. 므왕게의 경우, 난 가장 힘없는 존재지.」
「이해가 안 되네요.」
「법을 해석할 때 문두무구는 가장 강력하면서도 또한 가장 나약한 존재란다. 문두무구는 누구보다도 먼저 그 법에 의해 제약을 받기 때문이란다. 무슨 일이 일어나도 말이야.」
나는 잠깐 말을 멈추었다.
「그 여자가 그저 평범한 마나모우키가 되기보다는 원하는 걸 하며 살겠다고 한다면 난 그대로 내버려 둘 거란다. 그리고 마나모우키가 되는 데 실패하면 그 여자를 케냐로 돌려보낼 거란다.」
나는 다시 한숨을 쉬었다.
「하지만 그 여자는 여기서 일생을 보낼 작정이기 때문에 마나모우키처럼 행동할 것이 틀림없단다. 그리고 그 여자는 아직 법을 깬 적이 없으니, 나에겐 어떻게 쫓아낼 방법이 없구나.」

은데미는 얼굴을 찡그렸다.
「문두무구가 되는 길은 제가 생각한 것보다 훨씬 더 어렵군요.」
나는 웃으며 손을 아이 머리 위에 얹었다.
「내일은 네게 상처를 치료하는 고약 만드는 법을 가르쳐 주마.」
「정말요?」
은데미의 얼굴이 밝아졌다.
나는 고개를 끄덕이며 말했다.
「네가 방금 한 말은 네가 더는 어린아이가 아니라는 증거란다.」
「저는 우기가 몇 번이나 지나기 전부터 이미 어린아이가 아니었다고요.」
은데미가 항의했다.
「아무 말 말거라. 안 그러면 계속 풍년을 기원하는 주문만 가르쳐 줄 테다.」
나는 아이에게 심술궂게 웃으며 말했다.
은데미는 즉시 조용해졌고, 나는 저 멀리 사바나에서 소용돌이치는 먼지기둥이 건조한 평원을 건너오는 장면을 바라다보며 므왕게 문제를 어떻게 해야 하는지에 대해 아마 수천 번은 생각했던 것 같다.
얼마나 오랫동안 내가 꼼짝 않고 앉아 있었는지 모르겠지만, 어느 순간 은데미는 내 어깨를 감싸고 있던 담요를 끌어당겼다.
「여자들이오.」
「뭐라고?」
나는 은데미의 말을 이해할 수 없었다.
「마을에서요.」

은데미는 내 보마로 통하는 길을 가리키며 말했다.

은데미가 가리키는 곳을 보니 네 명의 마을 여자들이 다가오고 있었다.

왐부, 사보, 보리와 함께 이번에는 키모다의 두 번째 아내인 모리나가 있었다.

「자리를 비켜 드릴까요?」

나는 고개를 저었다.

「문구무구가 될 작정이라면, 문두무구의 문제에 대해 들어볼 좋은 기회지.」

네 명의 여자는 내 앞 3미터쯤 되는 곳에서 멈춰 섰다.

「쟘보.」

나는 그들을 빤히 쳐다보며 말했다.

「그 케냐 마녀를 내쫓아야 해요!」

왐부가 말했다.

「그 일은 예전에 결론을 냈소.」

내가 말했다.

「하지만 지금 그 여자는 법을 어겼어요.」

왐부가 말했다.

「뭐라고? 어떤 식으로 말이오?」

왐부는 모리나를 낚아채더니 내 앞으로 가까이 떠밀었다.

「말씀드려.」

왐부가 의기양양하게 말했다.

「그 여자가 제 딸에게 주술을 걸었어요.」

내 앞에 서는 게 거북살스럽다는 표정으로 모리나가 말했다.

「므왕게가 어떻게 당신 딸에게 주술을 걸었소?」

내가 물었다.

「제 딸 뮤리는 착하고 말 잘 듣는 아이였어요. 그 아이는 언제나 저를 도와 곡식을 빻고, 제가 밭에 나가 일을 할 때면 남동생 둘을 착실히 돌보고, 밤이 되면 하이에나가 보마에 들어와 염소와 소를 죽이지 못하도록 보마의 가시 대문을 꼭 잠갔어요.」

모리나는 잠깐 말을 멈추었고, 울지 않으려고 무척이나 애쓰고 있었다.

「저번 긴 우기 때 아이가 했던 말이라고는 다가오는 아이의 할례식과 신붓값을 내고 자기를 데려가길 바라는 사람에 대한 거였어요. 딸아이는 정말로 어떤 어머니라도 자랑스러워할 만한 그런 아이였어요.」

모리나의 눈에서는 눈물 한 방울이 뺨을 타고 내려왔다.

「그리고 그 케냐 여자가 왔고, 뮤리는 그 여자랑 같이 지내더니, 이제는······.」

갑자기 눈물이 줄기를 이루었다.

「이제 아이는 할례를 안 받겠다고 말하고 있어요. 결혼도 안 하고 아이도 안 낳고 늙어 죽을 거래요.」

모리나는 더 말을 잇지 못하고 주먹으로 가슴을 내려치기 시작했다.

「그게 전부가 아니에요.」

왐부가 덧붙였다.

「뮤리가 할례를 받지 않으려는 이유는 그 케냐 여자가 할례를 받지 않았기 때문이죠. 그럼에도 그 케냐 여자는 키쿠유 남자와 결혼했고 그 남자의 마나모우키처럼 살려고 하고 있죠.」

왐부는 나를 노려보았다.

「할아버지, 그 여자는 법을 어겼어요! 그 여자를 내쫓아버려야 해요!」

「나는 문두무구요. 어떻게 할지는 내가 결정하겠소.」

나는 엄하게 대꾸했다.
「무엇을 해야 할지 〈아시잖아요〉!」
왐부가 펄쩍 뛰며 말했다.
「됐소. 그만하시오.」
 감히 내 말을 거역하지는 못한 채 나를 노려만 보던 왐부는 마침내 등을 돌려 마을로 통하는 길을 으스대며 내려갔고 사보와 여전히 통곡하고 있던 모리나가 그 뒤를 따랐다.
 보리는 잠시 그대로 서 있더니 내게 돌아섰다.
「제가 전에 말한 대로예요, 코리바 할아버지. 그 여자는 정말로 마녀예요.」
 보리는 거의 변명하듯 말했다.
 그 말을 남기곤 보리도 마을로 내려갔다.
「어떻게 하실 건가요, 할아버지?」
 은데미가 물었다.
「법은 분명하단다. 할례받지 않은 여자는 키쿠유의 부인이 될 수가 없지.」
「그러면 아주머니를 키리냐가에서 내쫓으실 건가요?」
「선택을 하라고는 하겠지만, 떠나는 쪽을 택했으면 좋겠구나.」
「너무해요. 아주머니는 좋은 마나모우키가 되려고 무척 열심히 노력했다고요.」
「안단다.」
「그런데 왜 응가이께서는 아주머니에게 그런 불행을 내리시는 건가요?」
「어떤 때는 노력하는 것만으로는 부족하기 때문이지.」

 우리, 즉 므왕게, 은코베, 나는 헤이븐으로 가서 유지 위원회의 우주선이 도착하기를 기다렸다.

「일이 잘 풀리지 않아 정말 유감이라오.」

내가 진심으로 말했다.

「이런 식으로 끝나지 않아도 됐는데…….」

므왕게가 씁쓸하게 말했다.

「선택의 여지가 없었소. 만약 우리가 여기 키리냐가에서 유토피아를 만들려면 이곳의 법을 지켜야만 하오.」

「법이라고 다 옳은 것은 아니에요, 할아버지. 저는 여기서 살기 위해 거의 모든 것을 다 포기할 수는 있지만, 말도 안 되는 관습 때문에 저를 불구로 만들 수는 없어요.」

므왕게가 말했다.

「우리의 전통이 없다면 우리는 키쿠유가 아니라 단지 또 다른 세계에 살고 있는 케냐인일 뿐이오.」

내가 지적했다.

「전통과 정체는 서로 다른 거예요, 할아버지. 만약 할아버지께서 전자의 이름으로 취향과 행동의 변화를 제약한다면 단지 후자를 택하는 것일 뿐이에요.」

므왕게는 잠시 말을 멈추었다.

「저는 이 사회의 좋은 일원이 될 수 있었어요.」

「하지만 불쌍한 마나모우키였을 거요. 사자와 마찬가지로 표범 역시 은밀한 사냥꾼이나 무시무시한 무법자라고 할 수는 있더라도 표범에게 사자의 자부심이 있다고는 할 수 없잖소.」

「사자와 표범은 옛날에 멸종됐어요, 할아버지. 우리는 사람에 대해 말하는 거예요, 동물이 아니라요. 그리고 아무리 많은 규칙을 당신들이 만들고 아무리 많은 전통에 호소한다고 할지라도 모든 사람들이 똑같이 생각하고 느끼게 할 수는 없어요.」

「왔소.」

유지 위원회의 우주선이 옅은 구름을 뚫고 나타나자 은코베가 말했다.
「〈크와헤리〉, 은코베」
내가 손을 뻗으며 잘 가라고 말했다.
은코베는 잠시 내 손을 경멸하듯 내려다보더니, 등을 돌리곤 유지 위원회의 우주선을 계속 바라보았다.
나는 므왕게에게 몸을 돌렸다.
「전 노력했어요, 할아버지. 정말로요.」
「누구도 그렇게 열심히 한 적이 없었소. 크와헤리, 므왕게.」
므왕게는 나를 빤히 바라보더니 갑자기 얼굴에서 표정이 사라졌다.
「안녕, 할아버지. 그리고 제 이름은 완다랍니다.」
그녀는 영어로 말했다.

이튿날 아침 시마가 찾아와 슈니가 예정된 구혼자를 거부했다고 불평했다.
이틀 뒤, 왐부는 내게 와서 코인나쥐의 가장 어린 아내인 키보가 자기 오두막을 여러 가지 색의 띠로 장식했고 머리카락을 기르기 시작했다고 불평을 늘어놓았다.
그리고 그날 아침, 아들 하나만 있는 키미는 아이를 더는 낳지 않겠다고 선언했다.
「다 끝났다고 생각했는데…….」
나는 크게 실망한 키미의 남편 상고라가 마을로 통하는 오솔길을 내려가는 모습을 보며 한숨을 내쉬었다.
「할아버지께서 실수를 했기 때문이지요.」
「무슨 소리냐?」
「할아버지는 잘못된 이야기를 믿었기 때문이죠.」
젊은이다운 확신으로 은데미가 대답했다.
「그래?」

은데미는 고개를 끄덕였다.
「할아버지는 못난이 물소 이야기를 믿으셨어요.」
「그러면 어떤 이야기를 믿어야 했지?」
「문두무구와 뱀에 대한 이야기요.」
「왜 한 이야기가 다른 이야기보다 더 믿을 만한 가치가 있다고 생각하느냐?」
내가 은데미에게 물었다.
「문두무구와 뱀 이야기는 우리가 응가이께서 만드신 것을 몰아낼 수 없다는 교훈을 가르쳐 주지 않나요?」
「사실이지.」
은데미는 빙긋 웃더니 손가락 세 개를 펴 보였다.
「슈니, 키보, 키미. 이미 뱀 세 마리가 돌아왔어요. 아직 아흔일곱 마리가 남아 있고요.」
갑자기 은데미의 말이 맞을 것 같다는 불길한 예감이 들었다.

5
메마른 강의 노래
2134년 6~11월

응가이께서 왜 모든 신들 가운데서 가장 강력한 신이신지 말해 주겠다.

  영겁의 세월 전, 유럽인들은 사악했으며 이에 유럽인들의 신은 그들을 벌하기로 결심하고 40일 밤, 40일 낮 동안 비를 내려 온 땅을 물로 뒤덮었다. 이 때문에 유럽인들은 그들의 신이 응가이보다 더 강력하다고 여긴다.

  물론 온 땅을 물로 뒤덮는 일이 쉬운 일은 아니지만, 선교사들이 키쿠유족에게 노아의 방주 이야기를 했을 때, 우리 키쿠유족은 유럽인의 신이 응가이보다 더 강력하다는 그 어떤 느낌도 받을 수 없었다.

  응가이께서는 물이 모든 생명의 근원임을 알고 계시기 때문에 당신께서 우리를 벌하려 하실 때에는 땅을 물로 덮지 않으신다. 대신, 당신께서는 공기와 흙에서 모든 습기를 완전히 빨아들이신다. 강은 메마르고 곡식은 타죽으며 소와 염소는 목말라 죽어나간다.

  유럽인의 신이 홍수를 만들었는지 모르겠지만, 가뭄을 만드신 분은 응가이시다.

이래도 우리가 응가이를 두려워하고 경배하지 않을 수 있겠는가?

우리는 키쿠유족의 유토피아를 만들기 위해 케냐로부터 지구화한 행성 키리냐가로 이주해 왔다. 우리의 유토피아는 유럽인들이 우리 문화를 타락시키기 전, 단순하게 농사를 지으며 살던 때를 반영한 사회이며, 대체로 우리는 이것에 성공했다.

그렇지만 어딘가 삐걱거릴 때가 있으며 그럴 때면 나는 문두무구로서, 키리냐가가 원래 의도했던 기능을 제대로 수행할 수 있도록 내 모든 능력을 쏟아 부어야 했다.

내가 사람들에게 저주를 내리던 바로 그날 아침, 내 어린 조수 은데미는 또다시 늦잠을 자서 내 닭에게 모이를 주지 못했다. 게다가 나는 마을까지 멀고도 힘든 걸음을 해야만 했다. 다음번 긴 우기가 올 때까지, 혹사당했던 땅을 쉬게 하라던 내 명령을 정면으로 어기고 사람들이 그 땅에 옥수수를 심었기 때문이었다. 나는 그 땅은 지력을 회복할 시간이 필요하다고 사람들에게 다시 한 번 더 설명해 주었지만, 그곳을 떠나면서 아무래도 다음 주나 다음 달에 한 번 더 같은 소리를 해야 하리라는 확실한 예감이 들었다.

집으로 돌아오는 길에는, 자기 들에 물을 대기 위해 시냇물 방향을 바꾼 응고나와, 이 때문에 자기 들에 물이 부족해 작물들이 말라죽고 있다고 주장하는 카마키가 서로 싸우고 있는 것을 말려야만 했다. 누군가가 시냇물 방향을 바꾸려고 한 것이 이번으로 열한 번째였고 나는 열한 번 내내 시냇물은 마을 전체의 소유라고 화를 내며 설명했다.

그리고 내가 자기 아들 결혼식을 주재해 준 대가로 살진 염소 두 마리를 보내기로 한 사벨라는 너무나 못 먹어서 뼈

빼 마른 게 차마 염소라고도 할 수 없는 놈을 두 마리 보내왔다. 나는 어지간해서는 화를 내지 않는 축에 속했지만, 자기들은 최상의 가축을 기르면서 내게는 반쯤 죽어 가는 소나 염소를 보내는 사람들에게 신물이 났기 때문에, 제대로 된 염소를 보내지 않으면 그 결혼을 취소시키겠다고 사벨라에게 으름장을 놓았다.

마지막으로는, 은데미의 어머니가 자기 아들이 문두무구가 되는 수업에 너무나 많은 시간을 쏟고 있기 때문에 자기 집 소를 칠 시간이 없다고 불평을 했다. 은데미에게는 튼튼하고 힘센 형제가 셋이나 있는데도 말이다.

내가 마을을 지나갈 때는 여러 명의 여자들이 재미있다는 듯한 표정으로 나를 빤히 바라보았다. 마치 내가 모르는 어떤 비밀이라도 알고 있다는 듯이. 마침내 길고 구불구불한 오솔길을 따라 내가 사는 언덕에 도착했을 즈음, 나는 〈모든〉 사람들에게 화가 나 있었다. 내가 간절히 바라는 일은 단지 혼자 보마에서 하루의 더께를 씻어 낼 폼베나 한 바가지 마시는 것뿐이었다.

언덕에서 흘러나오는 노랫소리를 듣고, 나는 은데미가 와서 오후에 해야 할 허드렛일을 하는 줄로만 알았다. 하지만 점점 더 가까이 가보니, 그것은 여자의 목소리였다.

손으로 햇빛을 막으며 앞쪽을 살펴보았더니 쭈글쭈글한 노파가 내 언덕 중간쯤에 있는 아카시아 나무 아래에다 크고 작은 가지를 서로 엮어 벽을 만들면서 부지런히 오두막을 짓고 있었다. 노래를 하고 있는 이는 바로 그 노파였다. 나는 깜짝 놀라 잠시 내 눈을 의심했다. 문두무구의 언덕에는 문두무구를 제외한 그 누구도 살 수 없다는 사실을 다들 알고 있었기 때문이었다.

그 노파는 나를 보더니 싱긋 웃으며 마치 아무것도 잘못된

게 없다는 표정으로 인사를 했다.
「쟘보, 코리바. 날씨 참 좋지 않우?」
나는 그제서야 그 노파가 마을의 대추장 코인나쥐의 어머니인 뭄비임을 알아챘다.
「여기서 뭐하는 거요?」
나는 뭄비에게 다가가며 따지듯 물었다.
「보다시피, 오두막을 짓고 있다우. 이젠 우린 이웃이라우, 코리바.」
나는 고개를 저었다.
「나는 이웃이 필요 없소. 그리고 당신은 이미 코인나쥐의 샴바에 오두막을 가지고 있지 않소?」
담요를 어깨 주위로 더 단단히 여미며 내가 말했다.
「이젠 그곳에서 살고 싶지 않다우.」
「여기서 살면 안 되오. 문두무구는 외떨어져 사는 거요.」
「난 동쪽으로 문을 냈다우. 아침 햇살이 따뜻하게 비치도록 말이우.」
뭄비는 내 말을 무시한 채 강 뒤편으로 넓게 뻗은 사바나를 향해 몸을 돌리며 말했다.
「이건 키쿠유식으로 제대로 만든 것도 아니오. 바람만 좀 세게 불면 이 집은 날아가 버릴 거고, 추위나 하이에나도 막지 못할 거요.」
나는 계속 화를 내며 말했다.
「햇빛과 비는 막아 줄 거요. 다음 주가 돼 내가 좀 더 힘이 생기면 벽에 진흙을 바를 거구.」
「다음 주에는 코인나쥐와 같이 살 거요. 당신 살던 곳에서 말이오.」
「싫우. 아들놈의 샴바로 돌아가게 하느니 차라니 하이에나에게 이 늙어 빠진 몸뚱어리를 던져 주시구랴.」

〈처리할 수 있어.〉 나는 짜증을 내며 생각했다. 하루 동안 어리석은 일들을 겪을 만큼 겪었기 때문이었다. 그러나 나는 큰 목소리로 말했다.

「왜 그렇게 생각하시오, 뭄비? 코인나줘가 당신에게 무례하게 굴기라도 하는 거요?」

「아들은 날 존경한다우.」

뭄비는 쪼글쪼글하고 말라비틀어진 손을 허리춤에 대고 늙은 몸을 꼿꼿이 세우려하며 대답했다.

「코인나줘에게는 세 명의 아내가 있소. 만약 며느리들 가운데 누가 당신에게 무례하게 군다면 내 그들에게 주의를 주겠소.」

머리 위를 뱅뱅 돌고 있던 파리 한 쌍을 쓸데없이 후려치며 내가 말했다.

뭄비는 말도 안 된다는 듯이 콧방귀를 뀌었다.

「하!」

나는 입을 다물고 사바나에서 임팔라 몇 마리가 모여 풀을 뜯는 모습을 바라보며, 어떻게 해야 이 문제를 제대로 다룰 수 있는지 생각했다.

「며느리들 가운데 누구와 싸운 거요?」

「이 언덕에서는 아침이 이렇게 추울 줄 몰랐수. 담요가 더 필요하겠군그래.」

쪼글쪼글하고 말라비틀어진 손으로 주름투성이 턱을 비비며 뭄비가 말했다.

「아직 내 질문에 대답하지 않았소.」

「땔감이랑. 땔감을 더 주어 와야겠어.」

「그만하시오. 당신은 집으로 돌아가야만 하오, 뭄비.」

내가 단호히 말했다.

「싫우! 이제부터는 〈여기〉가 내 집이우.」

뭄비는 자기 오두막을 손으로 막으며 말했다.

「여기는 문두무구의 언덕이오. 당신이 이곳에서 사는 건 용납할 수가 없소.」

「사람들이 뭘 하면 안 된다고 말하는 데에는 내가 아주 질려 버렸수.」

뭄비는 상승 기류에 몸을 싣고 유유히 떠 있는 물수리를 가리켰다.

「왜 내가 저 새처럼 자유로우면 안 되는 거유? 난 이 언덕에서 살 거라우.」

「뭘 하면 안 된다고 또 누가 그런 거요?」

「그건 중요하지 않다우.」

「중요할 거요. 안 그러면 여기서 살 수 없을 테니까.」

뭄비는 잠시 나를 빤히 쳐다보더니 이윽고 어깨를 으쓱했다.

「왐부는 나보고 자기가 음식을 만들 때 돕지 말라고 했고, 키보는 내가 옥수수를 빻거나 폼베를 만들지 못하게 하고 있다우.」

뭄비는 나를 날카롭게 노려보며 계속 말했다.

「나는 마을 대추장의 어머니요! 힘없는 갓난아이 취급받기는 싫단 말이우.」

「며느리들은 당신을 공경하는 거요. 당신은 이제 일할 필요가 없소. 그동안은 당신이 가족을 돌봤으니, 이젠 그들이 당신을 돌볼 차롄 거요.」

「난 누가 돌봐주는 게 〈싫수〉! 난 평생 동안 내 샴바를 잘 꾸려왔다고. 그만둘 준비가 안 되었단 말이우.」

뭄비가 날카롭게 쏘아붙였다.

「당신 어머니는 남편이 죽었을 때 자기 샴바를 없애고 아들 샴바로 가지 않았소?」

나는 주변을 맴돌다 기어코 내 뺨에 앉은 파리 한 마리를 철썩 내리치며 말했다.

「내 어머니는 샴바를 꾸려 나갈 만한 기력이 없으셨다우. 나랑은 다르단 말이우.」

뭄비는 방어하듯 잽싸게 대답했다.

「만약 당신이 한 걸음 뒤로 물러나 있지 않으면 어떻게 코인나쥐의 아내들이 남편의 샴바를 꾸려 나가는 법을 배우겠소?」

「내가 가르칠 거유. 걔네들은 아직도 배울 게 많이 남아 있다우. 왐부는 나만큼 으깬 바나나 요리를 잘하지 못하고 키보는, 에……」

뭄비는 코인나쥐의 제일 어린 아내를 구제할 방법은 없다는 듯, 어깨를 으쓱했다.

「하지만 왐부는 세 아들의 어머니이고 곧 할머니가 되오. 만약 왐부가 지금 남편의 샴바를 꾸려 나갈 준비가 되어 있지 않다면, 평생을 가도 못 할 거요.」

가죽만 남은 뭄비의 얼굴에 만족스러워하는 웃음이 스쳐 갔다.

「당신도 내 말에 찬성하시는구랴.」

「잘못 알아들었소. 내 말은 늙은 사람들이 젊은 사람들에게 자리를 내줘야 할 때는 반드시 오는 법이라는 거요.」

「〈당신〉은 다른 사람에게 자리를 내주지 않았잖우.」

뭄비가 비난하듯 말했다.

「나는 문두무구요. 내가 마을에 제공하는 것은 육체적인 힘이 아니라 지혜고, 그것은 바로 노인들의 영역이란 말이오.」

「나도 내 며느리들에게 〈내〉 지혜를 제공한다우.」

뭄비는 완강하게 고집했다.

「그 둘은 서로 다른 얘기요.」

「조금도 다르지 않다우. 코리바, 우리가 케냐에 살았을 때 난 키리냐가의 허가장을 받기 위해 당신만큼 맹렬히 싸웠수. 난 당신이 타고 온 우주선을 타고 왔고, 이 땅을 개척하고 들에 씨를 뿌렸수. 단지 내가 늙었다는 이유만으로 버림받는 건 공평하지가 못하단 말이오.」

「버림받는 게 아니오. 당신은 키쿠유족의 전통을 지키며 살려고 이곳에 온 거고, 노인들을 돌보는 건 바로 우리의 전통이란 말이오. 당신은 음식이나 잘 곳을 걱정하지 않아도 되고, 아플 때도 누가 돌봐 줄지 걱정할 필요가 없게 되는 거요.」

나는 끈기 있게 설명했다.

「하지만 난 노인이 〈되고 싶지 않단〉 말이우!」

뭄비가 항의했다. 그녀는 마을에서 가져온 자신의 베틀과 항아리를 가리키며 말했다.

「나는 여전히 옷감도 짤 수 있고 지붕도 고칠 수 있고 요리도 할 수 있다우. 옥수수를 갈지 못한다든가 호리병박에 물을 못 떠올 정도로 늙은 건 아니란 말이우. 만약 가족들이 그런 일을 더는 하지 못하도록 막는다면, 난 이 언덕에 살면서 나를 위해 그런 일들을 할 거라우.」

「받아들일 수 없소. 당신은 집으로 돌아가야만 하오.」

「이제 그 집은 더는 〈내 것〉이 아니라우. 그건 왐부 거유.」

뭄비는 씁쓸하게 말했다.

나는 구부정하고 주름살투성이인 그녀의 몸을 내려보았다.

「늙은 것이 젊은 것에게 자리를 내주는 것은 만물의 법칙이오.」

나는 다시 한 번 말했다.

「〈당신〉은 누구에게 자리를 내줄 거유?」

뭄비가 씁쓸하게 물어 왔다.

「나는 어린 은데미를 다음 문두무구로 훈련시키고 있소.

그 아이가 준비가 되면 난 물러날 거요.」
「그 아이가 준비가 되었는지는 누가 결정하는 거유?」
「내가 하오.」
「그렇다면 언제 왐부가 내 아들의 샴바를 맡을지도 〈내〉가 결정하리다.」
「당신이 해야 할 일은 당신 문두무구의 말을 듣는 거요. 오랜 세월 동안 당신이 짊어진 짐 때문에 당신의 어깨는 구부정하고 등은 굽었소. 며느리들이 당신을 돌보게 해야 할 때가 온 거요.」
 뭄비는 싸움이라도 걸 듯이 턱을 앞으로 내밀며 말했다.
「내가 먹을 음식을 왐부가 만들게 하지는 않을 거라우. 난 언제나 음식을 내 손으로 만들어 먹었수. 우리가 케냐의 말라붙은 강가에서 살던 때 이후로 말이우.」
 뭄비는 잠시 숨을 고르더니 비통하게 한마디를 덧붙였다.
「그때가 행복했다우.」
「어떻게 하면 다시 행복해질 수 있는지 배워야 할 거요. 당신은 다른 사람이 일을 대신해 주고 자신은 쉴 수 있는 권리를 얻었소. 그 권리가 당신을 행복하게 해줄 거요.」
「그렇지 않다우.」
「그건 당신이 우리의 목적을 잊었기 때문이오. 우리는 전통과 관습을 지키기 위해 케냐를 떠나 여기 키리냐가로 온 거요. 만약 내가 당신이 그것들을 무시하도록 그냥 내버려둔다면 모든 사람이 그러도록 해야만 하고 그렇게 되면 이 땅은 그 순간부터 키쿠유족의 유토피아가 아닌 단지 제2의 케냐에 지나지 않는 거요.」
「당신이 말하길 유토피아에서는 모두가 행복하다고 했잖수. 자, 난 행복하지 않다우. 그러니 키리냐가의 어딘가가 잘못된 거라우.」

「그러면 코인나쥐의 샴바를 맡아 꾸려 나가는 게 키리냐가를 바로잡는 거고?」
「맞다우.」
「그러면 왐부와 키보가 불행해질 거요.」
「그렇다면 유토피아란 없는 거고 우리 각자는 자신의 행복을 걱정해야만 하는 거유.」
〈왜 나이 든 사람은 모두가 저토록 이기적이고 냉정한 걸까? 여기 덥고 목마르며 피곤한 내게 저 여자가 하는 일이라곤 어떻게 하면 자기가 행복해질 수 있는가 불평하는 것뿐이군.〉 내가 생각했다.
「나랑 같이 갑시다. 마을에 같이 가서 당신 문제를 해결할 방도를 찾아봅시다. 당신은 여기에 남아 있을 수 없소.」
뭄비는 한참 동안 나를 빤히 쳐다보더니 이윽고 어깨를 으쓱하고 말했다.
「같이 가리다. 하지만 우리는 해결 방법을 못 찾을 거구, 난 여기 내 새집으로 돌아올 거유.」
우리가 언덕을 내려와 길고 구불구불한 오솔길을 걸을 땐 이미 해가 저물기 시작했고 마을에 도착해 여러 오두막을 지날 즈음에는 땅거미가 졌다. 코인나쥐의 샴바에는 많은 남녀들이 모여 있었고 그들 대부분은 오전에 내가 보았던 바로 그 재밌어하는 표정을 하고 있었다. 우리가 코인나쥐의 보마로 가자 그들은 내가 뭄비에게 어떤 벌을 내릴지 궁금해 하면서 나를 따라왔다. 마치 뭄비가 저지른 죄와 그에 대한 내 노여움이 오늘 밤 최고의 볼거리라도 된다는 양.
「코인나쥐!」
나는 크고 단호한 목소리로 외쳤다.
하지만 아무런 반응이 없었고, 두 번을 더 그의 이름을 부른 다음에야 코인나쥐는 자신의 오두막에서 겁먹은 표정으로 나타났다.

「쟘보, 코리바. 당신이 온 줄 몰랐소.」

코인나쥐가 불편한 표정으로 말했다.

나는 그를 노려봤다.

「당신 어머니가 여기 있는 것도 모른 거요?」

「여기는 어머니의 샴바요. 어머니가 어딜 가시겠소?」

코인나쥐가 시치미를 떼고 내게 물었다.

「당신은 어머니가 어디에 있었는지 잘 알고 있소.」

코인나쥐의 얼굴에 모닥불이 던지는 그림자가 어른거리고 있었다.

「당신의 문두무구에게 다시 거짓말을 하기 전에 그 결과를 한번 잘 생각해 보라고 충고하겠소.」

코인나쥐는 잠시 주눅 든 듯했지만, 자기 뒤편에서 마을 사람들이 지켜보고 있다는 사실을 깨닫고, 다그치며 말했다.

「〈당신들〉은 여기서 뭐 하는 거요? 당신들 보마로 돌아가시오. 모두 다!」

사람들은 서너 발자국씩 뒤로 물러났지만 자리를 떠나지는 않았다.

코인나쥐는 뭄비에게 몸을 돌려 말했다.

「어머니가 마을 사람들 앞에서 어떤 식으로 제게 창피를 주시는지 보셨죠? 전 대추장이라고요.」

「대추장이라면 자기 어머니 정도는 다룰 수 있을 줄 알았소.」

내가 빈정댔다.

「난 노력했소. 어머니께서 왜 저러시는지를 모르겠소.」

코인나쥐는 뭄비를 노려봤다.

「어머니의 오두막으로 돌아가시라고 다시 한 번 명령합니다.」

「싫다.」
뭄비가 말했다.
「하지만 전 추장이라고요! 제 말을 들으셔야만 한단 말입니다.」
코인나쥐는 반쯤은 성난 반쯤은 우는 듯한 목소리로 말했다.
뭄비는 싸움이라도 걸 듯한 눈초리로 아들을 쳐다봤다.
「싫다.」
뭄비가 다시 말했다.
코인나쥐는 내게 몸을 돌리더니 무력한 목소리로 말했다.
「이것 보시오. 〈당신〉은 문두무구니 당신이 우리 어머니께 여기 머물러 계시라고 명령해야 하오.」
「그 누구도 문두무구에게 무엇을 〈해야만 한다〉고 말할 수는 없소.」
나는 위엄 있게 말했다. 내가 명령을 하면 뭄비가 어떤 반응을 보일지 이미 알고 있었기 때문이었다.
「당신 아내들을 불러오시오.」
코인나쥐는 아무리 잠깐이라도 이 자리를 비키는 게 잘됐다는 듯이 번개같이 요리용 오두막으로 들어가더니 잠시 뒤 왐부, 수미, 키보와 함께 나왔다.
「문제가 있다는 건 당신들 모두가 잘 알고 있소. 뭄비는 너무나 불행해서 자기 샴바를 떠나 내 언덕에서 살고 싶어 하오.」
내가 말했다.
「좋은 생각이군요. 여기는 너무 좁아요.」
키보가 말했다.
「안 좋은 생각이오. 저 사람은 자기 가족과 함께 살아야만 하오.」

내가 단호한 어조로 말했다.
「누구도 어머니를 말릴 수 없어요.」
키보가 짜증을 내며 말했다.
「당신 어머니께서는 샴바에서 더 활동적인 일을 맡고 싶어 하시오. 분명 어머니께서 할 수 있는 일이 있을 거요. 당신들 모두가 샴바에서 화목하게 살 수 있도록 말이오.」
한참 동안 아무도 말을 하지 않았다. 이윽고 코인나쥐의 첫 번째 아내인 왐부가 앞으로 나섰다.
「불편하셨다니 죄송해요, 어머니. 분명히 어머니는 폼베를 만드시고 천을 짜고 싶으시겠죠.」
「그건 〈제〉 일이에요!」
왐부의 말에 키보가 항의했다.
「우리는 시어머니를 공경해야만 하는 거야.」
잘난 체 웃으며 왐부가 말했다.
「시어머니를 더욱 공경하는 의미로 음식을 만드시게 하는 건 어때요?」
키보가 말했다.
「난 남편의 첫 번째 아내야. 요리는 내가 해.」
왐부가 단호히 말했다.
「그리고 폼베를 주조하고 천을 짜는 일은 제가 해요.」
키보가 고집을 부렸다.
「그리고 곡식을 빻고 물을 길어 오는 일은 제가 해요. 형님들은 어머니께서 하실 다른 일을 찾아야만 할 거예요.」
수미가 덧붙였다.
뭄비는 몸을 돌려 내게 말했다.
「말을 안 들을 거라고 내 말했잖우, 코리바. 난 나머지 물건들을 챙겨서 내 새집으로 갈라우.」
「그럴 순 없소. 당신은 당신 가족과 함께 있어야만 하오.

다른 어머니들이 자기 가족과 언제나 함께 있듯이 말이오.」

「나는 아직 버림받을 준비가 안 되었다우. 내 손주가 아직 장난감을 버릴 준비가 안 되었듯 말이우.」

「그리고 난 당신이 키쿠유족의 전통을 깨는 걸 허락할 준비가 안 되었소. 당신은 여기 머물러야만 하오.」

나는 단호하게 말했다.

「싫우!」

뭄비가 대답했고, 추장과 문두무구를 무시하는 볼품 없는 노파 때문에 마을 사람 몇이 킥킥거리는 소리가 들렸다.

「코인나쥐, 이분은 당신 어머니시오. 어머니께 말씀드려 여기 머무르게 하시오. 안 그러면 당신 어머니 때문에 나는 모두가 후회할 만한 일을 벌일 거요.」

나는 구경꾼들에게서 멀어지기 위해 코인나쥐와 그의 가족들이 있는 보마의 가시 울타리로 들어서며 말했다.

「어머니, 마을 사람들 앞에서 그만 좀 하세요. 창피해 죽겠군요. 어머니는 제 샴바에 남아 계셔야만 해요.」

코인나쥐가 간청했다.

「안 한다.」

「하셔야 해요!」

마을 사람들이 보마 입구로 좀 더 가까이 몰려들자 코인나쥐가 화를 내며 말했다.

「저는 대추장입니다! 여기 머무를 것을 명합니다!」

코인나쥐는 무척이나 당황한 기색이었다.

「하아!」

뭄비가 코웃음을 치자, 킥킥대던 소리는 이제 공공연한 웃음소리로 바뀌었다.

「네가 추장일지는 모르지만, 여전히 내 아들이고 어머니는 아들의 명령을 듣지 않는 거란다.」

「하지만 모두들 문두무구에게 복종해야만 해요. 그리고 코리바는 어머니께 여기 머물라고 명령했다고요.」

「나는 저 사람도 따르지 않을 거다. 나는 키리냐가에 행복해질 양으로 왔고 네 샴바에서는 행복하지가 않아. 나는 언덕으로 갈 거구 너든 코리바든 날 막진 못한다.」

갑자기 웃음이 멈춰지고 무서운 적막이 주변을 감돌았다. 그 누구도 문두무구의 권위를 이런 식으로 업신여길 수는 없기 때문이었다. 다른 상황에서였다면 뭄비가 너무나 화가 나 있다는 점을 고려해서 용서했을지도 모르지만, 그녀는 모든 마을 사람들 앞에서 내게 도전을 해온 데다가 그 시기 또한 길고도 짜증나는 날의 끝 무렵이었다.

화가 났다는 것이 내 얼굴에 나타난 모양이었다. 코인나쥐가 갑자기 자기 어머니와 나 사이에 끼어들었다.

「진정하시오, 코리바. 우리 어머니는 노인이시고 지금 무슨 말을 하고 계신지 모르시는 듯하오.」

「난 내가 무슨 말을 하는지 잘 알고 있다. 내가 하고 싶은 대로 살지 못할 바에야 아예 살고 싶지가 않아. 내게 뭘 어떻게 할 거유, 문두무구?」

뭄비는 덤비듯 나를 노려보며 말했다.

「나 말이오?」

모든 시선이 내게 꽂히는 것을 느끼며 나는 담담하게 말했다.

「아무것도 안 할 거요. 당신이 말했듯이, 나는 단지 노인일 뿐이오.」

나는 말을 멈추고 뭄비를 바라보았고, 코인나쥐와 그의 아내들은 겁에 질려 잔뜩 움츠러들었다.

「당신은 우리가 어릴 적에 살던 메마른 강을 그리워하면서 그때의 삶이 어땠는지는 잊어버렸소. 그러니 내 기억하도록 도와주리다. 당신이 우리의 전통을 무시하기로 마음먹었기에, 그리고 여기 있는 다른 사람들이 웃었기 때문에, 오늘 밤 나는 응가이께 염소를 제물로 바치고, 지금까지 한 번도 볼 수 없었던 가뭄을 내려 달라고 기도드릴 거요. 세상은 뭄비 당신처럼 말라비틀어질 거요. 당신이 당신 샴바에서 머무르기로 하기 전에는 비 한 방울 내리지 말아 달라고 응가이께 기도드릴 거요.」

나는 모두가 들을 수 있도록 목소리를 높여 말했다.

「안 되오!」

코인나쥐가 외쳤다.

「소는 혓바닥이 부풀어 올라 숨을 쉬지 못하며 곡식은 먼지로 화할 것이고 강은 메마르게 될 거요.」

말을 마친 후, 나는 화난 얼굴로 누가 감히 다시 웃는지를 보려고 사람들을 바라보았지만, 나와 눈을 마주치려는 사람조차 없었다.

뭄비를 제외하고는 그랬다. 뭄비는 생각에 잠긴 채 나를 쳐다보기에, 잠시 나는 그녀가 자기 주장을 거둬들이고 코인나쥐와 같이 살기로 한 줄로만 알았다. 이윽고 그녀는 어깨를 으쓱하며 말했다.

「난 예전에도 메말라 버린 강에서 산 적이 있다우. 다시 한번 그럴 수 있을 거유. 이제 내 언덕으로 돌아가야겠수.」

뭄비는 말을 마치고는 자리를 떠버렸다.

주위에는 침묵만이 남아 있었다.

「꼭 이래야만 하는 거요, 코리바?」

마침내 코인나쥐가 물었다.

「당신 어머니가 내게 무슨 말을 했는지 듣고서도 그런 말이 나오는 거요?」

「하지만 어머니는 노인일 뿐이오.」

「당신은 전사만이 우리 사회를 무너뜨릴 수 있다고 생각하오?」

「언덕에서 사는 것이 어떻게 우리를 무너뜨린단 말씀이지요?」

키보가 물었다.

「우리 사회에는 법과 규칙과 전통이 있고, 우리가 같이 살아남을 수 있는가는 이 모든 것을 제대로 지키는가에 달려 있다. 나는 응가이께 키리냐가에 가뭄을 내려 달라고 빌겠다고 말했고, 또 그렇게 할 것이다.」

나는 성을 내며 대답했고, 맹세하는 의미로 손에 침을 뱉었다.

「가뭄이 얼마나 오래 계속되나요?」

「뭄비가 내 언덕을 떠나 자기 샴바에 있는 오두막으로 돌아갈 때까지.」

「어머니는 아주 옹고집의 노인이시오. 평생을 그곳에 계실 거요.」

코인나쥐가 침통한 어조로 말했다.

「그건 당신 어머니 맘이오.」

「응가이께서는 할아버지의 기도를 들어주지 않으실 거예요.」

키보가 희망을 가지고 말했다.

「들으실 거다. 나는 문두무구가 아니더냐.」

나는 냉정하게 말했다.

이튿날 아침 깨어나자, 은데미가 이미 모닥불을 피워 놓고 닭에게 모이를 주고 있었다. 나는 차가운 아침 공기를 막기 위해 담요로 어깨를 감싸고 오두막을 나섰다.

「잠보, 코리바 할아버지.」

「쟘보, 은데미.」
「뭄비 할머니가 왜 할아버지 언덕에 오두막을 지었어요?」
「고집 센 노인네이기 때문이란다.」
「그 할머니가 여기 사시지 않길 바라세요?」
「그래.」
아이는 갑자기 싱긋 웃었다.
「뭐가 그렇게 재밌는 거냐?」
「고집 센 할머니와 고집 센 할아버지라······. 아주 재밌어지겠네요.」

나는 아이를 바라보고는 아무 말도 하지 않았다. 마침내 나는 오두막으로 들어가 컴퓨터를 켰다.
「컴퓨터. 키리냐가에 가뭄을 가지고 올 수 있는 궤도 변화를 계산해라.」
「수행 중······ 수행 완료.」
「이제 그 값을 유지 위원회로 보내고 즉시 그대로 수행하라고 해라.」
「수행 중······ 수행완료.」
잠시 적막이 감돌았다.
「유지 위원회에서 영상 메시지가 왔습니다.」
「연결하라.」
컴퓨터의 홀로그래픽 화면에 중년의 동양 여자가 나타났다.
「코리바, 방금 당신의 지시를 받았습니다. 그렇게 궤도를 바꾸면 키리냐가의 기후가 심하게 변한다는 사실을 알고 계시나요?」
「알고 있소.」
그 여자는 얼굴을 찌푸렸다.
「더 확실하게 말을 해야겠군요. 기후가 〈격변〉할 겁니다. 대부분의 지역에 가뭄이 옵니다.」

「그런 변화를 요구할 권한이 내게 있는 거요, 없는 거요?」

「있습니다. 당신들의 허가장에 따르자면, 당신은 그런 권한이 있습니다. 하지만……」

「그렇다면 내 말대로 해주시오.」

「다시 한 번 더 생각해 보지 않으시겠습니까?」

「필요 없소.」

저편에서 어깨를 으쓱하더니 말했다.

「당신이 결정권자니까요.」

〈누군가가 그것을 기억해 준다니 다행이군.〉 연결이 끊어지고 컴퓨터 화면에서 그녀가 사라질 때 나는 씁쓸해하며 생각했다.

「저 할머니는 말도 많고 노래 소리도 듣기 싫지만 좋은 분 같아요. 추장님은 왜 자기 어머니를 자신의 샴바에서 내보냈을까요?」

허수아비에게 축복을 내리는 법을 다 배우고 나자 은데미는 뭄비가 있는 언덕을 내려다보며 말했다.

「코인나줘가 내보낸 게 아니라 스스로 떠나기로 한 거지.」

은데미는 그런 일은 한 번도 들어 보지 못했기 때문에 이해가 안 간다는 듯 미간을 찡그렸다.

「떠나야만 할 이유가 뭔데요?」

「이유는 중요하지 않단다. 중요한 건 키쿠유족은 가족이 함께 살아야 한다는 거고, 저 할머니는 그렇게 하길 거부했다는 거지.」

「미친 건가요?」

「아니다. 단지 고집쟁이일 뿐이지.」

「만약 미친 게 아니라면, 할아버지 언덕에서 살려고 하는 무슨 뚜렷한 이유가 있을 거예요. 그게 뭐죠?」

은데미가 계속 물었다.

「저 할머니는 자기가 해왔던 일을 계속하고 싶어 한단다. 그건 미친 게 아니라 실은 존경할 만한 거지. 하지만 이 사회에서는 잘못된 행동이란다.」

「저 할머니는 정말 바보예요. 제가 문두무구가 되면 할아버지와 마찬가지로 저도 일을 하지 않을 거예요.」

〈키리냐가에 있는 모든 사람들이 내 끈기를 시험하기로 작당한 건가?〉 정말 궁금했다.

나는 큰 소리로 말했다.

「나는 열심히 일하고 있다.」

「할아버지는 주술로 일을 하시죠. 비를 부르고 들과 소에게 축복을 내리시고요.」

은데미가 내 말을 인정했다.

「하지만 할아버지는 물을 길어오거나 가축들에게 먹이를 주거나 오두막을 치우거나 채소밭을 가꾸는 일 따위는 안 하시잖아요.」

「문두무구는 그런 일은 하지 않는다.」

「그러니까 저 할머니가 바보라는 거예요. 저 할머니는 문두무구처럼 살 수 있는 모든 조건이 갖춰져 있는데 안 그렇잖아요.」

나는 머리를 설레설레 흔들었다.

「저 할머니가 바보인 이유는 키리냐가에서 키쿠유족의 전통 방식대로 살기 위해 모든 것을 포기해 놓고 이제 와서 그 전통을 깼기 때문이란다.」

「할머니께 벌을 내리셔야겠군요.」

은데미가 진지하게 말했다.

「그래야지.」

「그 벌이 고통스러운 게 아니었으면 좋겠어요. 저 할머니는 할아버지랑 아주 많이 닮았으니까요. 그리고 벌을 내린다고 저 할머니가 마음을 바꾸지는 않을 거예요.」

나는 노파가 있는 곳을 내려다보면서 아이의 말이 맞는지 궁금했다.

한 달이 채 되지 않아서 키리냐가에는 가뭄의 효과가 나타났다. 낮은 긴 데다 뜨겁고 건조했으며 우리 마을을 가로지르는 강의 수위는 얕아졌다.

나는 아침이 되면 물통에 물을 길어 언덕을 올라오는 뭄비의 노랫소리에 매일 잠에서 깼다. 오후가 되면 뭄비의 염소와 닭들이 내 보마로 다가와 풀을 뜯었고, 나는 놈들에게 돌을 던져 쫓아내며 뭄비가 자기 샴바로 돌아갈 때까지 앞으로 얼마나 이 짓을 더 해야 할지 궁금해했다. 저녁이 되면 유지위원회는 이 세계에 비가 내릴 수 있도록 궤도 조정을 원하지 않는가를 꼬박꼬박 물어왔다.

때때로 코인나쥐는 마을에서 길고 먼지 날리는 길을 터벅터벅 걸어와 뭄비와 이야기를 나눴다. 나는 결코 엿들은 적이 없기에 그 둘이 무슨 이야기를 하는지 자세한 내용은 알 수 없었지만, 언제나 똑같은 장면으로 끝을 맺었다. 코인나쥐는 이성을 잃고 자기 어머니에게 고함을 질러 댔고, 노파는 아들이 마을로 돌아가는 뒷모습을 완고하게 노려보며 그 어깨 뒤로 저주의 말을 고래고래 퍼부어 댔다.

어느 날 오후, 은데미의 어머니 시마가 내 보마로 찾아왔다.

「잠보, 시마.」

「잠보, 코리바 할아버지.」

나는 시마가 찾아온 목적을 꺼낼 때까지 느긋하게 기다렸다.

「은데미는 조수로서 잘해 나가고 있나요?」

「그렇소.」
「수업도 잘 배우고요?」
「아주 잘하오.」
「그 아이의 충실함에 대해 의심해 보신 적은 없으시죠?」
「그럴 만한 이유가 없었소.」
「그런데 왜 저희 가족들을 고통스럽게 하시는 거죠? 저희 소는 비쩍 마르고 곡식은 죽어가고 있어요. 왜 가뭄을 코인나줴의 들에만 내리지 않는 건가요?」
「뭄비가 자기 샴바로 돌아가면 가뭄은 끝날 거요. 뭄비만이 이 사태를 끝낼 수 있는 유일한 사람이지, 나는 아니오. 뭄비와 이야기를 해야 할 거요.」
「했어요.」
「그랬더니?」
「〈할아버지〉와 이야기를 하라더군요.」
「키리냐가에 가뭄을 몰고 온 건 뭄비오. 뭄비는 원하기만 하면 언제든지 가뭄을 끝낼 수 있소.」
「문두무구는 그 할머니가 아니라 바로 할아버지라고요.」
「나는 우리 유토피아를 보존하려고 했을 뿐이오.」
시마는 씁쓸하게 웃었다.
「너무 오랫동안 언덕에만 계셨어요, 문두무구. 마을로 가보세요. 가축과 곡식과 아이들을 한번 보신 다음 할아버지께서 우리 유토피아를 어떻게 보존하고 계신지 말씀해 보세요.」
시마는 말을 마치더니 내가 대답을 생각할 여유도 주지 않고 휙 돌아서 언덕을 내려갔다.

가뭄이 시작된 지 여섯 주가 지났고, 은데미와 평소처럼 수업을 하고 있을 때 장로회 사람들이 내 보마로 찾아왔다.
「쟘보, 잘 있었으리라 믿소.」

내가 그들에게 인사를 건넸다.
「잘 있지 못하오, 코리바.」
대변인 역할을 맡은 듯, 시보키 노인이 혼자 대답했다.
「그거 참 안됐구려.」
나는 진심으로 말했다.
「이야기 좀 합시다.」
시보키가 계속 말했다.
「그럽시다.」
「우리는 뭄비가 잘못했다는 것을 알고 있소. 여자가 일단 아이를 다 키우고 남편이 죽으면 그 여자는 아들 샴바에서 아들과 함께 살면서 아들의 보살핌을 받아야만 하오. 그것이 법인데 아들의 샴바가 아닌 다른 곳에서 살길 원한다면 멍청한 거요.」
「그렇소.」
내가 말했다.
「우리 〈모두〉가 그렇게 생각하오. 그리고 만약 당신이 뭄비가 우리 법을 지키도록 벌을 내린다면, 그건 아무런 문제 될 게 없소.」
시보키는 잠시 말을 멈추었다.
「하지만 법을 어긴 것은 뭄비인데, 당신은 우리 모두에게 벌을 내리고 있소. 뭄비가 저지른 죄로 우리 모두가 고통받는 것은 공정치가 못하오.」
「나는 일이 다른 식으로 풀리길 바랐소.」
나는 진심으로 말했다.
「그렇다면 우리를 대신해서 당신이 응가이께 잘 말씀드려 줄 수 있지 않소?」
시보키가 계속 고집했다.
「그분께서 들어 주실지 의문이오. 차라리 당신들이 뭄비한테 가서 자기 샴바로 돌아가라고 설득하는 게 더 나을 거요.」
「이미 시도해 봤소.」
「그럼 한 번 더 해보시오.」
「그러기는 할 거요만⋯⋯.」
그다지 기대하지 않는다는 말투였다.
「하지만 적어도 가뭄을 끝내 달라고 당신이 응가이께 〈부탁〉드려 볼 수는 있지 않소? 당신은 문두무구요. 분명히 그분은 당신 말을 들어주실 거요.」
「그분께 부탁드려 보리다. 하지만 응가이께서는 무자비하신 분이오. 그분은 뭄비가 법을 어겼기 때문에 가뭄을 내리셨소. 그분은 뭄비가 다시금 법을 따를 때까지는 비를 내리시지 않을 게 거의 확실하오.」
「어쨌든, 부탁드릴 거요?」
「부탁드리겠소.」
그들은 더는 아무 말도 않고 잠시 동안 어색하게 있더니 이윽고 마을로 떠났다. 사람들이 멀어져 우리 말소리를 못 들을 때 즈음되자 은데미는 내게 다가왔다.
「응가이께서 가뭄을 내리신 게 아니에요. 할아버지께서 오두막에 있는 상자에게 말해서 그런 거예요.」
나는 아무 대답도 하지 않고 아이를 바라봤다.
「그리고 할아버지께서 가뭄을 내리셨으니 분명 끝내실 수도 있어요.」
「그래, 난 할 수 있단다.」
「그러면 왜 그렇게 하지 않으시는 거죠? 뭄비 할머니뿐만 아니라 다른 많은 사람들이 고통스러워하고 있는데 말이에요.」
「잘 들어라, 은데미. 그리고 내 말을 꼭 기억하려무나. 언젠가 네가 문두무구가 될 터이고 지금 하는 말은 가장 중요한 수업이기 때문이란다.」
「듣고 있어요.」
아이는 쪼그리고 앉아 나를 열심히 바라보며 대답했다.
「키리냐가에 있는 모든 것 가운데, 모든 법과 전통과 관습 가운데 제일 중요한 것은 문두무구가 우리 사회에서 가장 강력한 존재라는 거란다. 그건 문두무구가 힘이 세서 그런 것이 아니란다. 네가 보다시피 난 주름살 많은 노인이잖니. 문두무구가 가장 강력한 이유는 그가 우리 문화를 해석하는 사람이기 때문이란다. 문두무구가 무엇이 옳고 무엇이 그른지 결정하는 데 그 어느 누구도 그 사람의 권위에 도전을 해와서는 안 된단다.」
「왜 비를 내리게 하지 않느냐고 물으면 안 된다는 말씀인가요?」
혼란스러운 표정으로 은데미가 물었다.
「아니란다. 문두무구란 키쿠유족이 자기 문화를 세워나가는 밑돌이라는 뜻이고 그렇기 때문에 그 사람은 결코 약한 모습을 보일 수가 없는 거란다.」
나는 잠시 말을 멈추었다.
「내가 가뭄을 내리겠다고 위협하지 않았으면 좋았을 텐데. 그날은 길고도 짜증 나는 날이었고 내가 피곤하기도 했지만, 많은 사람들이 무척이나 어리석었단다. 그렇지만 이미 가뭄이 오도록 하겠다고 〈약속한〉 상황에서 내가 만약 약한 모습을 보여 비를 내리게 한다면 조만간 모든 마을 사람들은 문두무구의 권위에 도전해 올 거란다⋯⋯. 그리고 권위가 없으면 우리 사회가 무너질 게다.」
나는 아이의 눈을 바라보았다.
「내가 말하는 뜻이 뭔지 이해하겠느냐, 은데미?」
「알 듯도 해요.」

자신 없는 말투였다.
「언젠가 내가 아니라 네가 컴퓨터에게 명령하는 날이 올 게다. 그날이 오기 전에 내 말이 무슨 뜻인지 확실하게 알아 놓아야만 한다.」

가뭄이 석 달째 계속되던 어느 날, 은데미가 보마로 들어와 내 어깨를 흔들며 자고 있는 나를 깨웠다.
「오늘은 할아버지 물통에 물을 채울 수가 없어요. 강이 말라 버렸어요.」
「나는 그럼 언덕 언저리께 우물을 파야겠구나.」
차가운 아침 공기를 막기 위해 담요를 어깨에 두르고 보마 밖으로 나오면서 말했다.
언제나처럼, 뭄비는 자기 오두막 앞에 모닥불을 지피면서 노래를 하고 있었다. 나는 잠시 그녀를 바라보다가 은데미에게 몸을 돌렸다.
「저 노인은 곧 떠날 게다.」
나는 자신 있게 말했다.
「〈할아버지〉라면 떠나시겠어요?」
나는 머리를 흔들었다.
「여기는 내 집이다.」
「저 할머니 집이기도 해요.」
「저 노인의 집은 코인나쥐네다.」
짜증 섞인 목소리로 내가 말했다.
「저 할머니는 그렇게 생각하지 않아요.」
「살기 위해서는 물이 필요하다. 저 할머니는 곧 자기 샴바로 돌아갈 게다.」
「그럴지도 모르죠.」
별 확신이 안 선다는 듯한 목소리로 은데미가 말했다.

「왜 아닐 거라고 생각하는 거냐?」
「언덕을 올라오면서 저 할머니 우물을 지나왔거든요.」
은데미가 대답했다. 아이는 아침 식사를 준비하고 있는 뭄비 쪽을 잠시 내려다보더니 말을 계속했다.
「저 할머니는 아주 고집 센 분이에요.」
은데미의 말투에는 감동 이상의 그 무엇이 섞여 있었다.
나는 아무 말도 하지 않았다.

「당신에게 그늘을 만들어 주는 나무가 죽어가고 있다우, 코리바.」
고개를 들어 쳐다보니 뭄비가 내 보마 옆에 서 있었다.
「만약 당장 물을 주지 않으면 나무가 말라죽어 무척 불편해질 거유.」
뭄비는 잠시 말을 멈추었다.
「내게 남는 이엉이 하나 있수. 갖다 쓰시구랴. 당신 아카시아 나무에 걸고 펼쳐 놓을 수 있을 거유. 원한다면 말이유.」
「지금 누구 때문에 가뭄이 들었는데 그런 말을 하는 거요?」
뭔가 의심쩍었다.
「나는 당신 이웃이지 적이 아니라는 걸 보여 주려고 그러는 거유.」
「당신은 법을 따르지 않았소. 그것 때문에 당신은 우리 전통의 적이 되었소.」
「그것은 나쁜 법이오. 넉 달이 넘도록 나는 이 언덕에서 살았소. 나는 날마다 땔감을 모았고, 그간 담요 두 장을 새로 짰고 내 먹을 음식을 만들었고 강물이 마르기 전에는 물을 길어왔고, 이제는 우물에서 물을 얻는다우. 내 이 모든 일을 다 할 수 있는데 왜 버림받아야 한단 말이유?」
「버림받는 게 아니오, 뭄비. 정확하게 말하자면, 당신은 이 모든 일들을 너무나 오랫동안 해왔기 때문에 이제 그만 쉬고 다른 사람이 하게 하라는 거요.」

「하지만 그것들은 내 전부라오. 내가 할 줄 아는 일을 하지 못한다면 사는 게 무슨 소용이겠수?」

뭄비가 항의했다.

「지금까지 노인들은 늘 가족들에게 보살핌을 받아 왔소. 약하거나 병든 자가 그래왔듯이 말이오. 그것은 우리의 전통이오.」

「그것은 좋은 전통이지. 하지만 난 늙지 않았다우.」

뭄비는 잠시 말을 멈추더니 얼굴을 찌푸리며 말을 이었다.

「내가 늙었다고 느꼈던 적이 단 한 번 있었다우. 언젠지 아우? 바로 내 샴바에서 아무 일도 하지 못하게 할 때였다우. 절대 좋은 기분이 아니었다우.」

「당신 나이에 벌어지는 일은 감수해야만 하오, 뭄비.」

「내가 이 언덕으로 옮겨 왔을 때 나는 그랬다우. 하지만 이제 〈당신〉은 당신이 몰고 온 가뭄으로 벌어지는 사태를 감수해야만 할 거유.」

넉 달째가 되자 여러 가지 소식들이 내 귀에 들어왔다.

은조로는 자기 소를 모두 다 죽이고서, 나뭇잎에서 이슬을 핥아먹는 제레닉[20]을 길렀다. 키쿠유족은 야생 동물을 기르지 않는다는 우리의 전통을 어겨 가면서 말이다. 캄벨라와 은조구는 가족들을 데리고 케냐로 돌아갔다.

이웃 마을에 살던 쿠반두는 강물이 마르기 전에 비축해 두었던 물을 사람들에게 들켰고 이웃들은 쿠반두의 오두막을 불태우고 그의 소를 죽여 버렸다.

20 동 아프리카 사막 지역에 사는 가젤의 한 종류.

서부 평원의 관목지대에서는 불이 나 11개의 샴바를 태우고야 불길을 잡을 수 있었다.

코인나쥐는 자기 어머니를 더 자주 찾아가 더욱 소란을 피웠지만 둘의 사이는 더 나빠지기만 했다.

심지어는 정의상 문두무구는 잘못을 저지를 수 없다는 데 동의하던 은데미까지도 이번 가뭄이 정말로 필요한지 의심을 품기 시작했다.

「언젠가 너는 문두무구가 될 거다. 내가 가르친 모든 것을 기억하거라.」

나는 잠시 말을 멈추었다.

「자, 만약 네가 같은 상황에 부닥친다면 〈너〉는 어떻게 하겠느냐?」

은데미는 잠시 아무 말 않고 있었다.

「저라면 아마 할머니를 언덕에 살게 놔둘 것 같아요.」

「그것은 우리의 전통에 어긋난단다.」

「그럴 수도 있겠죠. 하지만 〈이제〉 할머니는 언덕에 살고 계시고, 언덕에 살지 않는 모든 키쿠유족은 고통을 받고 있어요.」

은데미는 생각에 잠기며 잠시 말을 멈추었다.

「아마도 지금이 어떤 전통은 없애야 할 시기가 아닌가 하네요. 여자 하나가 전통을 무시했다고 해서 온 세상을 벌하기보다는요.」

은데미의 말에 나는 발끈했다.

「〈안 된다〉! 우리가 케냐에 살던 시절, 유럽인은 우리에게 오더니 전통을 버리라고 설득했단다. 그리고 전통을 버리는 것이 얼마나 쉬운지를 알게 된 다음 우리는 다른 것을 버리고 또 버리다가 결국에는 너무나 많은 것을 버려 키쿠유가 아닌 단지 검은 유럽인에 지나지 않게 되었단다.」

나는 잠시 숨을 돌리며 목소리를 낮추고 계속 말을 이었다.

「그것이 우리가 키리냐가에 온 이유란다, 은데미. 다시 한 번 키쿠유가 되기 위해서 말이다. 지난 두 달 동안 내가 네게 해준 말을 하나도 듣지 않았더냐?」

「들었어요. 단지, 제가 이해할 수 없는 것은 할머니가 언덕에 산다고 왜 키쿠유가 안 되는가 하는 거예요.」

「두 달 전에는 너는 잘 이해하고 있었다.」

「두 달 전에는 우리 가족이 굶주리지 않았죠.」

「그 둘은 아무런 상관이 없는 거란다. 그 할머니는 죄를 지었으니 벌을 받아야만 한단다.」

은데미는 잠시 가만히 있더니 말을 꺼냈다.

「그 문제에 대해서 생각을 해봤어요.」

「그래서?」

「법을 어기는 데도 정도 차이가 있지 않나요? 그 할머니가 한 일은 이웃을 죽이는 것과는 분명히 달라요. 그리고 만약 법을 어기는 데에도 정도 차가 있다면 처벌에도 정도 차가 있어야 하지 않나요?」

「한 번 더 설명해 주마, 은데미. 네가 내 대신에 문두무구가 되는 날이 올 터인데 그때가 되면 너의 권위가 확고해야만 한단다. 그 뜻은 너의 권위를 인정하길 거부하는 사람에게 내리는 처벌 역시 철저해야 한다는 소리다.」

은데미는 한참 동안 나를 바라보더니 마침내 말을 꺼냈다.

「틀렸어요.」

「무엇이 말이냐?」

「할아버지는 그 할머니가 법을 어겼기 때문에 가뭄을 가져오신 게 아니라 사람들이 〈할아버지〉를 안 따랐기 때문에 키리냐가에 이런 고통을 주신 거예요.」

「그 둘은 같은 거란다.」

은데미는 깊게 한숨을 내쉬더니 미간에 주름을 잡으며 생각에 잠겼다.
「믿을 수가 없네요.」
이 말을 듣고 나는 이 아이가 문두무구가 될 준비가 다 되려면 오래, 아주 오랜 시간이 걸리리라는 사실을 깨달았다.

가뭄이 다섯 달째 계속되던 어느 날, 코인나쥐는 한 번 더 언덕을 찾아왔고, 이번에는 아무런 고함소리도 들리지 않았다. 코인나쥐는 한 5분 정도 뭄비와 있으면서 이야기를 나눴고 이윽고 내 쪽은 바라보지도 않은 채 마을로 돌아갔다.
그리고 20분쯤 뒤, 뭄비는 언덕 위로 올라와 내 보마의 문 앞에 섰다.
「난 아들의 샴바로 돌아갈 거라우.」
그 말을 듣자 안도감이 파도처럼 밀려들었다.
「조만간 당신이 잘못했다는 사실을 깨달을 줄 알고 있었소.」
「⟨내⟩가 잘못해서가 아니라 바로 ⟨당신⟩ 때문이라우. 키리냐가에 해가 돌아가는 것을 더는 견딜 수 없기 때문이라우.」
뭄비는 잠시 말을 멈추었다.
「키보의 젖이 말라 아이가 죽어가고 있다우. 내 손자가 먹을 게 거의 아무것도 남아 있지 않단 말이유.」
뭄비는 나를 노려보며 말을 이었다.
「오늘 비를 내리게 하는 게 좋겠수, 늙은 양반.」
「당신이 당신 집으로 돌아가면 즉시 응가이께 비를 내려달라고 청하리다.」
「그분께 ⟨청⟩하는 것 이상이어야 하오. 그분께 ⟨명령⟩을 내려야만 하오.」
「그것은 불경스러운 말이오.」
「내가 불경스럽다고 해서 어떻게 할 작정이유? 홍수를 내려 우리 세계를 더 심하게 파괴하기라도 할 거유?」

「나는 아무것도 파괴하지 않았소. 법을 어긴 건 바로 당신이오.」

「말라붙은 강을 한번 보구랴, 코리바. 그리고 잘 연구해 보시구랴. 그 강은 척박하고 변화의 기미는 조금도 없는 키리냐가 그 자체이니 말이우.」

뭄비는 언덕 아래를 가리키며 말했다.

나는 강을 내려다보았다.

「강의 불변함은 강의 덕목 중 하나요.」

「하지만 그것은 강이라우. 〈살아 있는〉 모든 것은 변하는 거유. 키쿠유마저도 말이유.」

「키리냐가에서는 아니오.」

나는 단호히 말했다.

「변하지 않으면 죽는 거유. 나는 죽고 싶은 마음은 없다우. 이번 전투에서는 당신이 이겼수. 하지만 전쟁은 계속될 거유.」

내가 미처 대답도 하기 전에 뭄비는 등을 돌리고는 마을로 향하는 길고 구불구불한 오솔길을 내려갔다.

그날 오후 나는 비를 내리게 했다. 강에는 물이 넘쳤고 들은 녹색으로 바뀌었으며 소와 염소와 사바나에 있는 동물들은 갈증을 해소하고 기운을 되찾았으며 키리냐가는 건강과 활기를 되찾았다.

하지만 그날 이후로, 은조로는 나를 부를 때 키쿠유족이 나이와 지혜를 인정하며 존경을 표시할 때 전통적으로 쓰는 음제라는 단어를 쓰지 않았다. 시보키는 커다란 오두막 크기의 물통 두 개를 만들었으며, 누구든 그곳에 접근하면 가만 놔두지 않겠다고 위협을 해댔다. 심지어는 내가 가르치는 모든 것을 아무런 의심 없이 받아들이던 은데미조차도 이제는 내가 하는 말을 그냥 믿지 않고 다시 생각해 보고 검토하는 듯했다.

키보의 아이가 죽자, 뭄비는 그녀가 건강을 회복할 때까지 자기의 보마에 머무르다가 키보가 건강을 회복한 뒤 코인나쥐의 샴바에 속하는 들에 자기 오두막을 세웠다. 공식적으로 보자면 뭄비는 여전히 자기 아들의 소유지에서 살고 있었기 때문에 나는 그것을 무시하기로 했다. 뭄비는 다음번 긴 우기가 올 때까지 그곳에서 머물렀고, 몸이 너무 약해지자 결국 자신이 예전에 살던 오두막으로 돌아가야만 했다. 이제 뭄비는 가족들의 보살핌이 필요했고 이를 받아들였지만, 나중에 코인나쥐가 내게 말하길, 뭄비는 언덕을 떠난 뒤로 다시는 노래를 하지 않았다고 했다.

그러나 나는 맑고 차갑고 변함없이 흐르는 강줄기를 바라보며 언덕에서 길고 긴 여러 날을 보냈다. 내가 어떤 흐름을, 우리 모두가 따라 헤엄쳐야 할 더 중요한 어떤 흐름을 바꿔버린 것은 아닌지 고민하면서.

6

로터스[21]와 창

2135년 10월

21 그 열매를 먹으면 이 세상의 괴로움을 잊고 즐거운 꿈을 꾼다는 상상의 식물.

영겁의 세월 전, 코끼리 한 마리가 키리냐가 산 정상의 황금 옥좌에 앉아 계신 응가이를 찾아간 적이 있다.
「왜 날 그렇게 찾았더냐?」
 응가이께서 물으셨다.
「저를 무엇인가 다른 것으로 바꿔 달라고 청하기 위해서이나이다.」
「난 너를 가장 강력한 짐승으로 만들었느니라. 너는 사자나 표범이나 하이에나를 두려워할 필요가 없느니라. 네가 어디를 가든지 내가 창조한 다른 모든 것들은 서둘러 길을 비켜 준다. 그런데 왜 코끼리로 남길 원치 아니하느냐?」
「저희 종족 가운데 저보다 더 힘센 이들이 있기 때문이옵니다. 그들만이 암컷을 독점하기에 저는 자손을 퍼뜨릴 수가 없사옵니다. 또한 그들은 저를 물구덩이나 신선한 풀밭에서 쫓아내옵니다.」
「그러면 무엇이 되길 원하느냐?」
「아직 확실히는 잘 모르겠사옵니다. 기린 같은 것이 되고 싶사옵니다. 그러면 어딜 가든지 나무 꼭대기에 달려 있는 신선한 잎을 먹을 수 있을 테니 말이옵니다. 또는 혹멧돼지도 괜찮습니다. 어디로 여행을 가도 나무 뿌리를 찾을 수 있으니 말입니다. 물수리도 괜찮사옵니다. 물수리는 한평생 자기 짝과 함께 삽니다. 또 혹시 다른 수컷보다 힘이 약하다 할지라도, 물수리는 눈이 밝으니 다른 놈이 짝을 빼앗으러 오면 멀찌감치서 눈치채고 짝을 안전한 곳에 숨길 수 있습니다. 당신께서 원하시는 대로 저를 바꿔 주소서. 저는 당신의 지혜를 믿사옵니다.」

「그럼 그렇게 하라. 오늘 이후로, 네 코는 길쭉해져서 아카시아 나무 꼭대기에 달려 있는 맛있는 잎이 더는 그림의 떡이 아닐 것이니라. 네 앞니는 길고 날카로워져서 내가 만든 세상 어디를 가든 나무 뿌리나 물을 얻을 수 있을 것이니라. 그리고 물수리는 비록 시력만이 날카롭지만, 내 네게는 후각과 청각을 날카롭게 해줄 터이다. 이로써 넌 내 왕국의 어느 동물보다도 더 강력해질 것이니라.」

「어떻게 감사를 드려야 할지 모르겠사옵니다.」

응가이께서 코끼리의 모습을 바꾸자 코끼리가 기쁨에 들떠 말했다.

「좋아할 필요 없느니라.」

「왜 그렇사옵니까?」

「내 말한 것이 모두 이루어진다 할지라도, 넌 여전히 코끼리이기 때문이니라.」

가끔은 지구화한 행성 키리냐가에서 문두무구란 가끔은 편한 역할이다. 그런 날이면 나는 들에 있는 허수아비에게 축복을 내려주고 병든 사람에게 부적과 고약을 나눠 주며, 아이들에게는 이야기를 해주고, 장로회에서는 내 의견을 말한다. 또한 어린 제자 은데미에게 키쿠유족의 지혜를 가르친

다. 문두무구는 부적과 저주를 만드는 자 이상이며, 장로회의 지혜보다 더 중요한, 키쿠유족을 키쿠유족으로 만들어 주는 모든 전통의 보고이기 때문이다.

때로는 문두무구란 피곤한 역할이다. 분쟁을 해결해 주어도 언제나 한쪽은 내게 불평을 한다. 또 어떤 병은 내 힘으로 치료할 수 없어서 조만간 그 가족들에게 병자를 하이에나에게 보내라고 해야 할 때도 있다. 또는 이미 늙고 주름이 잔뜩 진 내 몸은 머지 않아 제 기능을 발휘할 수 없을 텐데도 훗날 내 뒤를 이어 문두무구가 되어야 할 은데미는 아직 그 준비가 안 되었다는 모든 티를 풀풀 풍기고 다닌다.

그리고, 이따금씩은 문두무구라는 역할은 끔찍한 직업이다. 어떤 문제에 있어서는 키쿠유족의 축적된 지혜라는 것이 마치 바람 앞의 갈대처럼 별 쓸모 없는 경우가 있기 때문이다.

그런 날도 시작은 다른 날과 마찬가지이다. 잠에서 깨면 오두막에서 보마로 나온다. 물론 담요로 어깨를 두르고 말이다. 날씨는 곧 따뜻해지겠지만 아직 해가 아침의 쌀쌀한 공기를 데우지 못했기 때문이다. 모닥불을 지핀 뒤 그 옆에 앉아서, 늦게 올 게 분명한 은데미를 기다린다. 어떤 때는 그 아이의 상상력에 놀라기도 한다. 그 아이는 단 한 번도 같은 변명을 한 적이 없기 때문이다.

나이가 들어가면서, 나는 혈액 순환이 잘 되도록 아침이면 캣 잎을 씹는다. 은데미는 캣 잎이 약으로 쓰이며 중독성이 있다는 이유로 내 행동에 반대를 한다. 내가 만약 은데미에게 캣 잎을 쓰지 않으면 나는 해가 중천에 뜰 때까지 계속 아플 것이며 너도 내 나이가 되면 근육과 관절이 마음먹은 대로 움직이지 않고 무척이나 아플 거라고 설명해 주면 아이는 어깨를 으쓱하곤 머리를 끄덕이지만 이튿날이 되면 또 잊고 만다.

마침내 내 어린 조수가 도착하면, 그 아이는 자기가 왜 늦었는지 설명을 한 다음, 강에 가서 물통을 채워 온 후 보마로 땔감을 모아 온다. 그런 다음 우리는 날마다 하는 수업에 들어가고, 아카시아 나무 열매로 고약을 어떻게 만드는지를 설명하면 아이는 가만히 앉아 몸을 비비꼬지 않는 참을성을 10분 내지 15분 정도 보여 준 다음, 어떻게 해야 적을 벌레로 바꿀 수 있는지 물어 온다. 자기가 적을 밟아 죽일 수 있도록 말이다. 그리곤 마침내 은데미를 내 오두막으로 데리고 들어가 컴퓨터에 대한 기초를 가르쳐 준다. 내가 죽으면 그 아이가 유지 위원회와 접촉을 해서 메마른 평원에 비를 내리게 하고 사람들이 계절 변화를 느끼게끔 밤낮의 길이를 변화시키는 일 등 날씨 조절을 위한 궤도 수정을 해야 하기 때문이다.

그리고 만약 평범한 날이라면 나는 주머니에 부적을 넣고서 들판을 걸어다니며 우리가 일용할 곡식이 잘 자라도록 싸후 즉 저주를 풀어 주고, 만약 비가 내리거나 들판이 녹색으로 물들어 있다면 염소를 제물로 바쳐 응가이께서 내려 주신 은혜에 감사를 드린다. 그런데 만약 평범치 않은 날이라면, 대개는 그 시작부터가 다르다. 십중팔구 확실한 싸후의 증거로 하이에나는 내 보마에 똥을 싸놓고, 좋은 소식을 몰고 오는 바람이 늘 동쪽에서 불어오는 데 반해 그날은 바람이 서쪽에서 불어오는 것이다.

하지만, 문제의 그날에는 바람도 불지 않았고 하이에나도 내 보마에 들어오지 않았다. 그날은 평상시와 똑같았다. 은데미는 여전히 늦게 왔고, 이번에는 언덕에 올라오는 길에 검은 맘바가 턱하니 버티고 있어서 그놈이 울창한 풀숲 속으로 사라질 때까지 기다려야만 했다고 주장했다. 은데미에게 갓난아이의 무병 장수를 비는 기도문을 막 가르쳤을 때 마을의 대추장 코인나쥐가 보마로 걸어 들어왔다.

「쟘보, 코인나쥐.」
나는 그에게 인사를 했고, 이제 해가 높이 떠 공기가 따뜻해졌기에 담요를 바닥에 내려놓았다.
「쟘보, 코리바.」
인사를 하는 코인나쥐의 찌푸린 얼굴에는 근심이 가득했다.
나는 코인나쥐가 무슨 말을 할지 궁금했다. 그가 언덕을 올라와 내 보마에 찾아오는 일은 무척 드물었기 때문이다.
「또 일이 벌어졌소. 긴 우기가 지난 이후로 세 번째요.」
으스스한 목소리였다.
「무슨 일 말이오?」
「응갈라가 죽었소. 그 녀석은 벌거벗은 채 무기도 없이 하이에나에게로 걸어갔고, 결국엔 하이에나가 그 녀석을 죽여버렸다오.」
「벌거벗은 채 무기도 없이 말이오? 확실한 거요?」
「확실하오.」
나는 꺼져 가는 모닥불 가에 앉아 생각에 잠겼다. 케이노가 첫 번째였다. 당시 우리들은 그것이 사고라고 생각했다. 아이가 우연히 발부리가 걸려 넘어지면서 자기 창에 찔렸다고 말이다. 그다음에는 은주포가 오두막 안에 있을 때 불이 나 타 죽고 말았다.
케이노와 은주포는 아직 젊고 미혼의 청년으로 마을에서 몇 킬로미터쯤 떨어진 숲 어귀의 조그만 거주지에서 살았다. 두 번의 죽음은 우연일 수도 있지만, 이제 세 번째로 죽은 사람이 나타났고, 앞의 두 죽음에 대해서도 다시 한 번 생각해 보아야했다. 단 몇 달 사이에, 세 명의 젊은이가 키쿠유의 삶 대신 자살을 택한 것이 분명했다.
「어떻게 해야 하겠소, 코리바? 내 아들도 숲 어귀에 살고 있소. 다음번에는 그 녀석일 수도 있소!」

나는 목에 걸고 다니는 주머니에서 반짝이는 돌을 꺼내어 들고는 코인나쥐에게 건네주었다.

「이 돌을 당신 아들이 깔고 자는 담요 아래 넣어 두시오. 그러면 이 돌이 우리 젊은이들에게 걸린 저주로부터 당신 아들을 보호해 줄 거요.」

「고맙소, 코리바.」

코인나쥐가 고마움을 표시했다.

「그런데 〈모든〉 젊은이를 보호해 줄 수 있는 부적을 줄 수는 없소?」

「없소.」

나는 아직도 내가 들은 말 때문에 혼란스러웠다.

「그 돌은 오직 추장의 아들만을 위한 거요. 세상에는 온갖 종류의 부적이 있는 것과 마찬가지로 저주에도 여러 가지가 있소. 나는 과연 누가 우리 젊은이들에게 이런 싸후를 내렸는지를 알아야만 하오. 그 이유도 함께 말이오. 그런 다음에야, 오직 그러고 난 다음에야 그 저주를 물리칠 수 있을 만큼 강한 주술을 쓸 수 있는 거요.」

나는 잠시 말을 멈췄다.

「은데미에게 폼베 좀 가지고 오게 하리까?」

코인나쥐는 고개를 저었다.

「나는 마을로 돌아가야만 하오. 여인네들이 장송곡을 목놓아 부르고 있고, 할 일이 많소. 응갈라의 오두막을 태워 그 땅을 정화시켜야 하고, 쉽사리 사람 맛을 본 하이에나가 다시금 사람 고기를 찾아오지 못하도록 경비도 세워야 하오.」

코인나쥐는 마을 쪽으로 몇 발자국쯤 걷더니 걸음을 멈추었다.

「왜 이런 일이 일어나는 거요, 코리바?」

내게 묻는 그의 눈에는 당황한 기색이 역력했다.

「그리고 이것이 젊은이들에게만 한정된 싸후요, 아니면 우리 모두에게도 해당하는 거요?」

나는 아무런 대답도 해줄 수 없었고, 잠시 후 그는 오솔길을 따라 마을로 내려갔다.

나는 모닥불 옆에 앉아 아무 말 없이 들판과 사바나를 물끄러미 바라보고 있었고, 얼마 후 은데미가 내 옆에 와 앉았다.

「어떤 싸후가 응갈라 형, 케이노 형, 은주포 형 모두를 죽게 만든 건가요, 코리바 할아버지?」

은데미의 목소리에는 두려움이 짙게 깔려 있었다.

「아직은 모르겠구나. 케이노는 므왈라를 굉장히 사랑하고 있었는데 시보키 할아버지가 먼저 신붓값을 치르고 므왈라를 데려가자 무척 우울해 했단다. 만약 케이노 한 명뿐이었다면 난 분명 그 아이가 므왈라와 결혼하지 못해서 생을 마감했다고 말했겠지. 하지만 이제 두 명이나 더 죽었으니, 그 이유를 밝혀내야만 하겠구나.」

「죽은 형들은 모두가 숲 어귀에 사는 사람들이에요. 분명히 그건 저주일 거예요.」

나는 고개를 저었다.

「그곳에 사는 모두가 다 목숨을 끊은 것은 아니잖느냐.」

「아시다시피, 두 우기 전에 은보카 형이 강물에 빠져 죽었을 때, 우리 모두는 그것이 사고라고 생각했어요. 하지만 그 형도 숲 어귀에서 살았어요. 아마 그 형도 자살했을 거예요.」

나는 오랫동안 은보카 생각은 하지 않고 있었다. 하지만 이제 생각해 보니, 은보카도 분명 자살이었다. 말이 됐다. 그 아이는 아주 수영을 잘했으니까 말이다.

「네 말이 맞는 것 같구나.」

나는 마지못해 대답했다.

은데미는 자부심에 겨워 가슴을 앞으로 쭉 내밀었다. 내가 여간해선 아이에게 칭찬을 안 해주기 때문이었다.

「어떤 주술을 거실 건가요, 할아버지? 만약 왕관두루미나 대머리황새의 깃털이 필요하시다면, 제가 구해 올 수 있을 거예요. 전 창 던지는 연습을 해왔거든요.」

「아직 어떤 주술을 걸어야 할지 모르겠구나, 은데미야. 하지만 어떤 주술이 되었든, 필요한 건 창이 아니라 생각이란다.」

「아쉽네요.」

은데미는 갑작스레 불어오는 먼지바람에 눈을 감으며 말했다.

「이제야 쓸 데를 찾았구나 하고 생각했거든요.」

「뭘 말이냐?」

「제 창이오. 저는 이제 아버지 샴바에서 소를 지키지 않거든요. 지금은 할아버지를 도와 드리니까 그게 더는 필요가 없어요.」

은데미는 어깨를 으쓱했다.

「이제부터는 집에다 놓고 다녀야 할까 봐요.」

「안 된다. 너는 항상 그것을 가지고 다녀야 한단다. 모든 키쿠유 사내는 창을 가지고 다니는 것이 관습이란다.」

사실 아직 할례받지 않은 케헤에 불과하지만 내가 사내라고 불러 주자 은데미는 너무나 자랑스러워했다. 하지만 아이는 곧 얼굴을 찌푸렸다.

「왜 우리는 창을 가지고 다니는 거죠, 할아버지?」

「적들로부터 우리를 보호하기 위해서지.」

「하지만 마사이나 와캄바나 다른 부족들도 그렇고 심지어는 유럽인조차 케냐에 남아 있어요. 여기에 무슨 적이 있겠어요?」

「하이에나와 재칼과 악어가 있지.」

나는 대답을 하고 마음속으로 덧붙였다.

〈그리고 젊은 아이들이 더 죽어나가기 전에 밝혀내야 할 적이 하나 더 있단다. 젊은 아이들이 없으면 미래도 없고, 결국에는 키리냐가도 없을 테니 말이다.〉

「하이에나 때문에 창을 쓴 지는 무척이나 오래됐어요.」

은데미는 근처에서 풀을 뜯고 있는 가축을 가리켰다.

「놈들은 심지어 염소나 소도 괴롭히지 않았는 걸요.」

「놈들이 응갈라를 잡아먹지 않았느냐?」

「그 형은 하이에나에게 먹히길 〈원했어요〉. 그건 다른거라고요.」

「어찌 되었건 넌 항상 창을 가지고 다녀야 한다. 그래야 키쿠유족이 되는 거야.」

「좋은 수가 있어요!」

은데미는 갑자기 자기 창을 들고 자세히 살펴보았다.

「만약 제가 창을 〈꼭〉 가지고 다녀야만 한다면 끝이 쇠로 된 거면 좋겠어요. 구부러지거나 부러지지 않게요.」

나는 고개를 저었다.

「그러면 너는 케냐 남쪽 끝에 사는 줄루족이 되는 거란다. 줄루족이 금속으로 된 창을 가지고 다니니까 말이다. 그 사람들은 그런 창을 〈아싸가이스〉라고 부르지.」

은데미는 갑자기 맥이 빠져 보였다.

「제가 처음 생각해 낸 줄 알았어요.」

「실망하지 말거라. 어떤 생각이 네게는 새로워도 다른 사람에게는 낡은 것일 수가 있단다.」

「정말요?」

나는 고개를 끄덕였다.

「스스로 목숨을 끊은 젊은이들을 보자꾸나. 자살이라는 생각은 그 아이들에게는 새로웠겠지만, 그 아이들이 자살이라는 것을 처음 생각해 낸 것은 아니잖느냐. 우리 〈모두는〉 가끔씩 스스로 목숨을 끊는 일에 대해 생각을 하지. 내가 알아내야 하는 일은 왜 그 아이들이 그런 생각을 했는가가 아니라, 왜 그런 생각을 버리지 못했는가, 왜 그 아이들이 자살에 〈끌리게〉 되었는가 하는 거란다.」

「그런 다음 할아버지는 주술을 써서 자살에 끌리지 않게 하고요?」

「그렇지.」

「항아리에 갓 잡은 얼룩말의 피를 담고 독사와 함께 끓이실 건가요?」

은데미는 끈질기게 물었다.

「넌 어린 게 정말 피를 좋아하는구나.」

「젊은 형을 네 명이나 죽인 싸후를 물리치려면 강력한 주술이 필요한 걸요.」

「어떤 때는 단어 하나나 말 한 마디가 필요한 주술의 전부일 수도 있단다.」

「하지만, 〈만약〉 할아버지께서 뭔가 필요 하시다면……」

나는 깊게 한숨을 쉬었다.

「만약 내가 뭔가 필요하다면 죽여야 할 동물을 말해 주마.」

은데미는 나무로 만든 가느다란 창을 들고 후다닥 일어서더니 허공에 대고 찌르는 시늉을 했다.

「전 최고로 유명한 사냥꾼이 될 거예요! 제 아이랑 손자, 손녀는 저를 찬양하는 노래를 할 거고, 제가 다가가면 들판의 동물들은 벌벌 떨게 될 거예요!」

은데미는 좋아라 외쳤다.

「하지만 그런 행복한 날이 오기 전에 우선 물을 떠오고 땔감을 모아 와야지.」

「네, 할아버지.」

은데미는 물통을 들고 언덕을 내려갔지만, 내가 보기엔 물을 뜨러 가고 있는 아이의 머릿속에는 돌진해 오는 물소에 맞서 정확하게 창을 던지는 모습만 들어 있는 게 분명했다.

나는 은데미와 오전 수업을 마친 다음 — 수업의 주제로는 죽은 자를 위한 기도가 적당해 보였다 — 응갈라의 부모를 진정시키기 위해 마을로 내려갔다. 응갈라의 어머니 리스와는 슬픔에 잠겨 있었다. 응갈라는 리스와의 맏아들이었기 때문에, 목놓아 울고 있는 그녀를 붙잡고 내가 응갈라의 죽음을 얼마나 슬퍼하는지 이야기하기란 거의 불가능했다.

응갈라의 아버지 키반자는 홀로 서서 믿을 수 없다는 듯 머리를 저었다.

「아들 녀석이 왜 그런 짓을 저지른 것 같소, 코리바?」

내가 다가가자 키반자가 물어 왔다.

「모르겠구려.」

「아들놈은 제일 용감했다오. 그 아이는 당신조차 겁내지 않았소.」

키반자는 말을 실수했다는 두려움에 질려 갑자기 말을 멈추었다.

「그 아이는 정말 용감했소. 그리고 영리했고 말이오.」

내가 동의했다.

「사실이오. 심지어는 다른 아이들은 낮에 더위를 피해 나무 그늘 아래서 쉴 때에도, 응갈라는 뭔가 새로운 놀이나 할 일을 찾았소. 내 아들이 죽기는 했지만 난 그 이유를 모르겠구려.」

말을 하는 그의 눈에는 고통이 가득했다.

「내 밝혀내리다.」

「뭔가 잘못된 거요. 자연의 법칙을 위반했단 말이오. 내가 먼저 죽어야 하는 건데…… 그리고 나면 내가 가진 모든 것들, 샴바며 소며 염소며 모두가 그 아이 것이 되었을 거요.」

키반자는 눈물을 참으려고 노력했다. 비록 우리가 마사이처럼 거만한 부족은 아닐지라도 우리 부족의 사내들은 남들 앞에서 눈물 보이는 것을 싫어하기 때문이었다. 하지만 결국 눈물이 흘러 먼지로 덮인 그의 뺨에는 눈물 자국이 생겨났다.

「심지어 아들 녀석은 아내를 맞이해서 아들을 낳을 때까지도 살지 못했소. 그 녀석이 해놓은 일이라고는 자기 목숨을 끊은 것밖에 없소. 내 아이가 무슨 죄를 저질렀기에 그런 싸후를 받은 거요? 왜 그 아이 대신 〈내게〉 저주가 내리지 않은 거요?」

나는 키반자와 함께 잠시 더 있으면서 응가이께서 응갈라의 영혼은 기쁘게 맞이해 주실 거라고 안심을 시킨 다음, 마을에서 3킬로미터쯤 떨어진 젊은이들의 거주지로 갔다. 그곳은 울창한 숲 가까이에 있었고, 마을을 통과해 내 언덕께에서 넓어지는 강과 남쪽으로 맞닿아 있었다.

그곳은 젊은이들이 20명 남짓 살고 있는 자그마한 거주지였다. 아이들이 할례 의식을 치르고 성인이 되면, 자기 아버지의 보마에서 나와 다른 총각들과 함께 이곳에서 머물렀다. 하지만 각자 결혼하면 자기 아버지의 샴바 일부분을 물려받아 이곳을 나가고, 또 다른 젊은이들이 이곳에 와서 살기 때문에 여기는 잠시 거쳐가는 곳이었다.

장송곡이 들려오자 이곳에 사는 젊은이들 대부분은 마을로 갔고, 서너 명은 남아서 응갈라의 오두막을 태워 안에 있는 마귀를 쫓고 있었다. 젊은이들은 상황이 상황인지라 비통한 태도로 날 맞이했고, 이 땅을 다시 밟아도 아무런 해가 일어나지 않도록 이곳을 정화시키는 주문을 외워 달라고 부탁했다.

주문을 마친 후 타고 남은 재 중앙에 부적을 놓자 젊은이들은 뿔뿔이 흩어지고 응갈라의 가장 친한 친구였던 무럼비만 남았다.

「뭔가 할 말이 있느냐, 무럼비?」

우리 둘만 남게 되자 내가 입을 열었다.

「응갈라는 좋은 친구였습니다. 우리는 오랫동안 함께 지냈죠. 보고 싶을 거예요.」

「그 아이가 왜 목숨을 끊었는지 아느냐?」

「스스로 목숨을 끊은 게 아닙니다. 하이에나가 죽인 거죠.」

「벌거벗은 채 무장도 안 하고 하이에나에게 가는 것은 스스로 목숨을 끊는 거지.」

잿더미를 보면서 무럼비가 계속 말했다.

「어리석은 짓이죠. 죽음은 아무것도 해결해 주지 못하니까요.」

「그 아이가 풀려고 했던 문제가 뭐라고 생각하느냐?」

「그 아이는 무척 불행해했어요.」

「케이노와 은주포도 불행해하지 않았느냐?」

무럼비는 놀라서 나를 바라보았다.

「알고 계셨어요?」

「난 문두무구가 아니더냐?」

「하지만 그 아이들이 죽었을 때는 아무 말씀 안 하셨잖아요.」

「내가 무슨 말을 해야 했다고 생각하는 거냐?」

무럼비는 어깨를 으쓱하고 말했다.

「모르겠어요.」

무럼비는 잠시 말을 멈추었다.

「없어요. 할아버지께서 하실 수 있던 말씀은 아무것도 없었어요.」

「넌 어떠냐, 무럼비?」
「저요, 할아버지?」
「넌 행복하지 않은 거냐?」
「말씀하신 대로, 할아버지는 문두무구세요. 왜 답을 알고 계시면서 제게 질문을 하시는 거죠?」
「네 입에서 직접 나오는 답을 듣고 싶은 게다.」
「네, 전 행복하지 않아요.」
「그리고 다른 젊은이들도? 그 아이들도 행복하지 않은 게냐?」
「대부분은 아주 행복하지요.」
무럼비의 목소리에는 가느다란 경멸감이 배어 있었다.
「왜 행복하지 않겠어요? 이제 그 아이들은 성인인 걸요. 걔네들은 얼굴과 몸에 칠을 하고, 한가하게 농담이나 하고, 밤이 되면 마을로 가서 폼베나 마시고 춤추고 놀죠. 곧 결혼을 해서 아이를 낳고 자기 샴바를 꾸려 나갈 거고 언젠가는 장로회의 일원이 되겠죠.」
무럼비는 말을 멈추더니 땅에 침을 뱉었다.
「사실, 걔네들이 행복하지 않을 이유가 전혀 없잖아요?」
「없지.」
무럼비는 덤빌 듯이 나를 노려보았다.
「왜 〈네〉가 불행한지 말해 줄 수 있을 듯한데?」
「할아버지는 문두무구시잖아요.」
무럼비가 빈정대듯 말했다.
「내가 누구이든, 네 적은 아니잖느냐.」
무럼비는 깊게 한숨을 쉬더니 모든 것을 포기했다는 듯, 팽팽했던 몸의 긴장을 풀었다.
「알지요. 단지 지금은 이 세상 모든 것이 제 적으로 여겨질 뿐이에요.」

「왜 그런 거냐? 먹고 마실 음식과 폼베가 있으며 따뜻하고 아늑한 오두막도 있고 이 땅에는 오직 키쿠유족만이 살고 있다. 할례 의식도 끝나서 이제 성인이 되었고, 풍족한 땅에서 살고 있는데…… 왜 이런 세상이 네 적이라고 생각하는 거냐?」

무럼비는 몇 미터 떨어진 곳에서 조용히 풀을 뜯고 있는 검은색 암염소 한 마리를 가리켰다.

「저 염소 보이시죠, 할아버지? 저 녀석은 저보다 더 많은 것을 성취했어요.」

「바보 같은 소리 말거라.」

「진심이라고요. 저놈은 날마다 마을 사람들에게 젖을 공급해 주고, 1년에 한 번씩 새끼를 낳고, 대부분의 경우는 응가이께 제물이 되지요. 저놈은 자기 삶의 목적이 있다고요.」

「우리 모두도 그렇단다.」

무럼비는 고개를 저었다.

「그렇지 않아요, 할아버지.」

「삶이 따분한 게냐?」

「만약 삶이란 것이 넓은 강을 따라 흘러가는 여행이라고 한다면, 저는 가까운 그 어디에도 상륙할 곳 없이 표류하고 있는 셈이라고요.」

「가까운 곳에 목적지가 〈있단다〉. 넌 아내를 얻을 거고, 네 샴바를 꾸려 나갈 게다. 만약 열심히 일한다면, 많은 염소와 소도 갖게 될 게다. 많은 아들딸을 거느릴 거고. 대체 뭐가 문제인 게냐?」

「아무것도요. 그런 것과 관련되서는요. 하지만, 제 아내는 아이를 키우고 밭을 갈고, 제 아들은 가축을 돌보며, 딸은 제 옷을 만들고 어머니가 요리하는 것을 돕겠죠.」

무럼비는 잠시 말을 멈추었다.

「그리고 전…… 전 다른 사내들과 모여서 날씨 이야기를 하고 폼베를 마시고, 만약 제가 충분히 오래 산다면 언젠가 장로회의 일원이 되겠죠. 그렇게 되면 바뀌는 것은 단지 친구들과 제 보마 대신 코인냐쥐의 보마에서 이야기를 한다는 거고요. 그리고 때가 되면 죽겠죠. 제가 살아야만 하는 인생은 〈이런 거〉라고요, 할아버지.」

무렴비가 발로 땅을 차자 작은 먼지 구름이 일었다.

「물론, 저 암염소보다 제 삶이 더 의미 〈있는 척〉할 수는 있지요. 아내가 땔감을 들고 오는 동안 앞장서 걸으면서, 마사이족이나 와캄바족으로부터 제 아내를 보호하고 있다고 상상할 수 있을 거예요. 제 보마를 사람 키보다 높이 만들고 그 위에는 가시 울타리를 치고선 사자나 표범으로부터 제 가축을 보호하고 있다고 상상하면서 키리냐가에는 사자나 표범이 없다는 생각을 안 하려 노력할 수도 있을 거고요. 또한 쓸 일도 없으면서도 언제나 창을 들고 다니면서 만약 창을 들고 다니지 않으면 맹수나 누군가가 나를 발기발기 찢어 죽일 거라고 상상할 수도 있겠죠. 이런 모든 것을 상상할 수는 있겠지만, 할아버지…… 하지만 문제는 이 모든 것이 거짓이라는 거죠.」

「응갈라나 케이노, 은주포도 같은 식으로 생각했던 게냐?」

「네.」

「왜 그 아이들은 스스로 목숨을 끊었을까? 우리 허가장을 보면 키리냐가를 떠나고 싶은 사람은 누구든 그럴 수 있다. 단지 헤이븐이라고 이름 붙인 곳까지 가기만 했으면 유지 위원회의 우주선이 원하는 곳 어디라도 그 아이들을 데려다 주었을 텐데.」

「아직도 이해를 못 하고 계시는 거죠?」

「모르겠구나. 설명해 주렴.」

「사람들은 별까지 갔어요, 할아버지. 그 사람들은 우리가 상상할 수도 없는 약이며 기계며 무기를 지니고 있어요.」

무럼비는 잠시 말을 멈추었다.

「하지만 여기 키리냐가에서는 유럽인들이 그런 신기한 물건들을 가져오기 전의 생활 방식으로 살고 있는 거죠. 우리는 키쿠유족이 살던 방식대로 살고 있어요. 할아버지의 말씀대로 하자면, 우리가 살기로 되어 있는 방식대로 말이죠. 그런데 어떻게 우리가 케냐로 돌아갈 수 있겠어요? 우리가 무엇을 할 수 있겠어요? 그곳에서 우리가 어떻게 먹을 것과 잠자리를 마련할 수 있겠어요? 한때 유럽인들은 우리를 키쿠유족에서 케냐인으로 바꿔 놓았지만, 그러기 위해서는 오랜 세월동안 여러 세대가 흘러야만 했어요. 할아버지나 다른 분들은 키리냐가를 만드시면서 아무런 악의 없이 그저 옳다고 생각한 일을 하셨을 뿐이지만, 그래서 앞으로 전 이제 절대로 케냐인이 될 수 없다는 사실을 할아버지도 잘 아시잖아요. 저는 새로 시작하기에는 너무 나이를 먹었다고요.」

「이곳에 사는 다른 젊은이들은 어떻게 생각하는 거냐?」

「대부분은 만족하며 살죠. 왜 안 그렇겠어요? 그 아이들이 했던 제일 힘든 일이란 어머니 젖을 빠는 것뿐이었는데요.」

무럼비는 내 눈을 똑바로 바라보았다.

「할아버지는 그 아이들에게 꿈을 주었고 아이들은 그 꿈을 받아들였죠.」

「그럼 〈네〉 꿈은 무엇이냐, 무럼비?」

무럼비는 어깨를 으쓱했다.

「전 꿈이 없어졌어요.」

「믿을 수가 없구나. 모든 사람은 꿈을 품고 있단다. 무엇이 있으면 만족할 수 있겠느냐?」

「정말로 하시는 말씀이세요?」

「정말이란다.」
「마사이족이나 와캄바, 또는 루오족을 키리냐가로 데려오세요. 저는 전사로 훈련받았어요. 그러니까 제가 창을 들고 다닐 이유를 만들어 주세요. 아내가 늙어 꼬부랑 할머니가 되었을 때 그 앞에서 자랑스럽게 다닐 수 있도록 말이에요. 우리가 그 사람들 샴바로 쳐들어가서 여자와 소를 빼앗아 오게 하고, 그 사람들도 우리에게 그렇게 하려고 하게끔 해주세요. 우리가 다 컸다고 경작할 땅을 〈주지〉 마세요. 다른 부족과 〈경쟁〉하게 해주세요.」
「네가 원하는 것은 전쟁이로구나.」
「아니에요. 제가 원하는 것은 〈의미〉라고요. 할아버지는 제 아내와 아이들에 대해 말씀하셨어요. 전, 아버지께서 돌아가시며 제게 소를 남겨 주시거나 아니면 아버지께서 샴바로 돌아오라고 하시기 전에는 아내를 얻을 신붓값을 마련할 길이 없어요.」
무럼비는 책망하듯 나를 바라보았다.
「제가 원할 수 있는 거라곤 제 아버지의 자비심 아니면 아버지의 죽음뿐이라는 것을 모르시겠어요? 차라리 마사이족에게서 여자를 빼앗아 오는 게 백배 천배 낫지요.」
「그건 불가능하구나. 키리냐가는 키쿠유족을 위해서 만든 거란다. 케냐에 있던 키리냐가 그대로 말이다.」
「전 우리가 그렇게 믿는다고 생각해요. 마사이족은 응가이께서 자기들을 위해 킬리만자로 산을 만들어 주셨다고 믿듯이 말이에요. 하지만 저는 그것에 대해서 며칠을 생각해 보았죠. 〈제가〉 무엇을 믿는지 아세요? 전 마사이족과 키쿠유족이 서로를 위해서 창조되었다고 생각해요. 케냐에서 서로 붙어살았을 적에는 두 부족은 서로에게 의미와 목적을 주었으니까요.」

「그건 네가 케냐 역사를 모르기 때문이란다. 마사이족은 유럽인들이 오기 한 세기 전에서야 비로소 북쪽에서 내려왔단다. 그 부족은 가축들을 데리고 여기 저기 풀을 뜯게 하며 방랑하는 유목민들이지. 하지만 키쿠유족은 성스러운 산 옆에서 늘 농사를 지으며 살아왔단다. 마사이와 우리가 같이 산 기간은 얼마 안 되는 시간이란다.」

「그러면 와캄바족이나 루오족 아니면 유럽인들을 데려오세요!」

무럼비는 좌절감을 감추려 노력하며 소리쳤다.

「할아버지는 아직도 제가 무슨 말을 하는지 모르고 계세요. 제가 원하는 건 마사이족이 아니라 도전이라고요!」

「그리고 그게 케이노와 은주포와 은보카가 원하던 거였고?」

「네.」

「그럼 도전할 거리가 생기지 않는다면 너도 그 아이들처럼 목숨을 끊을 거냐?」

「모르겠어요. 하지만 지루함만 계속되는 삶을 살고 싶지는 않아요.」

「이곳에 사는 젊은이 가운데 너 같은 생각을 하는 아이가 얼마나 되는 거냐?」

「지금요? 저 뿐이에요.」

무럼비는 잠시 말을 멈춘 채 눈도 깜박이지 않고 나를 바라보았다.

「하지만 예전에는 다른 아이들도 그랬죠. 앞으로 또 생길 거고요.」

「네 말을 믿는단다.」

깊은 한숨이 절로 나왔다.

「이제 문제의 본질을 알았으니 내 보마로 돌아가 최선의 해결책을 찾아내야겠구나.」

「이 문제는 문두무구의 능력 밖의 일이에요, 할아버지. 그 문제라는 건 할아버지께서 보존하시려고 그토록 열심히 싸워온 사회의 일부니까요.」

「모든 문제에는 해결책이 있단다.」

「이 문제의 경우에는, 없어요.」

무럼비는 확신에 차 대답했다.

나는 사흘 동안 언덕에서 혼자 지냈다. 마을로 내려가거나 장로들과 상의하지도 않았다. 시보키 노인이 고통을 줄일 고약를 달라고 했을 때도 은데미를 통해 약을 보냈고 허수아비들에게 새로운 부적을 붙일 때가 되었을 때도 은데미를 통해서 그 일을 처리했다. 내가 씨름하고 있는 일이 훨씬 더 심각한 문제였기 때문이었다.

어떤 문제를 해결하는 데 있어서 자살을 영예로운 방법으로 취급하는 문화가 있다는 사실은 알고 있었지만, 키쿠유족에게는 해당되지 않았다. 더구나, 우리가 만든 유토피아에서 시시때때로 자살하는 사람이 나타난다는 사실은 이곳이 우리 모두에게 유토피아는 아니라는 것을 의미했고, 이는 이곳이 전혀 유토피아가 아니라는 뜻이었다.

하지만 우리는 유럽인들이 케냐에 나타나기 전까지 키쿠유족이 간직해 왔던 고유의 방식대로 살 수 있는 유토피아를 세웠다. 예전에 우리 사회를 강제로 변화시킨 이들은 키쿠유가 아니라 바로 유럽인들이었기에 무럼비가 원하는 방식으로 우리의 삶을 바꾸게 할 수는 없었다.

가장 좋은 방법은 무럼비나 그와 비슷한 생각을 하고 있는 아이들을 케냐로 이주시키는 것이지만, 그 방법은 불가능해 보였다. 나 자신은 영국과 미국에서 학위를 받았지만, 키리냐가에 있는 키쿠유족 대부분은 키리냐가에 오기에 앞서부터 키쿠유 고유의 방식으로 살기를 고집했던 사람들이었다 (케냐 정부는 이들을 광신자로 여기고 있었고 이들을 몰아낼 수 있자 무척 좋아했다). 이 말은 이곳 사람들은 케냐 구석구석까지 스며든 기계 문명에 제대로 적응할 수 없을 뿐더러 그런 문명을 배울만한 도구조차 가지고 있지 않다는 것을 뜻했다. 이들은 읽거나 쓸 줄 모르기 때문이었다.

그러므로 무럼비나 그에게 동조하는 젊은이들은 키리냐가를 떠나 케냐건 어디건 갈 수가 없었다. 그들은 이곳에 머물러야만 했다.

만약 그 아이들이 이곳에 남는다면, 그들에게는 세 가지 선택의 길이 있지만 셋 다 마음에 차지 않았다.

첫째로, 결국에는 모든 것을 단념하고 절망에 빠져 다른 네 명의 친구들이 그랬듯이 자살을 하는 것이었다. 하지만 이 방법은 허용할 수 없었다.

두 번째로는, 키쿠유족 남자들 대부분이 그러하듯이, 쉽고 게으른 삶에 자신들을 맞춰 마을 남자들과 마찬가지로 열심히 삶을 즐기고 지켜 나가는 방법이었다. 그러나 아이들이 그럴지는 확신이 서지 않았다.

세 번째로는, 무럼비의 제안을 받아들여 북쪽 평원을 마사이족이나 와캄바족에게 개방할 수 있겠지만, 그렇게 할 경우에는 우리가 키리냐가를 키쿠유족 세상으로 만드려고 한 모든 노력이 수포로 돌아갈 수 있었다. 더구나 〈그 아이〉를 위한 유토피아를 만들기 위해 〈우리의〉 유토피아를 파괴할 수도 있는 전쟁을 허용할 수는 없는 일이기에, 이 방법은 생각조차 할 수 없었다.

나는 다른 대안을 찾기 위해 사흘 밤낮을 고민했다.

나흘째 되는 날 아침, 나는 차가운 아침 공기를 막기 위해 어깨에 담요를 단단히 두르고 오두막에서 나와 불을 지폈다.

어김없이 시간에 늦은 은데미는 도착하자마자 오른발을 감싸더니 언덕을 올라오며 접질렸다고 변명하기 시작했다. 하지만 물을 길러 내려갈 때 왼발을 다시 절름거렸고, 그 모습에도 나는 놀라지 않았다.

은데미는 다시 돌아와 땔감을 모으고 보마에 떨어진 나뭇잎을 치우는 등 자기 할 일을 했고 나는 그 모습을 지켜보았다. 나는 이 아이를 내 조수이자 후계자로 선택했다. 마을 아이 가운데 가장 용감하고 영리하기 때문이었다. 새로운 놀이를 생각해 내는 아이는 언제나 은데미였으며 그 놀이에서 항상 우두머리를 차지하였다. 내가 아이들 사이를 걸어갈 때면 이야기를 해달라고 맨 처음으로 조르는 아이도 은데미였고, 내가 해준 이야기의 숨은 뜻을 가장 빨리 알아차리는 아이도 은데미였다.

간단히 말해서, 내가 은데미를 내 조수로 써서 아이의 관심을 돌려놓지 않았다면, 이 아이는 몇 년 안에 자살을 할 가장 확실한 후보자였다.

「앉거라, 은데미.」

은데미가 그러모은 나뭇잎을 꺼져 가는 모닥불에 집어넣는 것으로 일을 끝내자 내가 말을 건넸다.

은데미는 내 옆에 앉았다.

「오늘은 무슨 공부를 하나요, 할아버지?」

「오늘은 그냥 이야기를 할 거란다.」

내 말에 아이의 얼굴이 어두워졌다. 나는 계속 말을 이었다.

「내게 문제가 하나 있는데, 네가 그 해답을 찾아 주었으면 하는구나.」

갑자기 은데미의 얼굴에 활기가 돌더니 감격한 표정을 지었다.

「그 문제란 게 젊은 형들이 스스로 목숨을 끊는 거지요?」
「맞았단다. 왜 그 형들이 그랬을 것 같으냐?」
은데미는 앙상한 어깨를 으쓱하며 대답했다.
「모르겠어요, 할아버지. 아마 미쳤나 보죠.」
「정말로 그렇게 생각하는 거냐?」
은데미는 다시금 어깨를 으쓱했다.
「아니요. 사실은 아니에요. 아마 나쁜 사람들이 저주를 내렸을 거예요.」
「그럴 수도 있지.」
「분명해요. 여기 키리냐가는 유토피아잖아요. 저주가 아니라면 왜 여기에서 살고 싶어 하지 않겠어요?」
자신 있는 목소리였다.
「은데미야, 네가 내 보마에 날마다 오기 전을 생각해 보려무나.」
「기억나요. 그렇게 오래전은 아니니까요.」
「그래. 그럼 네가 뭘 하고 싶었는지 기억할 수 있겠느냐?」
은데미는 웃으며 대답했다.
「노는 거요. 사냥이랑요.」
나는 고개를 저었다.
「〈그때〉 뭐하고 싶었는지를 묻는 게 아니란다. 어른이 되어서 뭘 하고 싶었는지 기억나느냐?」
은데미는 얼굴을 찌푸리며 말했다.
「아내를 얻고, 샴바를 꾸리는 거요. 아마도요.」
「왜 얼굴을 찌푸리는 거냐, 은데미?」
「정말 제가 원했던 게 아니니까요. 하지만 답으로 생각해 낼 수 있는 건 그게 다네요.」
「더 생각해 보려무나. 얼마가 걸려도 좋으니까 말이다. 아주 중요한 거란다. 기다리마.」

우리는 한참을 아무 말 없이 앉아 있었고, 마침내 아이가 고개를 들었다.
「모르겠어요. 하지만 제 아버지나 형들처럼 살고 싶지는 않았어요.」
「무엇을 하고 〈싶었던 게냐〉?」
은데미는 답을 모르겠다는 듯 어깨를 으쓱했다.
「뭔가 다른 거요.」
「어떻게 다른 거 말이냐?」
「모르겠어요. 뭔가 더······」
은데미는 적당한 단어를 찾으려 했다.
「더 〈자극적인〉 일이요.」
아이는 자기 답을 생각해 보더니 만족스러운 듯 고개를 끄덕였다.
「들판에서 풀을 뜯는 임팔라조차도 더 자극적인 삶을 살잖아요. 하이에나를 조심해야 하니까요.」
「하지만 임팔라에게는 하이에나가 없는 게 더 좋지 않겠느냐?」
「물론 그렇겠죠. 그러면 잡아먹힐 염려가 없겠죠.」
은데미는 이마에 주름을 잡으며 생각에 잠겼다.
「하지만 만약에 하이에나가 없다면 빨리 달릴 필요가 없을 테고, 빨리 달리지 않는다면 더는 임팔라가 아니잖아요.」
은데미의 말을 듣자 해결책이 보이기 시작했다.
「그러니까 임팔라를 임팔라로 만드는 것은 하이에나로구나. 즉 비록 뭔가 나쁘거나 위험해 보일지라도 그런 것이 임팔라에게 필요할 수도 있는 거고 말이지.」
「이해가 안 돼요, 할아버지.」
「내가 하이에나가 되어야만 하겠구나.」
내가 진지하게 말했다.

「지금 당장요? 제가 봐도 돼요?」
아이가 기뻐하며 말했다.
나는 고개를 저었다.
「아니, 지금 당장은 아니란다. 하지만 곧 그래야겠구나.」
임팔라를 특징지어 주는 것이 하이에나인 것처럼, 진정한 키쿠유족이 되지도 못하면서 키리냐가를 떠날 수도 없는 젊은이들을 특징지어 줄 수 있는 그 무엇을 찾아야만 했다.
「얼룩무늬랑 다리랑 꼬리도 다 다실 거예요?」
은데미는 열심히 물어 왔다.
「아니다. 하지만 그게 없어도 나는 하이에나가 될 수 있단다.」
「무슨 말인지 모르겠어요.」
「네가 알아들으리라고는 생각하지 않는다. 하지만 무렴비는 알 게다.」
무렴비가 원하는 것은 도전이며 그것을 만들어 줄 수 있는 이는 키리냐가에서 오직 한 명뿐이라는 사실을 나는 알기 때문이었다.
그 한 명은 바로 나 자신이었다.

나는 은데미를 코인나쥐에게 보내 장로회를 소집하라고 전했다. 그리고 그날 늦게, 나는 의식용 머리장식을 하고, 지금까지 했던 중 가장 무섭게 얼굴을 칠한 다음 주머니에 여러 가지 부적을 넣고 코인나쥐와 모든 장로들이 모여있는 그의 보마로 향했다. (문두무구조차도 대추장보다 앞서서 말을 할 수는 없었기 때문에) 중요한 상의거리가 내게 있다고 코인나쥐가 선언할 때까지 나는 끈기 있게 기다린 다음 나는 마침내 일어나서 장로들을 바라보았다.
「나는 뼈를 던졌소. 그리고 염소의 내장을 읽었소. 금방 죽은 도마뱀에 앉아 있는 파리 떼의 모습을 살펴보았소. 그래서 이제 나는 왜 응갈라가 아무런 무기 없이 하이에나에게 걸어갔는지, 왜 케이노와 은주포가 죽었는지를 알게 되었소.」

나는 극적 연출을 위해 잠시 말을 멈추었고, 모든 사람들의 눈길이 내게 쏠려 있음을 확인했다.

「누가 그런 싸후를 걸었는지 말해 주시오. 그러면 우리가 그 사람을 없애 버리겠소.」

「그렇게 간단하지가 않소. 내 말을 끝까지 들어 보시오. 싸후를 옮긴 이는 무럼비요.」

「내 그놈을 죽여 버리겠소! 그놈 때문에 내 아들이 죽었다니!」

응갈라의 아버지 키반자가 외쳤다.

「안 되오. 그 아이를 죽여서는 안 되오. 그 아이가 싸후의 원천이 아니기 때문이오. 그 아이는 단지 전달자 역할만 했을 뿐이오.」

「만약 암소가 독이 든 물을 마셨다면, 해로운 우유를 만든 근본이 암소가 아니더라도 어쨌든 우리는 그 암소를 죽여야만 하오.」

키반자가 고집했다.

「무럼비의 잘못이 아니오. 그 아이는 당신의 아들처럼 결백하오. 그러니 죽여서는 안 되오.」

내가 단호히 말했다.

「그럼 누가 그 싸후에 책임이 〈있단〉 말이오? 내 아들이 흘린 피를 피로서 보답 받아야겠소!」

「이 싸후는 아주 오래된 거요. 우리가 케냐에 살고 있을 때 마사이족이 우리에게 건 싸후요. 싸후를 건 이는 죽었지만, 그 사람은 아주 힘센 문두무구였기 때문에 그 사람이 죽고 난 다음에도 싸후는 계속되는 거요.」

나는 잠시 말을 멈췄다.

「나는 그 사람과 영계에서 싸워왔소. 대부분의 경우에는 내가 이겼지만 이따금씩 내 주술이 약해질 때면 그 싸후가 우리 젊은이들에게 내리는 거요.」

「우리 젊은이들 가운데 누가 그 싸후를 퍼뜨리고 있는지 어떻게 알 수 있소? 아이들이 죽은 다음에야 저주가 내린 것을 알 수 있는 거요?」

코인나쥐가 물었다.

「방법이 있소. 하지만 그 아이들은 오직 나만이 알아볼 수 있소. 당신들에게 할 일을 일러준 뒤, 나는 다른 마을을 찾아다니면서 누가 싸후를 퍼뜨리고 있는지 알아볼 거요.」

「우리가 해야 할 일을 말해 주시오.」

관절의 통증에도 불구하고 내 말을 듣기 위해 그 자리에 참석한 시보키 노인이 말했다.

「무렘비를 죽여서는 안 되오. 싸후를 퍼뜨리는 게 그 아이의 잘못이 아니니 말이오. 하지만 다른 아이들에게 싸후를 퍼뜨리게 해서도 안 되니 오늘부터 그 아이를 내쳐야만 하오. 그 아이를 오두막에서 내쫓아 다시는 돌아오지 못하게 해야 하오. 당신들 가운데 누군가가 그 아이에게 음식이나 잘 곳을 마련해 준다면 똑같은 싸후가 당신과 당신 가족에게 떨어질 거요. 인근 마을에 심부름꾼을 보내면 내일까지는 그 아이가 추방당했다는 사실을 알릴 수 있을 거요. 그리고 사흘 안에 키리냐가에 있는 모든 마을에 심부름꾼을 보내 그 아이가 추방당했다는 사실을 알리도록 하시오.」

「지독한 처벌이오.」

코인나쥐가 말했다. 키쿠유족은 동정심이 많은 부족이기 때문이다.

「만약 그 싸후가 무럼비의 잘못이 아니라면, 적어도 마을 어귀에 아이가 먹을 음식 정도는 두어도 되지 않소? 만약 그 아이가 밤에 몰래 와서 우리들에게 모습을 보이지도 않고 이야기도 나누지 않는다면 싸후는 그 아이에게만 머물러 있을 거요.」

나는 고개를 저었다.

「내가 말한 대로 해야만 하오. 안 그러면 그 싸후가 우리 모두를 죽이지 않는다고 보장할 수 없소.」

「만약 우리가 들판에서 그 아이를 만나면 아는 척하지 말아야 하는 거요?」

코인나쥐가 계속 물어 왔다.

「만약 그 아이를 만나면 창으로 위협해 쫓아 버려야만 하오.」

내가 대답했다.

코인나쥐는 깊은 한숨을 내쉬었다.

「그렇다면 당신 말대로 하리다. 오늘부터 오두막에서 쫓아내고 앞으로 영원히 그 아이를 멀리하겠소.」

「그렇게 하시오.」

나는 말을 마치고 코인나쥐의 보마를 떠나 내 언덕으로 돌아왔다.

〈좋아, 무럼비.〉 나는 생각했다. 〈이제 너는 도전거리가 생겼단다. 넌 창을 안 쓰고 살 수 있게 자라 왔단다. 하지만 이제부터 넌 창으로 잡을 수 있는 것만 먹을 수 있단다. 넌 여자들이 오두막을 짓는 곳에서 자라 왔지. 하지만 이제부터 너는 네가 지은 오두막에서만 모든 위험을 피해 안전하게 살 수 있단다. 넌 쉬운 삶에 길들여져 자라 왔다. 이제 너는 오직 네 지혜와 힘만으로 살아야만 한다. 아무도 널 돕지 않을 것이고, 아무도 네게 음식이나 피난처를 제공하지 않을 것이며, 난 내 명령을 철회하지 않을 것이란다. 이 방법이 완전한 해결책은 아닐지라도 이 상황에서 내가 생각해 낼 수 있는 최선의 방법이구나. 넌 도전과 적이 필요했지. 이제 내가 그 둘을 다 제공할 것이란다.〉

나는 이후 한 달간 키리냐가에 있는 모든 마을을 찾아다니며 젊은이들과 오랫동안 이야기를 나누었다. 두 명의 젊은이가 더 쫓겨나 황야에서 살게 됐으며, 이제 다른 일들과 함께 이런 방문도 내 정규 일정의 한 부분으로 자리잡게 되었다.

젊은이들은 더는 자살하지 않았고, 이유를 알 수 없는 죽음도 사라졌다. 하지만, 아무리 키리냐가와 같은 유토피아라 할지라도 가장 똑똑하고 영리한 사람들은 쫓겨나고, 남아 있는 이들은 로터스의 열매를 먹으며 만족하는 이 사회가 어떻게 되어나갈지, 때때로 생각 안 할래야 안 할 수가 없었다.

7

하찮은 지식

2136년 7월

동물들이 말을 할 수 있던 때가 있었다.

그 당시, 사자와 얼룩말, 코끼리와 표범, 새와 사람은 모두 땅을 서로 공유하고 있었다. 이들은 함께 일했고 만나서 여러 가지 일에 대해 이야기를 나누었으며 서로 찾아다니며 선물을 주고받았다.

그러던 어느 날, 응가이께서는 당신의 창조물 전부를 불러 모으셨다.

「나는 내 창조물들이 행복한 삶을 누려 가도록 할 수 있는 모든 일을 다 했도다.」

응가이의 말에 모여든 동물과 사람이 당신을 찬양하기 시작했지만, 응가이께서 손을 드시자 모두들 즉각 조용해졌다.

「난 너희들의 삶을 〈너무나〉 좋게 했느니라. 지금까지 너희들 가운데 누구도 죽지 않았느니라.」

「그게 왜 잘못된 것인지요?」

얼룩말이 물었다.

「너희가 그 타고난 바를 벗어나지 못하듯이, 즉 코끼리가 하늘을 날 수 없고 임팔라가 나무를 탈 수 없는 바와 같이 나는 정직하지 않을 수가 없느니라. 아무도 죽지 않기 때문에 나는 너희들에게 동정심을 느낄 수가 없으며, 동정심이 없으면 내 눈물로 사바나와 숲에 물을 줄 수가 없느니라. 그리고 물이 없으면 풀과 나무들은 시들어 죽을 것이니라.」

창조물들 사이에는 탄식과 통곡이 넘쳐 났지만, 응가이께서는 다시 한 번 그들을 조용히 시키셨다.

「내 이야기를 하나 해주겠노라. 이 이야기에서 무엇인가를 배우도록 하여라.

예전에 개미 왕국이 둘 있었느니라. 한 곳은 아주 현명한 집단이었고 다른 한 곳은 우둔한 집단이었느니라. 어느 날, 그들은 개미를 먹는 땅돼지가 온다는 소식을 들었느니라. 우둔한 집단은 그 땅돼지가 자신들을 무시한 채 이웃 왕국을 공격하길 바라면서 자기 할 일만 하였느니라. 하지만 현명한 집단은 땅돼지의 침입을 막을 수 있는 흙무더기를 쌓아 놓고 설탕과 꿀을 그 무더기 안에 비축해 놓았느니라.

땅돼지는 개미들의 왕국에 도착하자 곧장 현명한 개미들이 있는 곳을 공격했지만 흙더미 때문에 땅돼지의 갖은 노력은 모두 물거품이 되었고, 개미들은 흙더미 안에서 설탕과 꿀을 먹으며 살아남았느니라. 마침내 며칠을 허비한 땅돼지는 우둔한 개미들이 있는 곳으로 옮겨 가 그날 저녁을 잘 먹었느니라.」

응가이께서는 침묵에 잠기셨고, 그 누구도 감히 응가이께 더 이야기를 해달라고 말하지 않았다. 대신, 모두는 각자 자신의 집으로 돌아가 당신께서 해주신 이야기에 대해 논의하며 앞으로 다가올 가뭄에 대비했다.

1년이 지나 마침내 사람들은 순결한 염소를 제물로 바치기로 결심했고, 바로 그날 바짝 말라 황폐해진 땅에 응가이의 눈물이 내렸다. 그 이튿날 아침, 응가이께서는 성스러운 산으로 당신의 창조물들 불러 모으셨다.

「지난 1년간 잘들 지냈더냐?」

당신께서는 그들 각자에게 일일이 물어 보셨다.

「아주 힘들었사옵니다.」

비쩍 말라 약해진 코끼리가 불평을 했다.

「저희는 가르쳐 주신대로 흙더미를 쌓고 설탕과 꿀을 모았습니다. 하지만 흙더미 안은 너무 덥고 불편했으며 이 세상에 있는 모든 설탕과 꿀도 저희 코끼리 가족이 먹기에는 충분치 않았사옵니다.」

「저희는 더 힘들었사옵니다.」

코끼리보다 더 비쩍 마른 사자가 울부짖었다.

「사자는 설탕과 꿀이 아닌 고기를 먹어야 하기 때문이옵니다.」

그렇게, 동물들은 각자 자신의 비참함을 하소연했다. 마침내 응가이께서는 사람에게 다가오셔서 같은 질문을 던지셨다.

「저희는 아주 잘 지냈사옵니다. 저희는 물통을 만들어 가뭄이 오기 전에 물을 채웠으며 오늘까지 먹고 살 수 있는 곡식을 비축하였나이다.」

「네가 정말로 자랑스럽도다. 내 모든 창조물 가운데, 오직 너만이 내 이야기를 이해하였도다.」

「공평치가 않사옵니다!」

다른 동물들이 항의했다.

「저희는 말씀하셨던 대로 흙더미를 만들고 설탕과 꿀을 비축하였사옵니다!」

「내가 말하여 준 것은 우화이니라. 그리고 너희들은 표면에 보이는 사실 밑에 숨어 있는 진실을 제대로 알아듣지 못한 것이니라. 내 너희에게 생각할 수 있는 힘을 주었으나 너희가 그 힘을 제대로 쓰지 아니하였으니, 지금 이후로 내 그것을 다시 거두어들이겠노라. 그리고 또 한 가지 벌로서, 너희들은 앞으로 더는 말을 하지 못할 것이니라. 생각하지 못하는 것이 말은 해서 어디에 쓰겠느냐.」

그리하여 그날 이후로, 응가이의 모든 창조물 가운데 오직 사람만이 생각하고 말할 수 있는 능력을 지니게 되었다. 오직 사람만이 사실로부터 진실을 꿰뚫어 볼 수 있기 때문이다.

만약 당신이 어떤 사람을 어렸을 적부터 훈련시켜 그 사람에게 생각하는 법을 가르치고 함께 일해 왔다면, 당신은 그 사람을 잘 안다고 생각할 것이다. 여러 상황에서 그 사람이 어떻게 행동할지 예측할 수 있으리라 생각할 것이다. 또한 그 사람의 마음이 어떻게 움직이는지 잘 안다고 생각할 것이다.

그리고 만약 당신 스스로가 수많은 사람 가운데에서 문제의 그 사람을 선택하고 무엇인가 특별한 것을 위해 훈련시켰다면, 즉 지구화한 행성 키리냐가의 문두무구로 만들기 위해 내가 은데미를 선택해 후계자로 훈련시켰듯이 그렇게 했다면, 당신은 당연히 그 사람에게서 충성심과 감사하는 마음을 기대할 것이다.

하지만 문두무구조차 틀릴 수가 있다.

언제, 또는 어떻게 그 일이 벌어지기 시작했는지 나도 잘 모르겠다. 나는 은데미가 아직 할례받지 않은 케헤였을 때 내 조수로 그 아이를 선택했고 언젠가 나로부터 물려받을 그 자리를 위해 그 아이나 나나 모두 열심히 준비했다.

은데미는 아무것도 겁내지 않았고 끝없는 열의를 지니고 있었지만 내가 그 아이를 후계자로 선택한 이유는 용기나 열의 때문이 아니었다. 내가 그 아이를 택한 까닭은 그 아이의 지성 때문이었다. 은데미는 아주 오래전에 세상을 떠난 어린 계집아이를 빼고는 키리냐가의 아이들 가운데에서 가장 똑똑했다. 그리고 우리는 유럽의 타락한 모방품이 되어 버린 케냐를 피해 키쿠유족의 낙원을 만들러 이 땅으로 이주해 왔기 때문에 가장 현명한 사람이 문두무구가 되어야 하는 것은 필수적이었다. 문두무구는 단지 예언을 하고 주문을 외우는 사람이 아니라 부족의 지혜와 문화를 집대성한 보고이기 때문이었다.

날마다 나는 은데미가 가진 보잘것없는 지식의 창고를 쌓아 나갔다. 나는 어떻게 하면 아카시아 나무껍질이나 열매로 약을 만드는지 아이에게 가르쳐 줬고, 날씨가 추워지거나 습해질 때 나이 든 사람의 고통을 완화시킬 수 있는 고약 만드는 법을 가르쳤으며, 들판에 있는 허수아비에게 축복을 내릴 때 쓰는 수백 가지 주문을 암기시켰다. 나는 은데미에게 1천 개는 족히 되는 우화를 말해 주었다. 키쿠유족에게는 필요한 모든 순간, 모든 때에 해당하는 우화가 있었으며 현명한 문두무구란 각 상황에 적합한 우화를 찾아낼 수 있는 사람이어야 하기 때문이었다.

그리고 6년이라는 긴 시간 동안 아이는 매일 아침 내 언덕에 와서 수업 시작 전에 닭과 염소에게 먹이를 주고 보마에 모닥불을 지피며, 빈 물통에 물을 채우는 일 따위로 내게 충실히 봉사했고, 마침내 나는 아이를 내 오두막으로 데리고 들어가 컴퓨터가 어떻게 작동하는지를 보여 주었다.

키리냐가에는 전체를 통틀어 오직 넉 대의 컴퓨터만이 있었다. 다른 석 대는 마을의 대추장인 코인나줘와, 멀리 떨어져 있는 씨족의 추장이 가지고 있었지만, 그들의 컴퓨터로는 단지 통신만 할 수 있을 뿐이었다. 오직 내 것만이 키리냐가에 허가장을 내어 준 지배 계급인 유토피아 위원회의 데이터뱅크와 연결되어 있었다. 오직 문두무구만이 유럽인의 문화에 노출되고도 타락하지 않을 수 있는 능력이 있기 때문이었다. 내 컴퓨터의 주된 목적 가운데 하나는 키리냐가에 계절 변화가 오도록 궤도 조종을 하는 것이었다. 예정에 맞춰 키리냐가에 비가 내리고 작물이 잘 자라 풍년이 들게끔 말이다. 이 일은 부족의 생존과 관계되는 것이기에 아마도 문두무구의 가장 중요한 의무라 할 수 있을 것이다. 나는 여러 날에 걸쳐 은데미에게 이것저것 컴퓨터의 복잡한 사용법을 가르쳤고, 마침내 아이는 나만큼 컴퓨터를 잘 쓸 줄 알게 되었고, 쉽게 명령을 내릴 수도 있게 되었다.

아이가 변했다는 사실을 눈치챘던 그날 아침도 시작은 평소와 다를 바 없었다.

나는 잠에서 깨어나 앙상한 내 어깨를 담요로 감싼 채 오두막을 나섰다. 태양이 차가운 공기를 따뜻하게 데워 줄 때까지 모닥불 곁에 앉아 있기 위해서였다. 하지만 언제나처럼, 모닥불은 아직 준비되어 있지 않았다.

몇 분 뒤 은데미는 오솔길을 따라 내가 사는 언덕으로 올라왔다.

「쟘보, 코리바 할아버지.」

은데미는 여느 때처럼 웃으며 인사했다.

「쟘보, 은데미. 그런데 내가 늙은이라서 공기가 따뜻해질 때까지 불 옆에 앉아 있어야만 한다고 대체 몇 번이나 이야기를 해야 알아듣겠느냐?」

「죄송해요, 할아버지. 하지만 제가 아버지 샴바를 막 떠나 여기에 오려고 할 때 하이에나 한 마리가 우리 염소에게 살금살금 다가오길래 그 녀석을 쫓아내고 와야만 했어요.」

은데미는 증거라도 되는 양, 자기 창을 높이 쳐들었다.

나는 아이의 독창성에 감탄을 금할 수가 없었다. 아이가 늦은 게 이번으로 아마 천 번은 되었을 터인데, 은데미는 단 한 번도 같은 변명을 한 적이 없었다. 하지만 더는 두고 볼 수 없다는 생각이 들었기 때문에 나는 모닥불가에 앉아 내 뼛속 깊이 스미든 한기를 몰아내고 고통을 잠재우며 은데미가 허드렛일을 끝내길 기다렸다. 나는 일을 마친 아이에게 내 맞은편에 앉으라고 말했다.

「오늘은 무엇을 배우나요?」

은데미가 내 옆에 쪼그리고 앉으며 물었다.

「수업은 나중에 하자꾸나.」

먼지와 함께 따뜻한 바람이 내 얼굴로 불기 시작하자 나는 어깨에 둘렀던 담요를 바닥에 내려놓으며 말했다.

「먼저 이야기를 하나 해주마.」

은데미는 고개를 끄덕이고는 나를 열심히 바라보며 말을 꺼내길 기다렸다.

「옛날에 키쿠유 추장이 있었단다. 그 추장에게는 여러 가지 훌륭한 능력이 있었지. 싸움에서는 강한 전사였고 장로회에서는 모두들 그가 하는 말을 존중했단다. 하지만 이러한 여러 가지 훌륭한 능력에도 불구하고 그 추장에게는 결점이 하나 있었단다.

어느 날, 그 추장은 한 처녀가 그녀 아버지의 샴바를 갈고 있는 모습을 보고는 그 처녀에게 반해 버렸단다. 바로 그 이튿날, 추장은 그 처녀에게 가서 사랑을 고백하려 했지만, 처녀를 만나기 위해 가는 순간 코끼리가 길을 가로막아서 어쩔 수 없이 코끼리가 사라질 때까지 기다려야만 했단다. 마침내 그 추장이 처녀의 샴바에 도착했을 때에는 이미 다른 젊은 전사가 그 처녀에게 청혼을 하고 있었단다. 그럼에도 불구하고, 처녀는 추장과 눈이 마주치자 생긋 웃어 주었고, 낙담하고 있던 추장은 이 모습에 용기를 내어 이튿날 다시 찾아오기로 결심했단다. 하지만 이튿날에는 무시무시한 뱀이 길을 가로막고 있었고, 추장이 그 처녀를 찾아갔을 때에는 역시 다른 사람이 먼저 구혼을 하고 있었단다. 하지만 처녀는 또 한 번 추장에게 웃어 주었고, 용기를 낸 추장은 다시 한 번 더 찾아오기로 결심했단다.

사흘째 되는 날 아침, 추장은 자기 오두막의 담요 위에 누워 처녀에게 할 여러 가지 말을 열심히 생각하고 있었단다. 그리고 처녀에게 접근할 수 있는 최고의 방법을 결정했을 때는 이미 해가 뉘엿뉘엿 지고 있었단다. 추장은 보마를 뛰쳐나와 처녀에게 갔지만 때는 늦어 이미 다른 사람이 처녀의 아버지에게 소 다섯 마리와 염소 서른 마리를 주고 처녀의 신붓값을 치른 뒤였단다.

추장은 처녀와 잠시 같이 있을 시간을 얻어 낸 다음 그 처녀에 대한 자기의 사랑을 장황하게 늘어놓았지.

〈저도 당신을 사랑해요. 하지만 전 날마다 당신이 오기를 기다렸지만 언제나 늦으셨어요.〉

처녀가 말했단다.

〈이유가 있었소. 첫날에는 코끼리가, 둘째 날에는 독사가 길을 막고 버티고 있었다오. 그리고 오늘은 표범이 나를 막았다오. 그래서 여기 오기 전에 그 녀석을 내 창으로 죽여야만 했소.〉

추장은 셋째 날에 왜 늦었는지는 차마 진실을 말하지 못했단다.

〈유감이군요. 하지만 전 이미 다른 사람과 약혼을 했답니다.〉

처녀가 말했지.

〈날 못 믿는 거요?〉

추장이 따졌단다.

〈당신께서 하신 말씀이 사실이든 아니든 아무 차이가 없답니다. 사자나 뱀이나 표범이 사실이었든 아니면 거짓말로 꾸며 낸 것이었든, 결과는 같답니다. 늦으셨기 때문에 사랑을 얻지 못하시는 거지요.〉」

나는 말을 멈추고 은데미를 바라보았다.

「내 이야기에 들어 있는 교훈을 이해하겠느냐?」

은데미는 고개를 끄덕였다.

「하이에나가 제 아버지의 염소를 쫓아왔느냐 아니냐는 중요한 게 아니라는 거죠. 중요한 것은 제가 늦었다는 거고요.」

「바로 맞았단다.」

평소라면 이런 식으로 수업이 끝났겠지만, 오늘은 달랐다.

「말도 안 되는 이야기예요.」

광막한 사바나를 물끄러미 보면서 은데미가 말했다.

「그래? 왜 그렇지?」

「이야기 자체가 거짓말로 시작하니까요.」

「무슨 거짓말 말이냐?」

「영국인들이 오기 전까지는 키쿠유족에게 추장이란 없었어요.」

「누가 네게 그런 말을 하더냐?」

「살아서 빛나고 있는 상자에게 배웠어요.」

은데미는 마침내 나와 눈을 마주치며 대답했다.

「내 컴퓨터 말이냐?」

은데미는 고개를 끄덕였다.

「전 그것과 키쿠유족에 대해 여러 번 오랫동안 토론을 했고 여러 가지를 배웠어요.」

은데미는 잠시 말을 멈추었다.

「심지어 우리들은 마우 마우의 시기 전에는 한 마을에서 모여 살지도 않았었는데, 좀 더 쉽게 통제하려고 영국인들이 우리를 모여 〈살게 한〉 거죠. 그리고 추장을 뽑은 사람도 영국인들이었어요. 추장을 통해 우리를 다스리려고요.」

「사실이다.」
내가 인정했다.
「하지만 내가 한 이야기에서 그건 중요하지가 않단다.」
「하지만 할아버지께서 하신 이야기는 시작부터가 사실이 아니라고요. 그러니 나머지가 사실일 리 있겠어요? 왜 차리리 〈은데미, 만약 한 번만 더 늦게 온다면, 네 변명이 사실이든 아니든 난 상관하지 않고 네게 벌을 줄 테다〉라고 말씀하지 않으셨나요?」
「네가 〈왜〉 늦으면 안 되는지 이해하는 것이 중요하기 때문이란다.」
「하지만 해주신 이야기는 거짓말이에요. 신부에게 청혼을 하고 돈을 치르는 데는 사흘 이상이 걸린다는 사실을 모두가 알고 있다고요. 그러니 그 이야기는 거짓으로 시작해서 거짓으로 끝나요.」
「넌 사물의 겉면만 보고 있구나. 진실은 그 아래 숨어 있단다.」
작은 벌레가 내 정강이를 기어오르고 있는 모습을 지켜보다가 툭 털어 내며 내가 말했다.
「진실은 제가 늦게 오지 않기를 원하신다는 거죠. 그런데 우리가 키리냐가에 오기 전에 멸종해 버린 코끼리와 표범이 무슨 관계가 있단 말인가요?」
「내 말을 잘 듣거라, 은데미. 네가 문두무구가 되면 넌 사람들에게 가치관이나 교훈을 가르쳐야만 하고, 그럴 때는 그들이 이해할 수 있는 방식으로 해야만 하는 거란다. 이것은 아이들에게는 특히 중요한 사항이란다. 네가 아이들을 잘 다뤄야 다음 세대에 훌륭한 키쿠유족이 될 테니 말이다.」
은데미는 한참 동안 아무 말 없이 있더니 마침내 말을 꺼냈다.

「할아버지가 잘못 생각하시는 거예요. 사람들에게 평범하게 말씀하셔도 이해할 수 있을 뿐 아니라 단지 문두무구의 입에서 나왔다는 이유만으로 모두들 진실이라고 믿을 그 이야기는 거짓으로 가득 찼다고요.」

「〈아니다〉!」

내가 날카롭게 외쳤다.

「우리는 유럽인들이 우리를 아무런 특징 없는 케냐인으로 바꾸기 전의 키쿠유족 삶 그대로 살기 위해 키리냐가에 온 거다. 내 이야기에는 시가 있고 전통이 있다. 내 이야기를 통해 우리 부족은 우리 조상들이 예전에 어떻게 살았는지를, 그리고 우리 역시도 그렇게 살고 싶어 한다는 사실을 깨닫는 거란다.」

나는 어떤 식으로 말을 계속해야 할지 생각하기 위해 잠시 말을 멈추었다. 이전까지는 은데미가 이토록 심하게 내게 반대를 해온 적이 한 번도 없었기 때문이다.

「넌 내게 이야기를 해달라고 간청했었고, 모든 아이들 가운데 가장 빨리 이야기의 숨은 뜻을 깨달았었다.」

「그때는 제가 어렸죠.」

「그때 넌 키쿠유였다.」

「전 아직도 키쿠유예요.」

「넌 유럽인의 지식과 역사를 알아 버린 키쿠유다. 만약 네가 내 뒤를 이어 문두무구가 되려면 그건 피할 수가 없다. 우리의 허가장이라는 게 유럽인들의 변덕에 달려 있고 넌 그들과 이야기를 하고 그들의 기계를 써야만 하기 때문이지. 하지만 네가 키쿠유로서, 그리고 문두무구가 되기 위해 넘어야 할 가장 힘든 도전은 그들 때문에 타락하지 않도록 하는 것이다.」

「전 타락이라고 〈생각〉하지 않아요. 저는 컴퓨터를 써서 여러 가지를 배웠어요.」

「배웠지.」

내가 동의했다. 물수리가 원을 그리며 머리 위를 날고 있었고 근처에 있는 윌더비스트의 냄새가 바람에 실려 왔다.

「그리고 여러 가지를 잊어버리기도 했단다.」

「제가 무엇을 잊어버렸는데요?」

물수리가 물고기를 낚아채려 강으로 급강하하는 모습을 쳐다보며 은데미가 따져 물었다.

「넌 이야기의 진짜 가치란 듣는 이로 하여금 무엇인가 깨닫도록 하는 거란 사실을 잊어버렸단다. 네가 말한 대로, 난 그냥 너보고 늦지 말라고 할 수도 있었겠지만 그 이야기의 목적은 〈왜〉 네가 늦으면 안 되는지 깨닫게끔 네 머리를 쓰게 하는 것이었다.」

나는 잠시 말을 멈추었다가 계속했다.

「넌 왜 우리가 유럽인처럼 되지 않으려 하는지 그 이유도 잊었다. 예전에 한번 우리는 그런 시도를 한 적이 있었고, 결국에는 케냐인이 되어 버렸다.」

은데미는 한참 동안 아무 말 없이 있더니 마침내 고개를 들고 나를 쳐다보았다.

「오늘 수업을 안 해도 되나요? 제게 생각할 거리를 너무 많이 주셨어요.」

나는 승낙의 뜻으로 고개를 끄덕였다.

「내일 다시 와서 네 생각에 대해 이야기해 보자꾸나.」

은데미는 일어나서 길고 구불구불한 오솔길을 따라 마을로 내려갔다.

깃털이 갓 난 새가 날개를 시험해 보는 게 유익하듯이, 젊은이가 권위에 도전해 〈자신〉의 능력을 시험해 보는 일도 유익한 것이다. 나는 은데미에게 아무 나쁜 감정이 없었고, 단지 언젠가 돌아와 어느 정도 겸손하게 자기 공부를 계속하길 기다렸다.

하지만 조수가 없다고 해서 내 의무마저 면제되는 것은 아니기에 나는 날마다 마을로 내려가 허수아비에게 축복을 내리고 장로회에서 코인나쥐 옆에 앉아 마을일에 대해 토론했다. 시보키 노인에게는 그를 괴롭히고 있는 관절의 통증을 완화시킬 고약을 가져다 주었고, 응가이께는 염소를 제물로 바치며 이웃 부족의 남자와 곧 결혼할 마루타를 어여삐 보아달라 빌었다.

그리고 마을을 돌고 있노라면 언제나처럼 가는 곳마다 아이들이 졸졸 따라다니면서 이제 일은 그만하고 이야기를 해달라고 졸라댔다. 이틀 동안 문두무구로서 할 일이 너무 많아 무척 바빴지만, 사흘째 되는 날 아침에는 약간의 짬이 생겼길래 아이들을 아카시아 나무 그늘 아래 모아 놓았다.

「어떤 이야기를 듣고 싶은 게냐?」
「옛날에 케냐에 살던 때 이야기를 해주세요.」
한 여자아이가 말했다.

나는 빙긋 웃었다. 아이들은 언제나 케냐 이야기를 듣고 싶어 했다. 케냐가 어떤 곳이었으며, 그곳이 키쿠유족에게 어떤 의미를 갖는지 알아서가 아니었다. 우리가 케냐에 살던 옛날에는 사자와 코뿔소와 코끼리는 아직 멸종하지 않았고, 아이들은 이런 동물들이 사람보다 더 지혜롭게 생각하고 말하는 이야기를 사랑했기 때문이다. 그리고 내가 이야기를 반복해서 들려 주는 동안 아이들은 그런 지혜를 자기 것으로 만들었다.

「좋아. 그럼 오늘은 멍청한 사자에 대한 이야기를 들려주마.」

아이들은 나를 중심으로 반원을 그리고 쪼그리고 앉아서 넋을 잃고 나를 바라보았다.

「옛날, 멍청한 사자 한 마리가 성스러운 산 키리냐가의 비탈에서 살고 있었단다. 그리고 그 사자는 멍청한 녀석이었기 때문에 응가이께서 그 산을 최초의 인간인 기쿠유에게 주셨다는 사실을 모르고 있었단다. 그러던 어느 날……」

「거짓말이에요, 할아버지.」

사내아이 하나가 말했다.

내 침침한 눈으로 누가 그런 말을 했는지 찾아보니 카렌자의 아들 음두투였다.

「넌 문두무구가 하는 말을 가로막았다. 그리고 더 나쁜 것은 문두무구에게 반대를 한 것이다. 왜 그런 거냐?」

엄한 목소리로 내가 말했다.

「응가이께서는 기쿠유에게 그 산을 주시지 않으셨어요.」

일어나며 음두투가 말했다.

「당신께서는 분명히 그러셨다. 키리냐가는 키쿠유족의 소유란다.」

「그럴 리가 없어요. 키리냐가는 키쿠유 말이 아닌 마사이 말이니까요. 마사이 말로 〈키리〉는 〈산〉을 뜻하고 〈냐가〉는 〈빛〉을 뜻해요. 응가이께서 키리냐가를 마사이족에게 주시고 우리 전사들이 마사이족한테서 그 산을 빼앗아 왔다는 게 더 그럴듯하지 않나요?」

「어떻게 그 말이 마사이 것이라는 사실을 알았느냐? 키리냐가에 있는 그 누구도 마사이의 말을 모르는데 말이다.」

내가 캐물었다.

「은데미가 말해줬어요.」

음두투가 대답했다.

「은데미가 틀린 거다!」

내가 소리쳤다.

「내가 해준 말은 기쿠유가 아홉 딸과 사위에게 한 말이 대를 이어 내게까지 전해진 진실로서, 조금도 틀림이 없다. 키쿠유족은 응가이께 선택된 부족이다. 당신께서 마사이족에게 창과 킬리만자로 산을 내리셨듯이, 우리 키쿠유족에게는 호미와 키리냐가를 내리셨다. 키리냐가는 지금까지 키쿠유족의 소유였고, 앞으로도 그럴 것이다!」

「아니에요, 할아버지. 틀리셨어요.」

높고 부드러운 목소리가 반박해 왔고, 나는 누가 또 그런 말을 했는지 찾아보았다. 은조무의 딸 씨미로, 이제 겨우 일곱 살밖에 되지 않았다. 씨미는 내게 반박하며 일어섰다.

「은데미 오빠가 말하길, 키쿠유족은 아주 옛날에 키리냐가를 존 보이스라는 유럽인에게 염소 여섯 마리를 받고 팔았대요. 그리고 영국 정부가 그 사람더러 산을 우리에게 돌려주라고 했구요.」

「누구를 믿는 게냐? 이제 겨우 열다섯 우기를 산 아이의 말이냐, 아니면 너희들의 문두무구냐?」

나는 엄한 목소리로 다그쳤다.

「모르겠어요. 은데미 오빠는 우리에게 시대와 장소를 말해줬고, 할아버지는 현명한 코끼리와 어리석은 사자 이야기를 해주셨어요. 결정하기가 너무 어려워요.」

대답을 하는 아이의 목소리에는 겁내는 기색조차 없었다.

「그러면 어리석은 사자 이야기 대신 건방진 소년에 대해 이야기를 해주마.」

「싫어요, 싫어요. 사자 이야기 해주세요!」

아이들 서넛이 외쳐 댔다.

「조용히 하거라!」

내가 말을 가로막았다.

「너희들은 〈내〉가 말하고 싶은 걸 들어야만 하는 거다!」

아이들의 저항은 잠잠해졌고 씨미는 다시 자리에 앉았다.

「옛날에 똑똑한 사내아이가 하나 있었단다.」

「그 아이 이름이 은데미였나요?」

음두투가 웃으며 물어 왔다.

「아이 이름은 리즌[22]이다. 다시는 말하는 데 끼어들지 말거라. 안 그러면 다음 우기가 올 때까지 다시는 이야기를 해주지 않을 테다.」

음두투의 얼굴에서는 웃음이 사라졌고, 기가 죽어 고개를 푹 수그렸다.

「내가 말한 대로, 그 사내아이는 아주 영리했고, 자기 아버지 샴바에서 염소와 소를 치며 일을 했단다. 그리고 그 아이는 영리했기 때문에 언제나 생각에 잠겼었는데, 그러던 어느 날 자기가 날마다 하는 허드렛일을 더 쉽게 할 수 있는 방법을 찾아냈단다. 그래서 아이는 아버지에게 가서 말하길, 날카로운 가시가 달린 철사로 울타리를 만드는 꿈을 꿨는데 만약 그런 철사로 울타리를 만들면 더 이상 가축을 지킬 필요가 없어지니 자유로이 다른 일을 할 수 있을 거라고 말했단다.

〈네가 머리를 쓸 줄 안다니 무척 기쁘구나. 하지만 그 생각은 예전에 유럽인들이 시도했던 것이란다. 만약 네 할 일로부터 자유로워지고 싶다면 뭔가 다른 수를 생각해 내야만 한단다.〉 아버지가 말했단다.

〈왜요? 유럽인의 생각만으로는 나빠지지 않아요. 뭐니뭐니 해도 〈유럽인들은〉 그 생각으로 효과를 봤다고요. 안 그러면 그 생각을 채택하지 않았을 테니까요.〉 아이가 말했단다.

---

[22] His name was Legion. 「마르코의 복음서」 5장 9절에 나오는 〈My name is Legion(우리들은 다수이다)〉을 빗대어 한 말로 유럽 문명에 물든 사람이 많다는 뜻을 담고 있다.

〈사실이지. 하지만 유럽인들에게 효과가 있는 방법이 꼭 키쿠유족에게도 효과가 있으라는 법은 없단다. 이제 네가 할 일을 하면서 계속 생각해 보거라. 열심히 생각하면 뭔가 더 좋은 수를 낼 수 있을 게다.〉 아이의 아버지가 말했단다.

하지만 아이는 영리한 동시에 건방져서 아버지 말을 듣지 않았단다. 아버지가 더 나이가 많고 현명하고 경험이 많은데도 말이다. 그래서 아이는 철사에 가시를 다는 데 여가 시간을 모두 써버렸고 철조망이 완성되자 그것으로 울타리를 쳐 아버지의 가축들을 다 그곳으로 몰아넣었단다. 가축들은 도망을 못 가고 하이에나도 울타리 안으로 들어오지 못하리라 확신하면서 말이다. 아이는 모든 일을 끝마치고 밤이 되어 자러 갔단다.」

나는 말을 잠시 멈추고 아이들을 살펴보았다. 아이들은 대부분 내가 다음에 무슨 말을 할지 기다리며 넋을 놓고 있었다.

「아이가 자고 있을 때 분노에 찬 아버지의 비명과 어머니와 누이들의 통곡소리가 들려왔고, 아이는 놀라 잠이 깨어 무슨 일이 일어났는지 알아보려고 바깥으로 뛰쳐나갔단다. 나와 보니 아버지의 가축이 전부 다 죽어 있었단다. 뼈도 으스러뜨릴 만한 턱을 지닌 하이에나들이 밤 사이에 와서 철조망을 쳐놓은 말뚝을 물어뜯었고, 공포에 질린 가축들은 도망치다가 철조망에 걸려 꼼짝도 못 하고 하이에나에게 모두 잡혀 먹거나 죽은 거란다.

건방진 사내아이는 그 끔직한 광경을 보고 어리둥절했단다.

〈어떻게 이런 일이 일어날 수 있는 거죠? 유럽인도 철조망을 쓰지만 이런 일이 일어나지 않았어요.〉 아이가 아버지께 물어보았단다.

〈유럽에는 하이에나가 없기 때문이지. 내 말하길 우리는 유럽인과 다르다고 했다. 그리고 그 사람들에게 효과가 있는 것이 우리에게는 없을 수도 있다고 말이다. 하지만 넌 내 말을 듣지 않았고, 이제부터 우리는 가난하게 살아야만 한다. 네 건방짐 덕분에 내가 평생 동안 불려 온 가축들이 하룻밤 새에 모두 죽어 버렸으니 말이다.〉」

나는 조용히 아이들의 반응을 기다렸다.

「그게 단가요?」

음두투가 마침내 입을 열어 물어 왔다.

「다란다.」

「그 이야기가 무슨 뜻인가요?」

다른 사내아이 하나가 물어 왔다.

「너희들이 〈내게〉 말해 보렴.」

내가 말했다.

잠시 동안 아무도 입을 열지 않았다. 이윽고, 씨미의 언니인 발리미가 일어섰다.

「오직 유럽인만이 가시 달린 철사를 쓸 수 있다는 뜻이에요.」

「아니란다. 듣지만 말고, 애야, 〈생각〉도 해야 한단다.」

「유럽인에게 소용이 있는 것이 키쿠유족에게는 소용이 없으며, 소용이 있을 거라 믿는 것은 건방지다는 뜻이에요.」

음두투가 대답했다.

「바로 맞추었다.」

내가 말했다.

「맞지 〈않아요〉.」

내 등뒤에서 낯익은 목소리가 들려와 돌아보니 은데미가 서 있었다.

「그 이야기가 뜻하는 거라고는 아이가 너무 멍청해서 말뚝을 철조망으로 감싸지 않았다는 것뿐이라고요.」

아이들이 은데미를 보고서는 동의한다는 뜻으로 고개를

까닥거렸다.

「아니다!」

내가 단호한 어조로 말했다.

「그 이야기가 뜻하는 바는 우리는 유럽인들의 물건을, 그들의 생각까지 포함해 모든 물건을 배척해야만 한다는 거다. 그런 것들은 키쿠유족을 위해 만들어진 것이 아니니 말이다.」

「하지만, 왜요, 할아버지? 은데미 형이 말한 게 뭐가 틀린 건가요?」

음두투가 말했다.

「은데미는 네게 오직 겉에 드러난 사실만을 말했다. 하지만 은데미도 건방진 아이이기 때문에 그 안에 숨은 진실을 보는 데는 실패한 거란다.」

「어떤 진실을 못 본 건데요?」

음두투가 계속 물어 왔다.

「만약 철조망 울타리가 제대로 효과를 발휘했다면, 다음날에는 그 건방진 사내아이는 유럽인들에게서 또 다른 생각을 빌려 왔을 테고 결국 그 아이에게는 키쿠유의 생각이라고는 하나도 남지 않은 채 자기네 샴바를 유럽인의 농장으로 바꿨을 게다.」

「유럽은 먹을 것을 수출해요. 케냐는 수입하고요.」

은데미가 말했다.

「그게 무슨 뜻이지요?」

씨미가 물었다.

「그건 은데미가 하찮은 지식을 알고 있지만 그것이 위험하다는 사실은 모르고 있다는 뜻이란다.」

내가 대답했다.

「그건 유럽인의 농장은 자기 부족을 충분히 먹여 살릴 만큼 먹을 것을 만들어 내고, 케냐인의 농장은 충분히 만들지 못한다는 뜻이에요. 그리고 이런 예에서 볼 때, 유럽인의 어떤 생각은 키쿠유족에게 좋을 수도 있다는 뜻이고요.」

「넌 유럽인처럼 신발을 신어야만 하겠구나. 그들처럼 되기로 작정했으니 말이다.」

은데미는 고개를 저었다.

「저는 키쿠유지 유럽인이 아니에요. 하지만 전 무식한 키쿠유가 되고 싶지는 않아요. 할아버지께서 해주시는 우화가 우리의 근본을 숨긴다면 어떻게 우리가 진정한 키쿠유가 될 수 있겠어요?」

「아니다. 우화는 우리의 근본을 〈밝혀 주고〉 있다.」

「죄송해요, 할아버지. 할아버지는 위대한 문두무구시고 저는 그 누구보다도 할아버지를 존경하지만, 이번에는 할아버지께서 틀리셨어요.」

은데미는 잠시 말을 멈추고 나를 노려보았다.

「우리가 역사상 한 명의 왕을 모시며 단합했던 적은 단 한 번이며, 그 왕이 백인인 존 보이스라는 말씀은 지금까지 왜 한 번도 안 하셨나요?」

아이들은 놀란 나머지 숨도 제대로 못 쉬는 듯했다.

은데미가 계속 말했다.

「만약 어떻게 그런 일이 일어났는지 알지 못한다면 어떻게 앞으로 그런 일이 다시는 일어나지 않도록 막을 수가 있겠어요? 할아버지께서는 우리가 마사이족에 대항해 싸운 이야기를 해주셨죠. 용기와 승리로 가득 찬 멋있는 전설을요. 하지만 컴퓨터에 따르면, 우리는 그들과 싸울 때마다 졌어요. 우리가 사실을 알아야 하지 않겠어요? 만약 언젠가 마사이족이 키리냐가에 온다 해도 우리가 들은 우화에 현혹되어 그들과 싸우지 않도록 말이에요.」

「사실인가요, 할아버지? 우리가 섬겼던 단 한 명의 왕이 유럽인이었어요?」

음두투가 물었다.

「마사이족을 물리친 적이 한 번도 없었어요?」

또 다른 아이가 물어 왔다.

「잠시 우리 둘만 남겨 주려무나. 그다음에 대답해 주마.」

내가 대답했다.

아이들은 마지못해 일어나더니 목소리가 들리지 않을 정도로 걸어간 다음 그곳에 서서 나와 은데미를 바라보았다.

「왜 이런 짓을 한 게냐? 너는 자신들이 키쿠유로 살고 있다는 아이들의 자부심을 무너뜨렸다!」

내가 은데미에게 말했다.

「전 진실을 안다는 것이 그 못지않게 자랑스러워요. 왜 아이들이 부끄러워해야 하죠?」

「내가 아이들에게 해준 이야기는 아이들이 유럽인의 방식을 믿지 않고 자신이 키쿠유라는 사실에 행복해하도록 고안된 것이다. 그런데 너는 이곳 키리냐가가 유토피아가 되기 위해 아이들이 가지고 있어야 할 확신을 무너뜨리고 있는 거다.」

나는 치밀어 오르는 화를 참으려고 노력하며 말했다.

「우리들 대부분은 유럽인을 구경도 못 해봤어요. 제가 어렸을 때 꿈에 유럽인이 나오곤 했죠. 그 꿈에서 유럽인들은 사자처럼 발톱이 달려 있고 걸을 때면 코끼리가 걸을 때처럼 땅이 흔들렸어요. 우리가 그런 식으로 유럽인을 생각하고 있다면, 만약 진짜로 유럽인을 만나는 날이 오면 어떻게 되겠어요?」

「키리냐가에서는 절대로 유럽인들을 만나지 못할 거다. 그리고 내가 해주는 이야기의 목적은 사람들을 키리냐가에 〈머무르게〉 하는 거고 말이다.」

나는 잠시 말을 멈추고 숨을 골랐다.

「옛날 우리가 유럽인을 한 번도 본 적이 없을 때, 우리가 그들의 기계며 약, 종교를 받아들였기 때문에 우리는 스스로 유럽인이 되려고 노력했고, 그 결과 유럽인도 키쿠유도 아닌 어정쩡한 존재가 되어버렸다. 그런 일이 다시는 일어나서는 안 되는 거다.」

「하지만 만약 할아버지께서 아이들에게 진실을 말씀해 주신다면 그런 일이 더 안 일어나지 않겠어요?」

은데미가 계속 주장했다.

「나는 아이들에게 〈오로지〉 진실만을 말했다! 바깥으로 보이는 것만으로 아이들을 혼란하게 한 건 바로 〈너〉란다. 유럽의 역사가들과 유럽인의 컴퓨터에서 얻은 사실로 말이다.」

「그게 틀린 것인가요?」

「그건 문제가 아니다, 은데미. 지금 〈아이들〉에 관한 이야기를 하는 거다. 아이들은 아이들 방식으로 배워야 하는 거다. 바로 네가 〈그랬듯〉 말이다.」

「그럼 아이들이 할례 의식을 치르고서 어른이 되면 사실을 말씀해 주실 건가요?」

이 말은 은데미가 지금까지 해온 말 가운데, 아니 키리냐가에 있는 〈사람들이〉 했던 말 가운데 키리냐가 존위에 제일로 위험한 말이었다. 난 그 누구보다도, 심지어는 케냐에 남기로 했던 내 아들보다도 더 은데미를 좋아했다. 은데미는 총명하고 용감하며 그만 한 나이에 권위에 도전하는 아이란 거의 없었다. 그래서 나는 우리의 관계가 영원히 단절되는 위험을 치르기보다는 그 아이를 설득하기로 마음먹었.

「너는 아직까지도 키리냐가에서 제일 총명한 아이란다.」

내 말은 진심이었다.

「그러니 내, 문제를 하나 내마. 나는 솔직한 대답을 원한단다. 너는 역사를 추구하고 나는 진실을 추구한다. 어느 것이 더 중요하다고 생각하느냐?」

은데미는 얼굴을 찌푸렸다.

「똑같아요. 역사가 〈곧〉 진실이죠.」

「아니다. 역사란 사실과 사건의 집합으로, 끊임없이 재해석을 해야만 한단다. 역사는 진실로부터 시작해서 우화로 발전해 간다. 하지만 내 이야기는 우화로 시작해서 진실로 끝난단다.」

「만약 할아버지 말씀이 맞다면, 할아버지의 이야기는 역사보다 중요해요.」

은데미가 신중하게 말했다.

「좋아, 그러면……」

모든 문제가 해결됐다는 기대감에 젖어 내가 말을 꺼내려 할 때 은데미가 덧붙였다.

「하지만 할아버지가 옳은지 확신이 서지 않아요. 더 생각해 봐야겠어요.」

「그러려무나. 넌 총명한 아이야. 올바른 결론을 내릴 게다.」

은데미는 등을 돌려 자기 가족이 있는 샴바로 걸어갔다. 은데미가 사라지자마자 다시금 아이들이 내게 몰려와 아까보다 더 촘촘한 반원을 그리고 쪼그려 앉았다.

「제 질문에 대답해 주세요, 할아버지.」

음두투가 물었다.

「네 질문이 기억나지 않는구나.」

「백인이 우리 왕이었나요?」

「그랬단다.」

「어떻게 그럴 수가 있나요?」

나는 한참 동안 답을 생각했다.

「너무나도 쉽게 모든 코끼리의 여왕이 된 조그마한 키쿠유 여자아이에 대한 이야기로 대답을 대신하마.」

「그게 우리의 왕이 된 백인과 무슨 관계가 있나요?」

음두투가 계속 물고 늘어졌다.

「잘 들어 보렴. 이야기가 끝나면 내가 해준 이야기에 대해 여러 가지 질문을 할 것이고, 그 질문을 통해 네가 한 질문의 답을 알게 될 테니 말이다.」

음두투는 몸을 앞으로 숙이고 주의를 기울였고, 나는 내 우화를 암송하기 시작했다.

나는 보마로 돌아와 점심 식사를 한 뒤 뜨거운 한낮의 열기를 피해 잠시 낮잠을 자기로 했다. 이제 나이도 많이 먹은 데다가 길고 힘든 아침나절을 보냈기 때문이었다. 나는 염소와 닭을 언덕에 풀어놓았다. 놈들 각자에게는 문두무구의 소유라는 표시가 되어 있기에 누가 데려갈 염려는 없었다. 아카시아 나무 그늘 아래에 막 담요를 펴던 순간, 언덕 발치에 두 개의 물체가 보였다.

처음에는 마을 아이 둘이 풀밭에 풀어놓은 소를 찾는 줄 알았지만, 물체가 언덕을 올라 가까이 다가오자 그 둘이 누군지 알아볼 수 있었다. 커다란 덩치는 은데미의 어머니 시마였고 작은 것은 시마가 목에 줄을 매 끌고 오는 염소였다.

마침내 그녀가 내 보마에 도착해 문을 열었을 때는 다소 숨이 찬 모습이었다. 그 염소는 줄에 매인 적이 처음이라 계속해서 몸을 뒤로 빼며 줄을 당겼기 때문이었다.

「잠보, 시마. 왜 내 언덕에 염소를 데려온 거요? 당신도 알다시피, 이곳에서는 오직 내 염소만이 풀을 뜯을 수 있소.」

시마가 내 보마로 들어오자 내가 말했다.

「선물이에요, 코리바 할아버지.」

「내게? 하지만 난 당신에게 선물 받을 만한 일을 한 게 없소.」

「하지만, 하실 수 있어요. 은데미를 돌아오게 하실 수 있잖아요. 그 아이는 착한 애예요, 코리바 할아버지.」
「하지만……」
「은데미는 다시는 안 늦을 거예요. 은데미는 정말로 하이에나에게서 염소를 구했어요. 절대로 문두무구에게 거짓말을 하지 않았어요. 제 아들은 아직 어리지만, 언젠가 훌륭한 문두무구가 될 거예요. 만약 할아버지가 가르쳐만 주신다면 그렇게 되리라는 걸 전 알고 있어요. 할아버지는 지혜로우신 분이고 그런 할아버지 자신이 은데미를 선택하셨으니까요. 왜 은데미를 내쫓으셨는지 모르겠지만 만약 한 번만 용서해 주신다면 다시는 잘못을 저지르지 않을 거예요. 그 아이가 원하는 거라곤 할아버지처럼 훌륭한 문두무구가 되는 것뿐이랍니다.」

시마는 다급히 덧붙여 말했다.

「물론, 할아버지처럼 훌륭한 문두무구는 절대 될 수 없지만요.」
「내 대답을 꼭 듣고 싶소?」

짜증을 내며 내가 말했다.

「물론이죠.」
「내가 은데미를 쫓아낸 게 아니라오. 그 아이가 결정해서 나간 거요.」

시마의 눈이 휘둥그레졌다.

「〈은데미〉가 〈할아버지〉를 떠났다고요?」
「은데미는 젊소, 그리고 반항은 젊음의 일부분이오.」
「멍청한 놈 같으니!」

시마는 분통을 터트리며 소리쳤다.

「그 녀석은 〈언제나〉 멍청했어요. 〈그리고〉 굼뜨고요! 심지어 그놈은 제 뱃속에서도 2주나 늦게 나왔다니까요! 그놈은 일하는 대신 맨날 생각에 잠겨 있었죠. 전 저희 가족이 저주를 받았다고 생각했어요. 하지만 할아버지가 그 아이를 조수로 데려가셨고, 저는 문두무구의 어머니가 될 수 있었어요. 그런데 이제 그 녀석이 모든 걸 망쳐 놓는군요!」

시마는 염소의 목을 맨 줄을 놓고 주먹으로 가슴을 치며 한탄을 했고, 그 사이 염소는 보마를 돌아다녔다.

「왜 〈제〉가 이런 저주를 받아야 하는 건가요? 왜 응가이께서는 그런 멍청한 아들을 점지해 주신 다음, 그 녀석을 할아버지께 보내 제 마음을 휘저어 놓고 그 녀석이 다 커서 이제는 우리 샴바에서 아무런 일도 할 수 없을 때가 되자 다시 제게 보내는 이중의 저주를 내리신 걸까요? 그 녀석은 이제 어떻게 될까요? 그런 바보 같은 녀석에게 누가 시집이나 오겠어요? 그놈은 분명 씨도 늦게 뿌리고 추수도 늦게 할 거고 신부도 늦게 고를 거예요. 게다가 신붓값도 늦게 치를 거라고요. 결국에는 숲 어귀에서 노총각들과 같이 살면서 음식을 구걸하겠죠. 제 생각엔, 그 녀석은 죽는 것도 늦을 거예요!」

시마는 잠시 말을 멈추고 숨을 고르더니 통곡을 시작했고 나중에는 비명에 가까운 소리를 냈다.

「왜 응가이께서는 이토록 절 싫어하시는 거죠?」

「시마, 진정하시오.」

「〈말〉은 쉽죠! 할아버지는 미래의 모든 희망을 잃지 않으셨잖아요.」

그녀가 훌쩍거렸다.

「내 미래는 얼마 남지 않았소. 내가 염려하는 것은 키리냐가의 미래라오.」

「그렇죠?」

시마는 다시금 통곡하며 가슴을 두드렸다.

「그렇죠? 저는 키리냐가를 망칠 아이의 어머니예요!」

「그런 뜻으로 말한 게 아니라오.」

「그 아이가 도대체 무슨 짓을 한 거죠? 말해 주세요. 그럼 제가 애 아버지와 형에게 그 아이가 제대로 행동할 때까지 때려 주라고 말할게요.」

「그 아이를 때려서 해결될 문제가 아니오. 은데미는 어리고 내 권위에 반항했소. 세상만사가 다 그런 법이오. 얼마 지나지 않아 은데미는 자기가 틀렸다는 사실을 깨달을 거요.」

「그 녀석에게 어떤 일이 일어날지를 모두 다 설명해 주겠어요. 그러면 은데미는 다시는 할아버지께 반항하면 안 된다는 사실을 깨닫고 돌아올 거예요.」

「그렇게 해주시오. 나는 늙은이고 그 아이에게 가르칠 것이 아직 많이 남아 있으니 말이오.」

「제가 말 한대로 할게요. 할아버지.」

「그럼, 이제 자네 샴바로 돌아가서 은데미와 이야기를 해 보시오. 나는 다른 할 일이 있다오.」

하지만 나는 낮잠에서 깬 뒤 다시금 마을로 가서 장로회에 참석한 다음에야 해야 할 일이 얼마나 많은지를 깨닫게 되었다.

우리는 언제나 하루의 열기가 식었을 늦은 오후 즈음에 마을 대추장인 코인나쥐의 보마에 모여 일상 업무를 처리한다. 장로들은 하나둘씩 자기 자리를 찾아 앉았고, 나는 코인나쥐의 오른편에 앉았다. 보마에는 여자며 아이들이며 동물들을 다 치워 놓았고, 마침내 맨 마지막 사람이 도착하자 코인나쥐는 개회를 선언했다. 그는 토의해야 할 문제들이 무엇인지를 말했고, 나는 우리가 올바른 판단을 내릴 수 있도록 인도해 주시길 응가이께 기도드렸다.

이날에는, 둘이 공동 소유한 암소에게서 송아지가 태어난 경우, 누구에게 그 소유권이 있는지 판결해 달라고 마을 사람 두 명이 장로회에 부탁해 왔다. 세바나는 지난 3년 동안 아이를 낳지 못한 가장 어린 아내와 이혼을 하고 싶어 했고, 키조의 세 아들은 아버지가 자기들에게 분배해 준 재산에 대해 불만을 털어 놓았다.

코인나쥐는 각 청원을 들은 다음 낮은 목소리로 내게 자문을 구했고, 언제나처럼 내 조언을 받아들였다. 송아지는 암소가 임신한 동안 먹이를 제공한 사람에게 돌아갔고, 다른 사람은 다음 번 송아지를 갖기로 했다. 세바나는 이혼을 허락받았지만, 신붓값은 돌려받지 못한다는 판결을 얻자 이혼을 포기했다. 키조의 세 아들은, 재산 분배를 그대로 받아들이든가, 아니면 만약 둘 이상이 동의하면 내가 바가지에 세 가지 색깔의 돌을 넣을 테니 그들이 각각 돌을 하나씩 뽑아 그 색깔에 해당하는 샴바를 가지라는 판결을 받았다. 그리고 내 예상대로 오직 한 명만이 그 방식에 찬성했기 때문에 청원은 기각됐다.

보통은 이 시점에서 코인나쥐의 첫 번째 아내 왐부가 커다란 통에 폼베를 들고 나타나 우리는 그것을 마신 뒤 보마로 돌아가지만, 오늘은 왐부가 나타나지 않았고, 코인나쥐는 할 말이 있다는 듯 초조한 눈으로 나를 바라보았다.

「한 가지 일이 더 남았소, 코리바.」

「에?」

코인나쥐는 고개를 끄덕였고, 문두무구에 대항할 용기를 내느라 그의 얼굴 근육은 팽팽하게 긴장해 있었다.

「당신이 우리에게 말하길, 응가이께서 죠모 켄야타에게 창을 주셨기에 그 사람이 마우 마우를 만들어 유럽인을 케냐에서 쫓아낼 수 있었다고 했소.」

「사실이오.」

「그렇소? 나는 그 사람이 유럽 여자와 결혼했고, 마우 마우는 유럽인을 성스러운 산에서 내쫓는 데 성공하지 〈못했으며〉 죠모 켄야타는 그의 진짜 이름이 아니고 유럽식 이름인 존스톤이 본명이라는 말을 들었소.」

코인나쥐는 반은 힐난하는, 또 반은 내가 격노할까 두려워하는 듯 나를 바라보았다.

「이게 어떻게 된 거요, 코리바?」

나는 잠시 그의 눈을 노려보았고, 마침내 코인나쥐는 눈을 내려 깔았다. 그리고 나는 장로회의 사람들을 하나씩 차갑게 노려보았다.

「그러니까, 당신들은 문두무구보다 멍청한 꼬마아이 말을 믿는다는 거요?」

내가 다그쳐 물었다.

「아이가 아니라 컴퓨터를 믿는 거요.」

카렌자가 말했다.

「당신들이 컴퓨터와 직접 말해본 적이 있소?」

「아니요. 그것은 우리가 토론해야 할 또 다른 주제요. 은데미는 당신의 컴퓨터가 말을 할 수 있을 뿐 아니라 이미 자신에게 여러 가지를 가르쳐 줬다고 했소. 〈내〉 컴퓨터로는 단지 다른 추장들과 편지나 주고받을 수 있을 뿐인데 말이오.」

코인나쥐가 말했다.

「그것은 문두무구의 도구이지 다른 사람들이 쓰라고 있는 게 아니오.」

내가 대답했다.

「왜 그렇소? 그것은 우리가 모르는 여러 가지 일에 대해 알고 있소. 우리는 그것을 통해 여러 가지를 배울 수 있소.」

카렌자가 말했다.

「당신은 그것을 써서 여러 가지를 〈배웠소〉. 그것은 내게 말을 했고, 나는 당신에게 말을 해줬소.」

「하지만 그것은 은데미에게도 말을 하오. 만약 그것이 이제 겨우 갓 할례받은 아이에게 말을 할 수 있다면 왜 마을의 장로들에게 직접 말을 할 수 없는 거요?」

카렌자가 계속 캐물었다.

나는 카렌자에게 몸을 돌려 손바닥을 위로 한 채 두 손을 내밀었다.

「내 왼손에는 오늘 잡은 임팔라 고기가 있소. 내 오른손에는 닷새 전에 죽여 햇빛 아래 내놓은 임팔라 고기가 있소. 이것은 개미와 벌레가 들끓고 지독한 냄새가 나오.」

나는 잠시 말을 멈추었다.

「이 둘 가운데 어느 고기를 먹겠소?」

「왼손에 있는 것을 택하리다.」

카렌자가 대답했다.

「하지만 이 고기 둘은 모두 같은 임팔라 무리에게서 나온 거요. 두 마리 다, 잡았을 때는 똑같이 살지고 건강했소.」

「하지만 오른손에 있는 고기는 상했소.」

카렌자가 대답했다.

「사실이오. 그리고 먹어서 몸에 이로운 고기와 해로운 고기가 있듯이, 알아서 이로운 사실과 해로운 사실이 있는 거요. 은데미가 당신에게 이야기한 사실은 유럽인이 쓴 책에서 얻은 것이고, 동일한 사실이더라도 유럽인과 우리에게 의미하는 바가 각각 다를 수 있소.」

나는 그들이 내가 한 말을 생각하는 동안 잠시 말을 멈추었다가 계속했다.

「유럽인은 사바나를 보며 도시를 상상하지만 키쿠유는 같은 사바나를 보면서 샴바를 생각하오. 또 유럽인은 코끼리를 보며 상아로 만든 장신구를 생각하지만, 키쿠유는 마을 사람들이 먹을 음식물로 또는 작물의 피해를 생각하오. 그럼에도 그 둘은 같은 땅과 동물을 보고 있는 것이오.」

나는 다시 한 번 사람들을 차례로 둘러보며 말했다.

「나는 유럽과 미국에서 학교를 다녔고, 키리냐가에 사는 모든 남녀를 통틀어 오직 나만이 백인들과 살아봤소. 그리고 내 당신들에게 단언컨대, 당신들의 문두무구인 오직 나만이 우리에게 이로운 사실과 해로운 사실을 구별할 능력이 있소. 나는 은데미가 컴퓨터와 이야기하게 하는 실수를 저질렀지만, 그 아이가 내게 더 많은 지혜를 배울 때까지 다시는 그러지 못하게 할 것이오.」

나는 내 말과 함께 모든 문제가 해결됐으리라 생각했지만, 주위를 둘러보니 모두들 나와 토론을 하고 싶긴 한데 차마 용기가 없다는 듯한 마뜩잖은 기색들이었다. 마침내 코인나쥐가 내 시선을 피한 채 내 쪽으로 몸을 기울이며 말을 꺼냈다.

「당신이 무슨 말을 한 건지 모르시오, 코리바? 만약 문두무구가 어린아이가 컴퓨터와 이야기하게 하는 실수를 저지를 수 있다면, 장로들이 그것과 대화를 못 하게 하는 실수도 저지를 수 있는 것 아니겠소?」

나는 고개를 저었다.

「문두무구를 제외한 〈그 어떤〉 키쿠유도 컴퓨터와 이야기하는 것은 잘못된 거요.」

「하지만 그것을 통해 우리는 여러 가지를 배울 수 있소.」

코인나쥐가 계속 고집했다.

「무엇을 말이오?」

내가 퉁명스럽게 물었다.

코인나쥐는 잘 모르겠다는 듯 어깨를 으쓱했다.

「그게 뭔지 알았다면 벌써 배웠을 거요.」

「내가 얼마나 말해야 알아듣겠소? 유럽인에게는 배울 것이 하나도 없다는 걸 말이오. 당신이 그들처럼 되길 원할수록, 당신은 키쿠유에서 멀어지는 거요. 이곳은 〈우리의〉 유토피아고 〈키쿠유의〉 유토피아요. 우리는 이것을 지키기 위해 싸워야만 하오.」

「하지만, 유토피아라는 단어마저 유럽인의 것이 아니오?」

카렌자가 물었다.

「그것도 은데미에게 들었소?」

노여움이 깃든 목소리로 내가 물었다.

카렌자는 고개를 끄덕였다.

「그렇소」

「유토피아는 단지 단어에 지나지 않소. 중요한 것은 〈개념〉이오.」

「만약 키쿠유에게는 없고 유럽인에는 있는 단어라면 아마 그것은 유럽인의 개념일 거요. 그리고 만약 유럽인의 개념에 의지해 우리 세계를 만들었다면 유럽인의 개념 가운데에는 우리가 쓸 수 있는 또 다른 것이 있을 거요.」

카렌자가 말했다.

나는 그들을 둘러보고서야, 키리냐가에 함께 왔던 최초의 장로 대부분이 죽었다는 사실을 처음으로 깨달았다. 유럽인들의 개념에 대해 나만큼이나 싫어하는 시보키 노인과 다른 장로 두셋 정도는 남아 있었지만, 장로들 대부분은 키리냐가에서 자란 새로운 세대로 우리가 왜 그토록 이곳에 오기 위해 싸웠는지 그 이유를 기억하지 못하는 사람들이었다.

「만약 검은 유럽인이 되고 싶다면, 케냐로 돌아가시오! 그곳은 그런 사람들로 가득하오!」

내가 넌더리를 내며 쏘아붙였다.

「우리는 검은 유럽인이 아니오. 우리는 유럽인의 개념이 꼭 우리에게 해롭지만은 않을 수도 있다고 생각하는 키쿠유족이오.」

카렌자가 계속 이 문제를 물고 늘어졌다.

「우리를 바꿀 수 있는 모든 개념은 해로운 거요.」

내가 말했다.

「왜 그렇소?」

코인나쥐가 물었다. 장로들 대부분이 자신을 지지한다는 사실을 깨닫자, 코인나쥐는 용기를 내어 내게 대항했다.

「도대체 세상 어디에 유토피아가 발전하고 변할 수 없다고 씌어 있소? 만약 그랬다면, 우리 유토피아는 키리냐가에서 아이가 처음 태어난 날 사라졌어야 했소.」

「세상에는 여러 부족이 있듯 유토피아에도 여러 종류가 있소. 당신들 가운데 그 누구도 키쿠유의 유토피아가 마사이나 샘부루의 유토피아와 같다고는 하지 않을 거요. 같은 이유로, 키쿠유의 유토피아는 유럽인의 유토피아가 될 수 없소. 하나에 가까워지면 가까워질수록, 다른 하나에는 멀어져 가는 거요.」

그들은 내 말에 아무런 대답도 하지 않았고, 나는 자리를 털고 일어났다.

「나는 당신들의 문두무구요. 나는 지금까지 당신들을 잘못 이끈 적이 단 한 번도 없소. 과거, 당신들은 언제나 내 판단을 믿어 왔소. 이번에도 당신들은 나를 믿어야만 하오.」

내가 보마를 빠져 나갈 때, 카렌자가 내 뒤에 대고 말하는 소리가 들려왔다.

「만약 내일이라도 당신이 죽는다면, 은데미가 우리의 문두무구가 될 거요. 우리가 당신의 판단을 믿었듯 그 아이의 판단을 믿어야 한다고 말할 테요?」

나는 몸을 돌려 그를 바라보았다.

「은데미는 너무 어리고 경험도 적소. 마을의 장로로서, 당신들이 그 아이가 말하는 것이 옳은지 아닌지를 판단해야만 할 것이오.」

「새장에 갇혀 지내기만 한 새는 날 수가 없소. 태양을 보지 못한 꽃나무가 꽃을 피우지 못하듯 말이오.」

카렌자가 말했다.

「요점이 뭐요?」

내가 물었다.

「은데미가 문두무구가 되었을 때 우리가 지혜를 어떻게 쓰는지 잊지 않으려면 지금부터 우리의 지혜를 쓰기 시작해야 하지 않겠소?」

할 말을 잊은 나는 발길을 돌려 내 언덕으로 걸어가기 시작했다.

닷새 동안 나는 물을 뜨러 다니고, 불을 피워야만 했다. 그리고 내가 생각했던 대로 마침내 은데미가 돌아왔다.

내가 보마에 앉아 강 건너에서 평화롭게 풀을 뜯고 있는 가젤 무리를 멍하니 바라보고 있을 때, 은데미가 얼굴 가득 언짢은 기색으로 언덕에 난 오솔길을 터벅터벅 걸어오고 있었다.

「잠보, 은데미. 다시 보니 반갑구나.」

「잠보, 코리바 할아버지.」

「네 방학은 어땠느냐?」

〈방학〉이라는 말이 스와힐리어에는 없었기에 나는 그 단어를 영어로 말했지만, 내 유머와 빈정거림은 그 아이에게 아무런 소용이 없었다.

「아버지께서 돌아가라고 강요하셨어요.」

아이는 몸을 숙여 염소 한 마리를 쓰다듬으며 말했고, 아이의 등에 나 있는 채찍 자국은 아버지가 어떤 「강요」를 했는지 말해 주고 있었다.

「다시 돌아와 정말 기쁘단다, 은데미. 우리 둘은 부자지간 같아서, 우리가 서로 다퉜을 때 나는 너무나 고통스러웠고, 너도 아마 그랬을 거라 생각한다.」

「고통스러웠어요. 전 할아버지와 다투고 싶지 않았거든요.」

「우리 둘은 모두 실수를 저질렀단다. 너는 너의 문두무구와 논쟁을 했고, 나는 어린 네가 정보가 뜻하는 바가 무엇인지 알려면 충분히 자라야 한다는 사실을 잊은 채 정보에 접근하게 했단다. 우리 둘 모두는 현명하니까 실수에서 교훈을 얻을 수 있단다. 너는 아직도 내게 선택된 후계자란다. 아무 일 없던 것처럼 될 거다.」

「하지만 〈이미〉 일어났어요, 할아버지.」

「모르는 척 하면 된단다.」

「그렇게 안 될 거예요.」

은데미는 갑자기 보마로 불어닥친 먼지 바람에 눈을 감으며 침울하게 말했다.

「전 컴퓨터와 이야기를 나누며 여러 가지를 배웠어요. 어떻게 제가 그것들을 잊을 수 있겠어요?」

「잊을 수 없다면, 더 성숙해질 때까지 무시해야만 한단다. 〈난〉 네 스승이다. 컴퓨터는 단지 도구에 불과하단다. 너는 비를 내리게 한다거나 유지 위원회로 이따금씩 편지를 보낼 때 그것을 쓰게 될 거고, 그게 다란다.」

검은색 솔개가 급강하하더니, 타고 남은 모닥불 옆에 내가 먹다 남긴 아침 식사 부스러기를 낚아채 날아갔다. 나는 그 모습을 보면서 은데미가 말하길 기다렸다.

「문제가 있어 보이는구나. 뭐가 고민인지 말해 보려무나.」

은데미가 먼저 말을 꺼내려하지 않았기 때문에 내가 먼저 입을 열었다.

「제게 생각하는 법을 가르쳐 주신 건 할아버지세요.」

말하는 아이의 잘생긴 얼굴에는 여러 가지 감정이 교차하고 있었다.

「그런데 이제 저보고 생각하기를 그만두게 하실 건가요? 단지 할아버지와 다르게 생각한다는 이유만으로요?」

「물론 난 네가 생각하는 것을 그만두길 원치 않는단다, 은데미.」

나는 그 아이가 겪고 있는 갈등을 잘 알고 있기에 동정이 일었다.

「생각할 줄 모른다면 어떻게 좋은 문두무구가 될 수 있겠느냐? 하지만 창을 던지는 데도 옳은 방법과 그른 방법이 있듯이, 생각하는 데도 옳은 방법과 그른 방법이 있는 게다. 난 오직 네가 진실된 지혜의 길을 가도록 도와주고 싶을 뿐이란다.」

「제 스스로 간다면 더 커다란 지혜를 얻을 수 있어요. 저는 제가 배울 수 있는 한 많은 사실들을 배워야만 해요. 어느 사실은 도움이 되고 어느 사실은 해가 되는지 올바로 결정할 수 있도록요.」

「너는 아직 너무 어리단다. 더 성숙해져서 그런 결정을 제대로 할 수 있을 때까지 나를 믿고 따라야만 한단다.」

「사실은 변하지 않아요.」

「그렇지. 하지만 〈네가〉 변할 게다.」

「하지만, 그 변화가 제게 좋은 쪽이 될지 어떻게 알겠어요? 만약 할아버지가 틀렸고, 제가 문두무구가 될 때까지 계속 할아버지 이야기를 듣는다면 저 역시 틀리게 되겠죠?」

「만약 내가 틀렸다고 생각한다면 왜 돌아온 게냐?」

「할아버지의 말씀을 듣고 결정하기 위해서요. 그리고 컴퓨터와 다시 이야기를 나누려고요.」

「그건 허락할 수 없구나. 넌 이미 우리 부족에게 커다란 해악을 끼쳤단다. 너 때문에 사람들은 내 말 한 마디 한 마디에 모두 의문을 제기한단다.」

「그럴 만한 이유가 있어요.」

「그게 무슨 이유인지 말해 줄 수 있겠니?」

나는 빈정거리는 티를 내지 않으려고 노력하며 말했다. 나는 이 아이를 정말로 사랑하고 있었고 아이가 내 곁으로 돌아오길 진심으로 원했기 때문이다.

「저는 할아버지가 해주시는 이야기를 몇 년 동안 듣고 컸어요. 그동안 그 방법에 익숙해졌으니, 저도 할아버지의 방법을 써서 그 이유를 말씀드리지요.」

나는 고개를 끄덕이고는 아이가 말을 계속하길 기다렸다.

「이 이야기의 제목은 은데미의 이야기라고 해야겠지만, 제가 할아버지인 척하고 말을 하는 거니까, 아직 태어나지 않은 사자의 이야기라고 제목을 붙이죠. 옛날, 아직 태어나지 않은 새끼 사자 한 마리가 있었어요. 그 새끼 사자는 세상 구경을 하고 싶어 안달이었죠. 그 새끼 사자는 역시 아직 태어나지 않은 형제 사자와 세상에 대한 이야기를 하며 시간을 보냈어요.

〈세상은 분명히 아름다운 곳일 거야. 태양은 언제나 찬란히 빛나고 들판에는 살지고 굼뜬 임팔라가 가득하며, 모든 동물들은 우리를 경배할 거야. 우리가 제일 힘센 동물이니까 말이야.〉

새끼 사자가 형제들에게 말했죠.

하지만 새끼 사자의 형들은 새끼 사자에게 세상으로 나가지 말라고 설득했죠.

〈왜 그렇게 태어나지 못해 안달이냐? 여기는 따뜻하고 안전한 데다가 배고플 일도 없단다. 세상에서 무엇이 우리를 기다리는지 그 누가 알겠니?〉

형제들은 새끼 사자에게 말했어요.

하지만 새끼 사자는 그 말을 듣지 않았어요. 그러던 어느 날 밤, 엄마와 형제들이 잠들어 있는 동안, 새끼 사자는 몰래 세상으로 나왔어요. 하지만, 아무것도 보이지 않기에 새끼 사자는 엄마 사자를 흔들어 깨웠어요.

〈태양은 어디에 있나요?〉

새끼 사자가 묻자 엄마 사자는 태양은 날마다 밤이 되면 사라지고 세상은 춥고 어둡게 된다고 대답했어요.

〈그럼 내일 해가 뜨면 햇빛이 살지고 굼뜬 임팔라를 비추어 줄 테고, 그럼 그놈들을 잡아먹어야지.〉

새끼 사자는 스스로를 위로하며 말했죠.

그러자 엄마 사자가 말했어요.

〈여기에는 임팔라가 없단다. 비를 따라 세상 저쪽으로 옮겨갔단다. 여기서 먹을 수 있는 거라곤 물소뿐이란다. 하지만 그놈들의 고기는 질기고 맛도 없는 데다가 놈들을 잡으려면 우리 역시 목숨을 걸어야만 한단다.〉

〈비록 제 배는 고플지라도 제 정신은 배부르겠죠. 모든 동물들이 우리를 무서워하며 부러운 눈으로 우리를 바라볼 테니까요.〉

갓 태어난 새끼 사자가 말했죠.

〈넌 정말 멍청하구나. 아무리 갓 태어난 아이라도 말이야. 표범과 하이에나와 독수리는 널 부러운 눈으로 보는 게 아니라 맛있는 식사거리로 볼 게다.〉

엄마 사자가 말했죠.

〈적어도 제가 다 크면 무서워 할 거예요.〉

새끼 사자가 말했어요.

〈코뿔소는 그 뿔로 너를 꿰뚫어 버릴 거란다. 코끼리는 엄니로 너를 나무 높직이 던져버릴 거고, 검은 〈맘바〉조차 네가

348

다가가면 길을 비켜주는 대신 물어 죽일 게 틀림없단다.〉

엄마 사자가 말했죠. 그리고선 엄마 사자는 사자를 무서워하거나 부러워하지 않는 동물 이름을 쭉 불러 주었고, 새끼 사자는 뭐라고 더 할 말이 없게 되었어요.

〈전 세상에 태어난다는 아주 끔찍한 실수를 저질렀어요. 세상은 제가 생각했던 그런 곳이 아니에요. 그러니 저는 따뜻하고 안전하고 아늑한 곳으로 되돌아가 형제들과 같이 있을래요.〉

새끼 사자가 말했죠.

하지만 엄마 사자는 웃고만 있을 뿐이었어요.

〈안 된단다. 네 뜻이든 내 뜻이든 간에 일단 한번 태어나고 나면 그 전 상태로 다시는 돌아갈 수 없단다. 이젠 여기가 네가 머무를 곳이란다.〉

엄마 사자는 냉정하게 말했어요.」

은데미는 이야기를 끝내고 나를 바라보았다.

「정말 현명한 이야기로구나. 나도 그보단 더 잘할 수 없겠구나. 난 너를 내 후계자로 처음 택했던 날부터 네가 훌륭한 문두무구가 될 거라는 사실을 알고 있었단다.」

「아직도 제 말을 이해하지 못하시는군요.」

은데미는 우울하게 말했다.

「난 네 이야기를 완벽하게 이해했다.」

「하지만 제 이야기는 거짓말이에요. 저는 단지 그런 거짓말을 하는 게 얼마나 쉬운지 보여 드리기 위해 이야기를 한 거라고요.」

「절대 쉬운 게 아니다. 그것은 단지 몇 명만이 할 수 있는 예술이며, 이제 너는 그 경지에 도달했으니, 너를 잃는다면 더욱더 마음이 아플 게다.」

「예술이든 아니든지 간에 그것은 거짓말이에요. 만약 아이들이 이 이야기를 믿는다면, 사자가 말을 할 수 있고 갓난아이는 자기가 원하는 때에 태어날 수 있다고 아이들은 생각할 거예요.」

은데미는 잠시 말을 멈추고 숨을 골랐다.

「자유 의지이든 아니든 간에 일단 제가 지식을 얻었으며, 제 마음을 텅 비우고 그 지식을 잊어버릴 수 없다고 말하는 게 훨씬 더 간단한 방법이라고요. 사자는 그것과 아무런 관계가 없다고요.」

아이는 한참 동안 말을 멈췄다.

「더구나 저는 제 지식을 잊고 〈싶지 않아요〉. 전 더 많은 것을 배우고 싶지 이미 배운 것을 잊고 싶은 게 아니라고요.」

「그렇게 말하면 안 된다, 은데미. 더구나 내 가르침이 효과를 보이고 있고, 조만간 우화를 만드는 네 능력이 나를 앞서려고 하는 지금에선 말이다. 만약 내가 이끄는 대로만 따라온다면 넌 훌륭한 문두무구가 될 수 있을 게다.」

「전 할아버지를 제 아버지만큼이나 존경했어요. 전 언제나 할아버지 말씀을 듣고 배우려고 노력했고, 또 할아버지가 허락하시는 동안에는 계속 그렇게 하고 싶어요. 하지만 할아버지만이 지식의 원천은 아니에요. 전 할아버지의 컴퓨터를 통해서도 배우고 싶어요.」

「네 모든 준비가 끝났다고 판단되면 그렇게 할 수 있을 게다.」

「전 지금 준비가 다 되었어요.」

「아니란다.」

은데미의 얼굴에는 번뇌의 빛이 가득했고, 나는 아이 스스로 그것을 해결할 때까지 단지 지켜볼 수밖에 없었다. 마침내 은데미는 깊게 숨을 한 번 들이키더니 천천히 내뱉었다.

「죄송해요, 할아버지. 하지만, 배워야 할 진실이 있는데 계속 거짓말을 할 수는 없어요.」

은데미는 내 어깨에 손을 올려놓고 말했다.

「크와헤리, 므왈리무(안녕, 나의 선생님).」

「앞으로 무엇을 할 게냐?」

「아버지의 샴바에서 일하지는 않을 거예요. 그런 일은 배우지도 않았는 걸요. 숲 어귀의 결혼 안 한 남자들이 있는 곳에서 혼자 살고 싶지도 않고요.」

「그럼 네가 할 수 있는 게 뭐냐?」

「헤이븐이라고 하는 곳까지 걸어가서 유지 위원회의 다음 우주선을 기다릴 거예요. 전 케냐에 가서 읽고 쓰는 법을 배운 뒤, 준비가 되면 역사학자가 되는 공부를 할 거예요. 그리고, 훌륭한 역사학자가 되면, 키리냐가에 돌아와서 제가 배운 것을 가르칠 거예요.」

「네가 떠나는 것을 막을 수는 없지. 우리 허가장에 의하면 이곳에 사는 모든 사람은 다른 곳으로 이주할 권한이 있으니 말이다. 하지만 만약 네가 돌아온다면, 우리 관계가 어떠했든지 간에 난 네게 반대할 거라는 사실을 알고 있거라.」

「전 할아버지의 적이 되고 싶지 않아요.」

「나도 너를 적으로 삼고 싶지 않단다. 우리 둘의 관계는 부자지간 이상이었단다.」

「하지만 제가 배운 것들은 제 부족에게 너무나 중요해요.」

「그들은 〈내〉 부족이기도 하단다.」

내가 지적했다.

「그리고 내 생각이 사람들에게 최선이 되도록 늘 노력하며 지금까지 그들을 이끌어왔다.」

「이제 무엇이 최선인지를 〈그 사람들이〉 고를 때가 된 걸 거예요.」

「그 사람들은 그런 선택을 할 수가 없단다.」

「만약 그 사람들이 그런 선택을 할 수 없다면, 그건 그들에게도 할아버지와 같이 알 권리가 있는데도 할아버지께서 그런 지식을 숨겨 놓았기 때문일 거예요.」

「행동을 취하기 전에 잘 생각해 보거라. 내 비록 너를 사랑하지만, 네가 키리냐가에 어떤 해라도 가지고 온다면 널 벌레 밟듯 죽여 버리겠다.」

은데미는 쓴웃음을 지었다.

「지난 6년 동안 저는 할아버지께 어떻게 해야 제 적을 벌레로 바꿀 수 있는지 가르쳐 달라고 졸랐죠. 그들을 밟아 죽일 수 있도록요. 결국 이제 와서야 어떻게 하는 건지 배울 수 있게 된 건가요?」

나 역시 쓴웃음을 지어 보일 뿐 달리 할 말이 없었다. 나는 벌떡 일어나 아이를 껴안고 싶은 생각이 굴뚝같았지만, 그런 행동은 문두무구가 해서는 안 되는 것이었기에 단지 한참 동안 아이를 바라보다 이윽고 입을 열었다.

「크와헤리, 은데미. 넌 최고였단다.」
「전 최고의 스승에게 배웠어요.」

말을 마치고 은데미는 발을 돌려 헤이븐으로 향하는 먼길을 떠났다.

은데미가 일으킨 문제는 그 아이가 떠나고 나서도 해결되지 않았다.

은조로가 자기 오두막 근처에 우물을 팠을 때, 나는 키쿠유족은 강에서 물을 길어 오지 우물은 쓰지 않는다고 설명했고, 이에 대해 그는 〈이〉 우물은 유럽인의 생각이 아닌 케냐 남쪽에 있는 트스와나족의 생각이라며 허용돼야 한다고 대답했다.

나는 우물을 메우라고 명령했다. 내 명령에 코인나쥐는 강에는 악어가 살며, 쓸모없어 보이는 전통을 지키기 위해 여인네들을 위험에 처하게 할 순 없다고 따지고 들었고, 나는 그에게 성불구자가 되는 강력한 싸후를 내리겠다고 한 다음에야 동의를 얻을 수 있었다.

그다음에는 불타는 창, 죠모 켄야타의 이름을 따 자기 첫 번째 아들 이름을 죠모라 붙였던 키도고가 문제였다. 어느 날 키도고는 앞으로 자기 아들 이름을 존스톤으로 바꾸겠다고 선언했고, 나는 그 말을 취소시키기 위해 키도고를 다른 마을로 추방하겠다고 협박해야만 했다. 하지만 키도고가 자기 말을 취소하자, 음브라가 자기 이름을 존스톤으로 바꾸고는 내가 미처 손을 쓰기도 전에 멀리 떨어진 마을로 이사해 갔다.

시마는 만나는 사람마다 붙들고는 자기 아들이 가끔씩 수업에 늦었다는 이유로 내가 자기 아들을 키냐가에서 내쫓았다고 떠들고 다녔고, 코인나쥐는 내 것과 성능이 똑같은 컴퓨터를 달라고 졸라댔다.

마지막으로는 어린 음두투가 풀과 가시를 써서 자기 아버지의 가축들을 가둬 둘 가시 울타리를 고안해 냈다. 울타리 기둥도 가시로 감싸는 것을 잊지 않고 말이다. 나는 그 울타리를 찢어 버렸고, 그 이후 다른 아이들이 내게 이야기를 듣기 위해 모여 있을 때면 음두투는 나를 멀찍감치 비켜 다녔다.

나는 안데르센 동화에 나오는 네덜란드 사내아이 같았다. 유럽인의 생각이 흘러 들어오지 못하도록 둑을 손가락으로 막자마자 다른 곳이 터지고 있었다.

그리고 이상한 일이 벌어졌다. 유럽인의 개념이 〈아니기〉 때문에 은데미가 마을 사람들에게 말해 줬을 리가 없는 새로운 생각들이 마을 사람들 사이에서 저절로 싹튼 것이다.

코인나쥐의 세 아내 가운데 가장 젊은 아내인 키보는 죽은 혹멧돼지 기름을 정제해 밤에 불을 밝히기 시작했다. 키리냐가 최초의 등불이었다. 팔 힘이 약해 창을 정확하게 던질 수 없던 응고베는 아주 원시적인 활과 화살을 고안해 냈는데, 그런 무기는 키리냐가에서 처음이었다. 카렌자는 나무 쟁기를 고안해 냈고, 그 덕분에 그의 아내는 소가 끄는 쟁기를 조종하는 것만으로 밭을 갈을 수 있었다. 곧 다른 마을 사람들도 쟁기나 다른 이상한 모양의 도구들을 고안해 내기 시작했다. 사실은 키리냐가의 탄생 때부터 휴면하고 있던 이상한 생각들이 이제야 모두 전면에 나타난 것이다. 은데미의 말은 판도라의 상자를 연 셈이었는데, 나는 그것을 어떻게 닫는지 알지 못했다.

나는 내 언덕에 앉아 마을을 내려다보며 과연 유토피아가 발전할 수 있으며 그러고도 여전히 유토피아로 남아 있을 수 있는지를 생각하며 여러 날을 보냈다.

그런데 그 답은 언제나 같았다. 그럴 수는 있겠지만, 그럴 경우 키리냐가는 그 순간부터 〈이전의〉 유토피아가 아니라는 것이다. 키리냐가를 키쿠유족의 유토피아로 보존하는 것은 내 신성한 의무였다.

은데미가 돌아오지 않으리라는 확신이 들자, 나는 날마다 마을로 내려가 어떤 아이가 가장 지혜롭고 힘이 센지를 살피고 다녔다. 외부의 생각이 우리 세계를 감염시켜 우리가 결코 되어서는 안 될 무엇인가로 바꾸지 못하도록 하려면 지혜와 힘, 둘 다 필요하기 때문이었다.

여자아이들은 문두무구가 될 수 없기에 나는 오직 사내아이들과만 이야기를 했다. 음두투 같은 아이들 몇몇은 이미 은데미의 이야기에 넘어가 있었지만, 은데미의 이야기에 〈넘어가지 않은〉 아이들은 오히려 더욱더 희망이 없었다. 마음은 자유자재로 열고 닫을 수 있는 것이 아니었으며, 은데미의 말에 마음이 움직이지 않은 아이들은 문두무구의 일을 할 만큼 총명하지 못했기 때문이었다.

나는 키리냐가 어딘가에는 내가 원하는 사내아이가, 사실이란 단순히 정보만 주는 데 반해 우화는 정보와 더불어 〈교훈〉까지 줄 수 있다는 차이를 이해하는 사내아이가 있으리라 확신하면서 다른 마을로 후보자를 찾아 나섰다. 나에게는 호머가, 예수가, 셰익스피어가, 사람의 영혼을 어루만지고 사람들이 받아들여야 할 길로 부드럽게 인도할 그 누군가가 필요했다.

그러나 내가 마땅한 아이를 찾으러 다니면 다닐수록 유토피아에는 그러한 이야기꾼이 필요 없다는 사실을 깨달을 뿐이었다. 키리냐가는 완전히 다른 두 부류로 나뉘어져 있었다. 자기 삶에 만족하며 생각할 필요를 못 느끼는 부류와 우리가 힘들여 만든 사회로부터 멀어지기만 하는 생각을 해내는 부류로. 상상력이 없는 쪽은 결코 우화를 만들 수가 없었으며, 상상력이 있는 쪽은 키리냐가에 대한 믿음을 저버린 채 외래의 생각을 수용하는 자신들만의 우화를 만들었다.

몇 달을 그렇게 보낸 뒤, 나는 결국 마땅히 문두무구로 키울 만한 후계자가 없다는 사실을 인정해야만 했다. 나는 은데미가 정말로 특별한 아이였는지, 아니면 그 아이가 컴퓨터를 통해 유럽인의 영향을 받지 않았더라도 내 가르침을 결국 거부했을까 궁금해졌다.

진정한 유토피아가 그것을 발견한 세대보다 오래 지속되는 것은 결코 있을 수 없는 일인가? 또한 자신이 태어난 사회의 가치를 거부하는 것이 인간의 본성일까? 아무리 그 가치가 신성하다 할지라도 말이다.

아니면, 키리냐가는 〈결코〉 유토피아였던 적이 없었으며, 우리는 어찌 어찌해서 우리 자신을 속이고는 이제는 영원히 사라져 버린 삶의 방식으로 돌아갈 수 있다고 믿어 버린 것은 아닐까?

나는 이 가능성에 대해 오랜 시간 생각했지만, 마침내 그 가능성은 배제해 버렸다. 만약 그 가능성이 진실이라면, 도달할 수 있는 단 하나의 논리적 결론은 그런 삶이 사라진 이유가 응가이께서 우리의 가치보다 유럽인의 가치를 더 좋아하시고, 지금까지 내가 알고 있던 사실이 거짓이 되는 데 이르기 때문이었다.

하지만 그것은 아니었다. 만약 우주 어딘가에 진실이 존재한다면 그것은 바로 키리냐가가 예정되었던 목적 그대로 만들어졌다는 사실이며, 만약 응가이께서 이교도의 이론으로 우리를 시험하려 하신다면, 그건 우리가 유럽인의 거짓말을 물리치고 최후의 달콤한 승리를 얻을 수 있도록 하시기 위함이었다. 가치 있는 의견이라면 그것을 관철시키기 위해 싸울 필요가 있고, 은데미가 사실과 자료와 숫자로 무장하고 돌아오면 자신을 기다리고 있는 나를 발견할 터였다.

그것은 외로운 전쟁이었다. 빈 물통을 들고 강으로 가면서 그런 생각이 들었지만, 응가이께서는 당신의 백성에게 자신들의 유토피아를 세울 두 번째 기회를 주셨으니 다시는 실패하지 않도록 하실 터였다. 은데미가 자신이 배운 역사와 냉철한 통계로 우리 부족을 유혹하게 내버려 두자. 응가이께서는 가장 오래되고 참되며 수많은 변화와 맞닥뜨려서도 변하지 않고 순수하게 보존되어 있는, 바로 키리냐가를 만든 당신 고유의 무기를 가지고 계셨다.

나는 물을 내려다보며 그 무기를 면밀히 연구해 보았다. 그것은 늙고 허약해 보였지만 숨어 있는 힘의 저장고가 보였으며, 비록 그 장래는 궁색해 보였지만 응가이의 보호를 받는 한 실패할 리 없어 보였다. 그것 역시 용감한 표정으로, 눈도 깜박이지 않으며 자신이 옳다고 확신하는 표정으로 나를 빤히 바라보고 있었다.

그것은 자기 부족의 영혼을 위해 다시 한 번 우뚝 서 전쟁터로 나가는 키쿠유족 최후의 이야기꾼, 코리바의 얼굴이었다.

8
늙은 신이 죽을 때

2137년 5월

응가이께서는 해와 달을 만드셨고, 그 둘이 지구를 똑같이 다스리라 명하셨다.

 응가이께서 명하시길, 해는 천지에 따뜻한 기운을 주어 당신께서 창조하신 모든 생명이 햇빛 아래에서 튼튼하게 잘 자라게 하고, 빛이 사라지고 응가이께서 잠이 드셨을 때는 해를 대신해 달이 당신의 피조물을 보살피라 하셨다.

 하지만 속으로 나쁜 마음을 먹은 달은 사자와 표범과 하이에나와 함께 몰래 동맹을 맺었고, 응가이께서 잠에 드시면 달은 자신의 얼굴 일부만을 지구에 비춰 주었다. 이때를 틈타 육식 동물들은 응가이의 다른 피조물들을 다치게 하고 죽이고 잡아먹었다.

 마침내, 한 문두무구가 달이 응가이를 속이고 있다는 사실을 눈치채고는 이 문제를 해결하기로 마음먹었다. 그 문두무구는 응가이께 이 문제를 직접 고할 수도 있었지만, 그 자신이 똑똑하고 자부심이 있는 사람이었기에, 육식 동물들이 더 이상 어둠과 손잡지 못하도록 그 스스로가 방법을 취하기로 했다.

그 문두무구는 자기 보마에 머물면서 그 누구도 만나지 않았다. 그는 아흐레 밤, 아흐레 낮 동안 뼈를 던지고 부적을 준비하고 약을 만들었으며, 열흘째 되는 날 모든 준비를 다 마치고선 자기 보마를 나섰다.

해는 하늘 높이 떠 있었고, 그 문두무구는 해가 지구를 비추는 동안에는 어둠이 찾아올 수 없다는 사실을 알고 있었다. 그는 신비로운 주문을 외우고는 곧장 하늘을 날아 해 앞으로 갔다.

「멈추시오, 당신의 동생인 달은 사악하오. 당신은 지금 당신이 있는 곳에 머물러 있어야만 하오. 응가이의 피조물이 더 이상 죽지 않게끔 말이오.」

「그게 내게 무슨 상관이 있는가? 단지 내 동생이 의무를 소홀히 한다는 이유로 내 의무를 소홀히 할 수는 없다.」

문두무구는 손을 쳐들고 말했다.

「내가 당신을 지나가지 못하게 할 거요.」

하지만 해는 그냥 웃기만 하더니 자기의 갈 길을 갔고, 길을 막던 문두무구는 불에 타 재로 변했다. 아무리 강한 문두무구라 할지라도 해를 멈추게 할 수는 없기 때문이었다.

이 이야기는 응가이께서 최초의 인간인 기쿠유를 만드신 이후 모든 문두무구가 알고 있었다. 그리고 그 모든 문두무구 가운데, 오직 한 명만이 그 이야기를 무시했다.

내가 바로 그 문두무구이다.

태어나면서부터, 아니 태아 때부터, 살아 있는 모든 생명체는 죽음을 향해 피할 수 없는 길을 걷는다고 한다. 모든 생명체에 대해 그 말이 진실이라면(진실인 듯하다), 사람의 경우에도 마찬가지일 것이다. 그리고 사람의 경우에도 진실이라면, 자신의 형상을 본따 사람을 만든 신에게도 진실일 것이다.

하지만 이런 지식이 죽음의 고통을 줄여 주지는 못한다. 나는 방금 전에 카투마를 위로하고 돌아왔다. 그의 아버지 시보키 노인이 마침내 세상을 떠났기 때문이다. 병이나 사고 때문이 아니라 쌓여 가는 세월의 무게 때문이었다. 시보키 노인은 지구화한 세계인 키리냐가로 이주한 첫 세대로, 장로회의 일원이었다. 비록 시보키 노인은 몸이 약해지면서 마음도 함께 물러지기는 했지만, 그래도 분명 그가 보고 싶을 터였다. 세상을 떠난 다른 사람들이 보고 싶었듯이.

강가를 따라 난 길고 구불거리는 길을 걸어 마을에서 내 보마로 올라오면서 나 역시 시간이 얼마 남지 않았다는 생각을 했다. 난 시보키 노인보다 단지 몇 살 덜 먹었을 뿐인 데다, 사실 케냐를 떠나 키리냐가로 왔을 때 이미 나는 노인이었다. 나는 살 날이 얼마 남지 않았다는 사실을 알고 있었지만, 더 살고 싶었다. 내 욕심 때문이 아니라 키리냐가가 나 없이 버텨 나갈 준비가 덜 되었기 때문이었다. 문두무구는 단순히 저주를 내리거나 주술을 쓰는 사람 그 이상이었다. 문두무구는 키쿠유족의 모든 도덕과 법, 풍습과 전통을 담은 보고인데, 내가 보기에 키리냐가에는 아직 문두무구의 후계자가 될 만한 사람이 없었다.

문두무구의 삶이란 힘들고 고독하다. 그의 보살핌을 받는 백성들은 문두무구를 사랑하기보다는 두려워한다. 이는 문두무구의 잘못이 아니라 그 지위가 갖는 성격 때문이다. 그는 자기 백성들을 위해 옳은 일을 해야만 하고, 이는 때때로 사람들이 반겨하지 않는 결정을 내려야만 할 때가 있다는 뜻이다.

하지만, 나를 파멸로 몰고 간 그 결정이 내 백성과는 아무런 상관도 없으며 오히려 이방인 때문이라니, 신기하기만 하다.

그렇다 할지라도 나는 그 전조를 미리 눈치챘어야만 했다. 세상에 아무런 의미없이 이루어지는 대화란 없는 법이기 때문이다. 들판에 서 있는 허수아비들을 지나 내 보마로 돌아오는 길에, 염소 두 마리에게 아침 식사로 풀을 뜯게 한 뒤 집으로 돌아 가는 응고베의 어린 아들, 키만티와 우연히 마주쳤다.
「쟘보, 코리바 할아버지.」
머리 높이서 내리쬐는 햇빛을 가리며 아이가 인사했다.
「쟘보, 키만티. 이제 네 아버지가 염소 치는 걸 허락하셨구나. 조만간 소 떼도 맡기실 날이 올 게다.」
「조만간요.」
키만티는 내 말에 동의하더니 물병을 내밀었다.
「더운 날이네요. 좀 드시겠어요?」
「그거 참 고마운 말이로구나.」
나는 물병을 받아 입으로 가져가며 말했다.
「전 언제나 할아버지께 잘해 드렸다고요. 그렇죠?」
「그래, 늘 그랬단다.」
나는 대답을 하면서 이 아이가 대체 무슨 부탁을 하려고 이러는 걸까 의심이 들었다.
「그런데, 왜 저희 아버지 오른쪽 팔을 못 쓰도록 그냥 내버려 두시는 거예요? 주문을 외워서 고쳐주세요, 네?」
「그게 그렇게 간단하지가 않단다, 키만티. 네 아버지 팔을 못 쓰게 만든 건 내가 아니라 응가이시란다. 아무 목적 없이 당신께서 그러실 리가 없단다.」
「우리 아버지를 불구로 만들어서 무슨 소용이 있는데요?」
「만약, 네가 원한다면, 응가이께 염소를 제물로 바치고 왜 그렇게 하셨는지 여쭈어 보마.」
키만티는 내 제안을 잠시 생각해 보더니 고개를 저었다.

「응가이의 대답을 듣고 싶지 않아요. 그런다고 뭐가 달라지지는 않을 테니까요.」

키만티는 말을 멈추고 잠시 생각에 잠겼다.

「응가이께서 얼마나 더 오래 우리들의 신으로 계시리라 생각하세요?」

「영원히란다.」

아이의 질문에 깜짝 놀라며 내가 답했다.

「그렇지 않을 거예요. 응가이께서 단지 〈음토토〉이셨을 때는 우리들의 신이 아니셨어요. 그분께서는 젊고 힘이 있으셨을 때 늙은 신들을 죽여야만 했을 거예요. 하지만 이제 그분은 오랫동안 신으로 존재하셨고, 이제 누군가가 그분을 죽여야만 할 거예요. 아마 새로운 신은 우리 아버지께 응가이보다 더 자비를 베푸시겠죠.」

키만티가 신중한 어조로 말했다.

「응가이께서는 세상을 창조하셨단다. 그분은 키쿠유족과 마사이족과 와캄바족을, 심지어는 유럽인들까지도 창조하셨고, 성스러운 산 키리냐가도 창조하셨단다. 우리가 살고 있는 이 땅이 이름을 따온 곳 말이다. 그분은 시간이 시작할 때부터 존재하셨고, 시간이 끝날 때까지 존재하실 거다.」

키만티는 다시금 고개를 저었다.

「만약 그분께서 그렇게 오랜 세월 동안 살아 계셨다면, 죽을 준비가 되어 있을 거예요. 단지 누가 그분을 죽이는가가 문제일 뿐이죠.」

키만티는 말을 멈추곤 잠시 생각에 잠겼다.

「어쩌면 제가 더 자라서 튼튼해지면 그렇게 할 수 있을지도 몰라요.」

「그럴 수도 있겠지. 하지만 네가 그러기 전에, 얼룩말의 왕에 대한 이야기를 하나 해주마.」

「응가이에 관한 이야기인가요 아니면 얼룩말에 관한 건가요?」

「우선 들어 보는 게 어떠냐, 그럼 이야기가 끝나고 나면 그 이야기가 뭐에 대한 건지 네 입으로 말할 수 있을 게다.」

내가 천천히 땅바닥에 주저앉자, 아이도 내 옆에 쪼그리고 앉았다.

「옛날에, 얼룩말에게 줄무늬가 없던 때가 있었단다. 그 당시 놈들은 사바나에 있는 마른 풀처럼 갈색이었고 아카시아 나무 줄기처럼 눈에 잘 띄지 않았단다. 그리고 그런 몸 색깔 덕분에 놈들은 사자나 표범에게 잡아먹히는 일이 거의 없었단다. 사자나 표범에게는 윌더비스트나 토피[23]나 임팔라가 더 찾기 쉬웠거든.

그러던 어느 날, 얼룩말의 왕에게 아들이 하나 생겼단다. 하지만 그 아들은 평범한 아이와는 달리 콧구멍이 없었단다. 얼룩말의 왕은 그런 아들을 보더니 처음에는 슬퍼했지만, 시간이 지나면 지날수록 그런 일이 생긴 데에 대해 몹시 화를 냈단다. 왕은 생각하면 생각할수록 화가 났단다. 너무나 화가 난 왕은 황금 옥좌에 앉아 계시면서 세계를 다스리시는 응가이를 만나러 당신께서 계신 성스러운 산까지 올라갔단다.

⟨나를 찬양하는 노래를 부르기 위해 올라왔더냐?⟩

응가이께서 물으셨단다.

⟨아니요. 난 당신이 잔인한 신이기에 당신을 죽이려고 온 거요.⟩

얼룩말의 왕이 말했지.

⟨내가 네게 무슨 일을 했기에 죽이려는 게냐?⟩

응가이께서 물으셨단다.

---

[23] 아프리카 중동부의 사바나에 서식하는 영양의 한 종류

〈당신은 내게 콧구멍이 없는 아들을 주었소. 그래서 그 아이는 사자나 표범이 다가와도 알아차리지 못하니, 아이가 커서 어머니 곁을 떠나면 분명 놈들에게 잡아먹힐 거요. 당신은 너무 오랜 시간 신으로 있었기 때문에 동정심이 무엇인지를 잊어버렸소.〉

얼룩말의 왕이 말했단다.

〈잠깐! 내 네 아들에게 콧구멍을 만들어 주마. 네가 원하는 대로 말이다.〉

응가이께서 말씀하셨고, 당신의 목소리에는 어떤 알 수 없는 힘이 실려 얼룩말의 왕은 갑자기 꼼짝도 할 수가 없었단다.

〈왜 처음에는 그렇게 잔인했던 거요?〉

아직 화가 덜 풀린 얼룩말의 왕이 물었단다.

〈신은 신비로운 방식으로 일을 하느니라. 네가 보기엔 잔인해 보이는 것이 실제로는 너를 특별히 배려한 것이었느니라. 너는 착하고 훌륭한 왕이었기에, 나는 네 아들이 어둠을 뚫고, 수풀을 헤치고, 나무를 관통해 볼 수 있는 눈을 주었느니라. 그 아이가 사자나 표범에게 습격을 받지 않도록 말이다. 심지어는 바람이 사자나 표범 쪽으로 분다 할지라도 말이다. 그리고 이런 능력 때문에 그 아이는 콧구멍이 필요 없었느니라. 다른 얼룩말들이 건기에 먼지 속에서 숨막혀 하는 것과 달리 네 아이는 그러지 않도록 내 그 아이의 콧구멍을 없앴느니라. 하지만 이제 내 그 아이의 후각을 돌려주고 대신 그 아이의 특별한 능력을 없애겠노라. 네가 원했으니 말이다.〉

응가이께서 말씀하셨지.

〈그럼 당신이 그렇게 한 〈이유〉가 있었군. 난 언제부터 이토록 멍청해진 걸까?〉

얼룩말의 왕이 투덜거렸단다.

〈네가 나보다 더 위대하다고 생각했을 때부터이니라.〉

응가이께서는 대답을 하시고는 옥좌에서 일어나셨는데, 그 키는 구름보다 높았단다.

〈그리고 네 무모함에 벌을 내리겠노라. 이 순간부터 너와 네 동족들은 더 이상 마른 풀과 같은 갈색이 아니라 검고 흰 줄로 덮여, 사자와 표범은 멀찌감치 떨어져서도 너희들을 알아보게 될 것이니라. 너희들이 이 세상 어디를 간다 할지라도, 그들로부터 숨을 수는 없을 것이니라.〉

응가이께서 말씀을 마치시고 한 손을 흔드시자 세상에 있는 모든 얼룩말의 모습은 갑자기 오늘날 네가 보는 것처럼 바뀌었단다.」

나는 말을 멈추고 키만티를 바라보았다.

「끝난 건가요?」

「끝이란다.」

키만티는 땅 위를 기어가는 노래기를 바라보더니 마침내 입을 열었다.

「그 얼룩말은 갓난아이라서 자기 아버지에게 자신이 지닌 특별한 능력을 설명할 수가 없었어요. 제 아버지는 여러 우기가 지나도록 팔이 불편하셨는데, 겨우 듣는다는 설명이 응가이께서는 신비한 방식으로 일을 처리하신다는 말뿐이군요. 하지만 아버지는 보상으로 그 어떤 특별한 능력도 받지 않으셨어요. 만약 받으셨다면 지금쯤은 알고 계셨을 테니까요.」

키만티는 진지한 눈으로 나를 바라보았다.

「재미있는 이야기예요, 할아버지. 그리고 얼룩말의 왕이 너무 안됐어요. 하지만 새로운 신이 빨리 와서 응가이를 죽여야 한다고 생각해요.」

그렇게 우리는 앉아 있었다. 모든 문제에 대해 우화를 알고 있던 문두무구와 우물 안 개구리처럼 세상에 대해 아무것도 아는 것이 없는 멍청한 어린 케헤가 서로에게 완전히 반대하는 의견을 가진 채로.

오직 응가이처럼 유머 감각이 있는 신만이 이 케헤의 생각이 옳다며 웃어 넘겼을 것이다.

그 사건은 우주선이 추락하면서부터 시작됐다.

(키리냐가가 유토피아 위원회로부터 허가장을 받은 날부터 시작되었다고 언성을 높이는 사람들도 있겠지만, 그건 그 사람들이 틀린 거다)

유지 위원회의 우주선들은 유럽인의 유토피아 여기 저기를 날아다니면서 물건을 배달하고, 편지를 전달해 주는 식으로 편의를 제공한다. 오직 키리냐가만이 유지 위원회와 아무런 교통 소통이 없었다. 유지 위원회는 우리를 관찰할 권한이 있었다(사실 그것은 우리가 허가장을 받기 위한 조건 가운데 하나였다). 하지만 그들은 우리를 간섭할 수 없었으며, 우리는 키쿠유족의 유토피아를 만드려 노력했기 때문에 유럽인들과 교역에는 아무런 관심이 없었다.

하지만, 유지 위원회의 우주선은 이따금씩 키리냐가에 〈착륙하곤 했다〉. 우리의 허가장에 있는 조건 가운데 하나는 만약 키리냐가에 사는 사람이 자신의 삶에 만족하지 않을 경우, 그런 사람은 단지 헤이븐이라는 곳까지 걸어가기만 하면 유지 위원회의 우주선이 그 사람을 태우고 지구든 아니면 유럽인들이 세운 다른 유토피아든지 간에 원하는 곳으로 실어다 주기로 되어 있었다. 유지 위원회에는 두 명의 이주자를 내려놓은 적이 한 번 있었고, 키리냐가 초창기에는 우리의 종교적 행위를 간섭하기 위해 대표자 한 명을 보낸 적이 있었다.

나는 우선 그 우주선이 왜 그렇게 키리냐가에 가까이 접근

했는지 이해할 수가 없다. 나는 최근 들어 유지 위원회에게 어떠한 궤도 조종도 명령하지 않았다. 짧은 우기가 오려면 두 달이 더 있어야 했고 그때까지는 덥고 맑은 날씨가 계속되어야 했기 때문이었다. 내가 아는 한, 마을 사람 그 누구도 헤이븐으로 가지 않았고, 당연히 유지 위원회의 우주선은 키리냐가에 오면 안 되었다. 그날도 내 말이 맞는다는 듯이 맑고 파란 하늘이었지만, 갑자기 한줄기 빛이 키리냐가로 돌진해 왔다. 뒤이어 폭발이 일어났다. 비록 우주선이 폭발하는 모습을 내가 직접 보지는 못했지만 커다란 소리가 들려왔고, 소들이 예민해지고 임팔라와 얼룩말 무리들이 공포에 질려 이리저리 날뛰는 모습에서 그 사실을 알 수 있었다.

키찬타의 어린 아들, 진자가 내가 있는 언덕으로 뛰어 온 것은 그로부터 약 20분쯤 지나서였다.

「큰일났어요, 할아버지!」

아이는 가쁜 숨을 몰아쉬며 말했다.

「무슨 일이 일어난 게냐?」

「유지 위원회의 우주선이 추락했어요. 조종사는 아직 살아 있어요!」

「심하게 다쳤던?」

진자는 고개를 끄덕였다.

「아주 심하게요. 제 생각엔 곧 죽을 것 같아요.」

「난 늙었기 때문에 내가 그 조종사가 있는 곳까지 걸어가려면 꽤 시간이 걸릴 게다. 네가 마을로 가서 젊은이 세 명을 데리고 그 조종사를 들것에 실어 내게 데려오는 게 낫겠구나.」

진자는 언덕을 뛰어 내려갔고, 나는 오두막에 들어가 그 조종사의 고통을 줄여 줄 수 있는 약이 있나 찾아보았다. 그가 씹을 힘이 있을 경우에 쓸 수 있는 캣 잎이 약간 있었고, 그럴 힘도 없을 경우에 쓸 수 있는 고약이 몇 종류 있었다. 나는 컴퓨터로 유지 위원회에 연락을 해, 그 조종사를 살펴본 다음 경과를 알려주겠다고 통고했다.

예전 같았으면 내 조수를 강으로 보내 물을 길어 오게 한 다음 그 물을 끓여 조종사의 상처를 닦아 줄 준비를 했겠지만, 난 더 이상 조수가 없었고 문두무구는 물을 길어 오지 않는 법이라 나는 그냥 언덕 위에서 기다리며 추락 사고가 난 곳을 바라보고 있었다. 초원에 불이 붙었고 연기 기둥이 솟아올랐다. 진자와 다른 사람들이 들것과 함께 사바나를 빠른 걸음으로 건너오는 모습이 보였다. 토피와 임팔라와 심지어는 물소까지도 길을 비켜 주었다. 그리고 약 10분가량 그들의 모습이 보이지 않았다. 그들이 다시 나타났을 때에는 남자 한 명이 실려 있는 들것을 들고 그들이 걸어오는 모습을 또렷이 볼 수 있었다.

하지만 그들이 내 보마에 도착하기 전에 마을에서 길고 구불구불한 오솔길을 따라 카렌자가 먼저 달려왔다.

「잠보, 코리바.」

「여긴 웬일이오?」

「유지 위원회의 우주선이 추락한 사실을 마을 사람 모두가 알고 있소. 난 지금까지 한 번도 유럽인을 본 적이 없소. 정말로 그 사람들 얼굴이 우유처럼 하얀지 보러 온 거요.」

「분명 실망할 게요. 우리가 그 사람들을 백인이라고 부르기는 하지만, 실제로 그들 피부는 분홍색과 황갈색을 띠고 있소.」

「어쨌든, 나는 한 번도 유럽인을 본 적이 없소.」

카렌자가 쪼그리고 앉으며 말했다.

나는 어깨를 으쓱했다.

「맘대로 하시오.」

진자와 젊은이들은 들것을 들고 몇 분 뒤에 도착했다. 들

것 위에는 조종사가 몸을 뒤틀고 누워 있었다. 조종사의 팔과 다리는 부러져 있었고, 피부 대부분은 화상을 입은 상태였다. 그는 피를 많이 흘렸으며, 상처에서는 여전히 피가 흐르고 있었다. 의식은 없었지만, 숨은 고르게 쉬고 있었다.

「〈아산테 사나.〉」

나는 조종사를 데려온 네 명의 젊은이에게 고맙다며 칭찬을 해주었다.

나는 한 아이에게 물통을 주며 물을 뜨러 보냈다. 나머지 세 명은 머리를 숙여 인사를 하고는 언덕을 내려갔고, 나는 여러 가지 고약 가운데 화상에 붙였을 때 통증을 덜어 줄 수 있는 것을 골랐다.

카렌자는 넋을 잃고 이 광경을 보고 있었다. 카렌자는 조종사의 금발 머리칼을 신기해하며 만지려했고, 나는 그러는 그를 두 번이나 나무래야만 했다. 해가 하늘에서 위치를 바꿈에 따라 카렌자와 나는 조종사를 그늘로 옮겨 주었다.

조종사의 상처를 간단히 치료한 다음, 오두막으로 들어가 컴퓨터를 켜고 유지 위원회와 다시 접속을 했다. 나는 조종사가 아직 살아 있긴 하지만 팔다리가 부러졌으며 온몸에 화상을 입었고 의식 불명 상태라 곧 죽을 것 같다고 설명했다.

그들은 대답하길, 이미 의사 한 명을 보냈으며 30분 안에 헤이븐에 도착할 것이니, 그 의사를 내 보마까지 안내할 사람을 헤이븐으로 보내 달라고 했다. 바깥으로 나와 보니, 카렌자가 계속 조종사를 보고 있기에, 나는 그에게 우주선을 타고 오는 의사를 마중 나가라고 말했다.

한 시간이 지났지만 조종사는 꼼짝도 하지 않았다. 적어도 내 생각에는 그랬지만, 나무에 등을 기대고 잠깐 졸았기 때문에 확신할 수는 없었다. 나를 깨운 건 오랫동안 들어본 적이 없는 말로 이야기를 하고 있는 여자의 목소리였다. 나는 유지 위원회에서 보낸 의사를 맞이하기 위해 아픈 다리를 딛고 일어났다.

「당신이 코리바시겠군요. 저를 데리고 온 신사분과 이야기를 해보려고 시도했는데 제 말을 전혀 이해하지 못하시더군요.」

여자가 영어로 말을 했다.

「내가 코리바요.」

나도 영어로 말했다.

그녀는 손을 내밀었다.

「저는 조이스 위더스푼이랍니다. 환자를 좀 볼까요?」

나는 그녀를 조종사가 누워 있는 곳으로 안내했다.

「이 사람 이름을 아시오? 신분증을 찾을 수가 없었소.」

「사무엘 아니면 사무엘스일 거예요. 확실히는 모르겠군요.」

위더스푼은 남자 옆에 무릎을 꿇고 앉아, 잠깐 환자를 살펴보더니 말했다.

「상태가 안 좋네요. 기지로 데려가면 더 제대로 치료할 수 있겠지만, 이런 상태로 옮길 수 없겠어요.」

「헤이븐까지 한 시간이면 옮길 수 있소. 내가 보기엔, 당신네 병원으로 빨리 가면 갈수록 좋을 듯하오.」

위더스푼은 고개를 저었다.

「상태가 더 나아질 때까지 여기에 있어야 한다고 생각해요.」

「그건 좀 생각해 봐야 하오.」

「생각하고 말고가 없어요. 제 의학적 소견으로는, 이 사람은 지금 움직이면 안 돼요.」

위더스푼은 부러져 살갗을 찢고 나온 남자의 정강이뼈를 가리켰다.

「우선 부러진 뼈를 맞추고 감염이 안 됐는지부터 살펴봐야겠어요.」

「그런 건 당신네 병원에 가서도 할 수 있소.」

「환자를 위험에 빠뜨리지 않고 여기서 할 수도 있고요. 대체 뭐가 문제죠, 코리바?」

「멤사브 위더스푼, 문제는 키리냐가가 키쿠유의 유토피아라는 점이오. 그 뜻은 이곳은 당신의 의학을 포함한 모든 유럽인의 물건을 거부한다는 거고 말이오.」

「저는 키쿠유족을 치료하는 게 아니에요. 저는 단지 당신네 세계에 추락한 유지 위원회의 조종사를 치료하려는 거라고요.」

나는 조종사를 한참 동안 바라보고 마침내 입을 열었다.

「좋소. 논리적인 주장이구려. 여기서 치료해도 좋소.」

「고마워요.」

「하지만 단 사흘 동안만이오. 그 이상 우리가 오염되게 놔둘 수 없소.」

위더스푼은 내게 뭔가 항의할 듯 보였지만, 아무 말도 하지 않았다. 대신 그녀는 의학 장비를 펼치더니 뭔가를 남자의 팔에 주사했다. 내가 보기엔 진정제나 진통제, 아니면 그 둘 다인 듯했다.

갑자기 카렌자가 외쳤다.

「이 여자는 마녀요. 금속 가시로 사람의 살갗을 뚫는 걸 보시오!」

카렌자는 홀린 듯 조종사를 바라보았다.

「이제 이 사람은 곧 죽을 거요.」

위더스푼은 밤새 남자의 곁에 붙어 있으면서 상처를 닦아내고 부러진 뼈를 맞추고 열을 내리게 했다. 내가 언제 잠들었는지 모르겠지만, 차가운 아침 공기에 몸을 떨며 깨어나 보니 여자는 잠들어 있었고 카렌자는 자기 보마로 돌아간 상태였다.

나는 불을 지핀 뒤 담요를 몸에 두른 채 불가에 앉아 해가 공기를 따뜻하게 덥혀 주기를 기다리고 있었다. 잠시 뒤, 위더스푼도 잠에서 깨어났다.

「잘 주무셨어요?」

얼마 떨어지지 않은 곳에 앉아 있던 나를 바라보며 그녀가 말했다.

「당신도 잘 잤소, 멤사브 위더스푼?」

「지금 몇 시죠?」

「아침이오.」

「제 말은, 몇 시 몇 분이냐고요.」

「키리냐가에는 시간과 분이라는 개념이 없소. 오직 하루가 있을 뿐이오.」

「사무엘스 씨를 살펴봐야겠어요.」

「아직 살아 있소.」

「하지만 저 사람은 피부 이식을 해야만 하고 아마도 오른쪽 다리를 잘라 내야 할 거예요. 회복하려면 오랜 시간이 걸릴 거예요.」

위더스푼은 말을 멈추고 주위를 둘러보았다.

「에…… 좀 씻고 싶은데, 근처 어디로 가야 하나요?」

「이 언덕 아래에 강이 흐르고 있소. 하지만 씻기 전에 몇 번 물을 내리치는 것을 잊지 마시오. 악어에게 겁을 줘 쫓아내야 하니까 말이오.」

「세상에, 유토피아에 악어가 있어요?」

위더스푼이 웃으며 말했다.

「에덴에는 뱀이 없었소?」

위더스푼은 소리내어 웃더니 언덕을 내려갔다. 나는 물병에서 물을 한 모금 마시고 불을 끈 뒤 땅 바닥에 재를 흩뜨렸다. 마을 사는 사내아이 가운데 한 명이 내 염소에게 풀을 뜯

기려고 왔고 한 명은 땔감을 모아 온 뒤 물통을 들고 강으로 내려갔다.

20분쯤 뒤, 위더스푼이 강에서 돌아왔을 때 그녀는 혼자가 아니었다. 마을의 대추장 코인나쥐의 세 번째 아내이자 제일 어린 아내인 키보가 갓 태어난 아들 카타보를 안고 함께 왔다. 아이의 왼쪽 팔은 평소보다 두 배 정도나 부풀어 있었고 이상한 색깔로 변해 있었다.

「강가에 갔다가 빨래를 하고 있는 이 여자를 만났어요. 아이 팔이 심하게 감염되어 있더군요. 제가 보기엔 벌레에 물린 듯해요. 손짓 발짓을 해서 저를 따라 이곳에 오라고 설득했죠.」

「카타보를 왜 내게 데려오지 않은 거냐?」

키보에게 스와힐리어로 물었다.

「지난번에 할아버지가 제게 염소 두 마리를 받아 가셨지만, 그 뒤로도 제 아들은 여러 날 동안 계속 아팠어요. 그리고 남편은 쓸데없이 염소를 낭비했다며 저를 때렸습니다.」

키보는 너무나 겁에 질려 솔직하게 말했고, 남의 속도 모르고 솔직하기만 한 키보에게 부아가 치밀었다.

키보가 말을 하는 동안 위더스푼은 주사기를 들고 키보와 그녀의 아이에게 다가갔다.

「이건 광범위 항생제예요. 또한 스테로이드가 함유되어 있어 다 나을 때까지 가려움이나 불편함을 막아 줄 거예요.」

위더스푼이 내게 설명을 했다.

「멈추시오!」

나는 영어로 거칠게 말했다.

「왜 그러시는거죠?」

「그러면 안 되오. 당신은 오직 저 조종사만 치료하기 위해 여기에 있는 거요.」

「하지만 아이가 괴로워하고 있어요. 전 당신의 기록을 읽었어요. 비록 야만인처럼 옷을 입고 모닥불 옆 맨땅바닥에 앉아 있지만, 당신은 케임브리지에서 공부를 했고, 예일에서 학위를 받았어요. 제가 이 아이의 고통을 없앨 수 있다는 걸 잘 아시잖아요.」

「그게 문제가 아니오.」

「그럼 〈무엇이〉 문제죠?」

「당신은 저 아이를 치료하면 안 되오. 지금 언뜻 보기에는 당신의 치료가 축복 같아 보이겠지만, 일단 유럽인들의 약을 받아들이면, 그다음에는 종교를, 옷을, 법을, 풍습을 받아들이게 되고, 결국 우리 키쿠유족은 사라지고 단지 케냐인이라고 알려져 있는 검은 유럽인이 되어 버리는 거요. 우리는 그런 일이 다시는 벌어지지 않게 하기 위해 여기 키리냐가로 온 거요.」

「〈아이〉는 무슨 일이 벌어졌는지 모를 거예요. 제가 한 일을 당신이 믿는 신이나 당신이 한 것으로 해도 되고요.」

나는 고개를 저었다.

「당신의 제안이 고맙기는 하지만, 우리의 유토피아를 더럽힐 순 없소.」

「저 아이를 보세요. 키리냐가가 〈저 아이의〉 유토피아인가요? 세상에 어느 유토피아에서 아이들이 아프고 고통스러워야 한다고 써 있나요?」

위더스푼은 부풀어 오른 카타보의 팔을 가리켰다.

「그런 내용은 없소.」

「그런데요?」

「씌어 있지 않소. 키쿠유는 문자가 없기 때문이오.」

「적어도 아이 엄마가 결정하게 해야 하지 않아요?」

「안 되오.」

「왜요?」

「저 여자는 오직 자기 아이만 생각하기 때문이오. 〈나〉는 이 세계 전체를 생각해야만 하오.」

「아마 당신이 당신 세계가 중요한 것보다 저 여자에게는 아이가 더 중요할 거예요.」

「저 여자는 이성적인 판단을 내릴 수 없소. 오직 〈나〉만이 모든 결과를 예측할 수 있다오.」

갑자기, 한 마디의 영어도 알아들을 수 없는 키보가 내 쪽으로 돌아섰다.

「저 유럽 마녀가 제 아들을 낫게 해줄 수 있나요? 왜 두 분이 서로 다투고 계시죠?」

「저 유럽 마녀는 오직 유럽인을 위해 여기 있는 거다. 저 여자에게는 키쿠유족을 도울 수 있는 힘이 없다.」

「시도해 볼 수도 없나요?」

키보가 물었다.

「난 네 문두무구다.」

내가 엄한 목소리로 말했다.

「하지만 저 조종사를 보세요. 어제 저 사람은 거의 죽어가고 있었어요. 그런데 오늘은 벌써 상처가 아물어 가고 팔과 다리도 다시금 반듯해졌어요.」

키보가 사무엘스를 가리키며 말했다.

「저 여자의 신은 유럽인의 신이다. 저 여자의 주술이 유럽인의 주술이듯 말이다. 저 여자의 주술은 키쿠유족에게는 듣지 않아.」

키보는 입을 다물고는 아이를 가슴에 꼭 품었다.

나는 위더스푼에게 돌아섰다.

「스와힐리어로 말해 미안하지만, 키보는 다른 말을 할 줄 모르오.」

「괜찮아요. 이해하는 데 별로 어렵지 않았어요.」
「당신이 영어만 할 수 있는 줄 알았소.」
「어떤 경우는 통역이 필요 없을 때도 있죠. 골자만 이야기하면, 분명 당신은 이런 식으로 말하셨을 거예요. 〈내 앞에서 우상을 숭배하지 마라〉고요.」

바로 그때 조종사가 신음 소리를 냈고, 위더스푼은 모든 정신을 그 남자에게 쏟았다. 남자는 반쯤 의식이 돌아왔으며, 비록 눈에 초점도 없고 사물도 알아보지 못했지만 더 이상 혼수상태는 아니었다. 위더스푼은 남자의 팔과 다리에 연결되어 있던 튜브로 약을 투여했다. 키보는 놀라운 눈으로 이 광경을 보고 있었지만 가까이 다가가지는 않았다.

나는 그날 아침 대부분의 시간을 내 언덕에서 보냈다. 나는 카타보의 팔에 내린 저주를 없애 주고 팔의 고통을 줄일 수 있는 고약을 주겠다고 했지만, 키보는 코인나쥐가 더 이상의 염소를 주지 않을 게 분명하다고 말하며 거절했다.

「이번에는 대가를 받지 않겠다.」

내가 말했다. 코인나쥐를 내 편으로 두고 싶었기 때문이었다. 나는 아이에게 주술을 외워 주고 팔에 짓이긴 아카시아 나무껍질로 만든 고약을 발라 주었다. 나는 키보에게 자기 보마로 돌아가라고 명령하면서, 닷새 안에 아이의 팔이 나을 거라 말해 주었다.

마침내 내가 마을로 내려가 봐야 할 시간이 되었다. 나는 마을로 내려가 허수아비에게 축복을 내려주고, 최근에 갓난아이가 죽은 레이보에게는 젖가슴의 고통을 줄여 줄 수 있는 고약을 주기로 했다. 또한 최근 딸의 신붓값을 받은 바쿠다는 결혼식을 주재해 달라며 나를 만나자 했고, 장로회에 참석해서는 코인나쥐와 함께 그날의 중요한 문제들을 상의해야 했다.

강가를 따라 길고 구불거리는 길을 따라 걸으며, 나는 이 세계가 유럽인의 에덴과 무척이나 많이 닮아 있다고 생각했다.

하지만 뱀이 벌써 와 있는 줄 내 어찌 알았겠는가?

마을에서 볼일을 마친 뒤, 나는 폼베나 한 바가지 같이 하려고 응고베의 오두막에 들렸다. 이미 마을 사람 모두가 그 조종사에 대한 이야기를 들은 다음이었는지 응고베는 조종사에 대해 물어보았고, 나는 유럽인의 문두무구가 그 사람을 치료했으며 이틀 뒤에 그 환자를 데리고 유지 위원회의 본부로 돌아갈 거라 말해 줬다.

「그 여자는 강력한 주술을 가지고 있는 게 틀림없소. 그 조종사가 심각하게 다쳤다는 말을 들었소.」

응고베는 잠시 말을 멈추더니 계속했다.

「참 안된 일이오. 그렇게 강한 주술이 키쿠유족에게는 들지 않는다니 말이오.」

「항상 내 주술만으로도 충분했소.」

「사실이오. 하지만 타바리의 아들이 하이에나에게 다리 하나를 잘렸던 날이 아직도 생생하오. 당신은 그 아이의 고통은 없애 주었지만 살리지는 못했소. 아마 유지 위원회에서 온 그 마녀라면 가능했을지도 모르오.」

「그 조종사는 다리가 부러진 거지 하이에나에게 다리가 잘려나간 게 아니오. 타바리의 아들처럼 이미 하이에나가 거의 죽여 놓은 상태에서는 그 누구도 살릴 수 없었을 거요.」

「아마도 당신 말이 맞긴 하겠소만.」

〈아마도〉란 단어가 내 귀에 거슬렸지만 나를 모욕하려고 일부러 그런 말을 한 게 아니라는 생각이 들어, 남은 폼베를 다 마시고 뼈를 던지곤 그가 풍작을 거두리라는 예언을 해준 다음 응고베의 오두막을 떠나 왔다.

나는 마을에서 아이들에게 우화를 이야기해 주고는 장로회에 참석하기 위해 코인나쥐의 샴바로 가 그의 보마로 들어갔다. 장로들 대부분은 이미 와 있었는데 우울한 얼굴에 모두들 아무 말도 않고 조용히 앉아 있었다. 마침내 코인나쥐가 자기 오두막에서 나와 우리에게 왔다.

「오늘 우리는 중대한 문제에 대해 의논해야 하오.」

코인나쥐가 말했다.

「아마 그동안 우리가 해왔던 〈그 어떤〉 문제보다도 더 중대한 문제일 거요.」

코인나쥐는 덧붙여 말하더니 나를 정면으로 노려보았다. 그리곤 갑자기 자기 아내들이 있는 오두막을 바라보며 외쳤다.

「키보! 이리 와!」

키보는 팔에 카타보를 안고서 자기 오두막을 나와 우리 쪽으로 걸어왔.

「여러분은 어제 내 아들의 팔을 보았을 거요. 어제 아이의 팔은 보통 때보다 두 배나 부풀어 있었고, 피부 색깔도 꼭 죽은 사람 것 같았소.」

코인나쥐는 아이를 들고 머리 위로 추켜올리고 외쳤다.

「이제 아이를 보시오!」

카타보의 팔은 예전처럼 건강한 색이 되었으며 붓기도 거의 다 빠져 있었다.

「내 예상보다 내가 준 약이 훨씬 잘 들었구려.」

내가 말했다.

「이건 〈당신〉이 준 약 덕분이 아니오! 유럽인의 마녀가 준 약 덕분이오!」

나는 키보 쪽으로 시선을 돌렸다.

「난 네게 나보다 앞서 내 보마를 떠나라고 명령했었다!」

내가 엄한 목소리로 말했다.

「저보고 돌아오지 말라고 명령하지는 않으셨잖아요.」

대답하는 키보의 얼굴엔 반항기로 가득했다. 코인나쥐가 옆에 서 있었기 때문이었다.

「그 마녀는 카타보의 팔을 금속 가시로 뚫었고, 내가 언덕을 채 다 내려가기도 전에 붓기가 반이나 빠졌어요.」

「넌 내 명령을 어겼다.」

내가 험악하게 말했다.

「난 대추장이오. 그리고 난 이 여자를 용서할 거요.」

코인나쥐가 끼어 들었다.

「나는 문두무구요. 그리고 난 그러지 않을 거요!」

내가 말을 하자 키보의 반항기는 갑자기 공포심으로 바뀌었다.

「우리는 의논해야 할 더 중요한 문제가 있소.」

코인나쥐가 말을 나꿔챘다.

이 말에 나는 깜짝 놀랐다. 내가 화가 나 있을 때는 그 누구도 감히 내게 정면으로 대들지 않았기 때문이었다.

나는 밤에 날아다니는 딱정벌레를 갈아서 만든 발광가루를 주머니에서 꺼내 손바닥에 담고는 입으로 가져가 키보 쪽으로 불었다. 키보는 겁에 질려 비명을 질렀고, 땅바닥에 쓰러져 발버둥을 쳤다.

「키보에게 무슨 짓을 한 거요?」

코인나쥐가 따져 물었다.

〈난 당신의 능력으로는 이해할 수 없는 방식으로 저 여자에게 겁을 준 거요. 나를 거역한 데 따른 딱 알맞은 벌이라오.〉

속으로 이렇게 말하고 나서 나는 큰 소리로 외쳤다.

「나는 내세에 살고 있는 육식 동물들이 잠들어 있는 키보를 알아차리게끔 그녀의 영혼에 표식을 해놓았소. 만약 키보가 다시는 문두무구의 명을 어기지 않겠다고 대답한다면, 그리고 오늘 자신이 잘못한 일을 뉘우친다면, 내 그 표식을 오늘 밤이 되기 전에 없애겠소. 하지만…….」

나는 어깨를 으쓱하고는 은근히 협박을 했다.

「하지만 아마도 유럽인 마녀가 그 표식을 없앨 거요.」

코인나쥐가 말했다.

「유럽인의 신이 응가이보다 더 강하다고 생각하는 거요?」

내가 다그쳐 물었다.

「모르겠소. 하지만 유럽인의 신은 눈 깜짝할 새에 내 아들의 팔을 고쳐 줬소. 응가이는 여러 날이 걸렸을 터인데 말이오.」

「지난 몇 해 동안, 당신은 우리에게 유럽인의 모든 물건을 거부하라고 말해 왔소. 하지만 내 두 눈으로 직접 그 마녀가 죽어 가는 조종사를 살리는 것을 보았소. 내 생각엔 그녀가 〈당신〉보다 더 강한 것 같소.」

카렌자가 끼어들었다.

「단지 유럽인만을 위한 주술일 뿐이오.」

내가 말했다.

「그렇지 않소. 그 마녀가 내 아들에게도 주술을 쓰지 않았소? 만약 그 여자가 우리의 병과 상처를 응가이보다 빨리 고쳐 줄 수 있다면, 그 여자의 제안을 받아들이는 것에 대해 생각해 보아야만 하오.」

「만약 당신들이 그 여자의 제안을 받아들인다면, 얼마 지나지 않아 그 여자의 신이며 과학, 옷, 풍습을 받아들이라는 제안을 받을 거요.」

「그 여자의 과학은 키리냐가를 만들었고, 우리를 여기까지 태우고 왔소. 만약 그 여자의 과학이 키리냐가를 가능하게 만들었다면 나쁠 게 뭐가 있겠소?」

응고베가 말했다.

「유럽인에게는 나쁘지 않소. 과학은 그들 문화의 일부이기 때문이오. 하지만 우리가 키리냐가에 왜 왔는지를 절대로 잊어서는 안 되오. 우리는 키쿠유의 세상을 만들어 키쿠유의 문화를 다시 일으켜 세우기 위해 이곳에 온 거요.」

내가 대답했다.

「우리는 이 문제에 대해서 심각하게 생각해 봐야만 하오. 지난 몇 년 동안 우리는 유럽인의 문화가 모두 사악하다고 믿어 왔소. 그들 문화의 예를 한 번도 본 적이 없었기 때문이오. 하지만 이제 유럽 여자조차도 음가이보다 더 빨리 병을 고칠 수 있다는 사실을 알았으니 다시 생각해 볼 시간이 되었소.」

코인나쥐가 말했다.

「만약 내가 어렸을 때 그 여자가 주술을 써 내 못 쓰는 오른팔을 고쳤다고 한다면, 그게 왜 나쁜 거요?」

응고베가 물었다.

「응가이의 뜻에 어긋나기 때문이오.」

「응가이께서 온 우주를 다스리지 않소?」

응고베가 물었다.

「그분께서 그러신다는 건 당신도 이미 잘 알고 있잖소.」

「그러면 그 어떤 일도 그분의 뜻에 어긋나지 않을 것이며, 만약 그 여자가 나를 치료했다 해도 응가이의 뜻에 어긋나지 〈않았을 거요〉.」

나는 고개를 저었다.

「당신은 이해하지 못하고 있소.」

「우리는 이해하려고 노력하고 있소. 우리에게 설명을 해주시오.」

코인나쥐가 말했다.

「유럽인들은 여러 가지 신기한 물건들을 가지고 있고, 그런 신기한 물건이 당신들을 유혹할 것이오. 지금 당장에는 좋아 보이기 때문이오…… 하지만 만약 당신들이 유럽인들의 물건을 하나 받아들인다면, 유럽인들은 곧 자신들의 모든 것을 받아들이라고 강요할 거요. 코인나쥐, 유럽인들의 종교는 일부일처를 주장하오. 당신의 아내 셋 가운데 누구와 이혼할 거요?」

나는 다른 사람들에게 돌아섰다.

「응고베, 그들은 키만티를 학교로 보내 읽고 쓰게 만들 거요. 하지만 우리에게는 문자가 없으니 당신 아들은 오직 유럽인의 언어로 쓰는 법을 배울 테고 그 아이가 읽고 배우는 모든 사물은 모두 유럽인에 대한 것일 거요.」

나는 장로들 사이를 걸어가며 각자에게 예를 하나씩 들어 줬다.

「카렌자, 만약 당신이 타바리를 위해 일을 해주면, 당신은 그 대가로 닭이나 염소, 심지어는 암소를 받을 수도 있을 거요. 당신이 어떤 일을 해주었는가에 따라서 말이오. 하지만 유럽인의 문화가 들어오면 타바리는 당신에게 종이돈을 줄 거요. 그것은 먹을 수도 없는 거고 새끼를 치거나 사람을 부자로 만들어 주지도 못하오.」

나는 모든 장로들에게 일일이 다가가서 만약 유럽인들에게 발붙일 곳을 허용한다면 우리가 무엇을 잃게 될지 지적했다.

「당신이 말한 모든 것은 단지 일부분일 뿐이오. 하지만 질병과 고통을 끝낼 수만 있으면, 그것 자체만으로도 커다란 성과라 할 수 있을 것이오. 당신이 말하길, 만약 유럽인이 들어오게끔 우리가 허용한다면 그들이 우리의 사는 방식을 바꾸게 강요할 거라고 했소. 하지만 내가 보기엔 우리 방식 가운데 일부는 변화가 필요하오. 만약 유럽인의 신이 응가이보다 더 위대한 치유자라면, 그 신이 더 좋은 날씨를, 더 새끼를 잘 낳는 소를, 더 비옥한 땅을 주지 않는다고 그 누가 단언할 수 있겠소?」

코인나쥐가 내 말을 반박했다.

「〈아니오〉!」

내가 소리쳤다.

「〈당신〉은 우리가 여기에 왜 왔는지를 완전히 잊었지만 〈나〉는 잊지 않았소. 우리의 과제는 유럽인의 유토피아를 세우는 것이 아니라 키쿠유의 유토피아를 세우는 것이오!」

「그래서, 여기에 그것을 〈세웠소〉?」

카렌자가 비꼬는 말투로 물었다.

「우리는 매일 가까워지고 있소. 〈나〉는 그것을 현실로 만들고 있소.」

「유토피아에서 아이들이 병이 드오? 사람들이 불편한 팔을 그대로 참으며 살아가오? 아이를 낳다가 죽소? 유토피아에서는 하이에나가 목동을 공격하오?」

카렌자가 계속 주장했다.

「그것은 균형의 문제요. 무절제한 성장은 결국 끝없는 굶주림을 가져오는 거요. 당신은 지구에서 어떤 일이 벌어졌는지 보지 못했지만, 〈나〉는 보았소.」

내가 대답했다.

마침내, 잔다라 노인이 입을 열었다.

「유토피아에서도 사람들은 〈생각을 하오〉?」

「물론이오.」

내가 대답했다.

「만약 그렇다면, 그 사람들의 생각 가운데 일부는 새로운 것이오? 일부는 오래된 것이듯 말이오.」

「그렇소.」

「그렇다면 우리는 그 마녀가 우리의 병과 상처를 치료하는 문제에 대해서 생각해 보아야만 하오. 만약 응가이께서 그분의 유토피아에 새로운 생각을 허용하셨다면 그 생각들이 변화를 가져오리라는 것을 아실 테니 말이오. 그리고 만약 변화가 사악한 것이 아니라면, 이곳에서 변화에 맞서 싸워왔던 우리처럼 변화를 원치 않는 것은 사악하거나 아니면 적어도 틀린 걸 게요.」

잔다라는 일어서며 계속 말했다.

「당신은 내 말에 대해 할 말이 많을 게요. 하지만 내 경우, 오랫동안 관절염 때문에 고통스러워했지만 응가이께서는 고쳐주지 않으셨소. 이제 나는 코리바 당신의 언덕에 올라가서 유럽인의 신이 나를 치료해 줄 수 있는지 알아봐야겠소.」

잔다라는 말을 마치고는 나를 지나 보마 밖으로 나갔다.

나는 필요하다면 하룻낮, 하룻밤 동안 계속해서 내 주장을 펼 수 있었지만 코인나쥐는 내게(바로 〈나〉, 문두무구에게!) 등을 돌리더니 키보의 오두막으로 자기 아들을 데리고 갔다. 이것을 신호로 회의는 끝이 났고, 장로들은 각자 일어서서 감히 내 얼굴을 바라보지 못한 채 떠나가 버렸다.

내가 언덕 언저리에 도착했을 때는 열 명도 넘는 마을 사람들이 모여 있었다. 나는 그들을 지나 바로 내 보마로 갔다.

잔다라는 벌써 그곳에 와 있었다. 내가 도착했을 때, 위더스푼은 잔다라에게 주사를 놓아 주고 알약이 든 작은 병을 건네주던 참이었다.

「누가 당신에게 키쿠유족을 치료하라고 했소?」

내가 영어로 따져 물었다.

「제가 치료해 준다고 나서지 않았어요. 하지만 저는 의사고, 저 사람들을 그냥 돌려보낼 수는 없어요.」

「그럼 〈내가〉 돌려보내리다.」

나는 말을 마치고 마을 사람들을 내려다보며 엄격한 목소리로 소리쳤다.

「당신들은 이곳에 오면 안 되오! 당신들 샴바로 돌아가시오.」

어른들은 못마땅한 표정을 지으면서도 자리에서 일어서려 하는데, 그때 마침 한 아이가 언덕을 올라오고 있었다.

「이 언덕을 올라오지 말라고 네 문두무구가 명령했다! 네 죄에 대해 응가이께서 벌을 내리실 게다!」

내가 말했다.

「유럽인의 신은 젊고 강해요. 그분이 응가이로부터 절 보호해 주실 거예요.」

그 아이가 대꾸했다.

가까이 다가오는 아이를 보니 키만티였다.

「다가오지 마라, 경고한다!」

내가 소리쳤다.

키만티는 나무로 된 창을 추켜올리며 외쳤다.

「응가이는 나를 해칠 수 없어요. 만약 응가이가 그렇게 하려 한다면 〈이걸로〉 그를 죽여 버릴 거예요.」

확신에 찬 목소리였다.

키만티는 내 옆을 지나 조이스 위더스푼에게 다가가 말했다.

「바위 위를 걷다가 발을 베었어요. 만약 당신의 신이 나를 치료해 준다면, 감사의 뜻으로 염소를 바칠 게요.」

위더스푼은 아이가 하는 말을 단 한 마디도 알아듣지 못했지만, 발에 난 상처를 보자 곧 치료를 시작했다.

키만티는 응가이께 아무런 벌도 받지 않은 채로 언덕을 내려갔고, 이튿날 아침이 되어서도 멀쩡히 살아 있으며 더군다나 발까지 다 낫게 되자 이 소문은 삽시간에 다른 마을에도 퍼져 내 언덕 발치는 유럽식 치료를 받으려는 키쿠유족 병자와 절름발이들이 문전성시를 이뤘다.

 나는 다시 한 번 더 사람들에게 흩어지라고 말했다. 하지만 이번에는 사람들이 내 말을 들은 척도 하지 않았다. 그들은 키만티처럼 내게 대들지도 않았고 심지어는 내 존재조차 무시한 채 줄을 서서 유럽 마녀가 자신을 치료해 줄 차례가 올 때까지 끈기 있게 기다리고 있을 따름이었다.

 위더스푼이 떠나고 나면 모든 일이 원상태로 복귀되어 사람들은 다시금 응가이를 두려워하고 자신들의 문두무구를 존경하리라고 믿었다. 하지만 그렇지 않았다. 물론, 마을 사람들은 자신들의 일과로 돌아가서 곡식을 심고 소를 돌보았지만, 예전과 달리 더 이상 자신들의 문제를 나와 상의하려 들지 않았다.

 나는 처음엔 마을 사람들 그 누구도 다치거나 아프지 않은 줄로만 알았다. 비록 드물긴 하지만 그런 때가 있으니 말이다. 하지만 어느 날, 나는 사바나를 가로질러 가는 샤나카를 보았다. 샤나카가 자기 샴바를 떠나는 일은 무척 드물며 마을을 떠난 적이 〈한 번도〉 없었기에 나는 그가 어디로 가는지 궁금해서 그 뒤를 밟게 되었다. 샤나카는 30분 이상을 서쪽으로 걸어가더니 헤이븐에 있는 착륙장으로 갔다.

「대체 뭐가 문제인 건가?」

 결국 나는 샤나카를 붙잡고 물었다.

 그는 입을 벌리더니 자기 잇몸에 난 커다란 종기를 보여 주었다.

「난 무척이나 아프다오. 지난 사흘 동안 아무것도 먹지 못했소.」

「왜 내게 오지 않은 거요?」

「유럽인의 신이 응가이를 이겼잖소. 응가이께서는 더 이상

나를 도우실 수 없을 거요.」

「하실 수 있소.」

샤나카는 고개를 젓더니 머뭇머뭇 슬픈 목소리로 말을 꺼냈다.

「당신은 이제 늙었고 응가이께서는 나이 든 신이시라, 둘 다 힘을 잃었다오. 그러지 않았으면 좋았으련만, 사실이잖소.」

「그래, 당신은 응가이에 대한 믿음이 사라졌기 때문에 아내와 아이들을 버릴 참이오?」

내가 다그쳐 물었다.

「아니요. 나는 유지 위원회의 우주선을 타고 유럽인 문두무구를 만난 다음, 치료가 끝나면 다시 돌아올 거요.」

「내가 치료해 줄 수 있소.」

샤나카는 한참 동안 나를 바라보더니 마침내 말을 꺼냈다.

「당신이 치료해 줄 수 있던 때가 있었소. 하지만 이제 그런 때는 지난 거요. 나는 유럽 문두무구에게 가리다.」

「만약 그렇게 하면 앞으로 다시는 당신을 도와주지 않겠소.」

샤나카는 어깨를 으쓱했다.

「그 도움을 받고 싶은 마음도 없다오.」

아무런 아쉬움이나 원한도 비치지 않고 샤나카가 대답했다.

이튿날 돌아온 샤나카는 입이 다 나아 있었다.

나는 샤나카가 어떻게 지내는지 보기 위해 그의 보마에 들렀다. 샤나카가 원하든 원하지 않든 간에 나는 그의 문두무구였기 때문이었다. 그의 샴바를 지나다 보니 유럽인이 준 허수아비 두 개가 서 있었다. 이 허수아비는 주기적으로 펼쳐지는 기계팔을 달고 있었으며 한 방향만 바라보는 게 아니라 회전을 할 수도 있었다.

「쟘보, 코리바.」

샤나카는 내게 인사를 하더니 허수아비를 바라보고 있는 내 모습에 한마디 덧붙였다.
「훌륭하지 않소?」
「저 것들이 얼마나 오랫동안 작동하는지 알 때까지는 판단을 보류하겠소. 움직이는 부분이 많으면 많을수록 고장나기도 쉬운 법이거든.」
나를 빤히 바라보는 샤나카의 얼굴에는 불쌍하다는 듯한 표정이 담겨 있었다.
「저것들은 유지 위원회의 신이 만든 거요. 영원히 작동할 게요.」
「아니면 전지가 다 닳을 때까지겠지.」
내가 대꾸했지만, 샤나카는 내가 무슨 말을 하는지 알아듣지 못했기 때문에 내 빈정거림은 아무런 효과도 없었다.
「당신 입은 어떻소?」
「훨씬 좋아졌소. 그 사람들은 마법의 가시로 나를 찔러 고통을 멈추게 해주었고 내 입에 들어온 사악한 귀신을 잘라냈소.」
샤나카는 잠시 말을 멈추었다.
「그 사람들은 무척이나 강력한 신을 모시고 있더군.」
「당신은 이제 키리냐가로 돌아왔소. 그러니 불경스러운 말은 하지 않는 게 좋을 거요.」
「불경스러운 게 아니오. 진실을 말하는 거요.」
「당신의 저 유럽식 허수아비에게 내가 축복을 내려 주길 원하지 않소?」
샤나카는 어깨를 으쓱했다.
「정 당신이 원한다면.」
「내가 원한다면이라고?」
내가 화난 목소리로 물었다.

「그렇소, 저 허수아비는 유럽인의 것이니까 당신의 축복이 〈필요〉 없을 테지만, 그래도 당신이 정 원한다면…….」
나는 때때로 어떤 이유로 인해 마을 사람들이 문두무구를 더 이상 겁내지 않으면 어떻게 될까 궁금해했다. 하지만 그 경우에 문두무구가 참고 견뎌내야 하리라고는 단 한 번도 생각해 보지 않았다.

여전히 더 많은 마을 사람들은 유지 위원회의 진료소를 찾아갔고, 그들 각자는 유럽인들에게서 선물을 받아 왔다. 대부분의 경우 그것은 시간을 아낄 수 있는 기계장치들이었다. 서양의 것으로, 우리 문화를 말살하는 기계장치를.
나는 계속해서 마을로 찾아가 왜 그런 물건들을 쓰면 안 되는지 설명했다. 또한 날마다 장로회에 참석해 왜 우리가 키리냐가로 왔는지를 상기시켰지만 최초의 정착민 대부분은 이미 죽었고, 케냐에 대해 아무런 기억도 없는 세대가 장로가 된 상태였다. 사실, 유지 위원회의 사람들과 만나고 온 사람들은 키리냐가보다는 케냐가 모든 사람들이 풍족하게 살며 치료도 잘 받고 농장에 가뭄 걱정이 없는 유토피아라고 생각했다.
사람들은 내게 예의 바르게 행동했고 내 말도 주의 깊게 들었지만, 그리고선 곧바로 내가 오기 전에 하던 일이나 토론을 계속했다. 내가, 그리고 나 홀로 사람들을 유럽인들에게서 구했다고 여러 번에 걸쳐 말했지만, 마을 사람들은 내 말에 귀 기울이지 않았다. 심지어 몇몇 장로들은 마치 내가 키리냐가를 순수하게 보존해 오는 대신 어떤 술수를 써서 키리냐가의 성장을 방해해 왔다는 듯한 태도를 취했다.
「키리냐가는 성장이 〈필요하지〉 않소! 당신들이 유토피아를 얻었을 때 〈내일은 또 뭘 바꿀까?〉라고 말하지는 않을 거요.」

「만약 성장하지 않는다면 썩게 되오.」

카렌자가 대답했다.

「인구 증가를 통해 성장하면 되오. 이곳 모두가 우리의 것이오.」

「그건 성장이 아니라 번식이오. 당신은 자신의 일을 훌륭하게 해왔소, 코리바. 처음 우리가 여기 도착했을 때는 질서와 목적이 무엇보다도 절실히 필요했기 때문이오⋯⋯ 하지만 당신의 역할은 이제 끝났소. 이제 우리는 여기에서 자리를 잡았고, 우리가 어떻게 살아가야 할지 결정하는 사람은 바로 〈우리〉들이오.」

카렌자가 말했다.

「우리는 〈이미〉 어떻게 살아갈 것인지를 선택했소! 그래서 우리가 여기에 온 거요.」

성난 목소리로 내가 말했다.

「그때 나는 단지 케헤였소. 그 누구도 내게 묻지 않았소. 그리고 나도 여기서 태어난 내 아들에게 묻지 않았소.」

「키리냐가는 키쿠유의 유토피아가 될 목적으로 만들어진 거요. 이 목적은 우리가 받은 허가장의 기본 조항이오. 그 내용이 변할 수는 없는 거요.」

「유토피아에서 살길 원치 않는 사람은 아무도 없소, 코리바. 하지만 당신의 시대는, 그리고 당신만이 유토피아를 구성하는 것이 무엇인지 하는 결정하던 시대는 지났소.」

샤나카가 끼어들었다.

「그것은 명확하게 정의되어 있소.」

「〈당신〉이 한 거요. 하지만 우리들 가운데는 유토피아에 대해 당신과 다르게 정의 내리는 사람도 있소.」

「당신은 키리냐가를 처음에 세웠던 사람 가운데 한 명이오. 그런데 왜 전에는 한 번도 이런 말을 하지 않았소?」

힐난조로 내가 물었다.
「늘 말하고 싶었소. 하지만 언제나 겁이 났소.」
「무엇이 말이오?」
「응가이 말이오. 당신도 그렇고.」
샤나카가 대답했다.
「그 둘은 같은 거요.」
카렌자가 덧붙였다.
샤나카가 계속 말했다.
「하지만 이제 응가이께서는 유지 위원회의 신과 싸움에서 졌기 때문에 더 이상 말하는 것이 겁나지 않소. 왜 내가 이빨 때문에 고생해야 한단 말이오? 유럽 마녀가 나를 고쳐준 게 왜 사악하고 불경한 일이란 말이오? 나만큼이나 나이를 먹고 평생을 나무와 물을 지고 다니느라 등이 구부정해져 버린 내 아내가 왜 계속해서 그 일을 해야 한단 말이오? 아내를 대신해 일할 수 있는 기계가 있는데도 말이오.」
「그런 식으로 느낀다면 왜 당신은 키리냐가에 살려고 하는 거요?」
씁쓸하게 내가 물었다.
「당신과 마찬가지로, 나도 이곳 키리냐가를 키쿠유족을 위한 땅으로 만들기 위해 열심히 일했기 때문이오! 그리고 유토피아에 대한 내 정의가 당신의 그것과 다르기 때문에 여기를 떠나야 한다고 생각하지 않기 때문이오. 왜 〈당신〉이 떠나지 않는 거요, 코리바?」
샤나카는 거리낌 없이 말했다.
「나는 이곳을 우리들의 유토피아로 만들 책임을 지고 있으며 아직 그 임무를 완수하지 못했기 때문이오. 사실, 당신 같은 가짜 키쿠유족 때문에 일이 점점 힘들어지고 있소.」
「내 손자에게 글을 가르치고 싶어 한다고 내가 가짜 키쿠유족이란 말이오? 그리고 내 아내의 짐을 덜어 주길 원하기 때문에? 또 쉽게 치료할 수 있는 질병으로 고통받기 싫어하기 때문에?」

샤나카가 다그쳐 물었다.

「말도 안 되오!」

장로 한 명이 외쳤다.

「말 조심하시오. 만약 〈저 사람이〉 가짜 키쿠유가 아니라면 〈내가〉 가짜라는 뜻이니 말이오.」

내가 장로들에게 경고했다.

코인나쥐가 일어나며 말했다.

「아니오, 코리바, 당신은 가짜 키쿠유가 아니오.」

그는 잠시 말을 멈추었다.

「하지만 당신은 실수를 하나 하고 있소. 이제 당신과 내 전성기는 지났소. 아마도 잠시 동안 우리는 우리가 원했던 유토피아를 완성했을지도 모르오. 하지만 이제 그 시기는 지났고, 새로운 시대에는 새로운 유토피아가 필요하오.」

코인나쥐는 내가 무척이나 딱하다는 듯한 표정으로 나를 바라보았다. 과거에는 감히 나와 눈을 마주치기조차 겁내하던 바로 그 사람이.

「그것은 〈우리〉의 꿈이었지 〈그들의〉 것이 아니었소. 그리고 오늘은 어찌 어찌해서 우리 것이라 해도 내일은 분명히 그들의 것이 될 거요.」

「듣기 싫소! 당신 편한 대로 유토피아를 재정의할 수는 없는 거요. 우리는 그동안 수많은 키쿠유족이 케냐인으로 변질되었던 장소를 피해, 신념과 전통을 지키기 위해 이 땅에 왔소. 나는 우리들이 검은 유럽인이 되도록 그냥 놔두지 않을 거요!」

「우리는 〈무엇인가가〉 되어 가고 있소. 어쩌면 우리가 완벽한 키쿠유족이라고 느꼈던 때가 있었을지도 모르지만, 그때는 이미 지났소. 만약 바람대로 남아 있다면 우리 가운데 그 누구도 새로운 생각을 해내지 못했을 거고 다른 방식으로 이 세상을 바라볼 수도 없었을 거요. 그러면 우리는 당신이 아침마다 축복을 내려 주는 허수아비에 지나지 않게 될 거고 말이오.」

샤나카가 말했다.

나는 한참을 아무 말 없이 있었다. 이윽고 내가 입을 열었다.

「이 세상 때문에 무척이나 슬프다오. 나는 이곳을 우리 모두가 원했던 세상으로 만들기 위해 무척이나 열심히 노력했고 이 세상이 어떻게 되어 변해가는지 지켜봐 왔소. 〈당신들〉이 어떻게 되어 가는지도 말이오.」

「당신이 변화의 방향을 바꿀 수는 있겠지만 변화 그 자체를 막을 수는 없고, 따라서 키리냐가는 언제나 당신을 슬프게 할 거요.」

「내 보마로 돌아가서 생각을 좀 해봐야겠소.」

내가 말했다.

「크와헤리, 코리바.」

안녕이라고 말하는 코인나쥐의 목소리에서 이것이 마지막이라는 느낌을 받았다.

나는 언덕에 홀로 남아 구불구불한 강과 푸른 사바나를 내려다보며 몇 날을 생각에 잠겼다. 나는 내가 이끌려던 사람들과 내가 창조하려던 바로 그 세상에게서 배반을 당했다. 나 때문에 응가이께서는 어떤 식으로든 실망하신 게 틀림없다는 생각이 들었고, 따라서 당신께서 죽음의 손으로 나를 치시리라 생각했다. 나는 조용히 죽음을 준비했다. 모든 것을 달게 받아 들일 준비를 하면서……. 하지만 나는 죽지 않았다. 신은 자신을 숭배하는 사람들로부터 힘을 얻는 법인데 응가이께서는 너무나 약해져 이제 나같이 힘없는 늙은이조차 죽일 수 없었기 때문이었다.

마침내 나는 마지막으로 사람들을 만나기로 결심했다. 누구 한 명이라도 유럽인들의 유혹에 넘어가지 않고 키쿠유족의 방식으로 돌아올 사람이 있는지 알아보기 위해서였다.

마을로 가는 길에는 기계 허수아비가 줄을 서 있었다. 〈그것들에게〉 축복을 내릴 수 있는 단 한 가지 방법은 전지를 갈아 주는 것 뿐이었다. 여자 서넛이 강가에서 빨래를 하는 모습이 보였지만, 그들은 바위에 옷을 쳐서 빠는 대신 빨래를 목적으로 만든 게 분명한 인공 빨래판에 비벼서 빨고 있었다.

돌연 내 뒤에서 들려 오는 종소리에 나는 깜짝 놀라 펄쩍 뛰었고, 가시 덤불 위로 호되게 넘어졌다. 어느 정도 정신을 차린 다음에야 내가 자전거에 거의 치일 뻔했다는 사실을 알았다.

「죄송해요, 할아버지. 제가 오는 소리를 들으신 줄 알았어요.」

알고 보니 자전거를 몰던 아이는 키만티였다.

키만티는 조심스레 나를 일으켜 세웠다.

「난 지금까지 여러 소리를 들어왔다. 물수리의 키익키익 소리, 염소의 매애거리는 소리, 하이에나의 섬뜩한 소리, 갓난아이의 울음소리 등 말이다. 하지만 언덕을 굴러 내려오는 바퀴 소리를 들으리라고는 생각도 못 했단다.」

「걷는 것보다 이게 훨씬 빠르고 편해요. 어디 가시는 데라도 있으세요? 태워다 드릴게요.」

아마도 내 마음을 굳히게 된 이유는 그 자전거 때문이었을 것이다.

「그래, 어디에 가기는 하지. 하지만 자전거를 타기는 싫구나.」

「그럼 저도 할아버지랑 걸을게요. 어디에 가시는 거여요?」

「헤이븐으로 간단다.」

「아하, 할아버지도 유지 위원회에 볼 일이 있으신 거군요. 할아버지는 어디가 아프세요?」

나는 왼쪽 가슴에 손을 올리며 말했다.

「〈여기〉를 다쳤단다. 그리고 내가 이 고통에서 될 수 있는 한 멀어지기 위해 유지 위원회를 찾아가는 거란다.」

「키리냐가를 떠나시는 거예요?」

「변해 버린 키리냐가에서 떠나는 거란다.」

「어디로 가시는데요? 거기서는 뭘 하시게요?」

「이곳만 아니면 어디든 좋단다. 그리고 뭔가 다른 일을 할 거란다.」

나는 애매하게 대답했다. 하긴 실직한 문두무구가 갈 곳이 〈어디에〉 있겠는가?

「보고 싶을 거예요, 할아버지.」

「글쎄다.」

「정말이에요.」

키만티는 진심으로 말했다.

「우리 아이들에게 키리냐가의 역사를 말해 줄 때면 우리는 절대로 할아버지를 잊지 않고 이야기할 거예요.」

키만티는 잠시 말을 멈추더니 계속했다.

「비록 할아버지께서 틀리기는 했지만, 할아버지는 꼭 필요한 분이셨어요.」

「내가 어떤 식으로 기억될 것 같으냐? 필요악으로?」

「할아버지가 틀렸다고 했지 나쁘다고 한 건 아니에요.」

우리는 아무 말 없이 몇 킬로미터를 더 걸어갔고 마침내 헤이븐에 도착했다.
「만약 원하신다면 같이 기다려 드릴게요.」
「혼자서 기다리고 싶구나.」
키만티는 어깨를 으쓱하며 대답했다.
「편한 대로 하세요. 크와헤리, 할아버지.」
「크와헤리.」
아이가 떠난 뒤, 나는 주위를 둘러보며 사바나와 강, 월더비스트와 얼룩말, 물수리와 대머리황새를 열심히 관찰하곤 앞으로 남은 날들을 위해 기억에 새겨 두었다.
그렇게 바라보기를 한참 하다가 마침내 나는 입을 열었다.
「죄송합니다, 응가이시여, 최선을 다했지만 당신을 실망시켰나이다.」
나를 키리냐가에서 어디론가 멀리 데리고 갈 우주선이 돌연 나타났다.
「제 백성들을 불쌍히 여기소서, 응가이시여.」
착륙하는 우주선을 보며 내가 말했다.
「유럽인들에게 홀린 게 저들이 처음은 아니옵니다.」
우주선이 착륙할 때, 어디선가에서 목소리가 들려 오는 듯했다. 〈너는 내 가장 충실한 종이었느니라, 코리바여. 그러니 네 말을 들어 주겠노라. 정녕 내가 네 백성을 불쌍히 여기길 원하느냐?〉
나는 마지막으로 마을을 바라보았다. 한때 응가이를 두려워하고 경배하던, 하지만 이제는 마치 창녀와도 같이 자기 자신을 유럽인의 신들에게 팔아 버린 마을을.
「아닙니다.」
내가 단호한 목소리로 말했다.
「제게 말하신 겁니까?」
조종사가 물어 왔을 때야 우주선의 출입구가 열려 있는 채 나를 기다리고 있다는 사실을 깨달았다.
「아니오.」
내가 대답했다.
조종사는 주위를 둘러보았다.
「저 말고는 아무도 없는데요?」
「그분은 무척이나 늙고 지치셨소. 하지만 그분께서는 여기에 계시오.」
나는 우주선에 오른 뒤 단 한 번도 키리냐가를 되돌아보지 않았다.

에필로그

놋의 땅[24]

2137년 8~9월

24 카인이 아벨을 죽인 뒤 쫓겨 간 땅.

옛날 아주 먼 옛날에, 한 키쿠유 전사가 고향을 떠나서 모험을 찾아 이리저리 헤매고 다녔다. 전사는 오직 창 한 자루만으로 힘센 사자와 교활한 표범을 해치웠다. 그러던 어느 날, 전사는 우연히 코끼리와 마주치게 되었다. 전사는 이런 짐승 앞에서는 창이 아무런 쓸모가 없다는 사실을 알고 있었지만 전사가 미처 도망가거나 숨을 곳을 찾기도 전에 코끼리가 먼저 돌격해 왔다.

전사가 바랄 수 있는 단 한 가지 희망은 신의 도움뿐이었기 때문에 그는 응가이께서 자신을 제발 굽어살피셔서 코끼리로부터 구해 달라고 빌었다.

그러나 응가이께서는 응답치 않으셨고, 코끼리가 코로 전사를 집어 올려 하늘 높이 내던져 버리는 바람에 전사는 저 멀리 가시나무에 떨어졌다. 비록 가시에 피부가 심하게 찢어졌지만 다행히도 전사는 살아 있었다. 높이가 대략 땅에서 6미터 정도 되는 나뭇가지 위로 떨어졌기 때문이었다.

전사는 코끼리가 떠나가는 것을 확인한 뒤 나무에서 내려왔다. 그리고 나서 전사는 응가이께 따지기 위해 성스러운 산으로 올라갔다.

「내게 원하는 것이 무엇이더냐?」

전사가 산의 정상에 올랐을 때 응가이께서 물으셨다.

「왜 당신께서 제게 오시지 않았는지를 알고 싶습니다. 저는 평생에 걸쳐 당신을 숭배하고 제물을 바치며 살아왔습니다. 당신의 도움을 청하는 제 목소리를 듣지 못하셨나이까?」

전사가 화를 내며 말했다.

「내 네 목소리를 들었느니라.」

「그럼 왜 도와주러 오시지 않으셨습니까? 저 하나 못 찾으실 만큼 능력이 없으신 분이셨나이까?」

전사가 따지고 들었다.

「결국 아직까지도 너는 이해하지 못하고 있었구나.」

응가이께서 엄격한 말투로 말씀하셨다.

「바로 〈네〉가 〈나〉를 찾아야 하느니라.」

막 자정이 지난 시간에 아들 에드워드가 나를 데리러 비아샤라 거리에 있는 경찰서로 왔다.

바깥에 나와 보니 몇 센티미터쯤 땅 위로 떠 운행되는 늘씬한 영국제 차량이 나를 기다리고 있었다. 나와 에드워드가 오르고 나자 운전사는 응공 힐즈에 있는 집으로 향했다.

「짜증나게 만드시는군요.」

희미하게 반짝이는 사생활 보호막을 쳐 운전사 쪽에서 우리 말을 듣지 못하도록 한 다음 에드워드가 말했다. 그는 침착하고 평온한 척하려 했지만, 나는 아들이 무척 화나 있다는 것을 알 수 있었다.

「경찰들이 지겨워할 거라고 생각하는 거로구나.」

내가 동의했다.

「우리 진지하게 얘기 좀 해요. 아버진 겨우 두 달 전에 돌아오셨는데 제가 아버질 감옥에서 보석으로 꺼내 드리는 게 벌써 네 번째라고요.」

「난 키쿠유의 법을 어긴 적 없다.」

나는 조용히 대꾸했다. 우리는 부유한 집들이 모여 있는 교외를 향해 어둠을 뚫고 나이로비의 험악한 슬럼 가를 달리는 중이었다.

「아버지는 케냐의 법을 어기셨어요. 그리고 마음에 들어하시든 말든, 여기가 지금 아버지가 사시는 곳이에요. 전 정부 관리예요. 계속해서 절 무안하게 좀 하지 마세요!」

에드워드는 말을 끊고 화를 억누르려 애썼다.

「자신을 좀 돌아보세요! 새로 옷 좀 사시라고 그토록 말씀드렸는데. 꼭 그 더럽고 낡은 키코이를 입으셔야 할 이유라도 있어요? 모양도 모양이지만 이젠 냄새가 더 지독해요.」

「이젠 키쿠유 옷을 입으면 안 된다는 법이라도 생긴 게냐?」

「아니요.」

에드워드가 대답하고는 바닥에서 작은 바를 불러내 술 한 잔을 따르라고 시켰다.

「하지만 레스토랑에서 소란을 일으키면 안 된다는 법은 〈있어요〉.」

「난 내 음식값은 치뤘다.」

내가 대꾸했다. 차는 랑가타 가로 접어들어 교외로 향하고 있었다.

「네가 내게 준 케냐 실링으로 말이다.」

「돈을 치뤘다고 해서 아버지에게 음식을 벽에 내던질 권리가 주어지는 건 아니에요. 그것도 그저 입맛에 안 맞는다고 해서 말이죠.」

에드워드가 화를 주체하지 못하며 나를 바라보았다.

「위반하는 정도도 갈수록 악랄해요. 만약 제가 보통 사람

같았으면, 아버지는 오늘 밤을 감옥에서 지내셔야 했을 거예요. 사실, 아버지가 끼친 손해까지 갚아 주어야 했다고요.」

「그건 영양 고기였다. 키쿠유는 사냥해 잡은 동물은 먹지 않는다.」

「그건 영양이 〈아니었어요〉.」

에드워드가 잔을 내려놓고 연기 나지 않는 담배에 불을 붙이며 말했다.

「마지막 영양은 아버지께서 키리냐가로 떠나고 1년 뒤에 독일의 한 동물원에서 죽었어요. 그건 영양 〈맛이 나게〉 유전자가 조작된 콩으로 만든 음식이었다고요.」

에드워드가 말을 멈추고는 깊이 한숨을 내쉬었다.

「만일 영양이라고 생각하셨으면 도대체 왜 주문하신 거죠?」

「웨이터가 스테이크라고 했다. 난 그 사람이 암소나 황소 고기를 말하는 줄 알았지.」

「이제 그만두죠. 아버지나 저나 둘 다 성인이잖아요. 왜 이렇게 서로 합의를 못 보는 거죠?」

에드워드는 오랫동안 나를 바라보았다.

「전 저와 의견이 다른 이성적인 사람은 다룰 수 있어요. 매일 총독 관저에서 하는 게 그런 일이죠. 하지만 광신자는 못 다뤄요.」

「난 이성적인 사람이다.」

「아버지가요?」

에드워드가 물고 늘어졌다.

「어제 아버지께서는 제 아내의 조카애에게 〈기싸니〉 시험을 통해 사람이 진실을 말하는지 여부를 알아내는 방법을 가르쳐 주셨고, 그래서 걔가 진짜로 동생의 혀를 태워버렸잖아요.」

「그 애 동생이 거짓말을 했기 때문이야. 거짓말하는 사람은 빨갛게 달아오른 칼날 앞에서 입이 마르는 게야. 두려울

게 없는 사람은 혀에 물기가 촉촉해서 절대 데지 않는단다.」
나는 조용히 말했다.
「어디 한번 일곱 살 난 아이에게 말해 보시죠. 빨갛게 달아오른 칼을 휘두르는 새디스트 형 앞에서도 두려운 게 없으면 괜찮다고요!」
에드워드가 말을 가로챘다.
제복을 입은 경비원은 우리 차를 보더니 집으로 통하는 사유지로 들어서라며 손을 흔들었고, 진입로에 이르자 운전사는 우리가 탄 영국제 차량을 방어막의 가장자리께로 끌어올렸다. 방어막은 우리의 신원을 확인한 뒤 우리가 지나가도록 잠시 사라졌고 우리는 곧 현관에 도착했다.
에드워드는 차에서 나와 자신의 관사로 다가갔고 나는 그 뒤를 따랐다. 에드워드는 화를 참기 위해 주먹을 불끈 쥐었다.
「아버지가 저희와 함께 사시는 건 좋아요. 아버지는 자신의 세계에서 버림받은 노인이시니까요…….」
「나는 내 의지로 키리냐가를 떠났다.」
차분한 어조로 내가 끼어들었다.
「왜 혹은 어떻게 아버지가 떠나오셨는지는 중요치 않아요. 중요한 건 아버지가 지금 〈여기〉 계시다는 거죠. 아버지는 연세가 무척 많으세요. 지구에서 사셨던 것도 아주 오래전 일이고요. 아버지 친구분들은 모두 돌아가셨어요. 어머니도 돌아가셨고요. 전 아버지의 아들이에요. 그러니 전 제 의무를 다할 거예요. 하지만 저랑 타협 좀 〈하셔야겠어요〉.」
「노력하고 있다.」
「못 믿겠어요.」
「하고 있어.」
나는 했던 말을 되풀이했다.
「넌 못 믿을지라도 네 아들은 이해할 게다.」

「저의 이혼과 재혼 이후로 아들놈은 적응하려고 이미 충분히 애써 왔어요. 걔가 마지막으로 원하는 건 그저 할아버지가 자기 머릿속을 키쿠유들의 멋진 유토피아에 대한 신나는 이야기로 채워 주는 것뿐이라고요.」

「실패한 유토피아다.」

내가 정정해 주었다.

「그 사람들은 내 충고를 들으려 하지 않았고 그래서 결국은 또 다른 케냐가 되고 말 운명이지.」

「그게 뭐가 나빠요? 케냐는 저의 고향이고 전 그 점이 자랑스러워요.」

에드워드는 말을 멈추고 날 응시했다.

「그리고 이제 다시 〈아버지의〉 고향이에요. 케냐에 대해 말할 때 좀 더 경의를 표해 주시기 바라요.」

「난 키리냐가로 이주해 가기 전까지 오랜 세월을 케냐에서 살았다. 난 다시 여기서 살 수 있어. 변한 건 아무것도 없다.」

「그렇지 않아요. 우린 나이로비 지하에 교통시설을 만들었어요. 그리고 이제 해변가의 와타무에는 우주 공항이 있고요. 핵발전소는 폐쇄했고 이제 모든 전력은 리프트 밸리 아래에서 끌어낸 열에서 얻고 있어요. 사실상 말이죠……」

에드워드는 새 아내의 성과물을 설명할 때마다 그것에서 느끼는 자랑스러움을 그대로 내보이며 덧붙였다.

「그 전환 작업에 있어 제 아내 수잔의 기여도가 크죠.」

「날 오해하고 있구나, 에드워드야. 케냐가 변하지 않았다는 건, 자신의 전통에 충실하려는 대신 계속해서 유럽인들을 흉내 내려 한다는 점에서 한 말이란다.」

보안 시스템이 우리를 확인하고는 집 문을 개방했다. 우리는 로비를 지나 넓직한 나선형 계단을 통해 침실에 딸린 곁방으로 들어섰다. 하인들이 우리를 기다리고 있었고 집사가

에드워드의 외투를 받아 들었다. 그리고 나서 우리는 라운지와 응접실로 통하는 출입구를 지나갔다. 두 곳 모두 로마식 상(像)과 프랑스 그림들, 우아하게 장정된 영국 책들로 가득했다. 마침내 서재에 도착하자 에드워드가 돌아서서 집사에게 낮은 목소리로 말했다.

「자리 좀 비켜 주게.」

하인들은 마치 홀로그램에 지나지 않았던 것처럼 순식간에 사라졌다.

「네 아내 수잔은 어디 있는 게냐?」

며느리가 보이지 않아 내가 물었다.

「저희는 카메룬 대사의 집들이 파티에 참석하고 있었어요. 그때 아버지가 다시 체포되셨다는 연락을 받았죠. 아버지는 무척이나 재밌던 브리지 게임[25]을 망쳐 놓으셨어요. 제 생각엔 아마 수잔은 욕탕이나 침대에서 아버지 이름을 부르며 저주하고 있을 거예요.」

유럽인들의 신에게 날 벌해 달라고 부탁하는 건 그다지 효과적이지 못할 거라고 말해 주고 싶었지만 지금 이 순간엔 그런 말을 듣고 싶어 하지 않을 것 같아 아무 말 않기로 마음먹었다. 나는 주위를 둘러보다가 이 집에 있는 물건뿐만 아니라 집조차도 유럽인들 거라는 점에 생각이 미쳤다. 왜냐하면 각진 곳에는 악마가 살므로 집은 둥글게 지어야만 좋다는 것은 키쿠유라면 모두 알고 있고 또한 알아야만 하는 사실인데, 이 집은 온통 직사각형의 방들로 이루어져 있기 때문이었다.

에드워드는 씩씩하게 책상으로 걸어가 컴퓨터를 켠 뒤 자신에게 온 편지들을 읽고는 내게로 돌아섰다.

「정부로부터 또 다른 편지가 와 있어요. 정부 사람들이 다

---

25 트럼프 놀이의 한 가지.

음 화요일 정오에 아버지를 뵙고 싶대요.」

「그 사람들 돈은 안 받겠다고 이미 이야기했다. 난 그 사람들에게 아무 일도 해준 적 없단다.」

에드워드의 얼굴이 설교조로 변했다.

「우리나라는 더 이상 가난한 나라가 아니에요. 더 이상 어떤 노약자도 굶주리지 않는다는 데서 저흰 자부심을 느낀다고요.」

「나도 굶주리지 않을 수 있을 게다. 만일 레스토랑에서 내게 더러운 동물들을 먹이려 들려고만 하지 않는다면 말이다.」

에드워드는 화제를 바꿔 보려는 내 노력을 거부하며 말을 이었다.

「정부는 단지 아버지가 제게 금전적으로 짐이 되지 않는다는 걸 확인하고 싶은 거예요.」

「넌 내 아들이다. 난 네가 어릴 때 너를 기르고 먹이고 보호했다. 이제 난 늙었으니 네가 내게 같은 식으로 해주어야지. 그게 우리의 전통이란다.」

「글쎄요, 노인을 부양해야 하는 가족들을 편하게 해주기 위해 재정적으로 안전장치를 마련해 주는 게 우리 정부의 전통이에요.」

나는 에드워드의 대답을 듣고는 이제 내 아들의 내부에서 키쿠유의 마지막 흔적까지도 사라졌으며 이제는 뼛속까지도 완전히 케냐인일 뿐임을 분명히 알 수 있었다.

「넌 돈이 많잖느냐? 넌 정부 돈이 필요 없단다.」

「전 세금을 내고 있어요.」

난처한 상황을 피하려는 듯 연기 나지 않는 담배에 또다시 불을 붙이며 아들이 대답했다.

「받을 권리가 있는 혜택을 받지 않다니 바보 같은 짓이에요. 아버지는 아주 오래 사실 거예요. 그 돈을 받지 않을 이유가 하나도 없어요.」

「필요 없는 걸 받다니 수치스러운 일이야. 우릴 좀 가만히 내버려 두라고 전하렴.」

에드워드는 책상에 걸터앉은 채 상체를 뒤로 젖혔다.

「내버려 두지 않을 거예요. 설사 제가 부탁한다 해도요.」

「와캄바나 마사이족인 게 분명해.」

나는 경멸감을 그대로 드러내며 말했다.

「그 사람들은 케냐인이에요. 아버지나 저처럼요.」

「그렇지.」

갑자기 세월의 무게가 나를 짓눌렀다.

「그래, 그 점을 기억하기 위해 부단히 노력하마.」

「가능하시면 제가 경찰서에 그만 좀 드나들게 해주세요.」

나는 고개를 끄덕이고는 내 방으로 향했다. 에드워드는 내게 침대와 매트리스를 마련해 주었지만 키리냐가의 오두막에서 오랜 세월을 살고 나니 침대가 불편할 뿐이어서 나는 매일 밤 담요를 걷어 내 바닥에 깔고는 그 위에 누워서 잤다.

그러나 오늘 밤은 지난 두 달간의 생각에 잠이 올 것 같지 않았다. 내가 본 모든 것, 내가 들은 모든 것이 처음에 내가 왜 케냐를 떠났는지, 키리냐가의 허가장을 얻어 내기 위해 왜 그토록 오랫동안 힘들게 싸워왔는지를 떠올리게 했다.

나는 옆으로 누워 머리를 손에 받치고는 창문 너머를 바라보았다. 수백 개의 별들이 맑고 구름 한 점 없는 하늘에서 밝게 반짝이고 있었다. 어느 별이 키리냐가일지 추측해 보려고 애썼다. 나는 문두무구, 즉 주술사였고 키쿠유의 유토피아 건설을 책임지고 있었다.

「난 누구보다도 헌신적으로 네게 봉사하였는데.」

나는 반짝이는 푸른 별을 바라보며 중얼거렸다.

「그런데 네가 날 배신하였구나. 더 나쁜 건, 네가 응가이마저 배신했다는 거지. 그분도 나도 다시는 널 찾지 않으리라.」
 나는 고개를 다시 떨구고는 창문을 외면했다. 그리고 눈을 감고는, 다시는 하늘을 바라보지 않으리라 결심했다.

 아침에 에드워드가 다시 내 방에 들렀다.
「또 바닥에서 주무셨군요.」
 에드워드가 다그쳐 물었다.
「이젠 정부에서 그러면 안 된다는 법이라도 통과시킨 게냐?」
 내가 꼬집었다.
 에드워드는 깊이 한숨을 쉬었다.
「마음대로 하세요.」
 나는 아들을 자세히 살펴보았다.
「오늘 굉장히 멋져 보이는구나……」
 내가 입을 열었다.
「고맙습니다.」
「…… 그렇게 유럽인들의 옷을 입고 있으니 말이다.」
 나는 말을 끝맺었다.
「오늘 재정부 장관과 중요한 약속이 있어서요.」
 아들이 시계를 들여다보았다.
「사실, 지금 떠나지 않으면 늦을 거예요.」
 아들이 불안해하며 말을 멈췄다.
「어제 했던 얘기 다시 생각해 보셨어요?」
「어젠 참 많은 얘기를 했단다. 그 중 어떤 얘기 말이냐?」
「키쿠유 노인 마을에 대한 이야기요.」
「난 마을에서 살아본 적이 있다. 하지만 네가 말한 곳은 마을이 아니야. 그곳은 철과 유리로 만들어진 20층짜리 건물이다. 노인들을 감금하려고 만든 거지.」

「예전에도 다 했던 얘기예요. 그곳에 가시면 새로운 친구들도 사귈 수 있으실 거예요.」
「이미 새 친구를 사귀었다. 오늘 저녁에 만날 거란다.」
「그거 참 잘됐네요! 아마 그분이 아버지께서 말썽을 못 부리게 해주시겠죠.」

나는 자정이 되기 바로 전에 티타늄과 유리로 된 커다란 실험 단지에 도착했다. 밤이 되자 날씨가 선선해졌고 남쪽에서 부드러운 산들바람이 불어오고 있었다. 달이 구름 뒤로 숨었기 때문에 어둠 속에서 옆문을 찾기란 무척 어려운 일이었다. 그래도 결국 나는 문을 찾아냈고, 거기서 카마우가 나를 기다리고 있었다. 그는 내가 들어올 수 있게끔 전자 방어막의 일부를 잠시 열어 주었다.
「〈잠보, 음제〉.」
카마우가 존경을 담은 인사말을 건네왔다. 〈안녕하시오, 나이 든 현인이시여〉라고.
「〈잠보, 음제〉.」
카마우도 거의 나만큼 나이를 먹었기에 내가 같은 식으로 응답했다.
「당신 말이 정말인지 내 두 눈으로 똑똑히 확인해 보려고 왔소.」
카마우가 고개를 끄덕이고 돌아서자 나는 그의 뒤를 따라 우리 위로 높이 치솟은 각진 건물들 사이를 걸어갔다. 건물들은 좁은 보도 위로 음산한 그림자를 던지면서 모든 도시 소음을 우리 쪽으로 쏟아 냈다. 길에는 유럽에서 흔히 볼 수 있는 가로수 대신 얼마 안 남은 종자에서 복제해 낸 휘슬링 쏜과 엘로우 피버가 줄지어 있었고, 사라진 사바나에서 가져온 풀들이 여기저기에 장식용으로 심어져 있었다.

「여기 케냐에서 진짜 아프리카 식물들을 이렇게 많이 볼 수 있다니 정말 이상하오.」

내가 한마디 했다.

「키리냐가에서 돌아온 이후로 이런 것들이 너무나 보고 싶었다오.」

「당신은 아예 한 세상 전체가 이런 것들로 가득 찬 곳을 보고 오셨잖습니까?」

카마우가 부러움을 감추지 못하며 대답했다.

「하지만 녹지가 다는 아니오. 결국 키리냐가와 케냐 간에는 거의 차이가 없소. 둘 다 응가이께 등을 돌렸으니 말이오.」

카마우는 잠시 말없이 있다가 차가운 습지를 완전히 덮고 있는 우리 주위의 어렴풋한 금속과 유리와 콘크리트 건물들을 가리켜 보였다. 나이로비[26]는 습지에서 온 이름이었다.

「어떻게 〈여기가〉 키리냐가보다 마음에 들 수 있는지 이해가 안 갑니다.」

「여기가 더 마음에 든다고는 하지 않았소.」

내가 웅웅거리는 기계 음에 파묻혀 있던 도시의 소음들을 갑자기 인식하며 내가 대답했다.

「그럼 키리냐가를 〈그리워〉하시는군요.」

「예전의 키리냐가를 그리워하는 거요. 이것들은……」

나는 거대한 구조물들을 가리키며 말했다.

「그저 건물에 지나지 않잖소.」

「이건 유럽인들의 건물입니다.」

카마우가 비통한 어조로 말했다.

「더 이상 키쿠유도 루오도 엠부족도 아닌 그저 케냐인인 사람들이 지은 거죠. 온통 각진 구석 투성이랍니다.」

---

26 나이로비에는 〈차가운 물이 있는 장소〉라는 뜻이 있다.

카마우가 말을 멈추자 나는 속으로 동의했다. 〈어쩌면 그렇게 나와 비슷하오! 내가 케냐에 돌아오자마자 당신이 날 찾아낸 건 정말 당연한 일이군.〉

카마우가 다시 말을 이었다.

「나이로비는 인구 천백만 시민들의 고향이죠. 하지만 하수구 냄새가 납니다. 공기는 너무 오염돼서 때로는 눈으로도 확인할 수 있고요. 사람들은 유럽인의 옷을 입고 유럽인의 신을 숭배합니다. 이런데도 어떻게 당신은 유토피아에 등을 돌리셨습니까?」

나는 손을 들어올렸다.

「내겐 오직 열 손가락이 있을 뿐이오.」

카마우가 얼굴을 찡그렸다.

「무슨 소린지 모르겠습니다.」

「둑을 손가락으로 막으려한 네덜란드 꼬마 이야기를 아시오?」

카마우가 고개를 흔들고는 경멸조로 땅에 침을 뱉었다.

「전 유럽인들 이야기는 듣지 않습니다.」

「아마 당신이 현명하기 때문일 거요. 어쨌든, 내가 키리냐가 주위에 둘러놓았던 전통의 둑이 새기 시작했소. 처음엔 얼마 되지도 않았고 막기도 쉬웠지만, 사회가 발전하고 자라남에 따라 양도 많아졌고 곧 내 손가락으로 모두를 틀어막기란 역부족이었소.」

나는 어깨를 으쓱했다.

「그래서 내가 떠내려가기 전에 떠나온 거요.」

「당신을 대신할 만한 문두무구가 남아 있나요?」

「내 듣기론, 그 사람들 병을 고쳐 줄 의사와, 유럽인들의 신을 어떻게 숭배하면 될지 알려 줄 목사, 그리고 어떤 상황에도 대처법을 가르쳐 줄 컴퓨터가 있다고 하더이다. 그 사람들에겐 더 이상 문두무구가 필요 없소.」
「그럼 응가이께서 그 사람들을 버리셨군요.」
「아니오. 〈그들이〉 응가이를 저버린 거요.」
나는 그의 말을 정정해 주었다.
「죄송합니다, 문두무구시여. 물론 당신이 옳습니다.」
카마우는 변명하듯 말했다.

카마우가 다시 걷기 시작했을 때 곧 강하고 자극적인 냄새가 내 코를 찔렀다. 전에는 한 번도 맡아본 적이 없는 냄새였지만 내 영혼 깊숙한 곳의 어떤 기억이 되살아나기 시작했다.
「거의 다 왔습니다.」

낮게 으르렁거리는 소리가 들려왔지만 육식 동물의 으르렁거림과는 달랐고 차라리 거대한 기계가 힘있게 웅웅거리는 소리에 가까웠다.
「신경이 곤두서 있습니다.」
카마우가 부드럽고 단조로운 목소리로 다시 입을 열었다.
「갑자기 움직이지 마십시오. 이미 낮에 사육사를 둘이나 죽일 뻔했습니다.」

그리고 마침내 그곳에 도착했다. 막 달이 구름을 헤치고 나와 우리 앞에 선 그 장엄한 창조물 위로 빛을 뿌리고 있었다.
「엄청나군!」
내가 속삭였다.
「완벽한 복제물이죠.」
「키, 3미터 25센티미터. 무게 6톤…… 그리고 상아 하나당 정확히 67킬로그램.」

그 거대한 동물이 주위의 번쩍이는 방어막 너머로 나를 바라보고는 차가운 밤바람을 따라 내 냄새를 맡으려 애썼다.
「정말 멋지구려!」
「복제 과정은 아시겠죠?」

「복제가 〈뭔지는〉 아오. 하지만 정확한 과정은 하나도 모르오.」

「이 경우에는 과학자들이 2세기도 넘게 박물관에 전시되어 있던 상아에서 세포를 약간 추출해서 배양액을 만들었고 이것이 바로 그 결과물입니다. 말사빗 산에 살면서 대통령령에 의해 보호됐던 최후의 코끼리 아흐메드가 다시 살아난 것입니다.」

「아흐메드가 말사빗 산 어디를 배회할지라도 언제나 경호원 둘이 따라붙었다는 이야기는 읽은 적이 있소. 그들 역시 전통을 무시한 거요? 내 눈엔 당신밖에 안 보이는데. 나머지 경호원 한 명은 어디 있소?」

「경호원은 없습니다. 실험 단지 전체가 복잡한 전자 보안 시스템으로 보호되고 있으니까요.」

「당신도 경호원이 아닌 거요?」

카마우는 아무렇지도 않은 듯이 말하려고 애썼지만 얼굴에는 부끄러워하는 기색이 뚜렷했다. 달빛 아래에서도 그가 부끄러워하는 표정을 볼 수 있었다.

「저는 말동무로 고용됐습니다.」

「코끼리?」

「아흐메드.」

「미안하오.」

「우리 모두가 문두무구가 될 수는 없습니다. 젊음을 찬양하는 문화 속에서 당신이 제 처지였다면, 당신도 자신에게 제공되는 것들을 받아들이셨을 겁니다.」

「맞소.」

나는 코끼리를 돌아보았다.

「궁금한 게 있는데, 저 코끼리가 전생에 대한 기억이 있을 것 같소? 자신이 살아 있는 모든 창조물 가운데 가장 위대한 이였을 때, 그리고 말사빗 산이 자신의 왕국이었을 때의 기억 말이오.」

「저 코끼리는 말사빗에 대해서는 아무것도 모릅니다. 하지만 뭔가 잘못되어 있다는 건 압니다. 빛나는 방어막에 둘러싸인 작은 뜰에서 일생을 보내는 게 자신의 운명이 아니란 걸 압니다.」

카마우가 잠시 말을 쉬었다.

「가끔, 늦은 밤이면, 저 코끼리는 북쪽을 바라보며 코를 들어 올려 자신의 외로움과 비참함을 소리 지르곤 합니다. 기술자들에게야 그저 성가실 뿐이겠지만요. 보통, 기술자들은 저더러 코끼리에게 먹을 걸 주라고 하죠. 마치 음식이 코끼리의 슬픔을 덜어 줄 것처럼 말입니다. 그 음식조차〈진짜〉가 아니라 실험실에서 복제해 낸 거랍니다.」

「저 코끼리는 여기 있어선 안 되오.」

난 그의 말에 동조했다.

「저도 압니다. 하지만 그건 당신도 마찬가지입니다, 음제. 당신은 키리냐가로 돌아가 원래 키쿠유들이 살도록 주어진 방식대로 살아가야 합니다.」

난 얼굴을 찌푸렸다.

「키리냐가에선 아무도 키쿠유들에게 주어진 방식대로 살고 있지 않소.」

나는 깊게 한숨을 쉬었다.

「아마도 문두무구의 시대는 지난 것 같소.」

「그럴 리 없습니다.」

카마우가 항의했다.

「또 누가 우리 전통의 보고가 되고 우리 법의 전승자가 될 수 있단 말입니까?」

「〈저 코끼리의 삶〉만큼이나 우리의 전통도 시들어 버렸소.」

나는 아흐메드 쪽을 가리켜 보였다. 그리고 나서 나는 카마우에게 돌아섰다.

「질문 하나 해도 되겠소?」

「물론입니다, 문두무구시여.」

「당신이 날 찾아와 주어 무척 기뻤소. 그리고 이렇게 즐거운 대화는 케냐에 돌아온 이후 처음이오. 하지만 이해가 안 되는 점이 있소. 그렇게 당신이 키쿠유를 갈망하는데, 우리가 새로운 고향 땅을 찾아 고군분투하던 그 시절에 어떻게 내가 당신을 알지 못했던 거요? 우리가 키리냐가로 이주해 갈 때 왜 당신은 여기에 남아 있었던 거요?」

내 질문에 답하기 위해 카마우는 스스로와 몹시 힘든 싸움을 벌여야 했다. 그리고 마침내 그 싸움이 끝났을 때, 이 노인은 4~5센티미터쯤 움츠러들어 보였다.

「저는 겁이 났습니다.」

「우주선이 말이오?」

「아닙니다.」

「그럼 무엇 때문에 겁을 먹었소?」

다시금 갈등의 시간이 지나가고 카마우가 대답했다.

「〈당신〉 때문이었습니다, 음제.」

「나 말이오?」

나는 깜짝 놀라 다시 말했다.

「당신은 언제나 스스로에 대해 확신하고 계셨습니다. 언제나 그렇게 완벽한 키쿠유이셨습니다. 당신 때문에 전 스스로가 자격 미달이라고 생각하게 된 거죠.」

「말도 안 되오.」

내가 단호히 말했다.

「그렇습니까?」

카마우가 반박했다.

「제 아내는 가톨릭 신자였습니다. 제 아들과 딸도 기독교식 이름을 가지고 있고요. 그리고 제 자신도 유럽식 옷과 유럽의 물건에 익숙해 있었습니다.」

카마우가 잠시 말을 멈추었다.

「제가 두려워했던 것은, 만일 제가 당신과 함께 갔다면, 물론 저는 함께 가길 원했고 아직까지도 저의 소심함을 저주하고 있습니다만, 제가 곧 과학기술과 안락함을 버리고 온 것에 대해 불평불만을 해대 당신이 절 추방하실지도 모른다는 것입니다.」

카마우는 나와 시선을 마주치려 하지 않았고 그저 땅만 바라보았다.

「제 부족 사람들의 마지막 희망인 땅에서 추방당하고 싶지는 않았습니다.」

〈당신은 내 짐작보다 훨씬 현명하구려.〉 내가 생각했다. 나는 동정심에 젖어 큰 소리로 거짓말을 내뱉었다.

「당신은 추방당하지 않았을 거요.」

「정말로 그렇게 생각하십니까?」

「물론이오.」

카마우의 여윈 어깨에 따뜻하게 손을 올려놓으며 내가 말했다.

「사실, 일이 그렇게 끝났을 때 당신이 거기에 있어 나를 지지해 주었다면 좋았을 거란 생각이 드오.」

「저 같은 늙은이가 무슨 쓸모가 있었겠습니까?」

「당신은 〈그저 그런〉 늙은이가 아니오. 존스톤 카마우의 자손이 하는 말은 장로회에서 훨씬 무게 있게 들렸을 게요.」

「그게 제가 가길 두려워했던 두 번째 이유입니다.」

그가 대꾸했고 이번엔 좀 더 쉽게 말이 흘러나왔다.

「어떻게 살아야 이름에 걸맞게 살 수 있을지⋯⋯ 모두가 존스톤 카마우가 죠모 켄야타, 즉 키쿠유의 영웅인 위대한 불타는 창이 되었다는 걸 알고 있는데 말입니다. 제가 감히 그런 분과 비교나 되겠습니까?」

「자부심을 가지시오.」

나는 다시 확신시키려 애썼다.

「당신이 가진 신념과 열정이 많은 도움이 되었을 거요.」

「당신은 부족의 확고한 지지를 얻고 계셨습니다.」

나는 고개를 저었다.

「내 조수마저도, 내가 계승자로 준비시키던 그 아이마저도 날 배신했다오. 사실, 배신한 그 직후부터 아마 우리가 이야기하고 있는 지금 이 순간에 이르기까지 그 아이는 대학에서 공부를 하고 있을 거요. 또한 결국 부족 사람들도 우리 전통의 가르침과 응가이의 말씀을 유럽인들의 기적과 안락함 때문에 거부했소. 그런 일이 여기 아프리카에서도 얼마나 많이 일어났는지를 생각한다면 별로 놀랍지도 않소.」

나는 생각에 잠겨 코끼리를 바라보았다.

「나는 아흐메드만큼이나 시대에 뒤졌소. 시간이 우리 둘 다를 잊어버린 거요.」

「하지만 응가이께서는 잊지 않으셨습니다.」

「응가이 역시 그러셨다오, 친구여. 우리의 시대는 지나갔소. 우리의 자리는 케냐에도, 키리냐가에도, 어디에도 없다오.」

내 말투 때문이던지 아니면 내가 알 수 없는 다른 이유에서였던지, 여하튼 간에 방어막 쪽에 있던 아흐메드가 내 말뜻을 알아들었고, 그 까닭이 무엇이든 간에 코끼리는 방어막 가장자리로 걸어 나와 나를 똑바로 바라보았다.

「보호막을 쳐서 정말 다행입니다.」

카마우가 입을 열었다.

「날 해치지 않을 거요.」

내가 확신을 가지고 말했다.
「해칠 이유가 거의 없는데도 이미 사람들을 해쳤습니다.」
「하지만 난 아니오. 1.5미터 높이로 막을 내려 주시오.」
「하지만……」
「내 말대로 하시오.」
나는 카마우에게 명령했다.
「그러겠습니다, 문두무구시여.」
카마우는 우울하게 대답하며 작은 조절기로 가서 명령어를 쳐넣었다.

갑자기 눈높이에서 부드러운 시각적 왜곡현상이 사라졌다. 나는 부드럽게 손을 뻗었고 잠시 후 아흐메드가 코끝으로 내 얼굴과 몸을 어루만지고는 깊이 한숨을 내쉰 채 가만히 서 있었다. 아흐메드가 몸무게를 한 발에서 다른 발로 옮기자 땅이 가볍게 흔들렸다.

「직접 보지 않았다면 아마 안 믿었을 겁니다!」
카마우가 경의감에 젖어 말했다.
「우리 모두는 옹가이의 창조물이 아니오?」
「아흐메드까지도 말씀이십니까?」
「그럼 당신은 〈누가〉 아흐메드를 창조했다고 생각하시오?」
카마우는 다시금 어깨를 으쓱하고는 아무 말도 하지 않았다.
나는 이 장엄한 창조물을 지켜보며 잠시 더 그러고 있었다. 그 사이 카마우가 방어막을 제자리로 돌려놓았다. 이 높이에선 자주 그러듯이 밤 공기가 참을 수 없이 차가워지자 나는 카마우에게 돌아섰다.

「이제 그만 가봐야겠소. 여기에 날 초대해 주어 고맙소. 내 두 눈으로 직접 보지 않았다면 이 기적을 믿을 수 없었을 거요.」
「과학자들은 이걸 〈자기들이〉 만든 기적이라 생각하지요.」

「당신과 내가 훨씬 더 제대로 알고 있구려.」

카마우가 얼굴을 찌푸렸다.

「하지만 왜 응가이께서는 아흐메드를 다시 살게 하셨을까요, 이 시대, 이 장소에서?」

나는 오랫동안 침묵을 지키며 대답을 정리하려 했지만 그것이 불가능하다는 것을 깨닫고는 마침내 입을 열었다.

「응가이께서 어떤 일을 왜 하셨는지, 절대적인 신념을 가지고 알던 때가 있었소. 하지만 이젠 모르겠소.」

「어떻게 문두무구께서 그런 식으로 이야기하십니까?」

카마우가 따지고 들었다.

「내가 새소리에 잠이 깨던 때가 그리 오래전 일이 아니오.」

아흐메드의 우리를 떠나 내가 들어왔던 그 옆문으로 걸어가며 내가 말했다.

「그리고 키리냐가에서 마을 옆으로 굽이치던 강 너머를 바라보면 사바나에서 임팔라와 얼룩말이 풀 뜯는 모습이 보이곤 했소. 이제 나는 현대화된 나이로비의 소리와 냄새에 잠에서 깨어나고 밖을 내다보면 내 아들 집과 이웃 사이를 가르는 형체 없는 회색 벽을 마주하게 된다오.」

나는 잠시 숨을 골랐다.

「아마도 이게 응가이의 말씀을 내 민족에게 전하는 데 실패한 벌인 듯 싶소.」

「당신을 다시 뵐 수 있을까요?」

전자 방어막에 이르자 카마우가 내가 지나가도록 일부를 열어 주며 물었다.

「당신에게 부담만 되지 않는다면.」

「위대한 코리바가요?」

카마우가 빙그레 웃으며 말했다.

「하지만 내 아들은 날 부담스러워한다오. 아들은 자기 집에 내 방을 마련해 주었지만 내가 어디 다른 데로 가서 살길 더 바랄 거요. 며느리도 내 발가벗은 발과 키코이를 수치스러워한다오. 그 아인 계속 내게 유럽인들의 신과 옷을 사다 주고 있다오.」

「제 아들은 실험실에서 일합니다.」

카마우가 얼마간 자부심을 가지고 아들이 일하는 3층 실험실을 가리켰다.

「아들이 부리는 사람이 17명이나 됩니다. 17명이오!」

내가 밋밋한 표정을 지었던 모양이다. 카마우가 훨씬 열정이 식은 얼굴로 말을 이었기 때문이다.

「제게 이 일을 준 게 아들놈입니다. 내가 자기와 같이 살지 않을 수 〈있도록요〉.」

「고용된 말동무 일자리 말이구려.」

달콤씁쓸한 표정이 카마우의 얼굴을 스쳐갔다.

「전 제 아들을 사랑합니다, 코리바. 그리고 그 녀석이 절 사랑한다는 것도 잘 알지요…… 하지만 그 녀석 역시 절 좀 부끄러워하는 것 같습니다.」

「부끄러워하는 것과 당황하는 것은 가느다란 줄로 연결되어 있소. 내 아들은 시계추처럼 둘 사이를 왔다갔다 한다오.」

카마우는 자신만이 그런 상황이 아니란 것을 듣고는 고마워하는 듯했다.

「저와 함께 사시겠다면 언제나 환영입니다, 문두무구시여.」

카마우의 말에 나는 그게 그저 거절당하길 바라는 예의 바른 거짓말이 아닌 진심 어린 청이란 것을 알 수 있었다.

「서로 이야기할 거리가 많을 겁니다.」

「굉장히 사려 깊으시구려. 하지만 케냐인들의 역겨움을 참을 수 없어 다른 키쿠유와 얘기하고 싶은 그런 날에 가끔씩 들르는 것만으로도 충분할 것 같소.」

「원하실 때면 언제든 오십시오. 〈크와헤리, 음제〉.」
「크와헤리.」
내가 대답했다.

나는 자동도로를 통해서 시끄럽고 북적대는 거리로 내려갔다. 한때 이 지역은 광활한 애써 평원으로, 다양한 생명들이 서로 부대끼던 곳이었다. 나는 에어버스 플랫폼에 도착하자 자동도로에서 내렸다. 이런 늦은 시간엔 거의 텅 비어 있다시피 한 에어버스는 몇 분 뒤 미끄러지듯 떠오르더니 땅에서 30센티미터쯤 위로 뜬 채 북쪽으로 향했다.

도로변에 줄지어 선 나무들은 점차 강철과 유리와 꽉 짜인 합금의 촘촘한 각진 건물들 숲으로 바뀌어 갔다. 창문 너머로 밤 풍경을 바라보는데 마치 잠시 동안 과거를 들여다보는 것만 같았다. 여기, 티타늄과 유리로 된 법원 청사가 서 있는 이곳은 바로 그 불타는 창이 자신의 조국이 영국에 속하지 않는다고 주장하는 만용을 부린 죄로 처음으로 체포된 곳이었다. 그리고 저기 저쪽, 새로운 8층짜리 우체국 건물 옆은 마지막 사자가 죽은 곳이었다. 또한 저쪽, 수자원 재생 공장 옆은 내 민족이 약 3백 년 전에 영광스럽고 피비린내 나던 전투에서 와캄바족을 무찌른 곳이었다.

「다 왔습니다, 음제.」

운전사가 말했고 버스는 내가 문으로 갈 동안 땅에서 몇 센티미터 위에 멈춰 서 있었다.

「그렇게 담요만 걸치시고서 춥지 않으십니까?」

나는 그의 말을 들은 척도 않고 보도로 발을 옮겼다. 도시의 자동도로와 달리 여기 교외의 보도는 움직이지 않았다. 나는 움직이지 않는 쪽이 더 좋았다. 사람이란 아무런 노력도 없이 몇 킬로미터나 되는 자동도로로 이동하는 게 아니라 걸어다닐 운명으로 태어났기 때문이다.

나는 아들의 영지로 다가가 경비원들에게 인사했다. 내가 종종 밤에 이 지역을 배회했기에 경비원들은 모두 날 알고 있었다. 그들은 별 문제없이 날 통과시켜 주었고 나는 걸어가면서 다시 한 번 몇 세기를 꿰뚫어 진흙과 풀로 된 오두막과 내 민족의 보마와 샴바를 보려 애썼지만 튜더식, 빅토리아식, 식민지식, 현대식으로 흉내 낸 거대한 집들 그리고 그 사이로 구름을 찌를 듯이 솟아오른, 바늘 같은 아파트 건물들에 가려 아무것도 볼 수 없었다.

나는 어디 갔었냐고 끝없이 캐물을 에드워드나 수잔과 이야기하고 싶지 않았다. 아들은 어두워진 나이로비 거리에서 늙은이를 노리는 도둑과 강도에 대해 또다시 경고할 것이고, 며느리는 코트와 바지를 입으면 훨씬 따뜻할 거라고 조심스레 권할 것이었다. 그래서 나는 아들의 집을 지나쳤고, 집 안의 모든 불이 꺼질 때까지 아들의 영지를 하릴없이 돌아다녔다. 아이들이 잠들었다는 확신이 들자 나는 옆문으로 가 보안 시스템이 내 망막과 골격을 확인하길 기다렸다. 그간 수많은 밤을 해왔던 일이었다. 그리고 나는 조용히 내 방으로 걸어갔다.

보통 나는 키리냐가에 대한 꿈을 꿨지만 오늘 밤은 아흐메드의 모습이 내 꿈에 나타났다. 영원히 방어막에 감금당한 아흐메드. 작은 울 건너에 무엇이 있을지 애써 상상해 보는 아흐메드. 자신과 같은 종족을 평생토록 보는 일 없이 살다 죽을 아흐메드.

그리고 점차 꿈은 내 자신에 관한 것으로 바뀌었다. 이제는 더 이상 예전의 나이로비가 아닌 전혀 다른 장소로 변해버린 곳에 보이지 않는 사슬로 묶여 있는 코리바. 옛날의 키리냐가 그 모습 그대로를 만들기 위해 헛되이 힘을 쏟는 코리바. 한때는 키쿠유족의 용감한 대이주를 이끌었지만 어느 날 주위를 둘러보고는 자신이 남아 있는 마지막 키쿠유라는 걸 깨닫는 코리바.

아침에 나는 딸을 만나러 키리냐가로 갔다. 지구화된 행성이 아닌 〈진짜〉 키리냐가, 이제는 케냐산이라 불리우는 곳으로. 응가이께서 최초의 인간, 기쿠유에게 호미를 주시며 땅을 경작하라 말씀하신 곳이 바로 여기였다. 기쿠유의 아홉 딸이 키쿠유의 아홉 부족의 어머니가 된 곳이 여기였고, 성스러운 무화과 나무가 꽃핀 곳도 바로 여기였다. 천 년이 흘러 죠모 켄야타, 즉 키쿠유의 위대한 불타는 창이 응가이의 힘을 기원하며 백인들을 유럽으로 다시 몰아내기 위해 마우 마우 단원을 파견한 곳도 여기였다.

그리고 여기에는 이제 5백만 거주민이 사는 강철과 유리로 된 도시가 성스러운 산허리에까지 뻗어 있었다. 수용 한도를 넘긴 나이로비의 물과 하수 시스템은 사람들을 더 이상 받아들일 수 없었기에, 정부는 키리냐가로 이주하는 사업체에게는 막대한 세금 혜택을 주겠다고 제안했고, 이를 따라 사람들이 이곳으로 이주하길 기대했다. 그리고 사람들은 그 기대에 순응했다.

차들이 대기로 오염물질을 내뿜었고 낮에는 도시의 소음으로 귀가 멀 지경이었다. 이전에 무화과 나무가 서 있던 장소로 걸어가 보니 이제는 납 주물소로 뒤덮여 있었다. 한때 영양과 코뿔소가 살던 산비탈은 주택 단지 아래 가려져 있었다. 구불거리며 산을 타고 내려오던 시냇물은 모두 방향이 바뀌거나 돌려져 있었다. 데단 키매씨[27]가 영국인에게 살해당한 장소에 서 있던 나무는 이제는 한갓 기억에 지나지 않

---

27 케냐의 독립 운동가. 마우 마우단의 중심 인물이었다.

았고 그 자리에는 패스트푸드 레스토랑이 들어서 있었다. 산 정상은 공원이 되어 스무 곳이나 되는 기념품점으로 사람들을 실어 나르는 케이블카가 연결돼 있었다.

이제서야 나는 케냐가 왜 참기 힘든 곳이 되었는지 깨달았다. 응가이께서는 더 이상 저 산 꼭대기의 옥좌에서 세상을 다스리지 않으셨다. 저 곳엔 더 이상 당신을 위한 자리가 없기 때문이었다. 표범과 금빛 태양새처럼, 수년 전의 나처럼, 그분 역시 검은 유럽인들의 이 맹습이 오기 전에 피난 가신 것이었다.

아마도 이러한 발견이 내 기분에 어떤 영향을 미쳤는지 딸애와의 만남이 별로 좋지 못했다. 하지만 어차피 좋았던 적도 없었다. 딸애는 그애 어머니와 너무나 닮아 있었다.

나는 그날 오후 늦게 아들의 서재로 들어갔다.
「하인 말로는 네가 날 보고 싶어 한다고 하더구나.」
「네, 맞아요.」
에드워드가 컴퓨터에서 고개를 들며 말했다. 아들의 뒤로 두 위대한 지도자, 마틴 루터 킹 주니어와 줄리어스 니예레[28]의 초상화가 보였다. 둘 다 흑인이었지만 아무도 키쿠유는 아니었다.
「앉으세요.」
나는 시킨 대로 했다.
「의자예요, 아버지.」
「바닥이 편하단다.」
에드워드는 무겁게 한숨을 내쉬더니 얼굴을 찌푸렸다.
「지쳐서 아버지랑 말다툼할 힘도 없어요. 프랑스어를 복습

---

28 탄자니아 초대 대통령.

하는 중이었어요. 어렵네요.」
「왜 프랑스어를 공부하고 있는 게냐?」
「아시다시피 카메룬 대사가 이쪽 구역에 집을 샀어요. 그 사람에게 편한 말로 이야기 나눌 수 있다면 굉장히 이득이 될 거예요.」
「그럼 프랑스어가 아니라 배밀레케나 에윈도 말을 공부해야지.」
「그 사람은 두 언어 다 못해요. 그 사람 가족은 지배 계급이에요. 가족끼리는 프랑스어밖에 못 하고 자신도 파리에서 교육받았죠.」
「그 사람이 우리나라에 대사로 오는데 왜 네가 〈그 사람의〉 말을 배우는 게냐? 왜 그 사람이 스와힐리어를 배우지 않고?」
「스와힐리어는 거리의 언어예요. 영어와 프랑스어가 외교와 사업의 언어죠. 대사는 영어를 잘 못하니 제가 대신 프랑스어로 얘기하려 해요.」
에드워드는 점잖은 척하며 웃어 보였다.
「〈그러면〉 분명 깊은 인상을 줄 수 있을 거예요!」
「알겠다.」
「찬성하지 않으시는군요.」
에드워드가 내 표정을 읽었다.
「난 키쿠유인 게 부끄럽지 않다. 왜 넌 케냐인인 걸 부끄러워하는 게냐?」
에드워드가 말을 가로챘다.
「전 어떤 것도 부끄러워하지 않아요! 전 그 사람 언어로 얘기 나눌 수 있다는 게 자랑스러운 거예요.」
「케냐의 방문객인 대사가 〈네〉 언어로 너와 이야기하는 것보다 이쪽이 더 자랑스러운 게로구나.」

내가 꼬집었다.

「이해 못 하시는군요!」

「그건 확실히 그래.」

내가 동의했다.

에드워드는 잠시 침묵을 지키며 날 바라보다가 깊이 한숨을 내쉬었다.

「아버지 때문에 미쳐 버릴 것 같아요. 어쩌다 이런 걸 토론하게 됐는지도 모르겠어요. 다른 이유로 아버지를 뵈려했던 건데.」

에드워드는 연기 나지 않는 담배에 불을 붙인 다음 한 모금을 빨고는 물질 분해기에 던져 버렸다.

「오늘 아침 응고마 신부님이 방문하셨어요.」

「난 그 사람 모른다.」

「그래도 그분의 교구민들은 아시잖아요. 교구민들이 여럿 아버지께 충고를 구하러 왔었잖아요.」

「그랬을지도 모르겠구나.」

내가 인정했다.

「제기랄! 전 이 이웃들과 살아야 하고 그분은 우리 교구 신부님이세요. 그분은 아버지가 자기 신자들더러 어떤 식으로 살라고 말하신 데 대해 화내고 계세요. 특히 아버지가 가톨릭 교리에 반대되는 말씀을 신자들에게 한 이후론 더더욱 그래요.」

「그럼 내가 그 사람들에게 거짓말을 해야 하는 게냐?」

「신자들을 그냥 응고마 신부님께 맡기실 수 없어요?」

「난 문두무구다. 충고를 구하러 오는 사람들에게 도움말을 주는 게 내 의무란다.」

「아버지는 키리냐가에서 쫓겨나신 이후로는 더 이상 문두무구가 아니세요!」

에드워드는 불같이 화를 내며 말했다.

「난 내 의지로 떠나온 게다.」

난 조용히 대답했다.

「또다시 주제를 벗어나고 있군요. 보세요, 만일 아버지께서 문두무구 일을 계속하고 싶으시다면, 사무실을 내드릴게요. 아니면……」

아들이 경멸조로 덧붙였다.

「깔고 앉아 고견을 말씀하실 흙 한 포대를 사드릴게요. 하지만 제 집에선 안 돼요.」

「그 사람들은 응고마 신부의 말이 맘에 들지 않았던 게 틀림없다. 그렇지 않으면 다른 데서 조언을 얻으려 할 리가 없잖느냐?」

「아버지가 다시는 그 사람들에게 어떤 이야기도 하지 않으셨으면 좋겠어요. 아시겠어요?」

「그럼. 나는 네가 그 사람들과 다시는 이야기하지 않길 바란다는 사실을 분명히 알았다.」

참았던 화를 터뜨리며 에드워드가 소리쳤다.

「제가 무슨 말을 하는지 잘 아시잖아요! 더 이상 말장난하지 마세요! 키리냐가에서는 통했을지 몰라도 여기선 안 통해요! 전 아버지를 너무 잘 안다고요!」

아들은 돌아가 컴퓨터를 응시했다.

「거참 재미있구나.」

「뭐가요?」

에드워드가 나를 바라보며 의심스러운 말투로 물었다.

「여기서 넌 영어 책에 둘러싸여 프랑스어를 공부하고 이탈리아 종교의 성직자 편에서 말다툼하고 있잖니. 넌 키쿠유가 아닐 뿐만 아니라 아마 더 이상은 케냐인도 아닌 것 같구나.」

아들이 책상 너머로 날 노려보았다.

「아버지 때문에 정말 미치겠어요.」

아들이 다시 되풀이했다.

나는 아들의 서재를 떠난 뒤 집을 나와 에어버스를 타고, 서로 말이 통하지 않는 아들과 이웃들로부터 몇 킬로미터 떨어진 무싸이가 공원으로 향했다. 한때는 사자가 이 지역을 활보하고 다녔다. 표범은 나뭇가지에 숨어서 희생물을 와락 덮칠 기회만 노리고 있었다. 윌더비스트와 얼룩말과 가젤은 어깨를 비벼가며 키 큰 풀들을 뜯어 먹었다. 기린은 아카시아 나무의 꼭대기 잎을 질근질근 뜯어 먹었고 혹멧돼지는 뿌리식물을 찾아 땅을 헤쳤다. 코뿔소는 가시나무 덤불을 조금씩 뜯어 먹었으며 잘 들리지 않는 작은 소리나 기척에도 광폭하게 돌진하곤 했다. 그리고 키쿠유족이 들어와 땅을 개간하고 가축과 황소와 염소를 키웠다. 키쿠유는 진흙과 풀로 지은 오두막에서 지냈고 우리가 키리냐가에서 원하던 삶을 살았다.

하지만 모든 것이 지나간 일이었다. 이제 공원에는 수입해 온 잔디 위를 달리는 몇 마리 안 되는 다람쥐와, 이식된 유럽종 나무 한 그루에 둥지를 튼 한 쌍의 코뿔새뿐이었다. 신발을 신고 바지와 자켓을 입은 키쿠유 노인들이 풀밭 주변을 따라 늘어선 벤치에 앉아 있었다. 한 남자가 유별나게 용감한 찌르레기 한 마리에게 빵 부스러기를 던져 주고 있었지만 대개는 그저 앉아서 하릴없이 바라보고 있을 뿐이었다.

난 비어 있는 벤치를 발견했지만 앉지 않았다. 앉아서 다람쥐와 새나 바라보는 사람들처럼 되고 싶지는 않았다. 나는 이곳에서 지금의 이 모습이 아닌, 사자나 임팔라, 전쟁용 분장을 한 키쿠유족과 붉게 칠한 마사이족 등 한때 이 땅을 활보하던 이들을 볼 수 있었기 때문이다.

「아버지 때문에 정말 미치겠어요.」
아들이 다시 되풀이했다.

나는 아들의 서재를 떠난 뒤 집을 나와 에어버스를 타고, 서로 말이 통하지 않는 아들과 이웃들로부터 몇 킬로미터 떨어진 무싸이가 공원으로 향했다. 한때는 사자가 이 지역을 활보하고 다녔다. 표범은 나뭇가지에 숨어서 희생물을 와락 덮칠 기회만 노리고 있었다. 윌더비스트와 얼룩말과 가젤은 어깨를 비벼가며 키 큰 풀들을 뜯어 먹었다. 기린은 아카시아 나무의 꼭대기 잎을 질근질근 뜯어 먹었고 혹멧돼지는 뿌리식물을 찾아 땅을 헤쳤었다. 코뿔소는 가시나무 덤불을 조금씩 뜯어 먹었으며 잘 들리지 않는 작은 소리나 기척에도 광폭하게 돌진하곤 했다. 그리고 키쿠유족이 들어와 땅을 개간하고 가축과 황소와 염소를 키웠다. 키쿠유는 진흙과 풀로 지은 오두막에서 지냈고 우리가 키리냐가에서 원하던 삶을 살았다.

하지만 모든 것이 지나간 일이었다. 이제 공원에는 수입해 온 잔디 위를 달리는 몇 마리 안 되는 다람쥐와, 이식된 유럽종 나무 한 그루에 둥지를 튼 한 쌍의 코뿔새뿐이었다. 신발을 신고 바지와 자켓을 입은 키쿠유 노인들이 풀밭 주변을 따라 늘어선 벤치에 앉아 있었다. 한 남자가 유별나게 용감한 찌르레기 한 마리에게 빵 부스러기를 던져 주고 있었지만 대개는 그저 앉아서 하릴없이 바라보고 있을 뿐이었다.

난 비어 있는 벤치를 발견했지만 앉지 않았다. 앉아서 다람쥐와 새나 바라보는 사람들처럼 되고 싶지는 않았다. 나는 이곳에서 지금의 이 모습이 아닌, 사자나 임팔라, 전쟁용 분장을 한 키쿠유족과 붉게 칠한 마사이족 등 한때 이 땅을 활보하던 이들을 볼 수 있었기 때문이다.

에드워드는 불같이 화를 내며 말했다.

「난 내 의지로 떠나온 게다.」

난 조용히 대답했다.

「또다시 주제를 벗어나고 있군요. 보세요. 만일 아버지께서 문두무구 일을 계속하고 싶으시다면, 사무실을 내드릴게요. 아니면……」

아들이 경멸조로 덧붙였다.

「깔고 앉아 고견을 말씀하실 흙 한 포대를 사드릴게요. 하지만 제 집에선 안 돼요.」

「그 사람들은 응고마 신부의 말이 맘에 들지 않았던 게 틀림없다. 그렇지 않으면 다른 데서 조언을 얻으려 할 리가 없잖느냐?」

「아버지가 다시는 그 사람들에게 어떤 이야기도 하지 않으셨으면 좋겠어요. 아시겠어요?」

「그럼. 나는 네가 그 사람들과 다시는 이야기하지 않길 바란다는 사실을 분명히 알았다.」

참았던 화를 터뜨리며 에드워드가 소리쳤다.

「제가 무슨 말을 하는지 잘 아시잖아요! 더 이상 말장난하지 마세요! 키리냐가에서는 통했을지 몰라도 여기선 안 통해요! 전 아버지를 너무 잘 안다고요!」

아들은 돌아가 컴퓨터를 응시했다.

「거참 재미있구나.」

「뭐가요?」

에드워드가 나를 바라보며 의심스러운 말투로 물었다.

「여기서 넌 영어 책에 둘러싸여 프랑스어를 공부하고 이탈리아 종교의 성직자 편에서 말다툼하고 있잖니. 넌 키쿠유가 아닐 뿐만 아니라 아마 더 이상은 케냐인도 아닌 것 같구나.」

아들이 책상 너머로 날 노려보았다.

나는 무슨 이유에서인지 갑자기 걷기 시작해서, 한낮의 열기와 늙고 약한 내 육체에도 불구하고 황혼이 짙어질 때까지 쉼 없이 걸어다녔다. 나는 아들과 며느리와 함께 하는 저녁 식사를 참을 수 없을 것 같았다. 자기들의 지루한 일에 대한 이야기, 계속되는 노인 마을에 대한 은근한 제의, 왜 내가 키리냐로 갔는지 혹은 왜 돌아왔는지에 대한 몰이해……. 그래서 나는 집으로 가는 대신 번잡한 도시를 목적 없이 가로지르기 시작했다.

마침내 나는 하늘을 올려다보았다. 〈응가이시여〉, 난 조용히 불러 보았다. 〈전 아직 이해하지 못하겠나이다. 저는 좋은 문두무구였습니다. 전 당신의 법을 지켰습니다. 전 당신께 의식을 바쳤습니다. 만일 당신께서 단지 모습만 보여 주셨더라도 하루라도, 아니 1분 1초라도 저희가 함께 키리냐가를 구할 수 있던 날이 왔을 것입니다. 왜 그토록 필사적으로 키리냐가 당신을 필요로 했을 때 당신께서는 키리냐가를 버리셨습니까?〉

몇 분 간 말씀드린다는 게 몇 시간이 되었지만 응가이께서는 아무 응답도 하지 않으셨다.

밤 10시가 되자 나는 실험 단지로 발걸음을 옮길 때라고 마음먹었다. 거기까지 가는 데는 1시간 이상이 걸릴 것이고 카마우는 11시부터 일을 시작하기 때문이었다.

카마우는 예전처럼 전자 방어막을 일부 열어 나를 들여보낸 다음 아흐메드가 있는 작은 풀밭으로 날 인도했다.

「이렇게 빨리 다시 뵙게 될 줄은 몰랐습니다.」

카마우가 말했다.

「달리 갈 곳이 없었소.」

내가 대답하자 카마우가 완벽한 설명이 됐다는 양 고개를 끄덕였다.

산들바람이 내 냄새를 실어다 주기 전까지 아흐메드는 불안해 보였다. 내 냄새를 맡고나자 아흐메드는 머리를 북쪽으로 돌리고는 몇 분마다 코를 뻗어 보였다.

「말사빗 산에서 모종의 신호를 기다리는 것 같이 보이는구려.」

이 거대한 창조물의 예전 고향은 나이로비 북쪽으로 수백 킬로미터나 떨어진 곳에 있는, 불타오르는 사막에 솟아오른 외로운 푸른 산이기 때문이었다.

「신호를 받는다 해도 아흐메드는 기뻐하지 않을 겁니다.」

카마우가 말했다.

「왜 그렇게 말씀하시오?」

내가 물었다. 우리의 역사상 말사빗 산과 아흐메드처럼 한 장소와 끈끈하게 연결되었던 동물은 유례에도 없었기 때문이었다.

「신문을 읽거나 홀로그램 뉴스를 보지 않으십니까?」

나는 고개를 흔들었다.

「검은 유럽인들에게 무슨 일이 일어나건 나와는 상관없소.」

「정부가 말사빗 마을을 철수시켰습니다. 산 옆에 자리한 마을 말입니다. 정부는 싱잉 웰스도 폐쇄했고 모든 이에게 그 지역을 떠나라고 명령했습니다.」

「말사빗을 떠나? 왜 그러오?」

「정부는 수년 간 핵 폐기물을 산기슭에 묻어 왔답니다. 약 6년 전에 상자 몇 개가 부서져 열린 것을 막 발견했지요. 정부는 사람들에게 그 사실을 숨겼는데 방사능 누출을 제대로 처리하지 못했습니다.」

「어떻게 그런 일이 일어날 수가 있소?」

내가 물었다. 하지만 물론 나는 그 답을 알고 있었다. 결국, 케냐에 못 일어날 일이 〈뭐〉 있겠는가?

「정치, 뇌물, 부패.」

「케냐는 3분의 1이 사막이오. 왜 그 사람들은 폐기물을 주민이나 여행객이 없는 사막에 안 묻은 거요? 그랬으면 이런 재난이 일어나도 언제나처럼 아무도 다친 이가 없었을 텐데 말이오.」

카마우가 어깨를 들썩였다.

「정치, 뇌물, 부패.」

카마우가 다시 되풀이했다.

「우리가 사는 방식이죠.」

「뭐, 좋소. 그래도 내겐 아무 상관이 없소. 5백 킬로미터나 떨어진 곳에서 무슨 일이 일어나든 난 관심 없소. 다른 산 이름을 따서 만들어진 어떤 세계에 무슨 일이 일어나든 관심 없듯 말이오.」

「〈전〉 관심 있습니다. 무고한 사람들이 방사능에 노출됐습니다.」

「만일 말사빗 근처에 산다면 그 사람들은 포콧과 렌딜족일 게요. 키쿠유족에게 그게 무슨 문제가 되오?」

「그들도 〈사람〉입니다. 그리고 그 사람들 때문에 가슴이 아픕니다.」

「당신은 착한 사람이오. 처음 만났을 때부터 알고 있었다오.」

나는 목에 걸고있던 주머니에서 땅콩을 좀 꺼냈다. 이 주머니는 내가 부적과 주문을 넣어 다니던 그 주머니였다.

「오늘 낮에 아흐메드를 위해 좀 샀다오. 주어도 될지……?」

「물론입니다. 이제 즐거울 일도 별로 없어요. 땅콩 한 알도 고마워할 겁니다. 그저 발치에 던져 주십시오.」

「아니오. 막을 내려 주시오.」

내가 말하며 앞으로 나섰다.

카마우가 전자 방어막을 내려 아흐메드가 막 위로 코를 내밀 수 있게 해 주었다. 내가 가까이 다가가자 이 커다란 짐승은 내 손에서 부드럽게 땅콩을 집어 갔다.

「정말로 놀랐습니다! 저조차도 아흐메드에게 가까이 다가가기 힘든데 이제 겨우 두 번째 보는 당신은 손으로 잘도 먹이시는군요. 꼭 애완동물처럼요.」

내가 돌아오자 카마우가 말했다.

「우린 둘 다 빌린 시간 속에 살아가는, 종족의 마지막 생존자요. 아흐메드는 동질감을 느끼고 있는 게요.」

나는 몇 분 더 머무르다가 또다시 고단한 몸을 뉘기 위해 집으로 돌아갔다. 나는 옹가이께서 내게 뭔가 말씀하려 하시는 것을, 꿈을 통해 어떤 메시지를 전해 주시려는 것을 느낄 수 있었다. 그러나 난 다른 이들의 꿈을 해석해 주며 수년간을 보냈음에도 정작 내 자신의 꿈에는 무지했다.

에드워드는 아름답게 골라진 잔디 위에 서서 내가 피운 불의 검은 재 자국을 바라보고 있었다.

「테라스에 가시면 훌륭한 불구덩이가 있어요. 도대체 왜 정원 가운데에 불을 피우셨죠?」

에드워드는 화를 감추지 못했다.

「여기가 원래 불을 피우는 자리란다.」

「〈이 집〉에선 아니에요. 절대로요!」

「기억하도록 해보마.」

「아버지가 입힌 피해를 복구하기 위해 정원사가 얼마나 청구할지 아세요?」

걱정스러운 표정이 별안간 아들의 얼굴 위를 스치고 지나갔다.

「아직 동물은 제물로 바치시지 않으셨죠?」

「안 했다.」

「이웃 중에 개나 고양이를 잃어버린 사람이 없다고 장담하실 수 있으세요?」

아들이 물고 늘어졌다.

「나도 법은 안다.」

그리고 사실상 키쿠유 법으로는 염소나 소를 제물로 바치게 되어 있었지 개나 고양이는 아니었다.

「난 법을 지키려고 노력하고 있어.」

「믿기 어려운 걸요.」

「하지만 법을 어기는 건 바로 〈네〉가 아니냐, 에드워드.」

「무슨 말씀이세요?」

내 말에 에드워드는 펄쩍 뛰었다.

나는 2층 창에서 우리를 내려다보고 있는 수잔을 쳐다보았다.

「넌 아내가 둘이다. 어린 쪽은 너와 함께 살고 있지만 나이든 쪽은 멀리 떨어져 살면서 주말에 네가 아이들을 데리러 갈 때만 보고 있잖느냐. 이건 부자연스러운 일이란다. 아내들은 반드시 남편과 함께 살면서 집안일을 나누어 해야 한단다.」

「린다는 더 이상 제 아내가 아니에요. 아시잖아요. 저흰 오래전에 이혼했어요.」

「넌 둘 다를 부양할 능력이 있잖니. 넌 둘 다 데리고 있어야 했다.」

「이 나라는 일부일처제라고요. 이게 대체 뭐하자는 얘기죠? 아버지는 영국과 미국에서도 사셨잖아요. 아시면서 그러세요.」

「그건 그 사람들 법이지 우리 법이 아니다. 여긴 케냐다.」

「그게 그거예요.」

「이슬람 교도들은 아내를 하나 이상 얻을 수 있어.」
「전 이슬람 교도가 아니에요.」
「키쿠유 남자는 부양할 수만 있다면 얼마든지 아내를 얻어도 된다. 네가 키쿠유족도 아니란 게 분명하구나.」
「아버지의 그 잘난 척하시는 오만함은 이걸로 충분해요!」
에드워드의 화가 폭발했다.
「아버지는 어머니가 진짜 키쿠유가 아니라는 이유로 어머니를 버리셨어요.」
에드워드는 비통한 말투로 말을 이었다.
「누나가 진짜 키쿠유가 아니라고 해서 누나에게서도 등을 돌리셨고요. 제가 어린 아이였을 때부터 아버지는 제게 실망하실 때마다 제가 진짜 키쿠유가 아니라고 말씀하셨죠. 이제 아버지는 아버지를 따라 키리냐가로 갔던 수천의 사람들 중에도 진짜 키쿠유는 없다고 선언하셨고요.」
에드워드는 이글거리는 눈으로 날 쏘아보았다.
「아버지 기준은 키리냐가 그 자체보다도 엄격해요! 이 우주 어딘가에라도 진짜 키쿠유가 있을 수는 있겠어요?」
「물론이다.」
「어디서 그런 모범을 찾을 수 있으시겠어요?」
「바로 여기다.」
나는 내 가슴을 툭툭 치며 대답했다.
「네가 지금 그 사람을 보고 있잖느냐.」

하루하루 시간은 덧없이 흘러갔고 때때로 밤에 실험 단지를 방문함으로써만 그 지루함과 단조로움을 깰 수 있었다. 그러던 어느 날 밤, 입구에서 카마우를 만났을 때 그의 태도는 어딘가 달라져 있었다.
「뭔가 잘못되었구려. 어디 아프시오?」

내가 곧장 물었다.
「아닙니다, 음제. 전혀 그런 게 아닙니다.」
「그럼 뭐가 문제요?」
내가 계속 물었다.
「아흐메드가 문제입니다.」
카마우는 마른 뺨에 떨어지는 눈물을 주체하지 못하고 있었다.
「과학자들이 내일 모레 아흐메드를 죽이기로 결정했습니다.」
「무엇 때문이오? 또 사육사를 공격했소?」
나는 놀라 물었다.
「아닙니다. 실험은 성공적이었습니다. 과학자들은 코끼리를 복제할 수 있다는 걸 알았고 그러니 남은 돈으로 자기 주머니를 채울 수도 있는데 뭐하러 계속해 유지비를 지불하려 들겠습니까?」
카마우가 비탄에 잠긴 목소리로 대답했다.
「어디 탄원해 볼 만한 사람도 없소?」
「절 한번 보십시오. 전 불쌍하다고 마련해 준 자리에서 일하고 있는 여든여섯 먹은 늙은이에 불과합니다. 누가 제 말에 귀 기울여 주겠습니까?」
「뭔가를 해야만 하오.」
카마우가 슬프게 고개를 저었다.
「그 사람들은 케헤입니다. 할례도 받지 않은 사내아이라고요. 그 사람들은 문두무구가 뭔지도 모릅니다. 그 사람들에게 간청해서 스스로를 모독하지 마십시오.」
「만일 내가 키리냐가의 키쿠유에게 간청하지 않았다면…… 내가 나이로비의 케냐인들에게 간청하지 않을 거라고 당신은 확신할 수 있었을 게요.」

나는 끊임없이 들려오는 실험실 기계들의 웅웅대는 소리를 무시하려 애쓰며 내가 할 수 있는 일이 무엇인지 생각했다. 마침내 나는 밤하늘을 올려다보았다. 오염된 대기를 뚫고 달이 흐릿한 오렌지색으로 빛나고 있었다. 마침내 내가 입을 열었다.

「당신의 도움이 필요하오.」

「할 수 있는 일은 뭐든지 하겠습니다.」

「좋소. 내일 저녁에 다시 오리다.」

나는 아흐메드의 우리에 들러 보지도 않고 바로 발길을 돌렸다.

그날 밤새도록 나는 고민하며 계획을 짰다. 아침이 되자 나는 아들과 며느리가 집을 떠나길 기다렸다가 비디오폰으로 카마우에게 전화해서 내가 계획한 일을 일러 주고 어떻게 나를 도우면 될지도 말해 주었다. 그리고 나서 나는 컴퓨터로 은행에 접속해 내 돈을 인출했다. 비록 실링을 경멸하며 정부가 주려던 수표는 거부했지만 아들은 내게 존경의 표시 대신 돈이나 안기고 있었다.

나머지 아침 시간은 내가 원하는 정확한 차를 대여해 줄 수 있는 차량 임대 회사를 찾는 데 보냈다. 나는 그곳 직원에게 조작법을 배운 뒤 해질 녘까지 연습하고는 실험 단지 뒤쪽을 맴돌며 카마우가 나타나길 기다렸다. 마침내 나는 카마우가 뜰에 들어가는 모습을 보고는 차량을 옆문으로 몰아갔다.

「〈잠보, 문두무구〉!」

카마우는 차를 조심스레 살펴보고는 이렇게 속삭이며 차가 통과할 만한 크기로 전자 방어막을 열어 주었다. 나는 아흐메드의 우리로 돌아가 차 뒷문을 열고는 차에 설치된 진입로를 내렸다. 경사로가 끝까지 들어갈 수 있도록 카마우가 방어막을 3미터 정도 여는 동안 코끼리는 불안한 호기심으로 그를 바라보았다.
「〈온주, 템보.[29]〉」
나는 코끼리를 불렀다.
코끼리는 머뭇거리며 내게로 첫발을 내딛었고 다시 한 발 한 발 걸어왔다.
코끼리는 우리 가장자리에 도착했지만 가장자리를 넘으려 할 때면 언제나 전기를 이용한 〈교훈〉을 받았기 때문에 더 이상 다가오지 않고 멈춰섰다. 코끼리를 땅콩으로 유혹해 마침내 선을 넘게 하고 뒤로 슬슬 미끄러지는 진입로를 쭈뼛쭈뼛 올라가게 하는 데 거의 20분이나 걸렸다. 내가 공중에 정지해 있는 차 안에 코끼리를 넣고 문을 닫자 코끼리는 바로 혼란한 상태에 빠져 나팔처럼 울어댔다.
「여기서 빠져 나갈 때까지 코끼리를 조용히 시키십시오. 아니면 온 도시가 다 깨어날 겁니다.」
조종석에 탄 카마우는 초조한 듯 말했다.
차 뒤쪽으로 패널을 한 장 열고 내가 달래듯이 말하자 이상하게도 울음소리가 그치고 발을 굴러 대던 것도 조용해졌다. 내가 놀란 짐승을 계속해 진정시키는 동안 카마우는 탈것을 조종해 실험 단지를 벗어났다. 우리는 20분 뒤에는 잉공 힐즈를 지났고 다시 1시간이 지났을 때는 씨카 주변을 돌고 있었다. 그리고 다시 90분 후 꼭대기가 눈으로 덮인 진짜 키리냐가, 한때 응가이께서 세상을 다스리시던 그 키리냐가를 지날 때 나는 그곳에 거의 눈길을 주지 않았다.
분명 우리는 지나가는 모든 곳마다 사람들의 주의를 끌었을 것이다. 정신 나가 보이는 노인 두 명이 아무런 표식도 없는 차에 2세기도 더 전에 멸종해 버린 6톤짜리 괴물을 싣고

---

[29] 이리 오렴, 코끼리야.

서 한밤중에 거리를 질주했으니 말이다.

「방사능이 이 녀석에게 어떤 영향을 미칠지 생각해 보셨습니까?」

이시올로를 지나 계속 북쪽으로 향하고 있을 때 카마우가 물었다.

「내 아들에게 물어봤소. 그 아이는 사고 경과를 잘 알고 있었는데 오염된 지역은 산 아랫부분에 한정되어 있다고 했소.」

나는 잠시 말을 멈췄다.

「아들 말로는 곧 사태가 해결될 거라지만 그 말을 믿지는 않소.」

「하지만 아흐메드가 산으로 올라가려면 방사능 오염 지역을 지나가야만 합니다.」

나는 어깨를 으쓱해 보였다.

「만약 그래야 한다면 저 녀석은 그렇게 할 거요. 어쨌든 나이로비에서 사는 것보다는 나을 테니까 말이오. 응가이께서 저 녀석에게 적당하다고 생각하신 만큼의 시간 동안 녀석은 성산에 있는 푸른 나뭇잎을 따먹고 시원한 물을 들이키며 자유로이 거닐 거요.」

「저 녀석이 오래 살았으면 좋겠습니다. 비록 제가 법을 어겼기 때문에 감옥에 간다 할지라도 제가 한 행동 덕분에 뭔가 좋은 일이 생겼다는 사실만이라도 알고 싶으니까요.」

「그 누구도 당신을 감옥에 넣지 않을 거요. 일어날 수 있는 일이라고는 고작 더 존재하지도 않는 직장에서 해고되는 것뿐이오.」

내가 단언했다.

「하지만 그 직장 덕분에 먹고살았습니다.」

우울한 표정으로 카마우가 말했다.

〈불타는 창도 당신에게는 아무런 소용이 없구려.〉 나는 결론을 내렸다. 〈당신은 그 이름을 더럽힐 뿐이오. 하지만 나는 이미 알고 있었소. 내가 마지막 키쿠유라는 사실을.〉

나는 주머니에서 남아 있는 돈을 모두 꺼내 카마우에게 내밀었다.

「받으시오.」

「하지만 당신은 어쩌시려고 그러십니까, 음제?」

돈을 받지 않으려 애를 쓰며 물었다.

「받으시오. 나에겐 아무 소용이 없소.」

「〈아산테 사나, 음제〉.」

그는 고맙다고 말하며 내 손에서 돈을 받아 주머니에 쑤셔 넣었다.

그리고 우리는 각자 자신의 생각에 잠긴 채 조용히 있었다. 나는 나이로비에서 멀어지면서 일어나는 감정을 케냐를 떠나 키리냐가로 향했을 때의 감정과 비교해 보았다. 당시 나는 예전부터 마음 속에서 그려 오던 유토피아를 건설할 수 있다는 희망으로 가득 차 있었다.

내가 알지 못했던 사실은 한 사회가 유토피아가 될 수 있는 시기란 아주 잠깐이라는 점이었다. 일단 한 사회가 완전해지면 그 사회는 변화하지 않아야만 유토피아로 남아 있을 수 있었다. 하지만 성장과 발전은 사회의 본능이었다. 나는 키리냐가가 유토피아가 되었던 순간이 있었는지 알지 못한다. 그 순간은 내가 모르는 사이에 왔다가 사라졌기 때문이다.

이제 나는 다시금 유토피아를 찾고 있지만, 이번에는 예전보다 더 제한되고 실현 가능성이 높은 것이었다. 그것은 오직 한 사람, 자신의 마음을 잘 알고 다른 누구와 타협하기 전에 죽게 될 한 사람을 위한 유토피아였다. 과거에 나는 어떻게 해야 할지 제대로 갈피를 잡지 못했다는 사실을 깨달았기에 이번에는 키리냐가로 향할 때처럼 우쭐해하지 않았다. 더 나이 들고 현명해진 채, 홍분하지 않고 평온하고 조용히 있었지만 확신을 품고 있었다.

해가 뜨고 한 시간이 지나, 우리는 하얀 사막 한가운데, 안개가 서려 있는 거대하고 푸른 산에 도착했다. 지평선 저쪽으로 소용돌이치고 있는 사막의 회오리바람 하나가 보였다.

우리는 멈춰 서서 코끼리 우리를 열었다. 코끼리가 한 걸음 한 걸음 조심스레 우리를 빠져 나오는 동안 우리는 뒤로 물러서 있었다. 녀석은 한 동작 한 동작 신중을 기하고 있었다. 녀석은 마치 자신이 다시금 단단한 땅에 있는지 확인이라도 하듯 몇 발자국을 내디뎌 보더니, 코를 쳐들고는 새로운, 그러면서도 먼 옛날 자신의 보금자리였던 땅의 냄새를 맡았다.

천천히 이 거대한 짐승은 말사빗 산 쪽으로 몸을 돌리더니 갑자기 태도를 180도로 바꾸었다. 녀석은 더 이상 신중해하지도, 겁을 내지도 않으며 거의 1분을 꼼짝도 하지 않고 바람에 실려 오는 냄새를 열심히 맡았다. 그러더니 녀석은 뒤도 돌아보지 않고 구릉지대로 당당히 걸어가 나뭇잎 사이로 사라져 버렸다. 잠시 후 녀석이 우는 소리가 들려왔고, 녀석은 자신의 왕국을 되찾기 위해 산을 올라갔다.

나는 카마우를 돌아봤다.

「당신은 사람들이 차를 찾기 전에 타고 돌아가는 게 낫겠소.」

「저와 함께 돌아가시는 게 아닙니까?」

카마우는 깜짝 놀라며 물었다.

「아니오. 아흐메드처럼 나도 남은 날을 말사빗 산에서 보낼 거라오.」

「하지만, 그러려면 당신 역시 방사능 오염 지역을 지나가야 합니다.」

나는 냉담한 표정으로 어깨를 으쓱하며 말했다.

「그게 뭐 대수요? 나는 늙은이요. 내가 얼마나 더 살 수 있을 것 같소, 일주일? 한 달? 분명 1년도 안 남았을 게요. 분명, 방사능보다 내 나이의 무게가 먼저 날 죽일 게요.」

「당신 말이 맞길 빌겠습니다. 당신이 말년을 고통 속에서 보내는 상황은 생각조차 하기 싫습니다.」

「고통 속에서 살아가는 사람들을 나는 보았소. 그들은 아침마다 공원에 모여 아무런 목적도 없이 하루하루를 보내면서 죽음이 찾아올 날만을 기다리고 있는 늙은 음제라오. 그런 식으로 살고 싶지는 않소.」

이른 아침의 어스름처럼 카마우는 눈살을 찌푸렸고 나는 그가 무슨 생각을 하는지 알 수 있었다. 그는 차를 가지고 돌아간 뒤 모든 결과를 혼자서 감당해야만 했다.

「당신과 함께 여기 남겠습니다. 에덴을 두 번이나 등질 수는 없습니다.」

「여기는 에덴이 아니오. 이곳은 단지 사막 한가운데 있는 산일 뿐이오.」

「그렇다 할지라도 남겠습니다. 우리는 새로운 유토피아를 만들 겁니다. 새로운 키리냐가가 될 겁니다. 하지만 이번에는 제대로 만드는 겁니다.」

〈나는 그렇게 할거요.〉 나는 생각했다. 〈중요한 일이라오. 하지만 당신은 결국에 가서는 다른 사람들이 그랬던 것처럼 나를 저버릴 거요. 차라리 지금 떠나는 게 낫소.〉

「처벌에 대해서라면 걱정할 필요 없소. 차를 내 아들에게 가져다 주면 아들이 모든 것을 다 잘 알아서 처리해 줄 거요.」

나는 코끼리를 달랬을 때처럼 안심시키는 말투로 그에게 말했다.

「왜 당신 아들에게?」

미심쩍은 듯 카마우가 물어 왔다.

「왜냐하면 지금까지 나는 늘 내 아들을 당황하게 만들었지만, 만약 내가 정부의 실험실에서 아흐메드를 훔쳤다는 사실을 알게 되면 그 아이는 당황함을 넘어 창피하다고 생각할 거요. 날 믿으시오. 내 아들이 잘 처리할 거요.」

「만약 당신 아들이 당신에 대해 물으면 뭐라고 말해야 합니까?」

「사실, 내 아들은 날 찾지 않을 거요.」

「왜 그런가요?」

「혹시라도 잘못해서 날 발견하기라도 하면 다시금 나와 함께 살아야 하니 말이오.」

혼자서 돌아가야만 한다는 두려움과 산에서 힘든 삶을 살아야만 한다는 두려움이 서로 부딪치면서 카마우의 얼굴에는 내부에서 일어나는 갈등이 고스란히 배어 나왔다.

「제 아들이 저를 걱정하리라는 것은 확실합니다. 그리고 저는 다시는 손자를 볼 수 없겠죠.」

그는 주저하면서 입을 열었다. 마치 내가 자신이 남아 있는 것을 반대라도 하길 기대하면서, 심지어는 내가 그랬다는 듯이.

〈당신은 내가 마지막으로 보는 키쿠유족이며 사실 마지막으로 보는 인간이라오.〉 나는 생각했다. 〈나는 이제 마지막 거짓말을 할 거요. 질문으로 잘 포장을 해서 말이오. 그리고 만약 당신이 그 내용을 간파하지 못한다면 당신은 떳떳하게 이 자리를 떠날 게고 그러면 나는 동정심에서 우러나온 마지막 행동을 하게 되는 거요.〉

「집에 돌아가시오, 친구여. 손자보다 중요한 것이 어디에 있겠소?」

「저와 함께 돌아갑시다, 코리바. 당신이 왜 코끼리를 납치했는지 설명하면 처벌을 받지 않을 겁니다.」

카마우가 힘주어 말했다.

「난 돌아가지 않을 거요. 지금뿐만 아니라 영원히 말이오. 아흐메드와 나는 둘 다 시대에 뒤떨어진 존재요. 우리가 더 이상 이해할 수 없는, 우리를 위한 자리가 없는 세상을 떠나 이곳에서 남은 생을 사는 것이 최선의 방법이라오.」

내가 단호히 말했다.

카마우는 산을 바라보았다.

「당신과 그 코끼리는 영혼이 연결되어 있군요.」

「어쩌면 그럴지도 모르오.」

나는 카마우의 말에 동의하고는 그의 어깨에 손을 올리며 말했다.

「크와헤리, 카마우.」

「〈크와헤리, 음제〉. 응가이께 제 나약함을 용서해 달라고 말씀해 주십시오.」

카마우가 우울한 목소리로 대답했다.

카마우가 차의 시동을 걸고 나이로비로 출발하기까지 영겁의 세월이 흐르는 듯했지만 결국 그는 시야에서 사라졌고 나는 발길을 돌려 산기슭을 올라가기 시작했다.

나는 그동안 엉뚱한 산에서 응가이를 찾느라 오랜 시간을 낭비했다. 믿음이 부족한 사람들은 당신께서 죽거나 무관심해졌다고 생각하겠지만, 나는 알고 있었다. 만약 아흐메드가 다른 모든 동료가 죽은 다음에 다시 태어날 수 있다면, 응가이께서는 분명히 그 근처에서 이 기적을 살펴보고 계시리라는 사실을. 나는 오늘의 남은 시간을 기력을 회복하는 데 쓰고 내일 아침이 되면 당신을 찾아 말사빗을 오르기 시작할 것이다.

그리고 이번에는 당신을 찾으리라는 사실을 확신했다.

역자 해설

그대, 하늘 맛을 보았지만
날개를 접은 새, 코리바

『키리냐가』는 (수상 여부와 작품의 질 사이 관계는 별개라 할 수도 있겠지만) SF 역사상 가장 많은 상을 받은 작품이다. 하지만 이 책이 나오게 된 동기에는 어느 정도 우연성이 내포되어 있다. 1987년 당시, 올슨 스콧 카드는 공유 세계(소설의 배경이 되는 가상의 세계로서, 주로 여러 명의 작가가 같은 배경으로 글을 쓸 때 사용된다. 공유 세계에서 한 작가는 다른 작가가 만든 인물이나 설정을 마음대로 이용할 수는 있지만 복구할 수 없는 행위, 예를 들어 다른 작가의 등장인물을 죽게끔 하는 설정을 할 수는 없다-옮긴이)에 대한 단편집인 〈유토피아*Eutopia*〉(Eutopia는 Europe + Utopia를 합성한 조어로서, 유럽인에 의해 통제되는 유토피아라는 뜻을 담고 있다-옮긴이)를 기획하면서 작가들에게 글을 부탁한다. 이때, 카드는 유토피아를 건설하기 위한 사람들이 거주하고 있는 소행성들을 배경으로 설정하고 작가들에게 다음의 두 가지를 그 배경 조건으로 내걸었다.

첫째는 자신이 선택했던 곳이 싫어진 사람은 그 누구라도 언제든 〈헤이븐〉이라는 지역에 가서 우주선을 타고 지구로 돌아갈 수 있다는 것이었다. 이는 빅 브라더에 대항하는 반란의 소지를 없애고 유토피아가 혼란스러워지는 것을 방지하기 위해서였다. 누구든, 자신이 속한 유토피아가 마음에 들지 않으면 떠나면 되는 것이었고, 그 누구도 이를 방해할 수 없다는 조건이었다.

두 번째로는 외부인이 아닌 유토피아에서 살고 있는 사람의 시각에서 이야기가 전개되어야 한다는 것이었다. 이는 외부 관찰자가 바라본 겉핥기식 여행기가 아닌 내부인에 의한 진지한 고민을 위해서였다.

당시 아프리카, 특히 동부 아프리카에 심취해 있던 레스닉은 이러한 카드의 제안을 받고 키쿠유족의 유토피아에 대해 쓰기로 결심한다. 이 글이 본서의 두 번째 편인 『키리냐가』로서 레스닉에게 최초의 휴고상을 안겨준 작품이기도 하다. 그 이후 레스닉은 『키리냐가』의 후속편들을 계속 쓰기로 마음먹고 대략 한 해에 1편 꼴로 단편을 발표, 비평가와 독자들의 열렬한 호응을 얻게 된다. 결국 우연히 카드의 제안을 받고 쓰기 시작한 단편이 결국은 10편의 연작소설로 완성된 『키리냐가』는 현재까지 발표된 SF 소설 가운데 가장 많은 상을 받은 역사적인 책이 된 것이다(참고로, 혹시라도 『유토피아』라는 책에 대해 궁금해하는 독자들이 있을까 하여 밝혀 두지만, 『유토피아』는 기획한 지 20년이 넘는 지금까지도 아직 발간되지 않고 있다).

하지만 아프리카의 전통 부족의 생활상을 배경으로 한 SF라니. 얼핏 생각하기에 SF와 아프리카는 전혀 어울리지 않는 상대처럼 보인다. 하지만 SF에서 흔히 다루는 주제 가운데 하나가 외계 문명과 접촉, 그리고 그에 따른 문화적 갈등이나 충돌, 식민지화라는 사실을 떠올려 보면 아프리카가 그리 낯선 배경만은 아니리라. 왜 아프리카를 SF의 배경으로 삼을 생각을 했는지 레스닉 본인의 이야기를 들어 보자.

……(이 책의 주인공이라 할 수 있는 키쿠유족이 살고 있는) 케냐를 살펴보자. 현재의 케냐는 자본주의 국가이고 수도 나이로비에는 200백만 명이 살고 있으며 수많은 공장이 들어서 있다. 하지만 1900년까지도 케냐에 있는 40개 이상의 부족들에게는 〈바퀴〉라는 단어가 없었다. 19세기까지는 문자가 있던 부족도 없었다. 스와힐리어에는 〈여자〉라는 단어가 없다. 〈여자〉에 가장 가까운 뜻을 지닌 스와힐리어는 〈마나모우키〉라는 단어이지만 이 단어는 〈암컷〉이라는 뜻으로서, 여성뿐 아니라 가축이나 짐승에게도 쓰이는 소유물의 개념이다. 케냐의 90% 이상은 기독교인이지만 인구의 80% 이상이 목사보다는 주술사를 더 자주 찾아간다. 또한 80% 이상의 케냐인들은 10대 때 할례 의식을 치른다. 또한 케냐의 공식 언어는 영어이지만 정작 영어를 말할 줄 아는 사람들은 5%가 채 안 된다…… 이 정도면 충분히 외계 세계로 외삽(外揷)할 수 있다고 생각한다……(Tor SF Double No. 33)

〈바퀴〉라는 단어조차 없는 부족에게 비행기며 우주선이 선보이고 문자가 없던 종족에게 컴퓨터가 들어올 때 그 부족이 받는 문화적 충격은 우리가 우리보다 훨씬 더 발달한 외계 문명을 만났을 때 받을 충격보다 결코 작지 않을 것이다.

이 책에 나오는 키쿠유족은 실제로 현재 케냐에서 살고 있는 부족으로, 『키리냐가』는 바로 이러한 문화적 충격에 의해 무너진 키쿠유족 일부가 자신의 전통 문화를 지키기 위해 키리냐가라는 새로운 세계로 이주한 뒤 그곳에서 만든 유토아에 대한 소설이다(본서의 제목이자 배경이 되는 행성인 키리냐가는 실제로 케냐에 있는 산 이름으로, 키쿠유족은 이 산을 자신들이 믿는 신이 거주하는 성스러운 장소로 생각하고 있다).

이 책의 각 장에서, 코리바는 자신의 부족을 키쿠유족의 전통적 삶의 방식으로 이끄려고 노력한다. 그리고 코리바의 세심한 노력으로 키리냐가는 키쿠유족의 낙원이 되지만 시간이 지나면서 결국 변질되고 코리바가 꿈꾸었던 키쿠유의 유토피아는 실패하고 만다.

그러나 키리냐가의 실패는 처음부터 예정되어 있었다. 비록 작가는 이 책의 배경이 되는 소행성 키리냐가에 대해서는 자세한 묘사를 하지 않았지만 중요한 점은 이 행성이 다름 아닌 바로 유럽인들의 기술로 만들어졌고 유지된다는 사실이다. 코리바가 자기 부족에게 그토록 유럽 문명을 멀리하라고 역설했던 바로 그 장소가 유럽인의 기술로 만들어졌고 유지된다는 사실은 아이러니컬하다. 이처럼 전통사회를 지향하면서도 서구 문명의 혜택 위에 서 있는 키리냐가의 행보는 위태롭기 그지 없을 수밖에 없었다.

또한 코리바 개인에게도 태생적 한계가 있었음을 지적할 수 있다. 전통 수호를 외치는 코리바마저도 컴퓨터로 마을 사람들의 소원을 들어주고 통제하는 서구 문명의 수혜자이다. 또한 그는 자신이 이미 서구 문명 속에서 고등 교육을 받은 지식인으로서, 비록 겉으로는 서구 문명이 키쿠유족에게 미친 해악을 비판하지만, 스스로의 사상 자체가 이미 유럽의 것이라는 사실을 인지하고 있지 못하다. 대표적인 일례가 서구 문명의 〈이분법〉적 사고를 하고 있다는 점이다. 그는 〈유럽 문명의 혜택과 키쿠유 전통의 보존〉의 두 가지 가운데 하나만 선택할 것을 자기 부족에게 강요하고 있는 것이다. 유럽식 교육을 받고 그들의 문명 혜택을 입은 코리바에게 전통의 완벽한 수호가 아니면 타락이라는 생각이 드는 것은 크게 이상할 바가 없다. 하지만 키리냐가를 키쿠유만의 완벽한 유토피아로 만들고, 이를 위해서 키리냐가를 고립시키겠다던 코리바 자신은 정작 유럽의 과학 기술에 의지하는 모순된 행동을 보인다. 이러한 기초 위에서 서구 문명의 배척을 외치는 모순은 이미 키리냐가의 끝을 예고하고 있는 것이 아닐까.

그리고 이러한 태생적 한계를 알고 있던 코리바는 키리냐가의 보존을 위해 갓난아이를 죽이고, 한 여자 아이를 자살로 몰고 가고, 청년들을 허허벌판으로 내쫓고 심지어는 가뭄을 내려 부족 전체가 고통받게 하면서 키리냐가를 외부와 단절, 정체시키려 한다. 하지만 코리바에게 저항하는 마을 장로들의 말처럼 세상에 변하지 않는 것이 어디 있으리오. 결국 키리냐가는 마을 사람들의 뜻대로 발전하게 되고 아웃 사이더가 된 코리바는 키리냐가를 떠나게 된다. 그리고 이러한 이야기들 속에서 〈과연 내가 코리바였다면 어떻게 했을까? 그의 행동은 옳은 것인가 그른 것인가?〉라는 물음을 하지 않을 수 없게 만든다.

하지만 키리냐가에서 가장 고통스럽고 고민이 많았던 사람은 바로 코리바였으리라. 코리바는 유럽의 문명 속에서 생활했었고, 글을 읽을 줄 알고, 외국어를 할 줄 알며, 컴퓨터를 다룰 수 있었다. 케냐 정부를 움직여 결국은 자신의 뜻대로 할 수 있는 능력과 정열이 있는 사람이었다. 하지만 이 모든 것을 자신의 부족을 위해 포기했다. 하늘을 날 수 있고 하늘 맛을 보았지만, 날개를 접고 더 이상 날지 않은 새였던 것이다.

만약 코리바의 말대로 유토피아에서는 모두가 행복해야 한다면, 키리냐가에서 코리바는 행복하지 않았고, 따라서 키리냐가는 유토피아가 아니었으리라. 그렇다면 유토피아가 아닌 땅을 포기한들 무엇이 아까우랴! 코리바가 키리냐가를 떠난 이유는 그 때문이 아닐런지.

 책 한 권이 번역되어 나오면 책표지에 실리는 이름은 단지 저자와 역자의 것뿐이지만 그 뒤에는 책이 나올 때까지 묵묵히 도와주신 많은 분들이 있습니다.
 원고 전반에 대해 토론하고 마음을 써주신 김민혜 님, 언제나 고마운 마음뿐입니다. 원고를 열심히 읽고 이상한 점을 지적해 주신 유연경 님과 함영희 님, 두 분께서 주신 도움, 결코 잊지 못할 겁니다. 여러 가지 정보를 웹에 제공해 주신 모든 분들께도 고마움을 표합니다.

 *이 책의 번역에서 스와힐리어의 발음과 뜻은 예일 대학교에서 만든 스와힐리어 사이트(http://kamusiproject.org/)를 참조했으며, 번역의 원본으로는 1998년 Del Ray에서 출간한 하드커버판 『Kirinyaga: A Fable of Utopia』를 사용했다.

최용준

마이크 레스닉 연보

1942년 출생 3월 5일 출생.

1957년 [15세] 처음으로 원고를 팖.

1959~1961년 [17~19세] 17세에 처음으로 단편소설을 팖. 시카고 대학University of Chicago에 재학하면서, 아내 캐럴Carol을 만나 19세에 결혼.

1962년 [20세] 처음으로 장편소설을 팔고, SF에 관심을 가지기 시작. 딸 로라Laura Resnick 태어남.

1964~1976년 [22~34세] 익명으로 200권의 소설, 300여 편의 단편과 2,000편의 기사를 씀. 7군데의 타블로이드판 신문 편집자로 일함. 그 대부분은 성인물임.

1965년 [23세] 첫 번째 SF 소설 『화성의 잊혀진 바다*The Forgotten Seas of Mars*』출간.

1968~1981년 [26~39세] 개 사육인으로 일함. 27번에 걸쳐 콜리견 챔피언을 배출.

1976년 [34세] 신시내티에서 애완동물용 모텔을 구입.

1981년 39세 경제적 안정을 되찾음. SF 소설 『영혼을 먹는 자 *The Soul Eater*』 출간.

1986년 44세 『산티아고 *Santiago*』 출간으로 본격적인 SF 작가로 주목받기 시작.

1989년 47세 「키리냐가 *Kirinyaga*」로 휴고상 최우수 단편상 수상.

1991년 49세 「마나모우키 *The Manamouki*」로 휴고상 최우수 단편상 수상.

1994년 52세 「올두바이 협곡의 일곱 가지 경치 *Seven Views of Olduvai Gorge*」로 네뷸러상 중편 부문 수상.

1995년 53세 「올두바이 협곡의 일곱 가지 경치」로 휴고상 최우수 중편상 수상.

1998년 56세 「43 안타레스 왕조 *The 43 Antarean Dynasties*」로 휴고상 최우수 단편상 수상.

2005년 63세 「고양이와 여행하기 *Travels with My Cats*」로 휴고상 최우수 단편상 수상.

2009년 67세 과학 잡지 『로커스』가 선정한 〈현재까지 존재했던 최고의 SF 단편 작가〉 1위에 올랐으며, 〈현재까지 존재했던 최고의 SF 작가〉 4위에 오름.

〈키리냐가〉 시리즈 게재지 일람

『키리냐가』 연작은 프롤로그와 에필로그를 포함, 총 10편의 단편들로 이루어져 있다. 이 단편집에서는 작품들이 시대 순서에 따라 실려 있지만, 실제로 발표된 차례는 순서가 약간씩 뒤바뀌어 있다. 키리냐가가 처음 실린 게재지와 시기는 다음과 같다.

재칼과 함께 했던, 더할 나위 없이 멋졌던 아침 – Isaac Asimov's Science Fiction Magazine (1991년 3월호)

키리냐가 – The Magazine of Fantasy and Science Fiction(1988년 11월호)

나, 하늘 맞을 보았기에 – F&SF(1989년 12월호)

브와나 1990년 1월 – IASFM(1990년 1월호)

마나모우키 1990년 7월 – IASFM(1990년 7월호)

메마른 강의 노래 1992년 3월 – IASFM(1992년 3월호)

로터스와 창 1992년 8월 – IASFM(1992년 8월호)

하찮은 지식 1994년 4월 – Asimov's(1994년 4월호)

늙은 신이 죽을 때 1995년 4월 – Asimov's(1995년 4월호)

놋의 땅 1996년 6월 – Asimov's(1996년 6월호)

열린책들 세계문학 101 키리냐가

옮긴이 최용준 대전에서 태어나 서울대학교 천문학과를 졸업했으며, 미국 미시간 대학에서 이온 추진 엔진에 대한 연구로 항공 우주 공학 박사 학위를 받았다. 현재는 플라스마를 연구한다. 옮긴 책으로 에릭 엠블러의 『디미트리오스의 가면』, 『공포로의 여행』, 조지프 콘래드의 『로드 짐』, 세라 워터스의 『핑거스미스』, 『티핑 더 벨벳』, 『끌림』, 마이클 프레인의 『곤두박질』, 루이스 캐럴의 『이상한 나라의 앨리스』, 제임스 매튜 배리의 『피터 팬』 등이 있다. 헨리 페트로스키의 『이 세상을 다시 만들자』로 제17회 과학 기술 도서상 번역 부문을 수상했다. 시공사의 〈그리폰 북스〉, 열린책들의 〈경계 소설선〉, 샘터사의 〈외국 소설선〉을 기획했다.

지은이 마이크 레스닉 **옮긴이** 최용준 **발행인** 홍예빈·홍유진
발행처 주식회사 열린책들 **주소** 경기도 파주시 문발로 253 파주출판도시
전화 031-955-4000 **팩스** 031-955-4004 **홈페이지** www.openbooks.co.kr
Copyright (C) 최용준, 2000, *Printed in Korea*.
ISBN 978-89-329-1101-4 03840 **ISBN** 978-89-329-1499-2 (세트)
발행일 2000년 9월 15일 초판 1쇄 2010년 2월 5일 세계문학판 1쇄 2021년 12월 5일 세계문학판 2쇄

이 도서의 국립중앙도서관 출판예정도서목록(CIP)은 서지정보유통지원시스템 홈페이지(http://seoji.nl.go.kr)와 국가자료공동목록시스템(http://www.nl.go.kr/kolisnet)에서 이용하실 수있습니다.(CIP제어번호:CIP2010000217)

열린책들 세계문학
Open Books World Literature

001 **죄와 벌** 표도르 도스또예프스끼 장편소설 | 홍대화 옮김 | 전2권 | 각 408, 504면

003 **최초의 인간** 알베르 카뮈 장편소설 | 김화영 옮김 | 392면

004 **소설** 제임스 미치너 장편소설 | 윤희기 옮김 | 전2권 | 각 280, 368면

006 **개를 데리고 다니는 부인** 안똔 체호프 소설선집 | 오종우 옮김 | 368면

007 **우주 만화** 이탈로 칼비노 단편집 | 김운찬 옮김 | 416면

008 **댈러웨이 부인** 버지니아 울프 장편소설 | 최애리 옮김 | 296면

009 **어머니** 막심 고리끼 장편소설 | 최윤락 옮김 | 544면

010 **변신** 프란츠 카프카 중단편집 | 홍성광 옮김 | 464면

011 **전도서에 바치는 장미** 로저 젤라즈니 중단편집 | 김상훈 옮김 | 432면

012 **대위의 딸** 알렉산드르 뿌쉬낀 장편소설 | 석영중 옮김 | 240면

013 **바다의 침묵** 베르코르 소설선집 | 이상해 옮김 | 256면

014 **원수들, 사랑 이야기** 아이작 싱어 장편소설 | 김진준 옮김 | 320면

015 **백치** 표도르 도스또예프스끼 장편소설 | 김근식 옮김 | 전2권 | 각 500, 528면

017 **1984년** 조지 오웰 장편소설 | 박경서 옮김 | 392면

019 **이상한 나라의 앨리스** 루이스 캐럴 환상동화 | 머빈 피크 그림 | 최용준 옮김 | 336면

020 **베네치아에서의 죽음** 토마스 만 중단편집 | 홍성광 옮김 | 432면

021 **그리스인 조르바** 니코스 카잔차키스 장편소설 | 이윤기 옮김 | 488면

022 **벚꽃 동산** 안똔 체호프 희곡선집 | 오종우 옮김 | 336면

023 **연애 소설 읽는 노인** 루이스 세풀베다 장편소설 | 정창 옮김 | 192면

024 **젊은 사자들** 어윈 쇼 장편소설 | 정영문 옮김 | 전2권 | 각 416, 408면

026 **젊은 베르테르의 슬픔** 요한 볼프강 폰 괴테 장편소설 | 김인순 옮김 | 240면

027 **시라노** 에드몽 로스탕 희곡 | 이상해 옮김 | 256면

028 **전망 좋은 방** E. M. 포스터 장편소설 | 고정아 옮김 | 352면

029 **까라마조프 씨네 형제들** 표도르 도스또예프스끼 장편소설 | 이대우 옮김 | 전3권 | 각 496, 496, 460면

032 **프랑스 중위의 여자** 존 파울즈 장편소설 | 김석희 옮김 | 전2권 | 각 344면

034 **소립자** 미셸 우엘벡 장편소설 | 이세욱 옮김 | 448면

035 **영혼의 자서전** 니코스 카잔차키스 자서전 | 안정효 옮김 | 전2권 | 각 352, 408면

037 **우리들** 예브게니 자먀찐 장편소설 ㅣ 석영중 옮김 ㅣ 320면
038 **뉴욕 3부작** 폴 오스터 장편소설 ㅣ 황보석 옮김 ㅣ 480면
039 **닥터 지바고** 보리스 빠스쩨르나끄 장편소설 ㅣ 박형규 옮김 ㅣ 전2권 ㅣ 각 400, 512면
041 **고리오 영감** 오노레 드 발자크 장편소설 ㅣ 임희근 옮김 ㅣ 456면
042 **뿌리** 알렉스 헤일리 장편소설 ㅣ 안정효 옮김 ㅣ 전2권 ㅣ 각 400, 448면
044 **백년보다 긴 하루** 친기즈 아이뜨마또프 장편소설 ㅣ 황보석 옮김 ㅣ 560면
045 **최후의 세계** 크리스토프 란스마이어 장편소설 ㅣ 장희권 옮김 ㅣ 264면
046 **추운 나라에서 돌아온 스파이** 존 르카레 장편소설 ㅣ 김석희 옮김 ㅣ 368면
047 **산도칸 – 몸프라쳄의 호랑이** 에밀리오 살가리 장편소설 ㅣ 유향란 옮김 ㅣ 428면
048 **기적의 시대** 보리슬라프 페키치 장편소설 ㅣ 이윤기 옮김 ㅣ 560면
049 **그리고 죽음** 짐 크레이스 장편소설 ㅣ 김석희 옮김 ㅣ 224면
050 **세설** 다니자키 준이치로 장편소설 ㅣ 송태욱 옮김 ㅣ 전2권 ㅣ 각 480면
052 **세상이 끝날 때까지 아직 10억 년** 스뜨루가츠끼 형제 장편소설 ㅣ 석영중 옮김 ㅣ 224면
053 **동물 농장** 조지 오웰 장편소설 ㅣ 박경서 옮김 ㅣ 208면
054 **캉디드 혹은 낙관주의** 볼테르 장편소설 ㅣ 이봉지 옮김 ㅣ 232면
055 **도적 떼** 프리드리히 폰 실러 희곡 ㅣ 김인순 옮김 ㅣ 264면
056 **플로베르의 앵무새** 줄리언 반스 장편소설 ㅣ 신재실 옮김 ㅣ 320면
057 **악령** 표도르 도스또예프스끼 장편소설 ㅣ 박혜경 옮김 ㅣ 전3권 ㅣ 각 328, 408, 528면
060 **의심스러운 싸움** 존 스타인벡 장편소설 ㅣ 윤희기 옮김 ㅣ 340면
061 **몽유병자들** 헤르만 브로흐 장편소설 ㅣ 김경연 옮김 ㅣ 전2권 ㅣ 각 568, 544면
063 **몰타의 매** 대실 해밋 장편소설 ㅣ 고정아 옮김 ㅣ 304면
064 **마야꼬프스끼 선집** 블라지미르 마야꼬프스끼 선집 ㅣ 석영중 옮김 ㅣ 320면
065 **드라큘라** 브램 스토커 장편소설 ㅣ 이세욱 옮김 ㅣ 전2권 ㅣ 각 340, 344면
067 **서부 전선 이상 없다** 에리히 마리아 레마르크 장편소설 ㅣ 홍성광 옮김 ㅣ 336면
068 **적과 흑** 스탕달 장편소설 ㅣ 임미경 옮김 ㅣ 전2권 ㅣ 각 376, 368면
070 **지상에서 영원으로** 제임스 존스 장편소설 ㅣ 이종인 옮김 ㅣ 전3권 ㅣ 각 396, 380, 388면
073 **파우스트** 요한 볼프강 폰 괴테 희곡 ㅣ 김인순 옮김 ㅣ 568면
074 **쾌걸 조로** 존스턴 매컬리 장편소설 ㅣ 김훈 옮김 ㅣ 316면
075 **거장과 마르가리따** 미하일 불가꼬프 장편소설 ㅣ 홍대화 옮김 ㅣ 전2권 ㅣ 각 364, 328면
077 **순수의 시대** 이디스 워튼 장편소설 ㅣ 고정아 옮김 ㅣ 448면
078 **검의 대가** 아르투로 페레스 레베르테 장편소설 ㅣ 김수진 옮김 ㅣ 376면

079 **예브게니 오네긴** 알렉산드르 뿌쉬낀 운문소설 | 석영중 옮김 | 328면
080 **장미의 이름** 움베르토 에코 장편소설 | 이윤기 옮김 | 전2권 | 각 440, 448면
082 **향수** 파트리크 쥐스킨트 장편소설 | 강명순 옮김 | 384면
083 **여자를 안다는 것** 아모스 오즈 장편소설 | 최창모 옮김 | 280면
084 **나는 고양이로소이다** 나쓰메 소세키 장편소설 | 김난주 옮김 | 544면
085 **웃는 남자** 빅토르 위고 장편소설 | 이형식 옮김 | 전2권 | 각 472, 496면
087 **아웃 오브 아프리카** 카렌 블릭센 장편소설 | 민승남 옮김 | 480면
088 **무엇을 할 것인가** 니꼴라이 체르니셰프스끼 장편소설 | 서정록 옮김 | 전2권 | 각 360, 404면
090 **도나 플로르와 그녀의 두 남편** 조르지 아마두 장편소설 | 오숙은 옮김 | 전2권 | 각 328, 308면
092 **미사고의 숲** 로버트 홀드스톡 장편소설 | 김상훈 옮김 | 416면
093 **신곡** 단테 알리기에리 장편서사시 | 김운찬 옮김 | 전3권 | 각 292, 296, 328면
096 **교수** 샬럿 브론테 장편소설 | 배미영 옮김 | 368면
097 **노름꾼** 표도르 도스또예프스끼 장편소설 | 이재필 옮김 | 320면
098 **하워즈 엔드** E. M. 포스터 장편소설 | 고정아 옮김 | 508면
099 **최후의 유혹** 니코스 카잔차키스 장편소설 | 안정효 옮김 | 전2권 | 각 408면
101 **키리냐가** 마이크 레스닉 장편소설 | 최용준 옮김 | 464면
102 **바스커빌가의 개** 아서 코넌 도일 장편소설 | 조영학 옮김 | 264면
103 **버마 시절** 조지 오웰 장편소설 | 박경서 옮김 | 400면
104 **10 1/2장으로 쓴 세계 역사** 줄리언 반스 장편소설 | 신재실 옮김 | 464면
105 **죽음의 집의 기록** 표도르 도스또예프스끼 장편소설 | 이덕형 옮김 | 528면
106 **소유** 앤토니어 수전 바이어트 장편소설 | 윤희기 옮김 | 전2권 | 각 440, 480면
108 **미성년** 표도르 도스또예프스끼 장편소설 | 이상룡 옮김 | 전2권 | 각 512, 544면
110 **성 앙투안느의 유혹** 귀스타브 플로베르 희곡소설 | 김용은 옮김 | 584면
111 **밤으로의 긴 여로** 유진 오닐 희곡 | 강유나 옮김 | 240면
112 **마법사** 존 파울즈 장편소설 | 정영문 옮김 | 전2권 | 각 512, 552면
114 **스쩨빤치꼬보 마을 사람들** 표도르 도스또예프스끼 장편소설 | 변현태 옮김 | 416면
115 **플랑드르 거장의 그림** 아르투로 페레스 레베르테 장편소설 | 정창 옮김 | 512면
116 **분신** 표도르 도스또예프스끼 장편소설 | 석영중 옮김 | 288면
117 **가난한 사람들** 표도르 도스또예프스끼 장편소설 | 석영중 옮김 | 256면
118 **인형의 집** 헨리크 입센 희곡 | 김창화 옮김 | 272면
119 **영원한 남편** 표도르 도스또예프스끼 장편소설 | 정명자 외 옮김 | 448면

120 **알코올** 기욤 아폴리네르 시집 | 황현산 옮김 | 352면

121 **지하로부터의 수기** 표도르 도스또예프스끼 장편소설 | 계동준 옮김 | 256면

122 **어느 작가의 오후** 페터 한트케 중편소설 | 홍성광 옮김 | 160면

123 **아저씨의 꿈** 표도르 도스또예프스끼 장편소설 | 박종소 옮김 | 304면

124 **네또츠까 네즈바노바** 표도르 도스또예프스끼 장편소설 | 박재만 옮김 | 316면

125 **곤두박질** 마이클 프레인 장편소설 | 최용준 옮김 | 528면

126 **백야 외** 표도르 도스또예프스끼 소설선집 | 석영중 외 옮김 | 408면

127 **살라미나의 병사들** 하비에르 세르카스 장편소설 | 김창민 옮김 | 296면

128 **뻬쩨르부르그 연대기 외** 표도르 도스또예프스끼 소설선집 | 이항재 옮김 | 296면

129 **상처받은 사람들** 표도르 도스또예프스끼 장편소설 | 윤우섭 옮김 | 전2권 | 각 296, 392면

131 **악어 외** 표도르 도스또예프스끼 소설선집 | 박혜경 외 옮김 | 312면

132 **허클베리 핀의 모험** 마크 트웨인 장편소설 | 윤교찬 옮김 | 416면

133 **부활** 레프 똘스또이 장편소설 | 이대우 옮김 | 전2권 | 각 308, 416면

135 **보물섬** 로버트 루이스 스티븐슨 장편소설 | 머빈 피크 그림 | 최용준 옮김 | 360면

136 **천일야화** 앙투안 갈랑 엮음 | 임호경 옮김 | 전6권 | 각 336, 328, 372, 392, 344, 320면

142 **아버지와 아들** 이반 뚜르게네프 장편소설 | 이상원 옮김 | 328면

143 **오만과 편견** 제인 오스틴 장편소설 | 원유경 옮김 | 480면

144 **천로 역정** 존 버니언 우화소설 | 이동일 옮김 | 432면

145 **대주교에게 죽음이 오다** 윌라 캐더 장편소설 | 윤명옥 옮김 | 352면

146 **권력과 영광** 그레이엄 그린 장편소설 | 김연수 옮김 | 384면

147 **80일간의 세계 일주** 쥘 베른 장편소설 | 고정아 옮김 | 352면

148 **바람과 함께 사라지다** 마거릿 미첼 장편소설 | 안정효 옮김 | 전3권 | 각 616, 640, 640면

151 **기탄잘리** 라빈드라나트 타고르 시집 | 장경렬 옮김 | 224면

152 **도리언 그레이의 초상** 오스카 와일드 장편소설 | 윤희기 옮김 | 384면

153 **레우코와의 대화** 체사레 파베세 희곡소설 | 김운찬 옮김 | 280면

154 **햄릿** 윌리엄 셰익스피어 희곡 | 박우수 옮김 | 256면

155 **맥베스** 윌리엄 셰익스피어 희곡 | 권오숙 옮김 | 176면

156 **아들과 연인** 데이비드 허버트 로런스 장편소설 | 최희섭 옮김 | 전2권 | 464, 432면

158 **그리고 아무 말도 하지 않았다** 하인리히 뵐 장편소설 | 홍성광 옮김 | 272면

159 **미덕의 불운** 싸드 장편소설 | 이형식 옮김 | 248면

160 **프랑켄슈타인** 메리 W. 셸리 장편소설 | 오숙은 옮김 | 320면

161	**위대한 개츠비**	프랜시스 스콧 피츠제럴드 장편소설 ¦ 한애경 옮김 ¦ 280면
162	**아Q정전**	루쉰 중단편집 ¦ 김태성 옮김 ¦ 320면
163	**로빈슨 크루소**	대니얼 디포 장편소설 ¦ 류경희 옮김 ¦ 456면
164	**타임머신**	허버트 조지 웰스 소설선집 ¦ 김석희 옮김 ¦ 304면
165	**제인 에어**	샬럿 브론테 장편소설 ¦ 이미선 옮김 ¦ 전2권 ¦ 각 392, 384면
167	**풀잎**	월트 휘트먼 시집 ¦ 허현숙 옮김 ¦ 280면
168	**표류자들의 집**	기예르모 로살레스 장편소설 ¦ 최유정 옮김 ¦ 216면
169	**배빗**	싱클레어 루이스 장편소설 ¦ 이종인 옮김 ¦ 520면
170	**이토록 긴 편지**	마리아마 바 장편소설 ¦ 백선희 옮김 ¦ 192면
171	**느릅나무 아래 욕망**	유진 오닐 희곡 ¦ 손동호 옮김 ¦ 168면
172	**이방인**	알베르 카뮈 장편소설 ¦ 김예령 옮김 ¦ 208면
173	**미라마르**	나기브 마푸즈 장편소설 ¦ 허진 옮김 ¦ 288면
174	**지킬 박사와 하이드 씨**	로버트 루이스 스티븐슨 소설선집 ¦ 조영학 옮김 ¦ 320면
175	**루진**	이반 뚜르게네프 장편소설 ¦ 이항재 옮김 ¦ 264면
176	**피그말리온**	조지 버나드 쇼 희곡 ¦ 김소임 옮김 ¦ 256면
177	**목로주점**	에밀 졸라 장편소설 ¦ 유기환 옮김 ¦ 전2권 ¦ 각 336면
179	**엠마**	제인 오스틴 장편소설 ¦ 이미애 옮김 ¦ 전2권 ¦ 각 336, 360면
181	**비숍 살인 사건**	S. S. 밴 다인 장편소설 ¦ 최인자 옮김 ¦ 464면
182	**우신예찬**	에라스뮈스 풍자문 ¦ 김남우 옮김 ¦ 296면
183	**하자르 사전**	밀로라드 파비치 장편소설 ¦ 신현철 옮김 ¦ 488면
184	**테스**	토머스 하디 장편소설 ¦ 김문숙 옮김 ¦ 전2권 ¦ 각 392, 336면
186	**투명 인간**	허버트 조지 웰스 장편소설 ¦ 김석희 옮김 ¦ 288면
187	**93년**	빅토르 위고 장편소설 ¦ 이형식 옮김 ¦ 전2권 ¦ 각 288, 360면
189	**젊은 예술가의 초상**	제임스 조이스 장편소설 ¦ 성은애 옮김 ¦ 384면
190	**소네트집**	윌리엄 셰익스피어 연작시집 ¦ 박우수 옮김 ¦ 200면
191	**메뚜기의 날**	너새니얼 웨스트 장편소설 ¦ 김진준 옮김 ¦ 280면
192	**나사의 회전**	헨리 제임스 중편소설 ¦ 이승은 옮김 ¦ 256면
193	**오셀로**	윌리엄 셰익스피어 희곡 ¦ 권오숙 옮김 ¦ 216면
194	**소송**	프란츠 카프카 장편소설 ¦ 김재혁 옮김 ¦ 376면
195	**나의 안토니아**	윌라 캐더 장편소설 ¦ 전경자 옮김 ¦ 368면
196	**자성록**	마르쿠스 아우렐리우스 명상록 ¦ 박민수 옮김 ¦ 240면

197 **오레스테이아** 아이스킬로스 비극 | 두행숙 옮김 | 336면
198 **노인과 바다** 어니스트 헤밍웨이 소설선집 | 이종인 옮김 | 320면
199 **무기여 잘 있거라** 어니스트 헤밍웨이 장편소설 | 이종인 옮김 | 464면
200 **서푼짜리 오페라** 베르톨트 브레히트 희곡선집 | 이은희 옮김 | 320면
201 **리어 왕** 윌리엄 셰익스피어 희곡 | 박우수 옮김 | 224면
202 **주홍 글자** 너대니얼 호손 장편소설 | 곽영미 옮김 | 360면
203 **모히칸족의 최후** 제임스 페니모어 쿠퍼 장편소설 | 이나경 옮김 | 512면
204 **곤충 극장** 카렐 차페크 희곡선집 | 김선형 옮김 | 360면
205 **누구를 위하여 종은 울리나** 어니스트 헤밍웨이 장편소설 | 이종인 옮김 | 전2권 | 각 416, 400면
207 **타르튀프** 몰리에르 희곡선집 | 신은영 옮김 | 416면
208 **유토피아** 토머스 모어 소설 | 전경자 옮김 | 288면
209 **인간과 초인** 조지 버나드 쇼 희곡 | 이후지 옮김 | 320면
210 **페드르와 이폴리트** 장 라신 희곡 | 신정아 옮김 | 200면
211 **말테의 수기** 라이너 마리아 릴케 장편소설 | 안문영 옮김 | 320면
212 **등대로** 버지니아 울프 장편소설 | 최애리 옮김 | 328면
213 **개의 심장** 미하일 불가꼬프 중편소설집 | 정연호 옮김 | 352면
214 **모비 딕** 허먼 멜빌 장편소설 | 강수정 옮김 | 전2권 | 각 464, 488면
216 **더블린 사람들** 제임스 조이스 단편소설집 | 이강훈 옮김 | 336면
217 **마의 산** 토마스 만 장편소설 | 윤순식 옮김 | 전3권 | 각 496, 488, 512면
220 **비극의 탄생** 프리드리히 니체 | 김남우 옮김 | 304면
221 **위대한 유산** 찰스 디킨스 장편소설 | 류경희 옮김 | 전2권 | 각 432, 448면
223 **사람은 무엇으로 사는가** 레프 똘스또이 소설선집 | 윤새라 옮김 | 464면
224 **자살 클럽** 로버트 루이스 스티븐슨 소설선집 | 임종기 옮김 | 272면
225 **채털리 부인의 연인** 데이비드 허버트 로런스 장편소설 | 이미선 옮김 | 전2권 | 각 336, 328면
227 **데미안** 헤르만 헤세 장편소설 | 김인순 옮김 | 272면
228 **두이노의 비가** 라이너 마리아 릴케 시 선집 | 손재준 옮김 | 504면
229 **페스트** 알베르 카뮈 장편소설 | 최윤주 옮김 | 432면
230 **여인의 초상** 헨리 제임스 장편소설 | 정상준 옮김 | 전2권 | 각 520, 544면
232 **성** 프란츠 카프카 장편소설 | 이재황 옮김 | 560면
233 **차라투스트라는 이렇게 말했다** 프리드리히 니체 산문시 | 김인순 옮김 | 464면
234 **노래의 책** 하인리히 하이네 시집 | 이재영 옮김 | 384면

235 **변신 이야기** 오비디우스 서사시 | 이종인 옮김 | 632면

236 **안나 까레니나** 레프 똘스또이 장편소설 | 이명현 옮김 | 전2권 | 각 800, 736면

238 **이반 일리치의 죽음·광인의 수기** 레프 똘스또이 중단편집 | 석영중·정지원 옮김 | 232면

239 **수레바퀴 아래서** 헤르만 헤세 장편소설 | 강명순 옮김 | 272면

240 **피터 팬** J. M. 배리 장편소설 | 최용준 옮김 | 272면

241 **정글 북** 러디어드 키플링 중단편집 | 오숙은 옮김 | 272면

242 **한여름 밤의 꿈** 윌리엄 셰익스피어 희곡 | 박우수 옮김 | 160면

243 **좁은 문** 앙드레 지드 장편소설 | 김화영 옮김 | 264면

244 **모리스** E. M. 포스터 장편소설 | 고정아 옮김 | 408면

245 **브라운 신부의 순진** 길버트 키스 체스터턴 단편집 | 이상원 옮김 | 336면

246 **각성** 케이트 쇼팽 장편소설 | 한애경 옮김 | 272면

247 **뷔히너 전집** 게오르크 뷔히너 지음 | 박종대 옮김 | 400면

248 **디미트리오스의 가면** 에릭 앰블러 장편소설 | 최용준 옮김 | 424면

249 **베르가모의 페스트 외** 옌스 페테르 야콥센 중단편 전집 | 박종대 옮김 | 208면

250 **폭풍우** 윌리엄 셰익스피어 희곡 | 박우수 옮김 | 176면

251 **어센든, 영국 정보부 요원** 서머싯 몸 연작 소설집 | 이민아 옮김 | 416면

252 **기나긴 이별** 레이먼드 챈들러 장편소설 | 김진준 옮김 | 600면

253 **인도로 가는 길** E. M. 포스터 장편소설 | 민승남 옮김 | 552면

254 **올랜도** 버지니아 울프 장편소설 | 이미애 옮김 | 376면

255 **시지프 신화** 알베르 카뮈 지음 | 박언주 옮김 | 264면

256 **조지 오웰 산문선** 조지 오웰 지음 | 허진 옮김 | 424면

257 **로미오와 줄리엣** 윌리엄 셰익스피어 희곡 | 도해자 옮김 | 200면

258 **수용소군도** 알렉산드르 솔제니찐 기록문학 | 김학수 옮김 | 전6권 | 각 460면 내외

264 **스웨덴 기사** 레오 페루츠 장편소설 | 강명순 옮김 | 336면

265 **유리 열쇠** 대실 해밋 장편소설 | 홍성영 옮김 | 328면

266 **로드 짐** 조지프 콘래드 장편소설 | 최용준 옮김 | 608면

267 **푸코의 진자** 움베르토 에코 장편소설 | 이윤기 옮김 | 전3권 | 각 392, 384, 416면

270 **공포로의 여행** 에릭 앰블러 장편소설 | 최용준 옮김 | 376면

271 **심판의 날의 거장** 레오 페루츠 장편소설 | 신동화 옮김 | 264면

272 **에드거 앨런 포 단편선** 에드거 앨런 포 지음 | 김석희 옮김 | 392면

273 **수전노 외** 몰리에르 희곡선집 | 신정아 옮김 | 424면

274 **모파상 단편선** 기 드 모파상 지음 | 임미경 옮김 | 400면
275 **평범한 인생** 카렐 차페크 장편소설 | 송순섭 옮김 | 280면

각 권 8,800~15,800원

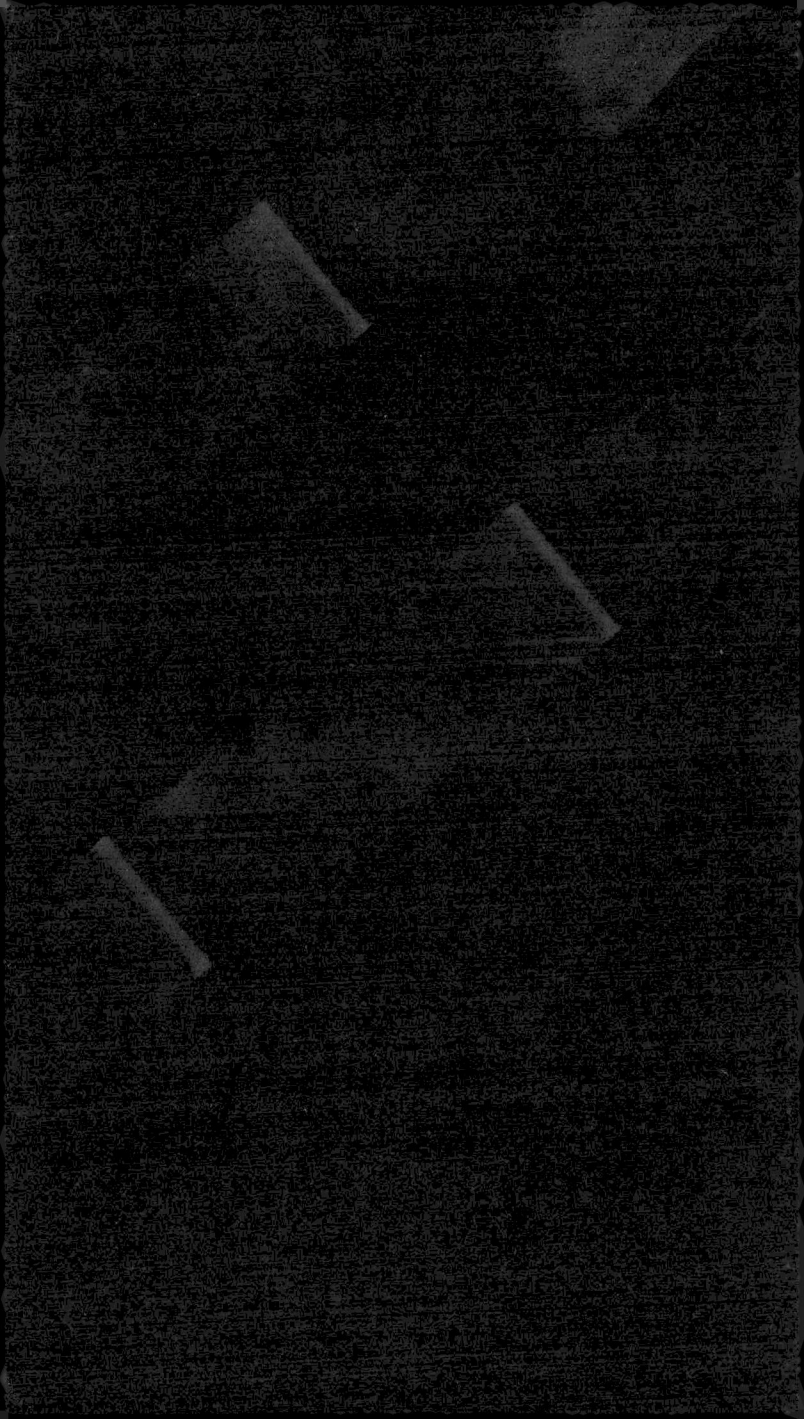